Knaur.

W0384695

Knaur.

Über den Autor:

James W. Nichol, geboren 1940, hat sich in Kanada vor allem als Dramatiker einen Namen gemacht. Sein Roman *Ausgesetzt*, der zuvor als eines der erfolgreichsten Hörspiele der kanadischen Rundfunkgeschichte Erfolge feierte, wurde von den Crime Writers of Canada als bestes Thrillerdebüt des Jahres 2004 ausgezeichnet und im selben Jahr für den Gold Dagger der britischen Crime Writers' Association nominiert. James W. Nichol lebt in der Nähe von Stratford, Ontario.

James W. Nichol

Ausgesetzt

Psychothriller

Aus dem Englischen von
Silvia Visintini

Knaur Taschenbuch Verlag

Die kanadische Originalausgabe erschien 2002 unter dem Titel
»Midnight Cab« bei Alfred A. Knopf Canada, Toronto.

Dieser Titel erschien im Knaur Taschenbuch Verlag
bereits unter der Bandnummer 62828.

Besuchen Sie uns im Internet:
www.knaur.de

Vollständige Taschenbuch-Neuausgabe Mai 2006
Knaur Taschenbuch.
Copyright © 2002 by James W. Nichol
Copyright © 2005 der deutschsprachigen Ausgabe by
Knaur Taschenbuch.
Ein Unternehmen der Droemerschen Verlagsanstalt
Th. Knaur Nachf. GmbH & Co. KG, München.
Alle Rechte vorbehalten. Das Werk darf – auch teilweise – nur mit
Genehmigung des Verlags wiedergegeben werden.
Redaktion: Maria Hochsieder
Umschlaggestaltung: ZERO Werbeagentur, München
Umschlagabbildung: Getty Images
Satz: Ventura Publisher im Verlag
Druck und Bindung: Clausen & Bosse, Leck
Printed in Germany
ISBN-13: 978-3-426-63421-9
ISBN-10: 3-426-63421-X

2 4 5 3 1

Für Judi

I

1995

Der dreijährige Walker Devereaux steht an einer Straße, auch wenn er zu klein ist, um sie zu sehen. Hohes Gras umgibt ihn, Gras von der gelbbraunen Farbe einer Löwenmähne in der späten Nachmittagssonne. Hin und wieder rauscht ein Auto vorbei.

Er hält sich mit aller Kraft an einem Quadrat eines Maschendrahtzauns fest und schaut unverwandt hindurch, auf noch mehr Gras, das steil einen Hang hinaufwächst, auf silbriges Moos weiter oben und hoch aufragenden schwarzen Fels.

»Halt dich fest«, hatte sie geflüstert, »halt dich ganz fest.« Ihr Schatten über ihm, ihr dunkles Haar, das herabfiel und sein Gesicht bedeckte, ihr warmer Atem an seinem Ohr.

Aber er hielt sich ja schon fest, so fest, dass der Draht in seine Hand einschnitt, so voller Angst vor etwas oder jemandem, dass er es nicht wagte, seine Augen von diesem Quadrat und dem Gras abzuwenden. Und dann war sie verschwunden.

Der rostige Draht färbt seine Hände orange, die Nachmittagssonne wird kälter. Er beginnt zu schwanken. Der Berg beugt sich über ihn, das hohe Gras marschiert wie eine Armee an ihm vorüber, schwatzend, die Fahnen zum Himmel gestreckt. Er konzentriert sich noch immer auf das Geräusch näherkommender Fahrzeuge, jedes bringt ihm die Mutter zurück, jedes fährt vorbei.

Und dann bleibt eines stehen.
Er hört, wie eine Autotür zugeschlagen wird. Sein Herz macht einen Sprung, aber er kann sich nicht umdrehen, um hinzusehen, er ist schon Teil des Zauns. Er kann sich nur mehr daran festklammern, den Hang hinaufstarren und warten.
Eine Männerstimme ertönt. »Was hab ich gesagt? Komm herauf. Schau dir das an.«
Er hört den Mann durchs Gras rascheln. Ein aufgedunsenes rotes Gesicht taucht aus der Düsternis auf, verharrt schwebend neben seinem Ohr.
»Lass den Zaun los, Junge«, sagt das rote Gesicht.
Aber er kann nicht, so sehr er es auch versucht, und so muss der Mann jeden seiner Finger einzeln vom Drahtgeflecht lösen, einen nach dem anderen.
»Menschenskind«, sagt der Mann.

So hatte alles begonnen. Das war das erste, woran der neunzehnjährige Walker Devereaux sich erinnern konnte. Er war ausgesetzt worden: nicht bei einem Freund oder dem Jugendamt abgegeben oder notfalls in irgendeinem schäbigen Motelzimmer »vergessen«, sondern am Straßenrand abgeladen wie ein lästiges Hundebaby. Und immer die Frage, die schmerzliche Frage, *warum?*
Der Bus machte einen Ruck. Der Verkehr floss immer langsamer, eine ununterbrochene Kette von Autos, Wohnmobilen und Bootsanhängern. Wochenendausflügler, die sich an einem Sonntagabend wieder nach Toronto hineinzwängten.
Walker sah aus dem Fenster. So viele Leute, Großstädter. Schon kam er sich vor wie das letzte Landei.

Er sah auf seine abgewetzten Jeans hinunter. Am rechten Knie war ein Riss, aber in seinem Fall war das kein Tribut an die Mode, sondern einfach nur ein Riss.

Er versuchte, die Beine auszustrecken, ohne die Frau mittleren Alters zu berühren, die sich in den Platz neben ihm gequetscht hatte. An die sechzehn Stunden waren sie so nebeneinander gesessen, gelegentliche Berührungen waren unvermeidlich gewesen, aber gesprochen hatten sie so gut wie nichts. Einmal hatte sie ein Taschentuch herausgezogen und sich ein paar Tränen abgetupft. Walker hatte nicht gewusst, was er sagen sollte, also hatte er nichts gesagt. Er hatte angenommen, sie sei einsam, weil er einsam war, ohne seine Adoptivfamilie, ohne seine Freunde. Und ohne Cathy.

Eines musste man seiner Familie lassen, da hielten alle zusammen. Am vergangenen Abend hatten sie eine Riesenfete für ihn veranstaltet, und auch am nächsten Morgen waren sie – alle außer seiner Mutter und seinen drei jüngeren Schwestern verkatert und mit Brummschädeln – ganz früh angetreten, um in der strahlenden Morgensonne tapfer mit ihm auf den Bus aus Thunder Bay zu warten.

Und als der heranfuhr, überhäuften ihn alle seine sechs Schwestern mit guten Tips für das Überleben in der Großstadt, als ob sie eine Ahnung davon hätten, seine drei Schwäger schüttelten ihm die Hand, und Gerard Devereaux, sein ganzes Leben ein Waldarbeiter, sein ganzes Leben ein Trinker, schwieg wie immer inmitten der Weiberkakophonie, aber er sah Walker tief in die Augen, als ob er nicht damit rechne, ihn allzu bald wiederzusehen. Auf einmal fühlte er die Arme von Mary Louise Devereaux um seinen Hals und ihre Lippen fest auf seiner

Backe und seinen Lippen; sein bester Freund Stewey half ihm, seine Sporttasche im Bauch des Busses zu verstauen, und all seine Freunde und seine ganze Familie scharten sich um ihn und sagten, viel Glück, Walker. Viel Glück!

Nur Cathy war weggeblieben. Und das hatte ihn auch nicht überrascht. Eines Nachts, als sie in seinem alten Pick-up saßen, hatte sie gesagt: »Walker, das hat alles nichts mit mir zu tun.«

»Du könntest mitkommen«, hatte Walker gesagt, und es eigentlich nicht gemeint. »Was von der Welt sehen.«

»Blödmann«, hatte sie gesagt und sich weggedreht.

Er hätte sie küssen können. Flüstern können: »Ich will dich nicht verlieren.« Er hätte ihren köstlichen Duft einatmen können, zusammen mit dem Parfüm, das sie sich immer hinters Ohr tupfte und das ihn verrückt machte. Er hätte sie noch einmal an sich ziehen, ihre Brüste mit seinen Händen umfassen und flüstern können: »Wir können gehen, wir können bleiben. Hauptsache, wir sind zusammen, Cath«, und die Autoscheiben hätten sich noch einmal mit ihrem Atem beschlagen. Aber er tat nichts davon. Weil es um mehr ging als um sein Verlangen, die Welt zu sehen. Er hatte etwas entdeckt. Etwas, von dem er niemandem erzählen wollte.

»Ich gehe, Cath«, hatte er gesagt.

2

1961

Bobby rieb seine Nase am Fliegengitter im Fenster. Das fühlte sich gut an. Beruhigend. Auf und ab. Auf und ab. Er konnte seinen Vater im Gartenpavillon sitzen sehen. Nicht als Ganzes, nur seine Beine in den Leinenhosen, die so weiß waren, dass Bobby die Augen weh taten. Und dann bewegte sich sein Vater, schlug einen riesigen zweifarbigen Schuh über den anderen, die Schnürsenkel zu Schleifen gebunden, das weiße Leder nicht ganz so weiß wie seine Hosen, das braune Leder genau in der Farbe seiner Socken.
Tief unter sich sah Bobby, wie seine Mutter durch den Garten ging und die fächerförmigen Stufen zu seinem Vater hochstieg. Sie trug ein Tablett. Gläser blinkten, Eis klirrte.
Sie stand einen Augenblick da, ihr Kopf vom Dachgesims abgeschnitten, ihr Körper bedeckt mit Blumen, die sich auf einem transparenten Stoff wiegten, durch den Bobby hindurchsehen konnte.
Sein Vater war bei der Arbeit. Er war immer bei der Arbeit. Meistens war er irgendwo weit weg, aber manchmal arbeitete er unten in dem Zimmer, das nach Zigarren roch, und Bobby musste leise sein. Manchmal saß sein Vater draußen.
Bobby hörte seine Mutter plappern. Plapper. Plapper. Schließlich setzte sie sich auf die Stufen, ihr Gesicht unscharf im späten Sommerlicht. Sie sprach nicht mehr,

sondern sah einfach vor sich hin. Jetzt fuhr sie sich mit der Hand über den Mund, hin und her.
Und auch Bobby rieb seine Nase sanft am Fliegengitter. Hin und her. Hin und her.
Plötzlich stand seine Mutter auf, ging über den Rasen und war verschwunden.
Die Beine seines Vaters blieben weiß und unbeweglich, die Falten in seinen Hosen messerscharf.
Bobby presste seine Nase fester auf das warme Drahtnetz. Leise, ganz leise riss es weit auf. Er kletterte hinaus auf das Fensterbrett und saß da, von grünen Efeublättern umrankt, seine runden Beinchen in den gelben Pyjamahosen hingen hinunter.
Die langen weißen Beine seines Vaters bewegten sich immer noch nicht.
Bobby ließ los und fiel durch einen langen grünen Efeutunnel, stürzte auf den darunter liegenden Steingarten und die Sträucher zu. Er ging über den Rasen zum Pavillon. Da stand sein Vater auf und trat auf die oberste Stufe, um ihn zu empfangen, und sein gebräuntes Gesicht verzog sich zu seinem berühmten Lächeln, die Zähne so weiß wie die eines Filmstars, und er staunte über seinen Sohn, über seine Tapferkeit, seine Unverwüstlichkeit. Jeden Moment würde er ihn jetzt hochheben und Bobby an seine kratzige Backe drücken, der Duft seines Eau de Cologne würde Bobby zu Kopf steigen und ihn in Geborgenheit, Schläfrigkeit, Glückseligkeit wiegen.
Bobby rieb sich die Nase am Fliegengitter wund. Die Beine seines Vaters hatten sich nicht bewegt.
Bobby berührte seine Nasenspitze mit dem Finger. Es tat weh.

3

Walker hatte die Adresse einer Jugendherberge in der Church Street. Dort wollte er ein, zwei Nächte schlafen, bis er eine dauerhafte Bleibe gefunden hatte. Sobald er sich irgendwo niedergelassen hätte, würde er sich eine Arbeit suchen. Er hatte zweihundert Dollar Bargeld in der Brieftasche und zweitausend Dollar in Reiseschecks.
Seine Mutter war beinahe in Ohnmacht gefallen, als er ihr gesagt hatte, dass er sein Konto komplett plündern würde.
»Um Himmels willen, nimm doch nicht das ganze Geld mit. Eröffne ein Konto bei einer Bank in Toronto und lass dir das Geld überweisen. Die werden dich ausrauben und umbringen, noch bevor du richtig angekommen bist!«
Aber Walker blieb stur. Er wollte nicht das ganze Theater mit der Bank, er würde sofort acht-, neunhundert Dollar für die erste Monatsmiete und die Kaution brauchen, und wenn er auch ein paar Tage auf seinem mitgebrachten Bettzeug auf dem Boden schlafen und in einer Kneipe essen konnte, würde er sich doch bald ein richtiges Bett anschaffen müssen, und einen Topf und einen Wasserkocher und einen Löffel und ein Messer und …
»Wird schon schiefgehen, Mom«, hatte er gesagt und seine Hand auf die ihre gelegt.
Ein altes chinesisches Pärchen ging Arm in Arm über die Kreuzung in der Nähe des Busbahnhofs. Sie sahen Walker nicht an. Sie sahen niemanden an. Walker sollte in den nächsten paar Tagen lernen, dass einen in der Stadt, mit

Ausnahme von Nutten, Schnorrern und Irren, selten jemand ansah.
»Können Sie mir vielleicht sagen, wo die Church Street ist?«, fragte Walker.
Die alte Frau zog ihren krummbeinigen Gemahl nahe an sich heran und ging weiter. Der Mann sah auf, ein plötzliches zahnloses Lächeln glitt über sein Gesicht, und er deutete über seine Schulter.
»Danke«, sagte Walker.
Er überquerte die Straße und ging in die angezeigte Richtung, nach Osten, obwohl er das nicht wusste. Er schritt in lockerem Gang dahin, froh, seine Glieder wieder strecken zu können. Die warme Stadtluft füllte seine Lunge und roch seltsamerweise schwach nach frisch gebackenem Brot. Er hatte nicht daran gedacht zu fragen, ob die Church Street zwei oder zwanzig Häuserblocks entfernt war. Er hatte einfach angenommen, dass sie, wo sie auch sein mochte, auf jeden Fall zu Fuß erreichbar wäre. Er war auf eisverkrusteten Schneeschuhen meilenweit durch Erlengestrüpp und über gefrorenes Sumpfland marschiert, hartnäckig der Route folgend, entlang der Gerard Devereaux gerne Fallen aufstellte, um sich ein Zubrot zu verdienen. Durch eine Stadt zu wandern, egal wie weit, musste ein Kinderspiel sein.
Als die Unterlagen über Walkers endgültige Adoption angekommen waren, im Juni vor seinem dreizehnten Geburtstag, hatte die Familie Devereaux eine Party gegeben. Seine kleinen Schwestern hatten ihm witzige Geschenke gemacht, wie zum Beispiel eine Dose Schälerbsensuppe, weil er ja jetzt halb Frankokanadier (väterlicherseits) war, und eine Schachtel Tee, weil er zur anderen Hälfte Anglo-

kanadier (mütterlicherseits) war. Seine älteste Schwester hatte ihm eine große, blaue selbstgestrickte Babymütze geschenkt. Walker hatte sich bei ihr bedankt und sich die Mütze über den Kopf gezogen. Jeder hatte eine Rede gehalten, überraschenderweise sogar Gerard.

Als er jetzt an den beleuchteten Schaufenstern vorüberging, hatte Walker ein schlechtes Gewissen. Seit Wochen hatte er ihnen Lügen darüber aufgetischt, warum er nach Toronto wollte, hatte etwas von rauskommen, seinen Horizont erweitern, Unabhängigkeit testen dahergeredet.

In Wahrheit war er nach Toronto gekommen, um seine richtige Mutter zu suchen – die, die sich vor sechzehn Jahren über ihn gebeugt hatte, die dunkle Schattenfrau, die rätselhafte Erscheinung, die ihm ins Ohr geflüstert hatte: »Halt dich fest, halt dich ganz fest.«

Letzten Sommer – am Tag, nach dem Walker seinen achtzehnten Geburtstag gefeiert und damit das gesetzliche Mindestalter erreicht hatte, um Einblick in seine Akte im Büro des Jugendamts in Sudbury nehmen zu dürfen – hatten er und Stewey sich in Walkers verrosteten Pick-up gesetzt und auf den langen Weg nach Sudbury gemacht. Irgendwie schien es angebracht. Eine Art Volljährigkeitsritus.

Das Jugendamt war in einem alten zweistöckigen Gebäude aus gelben Ziegeln mit Reihen kleiner Fenster. Die Kinderzeichnung eines windschiefen Hauses, aus dessen Schornstein Rauchwölkchen schwebten, klebte an der gläsernen Eingangstür. Walker erkannte das Gebäude nicht wieder, obwohl er wusste, dass er zumindest einmal schon hier gewesen war, nämlich als er drei war.

Heather Duncan erkannte er jedoch, und sie ihn. Er hatte

in der vergangenen Woche angerufen, und sie wusste, dass er kommen würde. Trotzdem sagte sie, dass sie ihn überall wiedererkannt hätte. Sie stand kurz vor der Pensionierung – ihr Haar war nun nicht mehr braun, sondern stahlgrau –, aber ihre Augen hinter den Gläsern mit dem Schildpattgestell waren die alten, ebenso ihre herzhafte Umarmung.

Ihm war klar, dass sie Stewey ein wenig lächerlich vorkommen mussten. Walker war nämlich mit seinen einsneunzig einen ganzen Kopf größer als sie, so dass sie sich das Gesicht an seiner Brust platt drückte. Aber es war Walker egal, was Stewey dachte, auch er drückte Heather an sich. In all den Jahren, die er in Sudbury in Pflege gewesen war, war sie seine Fürsorgerin gewesen. Er war auf ihren Schoß geklettert, hatte sich an ihre Hand geklammert, wenn sie ihn zu neuen Pflegeeltern brachte, und dann wieder zu neuen Pflegeeltern – fünf Pflegefamilien in acht Jahren.

»Warum kann ich nicht bei dir bleiben?«, hatte er mehr als einmal gefragt.

»Gegen die Vorschriften«, hatte sie geantwortet. »Aber mach dir keine Sorgen. Ich werde nicht zulassen, dass dir was passiert.«

Was sich als nicht ganz richtig erwies, denn in der ersten Familie drückten ein paar Kinder seinen Kopf in die Toilette, in der zweiten zog ihm sein Pflegevater eins mit der Gürtelschnalle über und in der dritten steckte ihm ein Mädchen, das gerade eine schlimme Pubertätskrise durchmachte, Stifte in den Po.

Aber er erzählte niemandem davon, niemals. Er wurde einfach schwer erziehbar, weshalb ihn Heather Duncan

immer wieder ins Auto setzen und woanders hinbringen musste.
Sie tat ihr Bestes. Sie küsste ihn auf die Wange. Sie schenkte ihm Kaugummi. Sie war seine beste Freundin.
Sie weinte sogar, als die Familie Graziano beschloss, über dreihundert Kilometer weiter nach Norden zu ziehen, nach Thunder Bay. Und weil sie die besten Pflegeeltern waren, die er jemals gehabt hatte, und weil er dieses Jahr in der Schule in so gut wie keine Rauferei verwickelt gewesen war, hatte das Jugendamt beschlossen, dass er mit den Grazianos dort hinauf ziehen sollte. Da war er elf gewesen und Mündel des Staates.
Heather Duncan fragte ihn, ob er wirklich gehen wolle, und Walker dachte eine Weile intensiv nach, die Anstrengung deutlich sichtbar in seinem Jungengesicht. Er dachte an all die winzigen Schlafzimmer in all den verschiedenen Häusern, all die Kinder- und Stockbetten. An die Angst und die Auseinandersetzungen, die versteckten Drohungen, er solle brav sein, sonst werde er schon sehen, die feuchtfröhlichen Partys, das gefühlsduselige Abgeknutsche, das unerforschliche Kommen und Gehen der Erwachsenen. Er dachte daran, dass er nie sicher sein konnte, was im nächsten Augenblick mit ihm geschehen würde. Er sagte ja.
Leider wurde Mr. Graziano fast zeitgleich mit ihrer Ankunft in Thunder Bay arbeitslos. Eines Abends stieß er seine Frau, die eine vierte Schwangerschaft nicht zu verhindern gewusst hatte, durch das Glas der Eingangstür. Überall war Blut. Wieder einmal wurde Walker von der Fürsorge abgeholt und diesmal zu Gerard und Mary Devereaux nach Big River geschickt, einer kleinen Stadt süd-

lich von Thunder Bay. Das war mitten im Winter, und die Schneewehen waren höher als Heather Duncans Auto.
Walker blickte aus dem vereisten Fenster auf sein nächstes neues Zuhause. Es war ein hohes, altes, weißgestrichenes Schindelhaus, und davor standen drei Schneemänner im Kreis. Einer hatte einen weichen Filzhut auf, der nächste, etwas kleiner, eine Baseballmütze und der kleinste einen Kohlkopf. Auf den Rest der Welt machten sie den Eindruck, in ein äußerst wichtiges Gespräch vertieft zu sein.
Walker, der sich an einen alten Pappkoffer mit all seinen Anziehsachen, seiner Zahnbürste und den Comic-Heften klammerte, riskierte ein Lächeln.
Jetzt telefonierte Heather Duncan. Jemand solle herunterkommen. Walker Devereaux sei soeben mit einem Freund – dabei hielt sie inne und taxierte Stewey mit einem kurzen professionellen Blick, als ob sie prüfen müsse, ob er ein guter Umgang sei oder nicht – aus Big River angekommen.
Sie tätschelte Walker die Wange und drohte ihm mit der Höchststrafe, sollte er sich nicht noch einmal bei ihr blicken lassen, bevor er ging. Sie wollte ihn und Stewey am Abend zum Essen ausführen. Walker sagte, das sei ein verlockendes Angebot, Stewey pflichtete ihm bei, und damit wandte Heather Duncan sich um und verschwand auf dem Flur.
»Die ist nett«, musste Stewey zugeben.
Walker fischte Zigarettenpapier aus der Tasche. Er war nervöser, als er gedacht hätte.
Stewey wusste alles über Walker, zumindest alles, was Walker ihm erzählen konnte. Sie waren beste Freunde geworden, bald nachdem Walker bei den Devereaux' einge-

zogen war. Stewey und seine Bande hatten ihm nach der Schule aufgelauert. Stewey hatte sich auf seinen Rücken gesetzt, ihm Schnee in den Kragen gestopft und fröhlich verkündet, dass er ihm den Schädel einschlagen werde.
Auf einmal, und Stewey konnte später nicht sagen, wie es zugegangen war, saß nicht mehr er auf diesem mageren Bürschchen mit dem rabenschwarzen Haar, sondern der auf ihm, und eine kleine Faust mit harten Knöcheln raste mit Lichtgeschwindigkeit auf sein Gesicht zu.
Als das Blut aus Steweys Nase schoss, sprang Walker auf, durchbrach den Kreis der verwunderten Kinder und raste wie ein Juwelendieb die schneebedeckte Straße zurück zum Haus der Devereaux'.
Zwei Wochen lang stieß Stewey unheilvolle Drohungen aus. Es gab nichts, was er Walker nicht antun würde. Den Schädel würde er ihm mit einem Baseballschläger einschlagen, beide Arme würde er ihm brechen, den Pimmel würde er ihm abschneiden und an Harvey Chesters Hund verfüttern. Aber etwas war dran an der Art, wie Walker einfach weiterging, den schmächtigen Körper locker und doch gespannt wie eine Stahlfeder; und wie er, als Stewey und seine Bande sich vor ihn hinstellten, so dass er nicht vorbeikonnte, nicht an ihnen vorbeischaute, sondern Stewey unverwandt in seine hellblauen Augen sah. Das machte Stewey Angst, aber auch neugierig. Vor allem aber war es das Schweigen, das es ihm angetan hatte, die abgrundtiefe Stille, die Walker zu umhüllen schien, als bewege er sich, ja *sei* eigentlich anderswo, auch wenn er direkt vor einem stand.
So kam es, dass Stewey eines Tages, statt zu drohen oder den knallharten Burschen zu mimen, einfach »Hi« sagte,

was Walker mit »Hi« beantwortete. Ein paar Tage später lehnten sie in der Pause plötzlich nebeneinander an dem alten Bretterzaun. Sie sagten zwar nichts, aber sie rückten auch nicht voneinander ab. Und eines Tages gingen sie gemeinsam nach Hause, und Stewey erzählte Walker, wie sehr er seinen Vater hasste, weil sein Vater eine Freundin in Terrace Bay hatte, und alle Bescheid wussten außer seiner Mutter. Walker nickte und sagte: »Hört sich nicht gut an.« Und sie wurden Freunde.

Die Person, mit der Heather Duncan telefoniert hatte und die jetzt rasch die Treppe herunterkam, entpuppte sich als die Hüterin der ruhenden Klientenakten im Bezirk Sudbury. Darüber hinaus erwies sie sich als nicht viel älter als Walker und Stewey und Besitzerin langen rötlichen Haares, herrlich runder brauner Augen sowie einer hinreißenden Figur, die in diesem Augenblick gerade in einem blassgelben Hosenanzug Staat machte.

Steweys sommersprossiges Gesicht und sein knallrotes Haar leuchteten noch eine Spur heller, als er sich Carolyn McEwan als L.H. Stewart, Testpilot und bekannter Philanthrop aus Big River, vorstellte. Sie lächelte sehr nett, lachte beinahe und fragte die beiden, ob sie wohl mit ihr kommen würden.

»Ich schon«, sagte Stewey.

Auf dem Weg hinauf in den zweiten Stock wandte sie sich alle paar Stufen zu ihnen um und fragte, wie die Fahrt gewesen sei, wie es in Big River aussehe und ob es diesen Sommer da oben geregnet habe, die Wälder um Sudbury seien nämlich ganz ausgetrocknet.

Walker war klar, dass sie sich umdrehte, weil sie sich bewusst war, dass zwischendrin zwei Augenpaare wie

Laserkanonen auf ihr Hinterteil gerichtet waren, und ihr das unangenehm war. Das machte sie ihm sympathisch. Er zwinkerte Stewey zu, und es wurde ihm etwas leichter ums Herz, seine Beine fühlten sich nicht mehr so hölzern an, und es gelüstete ihn nicht mehr ganz so stark nach der selbstgedrehten Zigarette in seinen feuchten Händen, die er hier drinnen sowieso nicht rauchen konnte.

Etwas wirklich Wichtiges würde in seiner Akte nicht stehen. Die Polizei hatte monatelang nach seinen Eltern oder sonst jemandem, der ihn kannte, gefahndet. Jahrelang sogar. Zumindest hatte Heather Duncan das behauptet.

Seine Personenbeschreibung mit Foto war an jede Polizeidienststelle und jede sonst in Frage kommende Behörde in ganz Kanada geschickt worden. Das FBI bekam sie und verteilte sie überall in den Vereinigten Staaten. Soweit er wusste, war sie sogar an Interpol gegangen. Aber nichts war dabei herausgekommen. Kein Mensch suchte verzweifelt oder auch nur halbherzig nach diesem Dreijährigen, der sich selbst Walker nannte, kein sehr wahrscheinlicher Name, und erzählte, dass seine Mama weggegangen sei.

Carolyn führte sie in ein langes, schmales Büro, in das ein Konferenztisch, acht Holzstühle und fünf Reihen metallener Aktenschränke gerade so hineinpassten.

»Setzen Sie sich doch«, sagte sie. Sie nahm zwei Aktenmappen, eine neu und dünn, die andere alt, dick und voller Eselsohren. Beide legte sie vor Walker hin und setzte sich ihm gegenüber.

Walker bekam Herzklopfen. Da steht nichts drin, sagte er sich. Er war nur gekommen, um sich zu vergewissern, dass da nichts drinstand.

»Wie fühlen Sie sich, Walker?«, fragte Carolyn.
»Gut. Wieso?«
»Nur so. Manchmal sind die Leute ein bisschen nervös, wenn sie Genaueres über ihre leiblichen Eltern und ihre Herkunft erfahren. Aber«, sie sah ihn mit aufrichtigem Mitgefühl an, »das hier ist die ungewöhnlichste Akte, die mir je untergekommen ist.«
»Und wieso?«, fragte Walker.
Sie warf einen Blick auf Stewey.
»Flash und ich sind Kumpel«, beruhigte Stewey sie. »Stimmt's, Flash?«
Stewey nannte Walker »Flash«, seit Walker sich vor sechs Jahren in einem Eishockey-Jugendturnier freigelaufen hatte und über die blaue Linie der anderen Mannschaft gestolpert war.
Walker nickte.
Carolyn lächelte Stewey an, und er wurde wieder rot.
»Diese Akte«, Carolyn tippte mit ihrem Stift auf die pralle, alte Mappe, »ich glaube nicht, dass die Sie besonders interessieren wird, aber Sie können Sie natürlich durchblättern. Da sind die üblichen Klientenberichte drin, wie Sie mit Ihren diversen Pflegefamilien und in der Schule zurechtkamen, und viele Briefe von den Lehrern und an die Lehrer. Und über ein paar Begegnungen mit der Polizei. Wegen Schlägereien. Davon gab's ja wohl eine ganze Reihe, oder?« Sie sah zu Walker hoch. Er sah gut aus, mit seinen hohen Backenknochen, nur die Nase war flachgedrückt und schief.
Walker grinste sie an. »Keine Schlägerei. Ein Hockeyschläger.«
Sie errötete ein wenig und fuhr rasch fort. »Da sind die

ganzen Unterlagen über die staatliche Vormundschaft. Und über den Umzug nach Thunder Bay. Aber die persönlichen Dinge und alles darüber, wieso Sie überhaupt der Fürsorge übergeben wurden, habe ich in eine kleinere Mappe getan, da ich mir dachte, dass Sie das am meisten interessiert.« Sie tippte mit dem Stift auf die nagelneue Mappe.

»Persönliche Dinge«, wiederholte Walker und merkte, wie es ihm die Kehle zuschnürte. Er war sich nicht sicher, ob er wirklich wollte, dass sich etwas änderte. Er hatte sich an die Dinge gewöhnt, so wie sie waren. Es hatte auch Vorteile, eine Vergangenheit, so unendlich trostlos wie ein unbeschriebenes Blatt Papier zu haben. Man konnte alles darauf schreiben, was man wollte, und im Laufe der Jahre hatte er das auch getan. Vielleicht hatte seine Mutter ja einem Mafia-Clan aus New Jersey angehört, und sie wollte, dass ihr Kind geschützt vor einer Familienvendetta aufwuchs. Oder vielleicht war er ein entführter Millionenerbe aus Europa. Oder vielleicht – wegen seines rabenschwarzen Haares und seines dunklen Teints jahrelang als uneheliches Kind einer indianischen Säuferin gehänselt – war er ein halber Ureinwohner Amerikas, Abkömmling stolzer Krieger. Oder vielleicht war er wie Superman von liebenden Eltern von einem dem Untergang geweihten Planeten hierher geschickt worden, nur hatte er bis jetzt noch keine besonderen Fähigkeiten an sich entdeckt. Oder vielleicht …

Carolyn sah ihn wieder mit diesem teilnahmsvollen, besorgten Blick an, der wohl mehr mit ihrem Charakter als mit ihrem Beruf zu tun hatte. »Vielleicht hätte ich nicht ›persönliche Dinge‹ sagen sollen«, erklärte sie. »Es gibt nur zwei Dinge, die man ›persönlich‹ nennen könnte. Im wesentlichen geht es darum, wie man Sie gefunden hat und was die Polizei alles unternommen hat, um ihre Identität festzustellen. Es gibt eine Zusammenfassung, die die Polizei der Provinz Ontario unserem Direktor geschickt hat. Nachdem sie, mmh …«

»… aufgegeben hatten?«, ergänzte Walker.

»Ja. Walker, Sie verstehen doch, dass ich Ihnen nicht dabei helfen kann, Ihre leiblichen Eltern ausfindig zu machen? Ich wünschte, ich könnte es, aber ich habe überhaupt keine Anhaltspunkte. Ich hatte zwei Fälle, wo ein Neugeborenes ausgesetzt und die Mutter niemals gefunden wurde. Das Ungewöhnliche an Ihrem Fall ist, dass Sie schon drei waren.«

»Mehr oder weniger. Als ich schon größer war, hat Heather mir gesagt, dass ich nicht wusste, wann ich Geburtstag hatte. Also hat man mir einen verpasst. Den ersten Juli.«

Zum ersten Mal sah es so aus, als wäre es Stewey unangenehm, dabei zu sein. Er betrachtete eingehend seine sauber abgekauten Fingernägel.

Carolyn schlug den neuen Ordner auf, nahm einen gefalteten Brief heraus, der obenauf lag, und überreichte ihn Walker. Dabei fiel ein kleines Farbfoto aus dem Brief.

»Hoppla«, sagte sie.

Walker sah sie an. Sie schüttelte den Kopf. »Die Polizei hatte die zwei Sachen auch und ist damit nicht weitergekommen.«

Er nahm das Foto. Zwei kleine Mädchen trieben auf einem See, die eine hielt sich an einem Schwimmreifen fest, die andere saß rittlings auf einer Luftmatratze. Sie sahen selbst nicht viel älter als drei Jahre aus.

Zwischen den beiden Mädchen, das Wasser bis zur Taille, stand eine attraktive Frau, eine Hand auf dem Reifen, die andere auf der Schulter des kleinen Mädchens auf der Matratze. Das Haar der Frau steckte unter einer weißen Badekappe, und sie trug einen schwarzen Badeanzug. Sie lächelte die Person an, die, im tieferen Wasser stehend, das Foto machte. Hinter ihnen – und zwar ziemlich weit hinten, denn es sah so aus, als stünden sie weit draußen im See – leckten kleine, trübe Wellen über einen Sandstrand. Oberhalb des Strandes warf auf der einen Seite des Fotos eine steile, mit Kiefern gesäumte Sandklippe ihren Schatten über das Wasser. Auf der anderen Seite duckte sich eine niedrige rötliche Blockhütte mit einer verglasten Veranda in ausgedörrtes Gras. Davor stand ein Fahnenmast ohne Fahne. Etwas näher am Wasser ragte ein großer, runder, blendend weiß gestrichener Felsbrocken aus dem Sand.

»Hinten steht was drauf«, sagte Carolyn.

Walker drehte das Foto um und las, was mit Bleistift darauf geschrieben war: »Mary's Point, 2. Juni 1964.«

»Flash«, flüsterte Stewey, der Walker über die Schulter spähte, »vielleicht ist das deine Mutter.«

Walker brannten die Augen. Er drehte das Foto wieder um. Das lächelnde Gesicht der Frau war jetzt verschwommen.

Walker rechnete nach. Er war irgendwann um 1976 geboren, das Foto war also zwölf Jahre älter. Soweit er das beurteilen konnte, war die Frau Mitte Dreißig, sie müsste also um die siebenundvierzig gewesen sein, als er geboren wurde. War das möglich, mit siebenundvierzig ein Kind zu bekommen?

»Ich glaube nicht, dass das Ihre Mutter ist«, sagte Carolyn sanft. »Wenn man den Brief liest.«
Walker hatte das Gefühl, seine Finger gehörten nicht zu ihm. Er faltete das Papier auseinander. Der Brief war, nicht allzu säuberlich, mit blauem Kugelschreiber geschrieben.

Liebe Lennie!
Ist ja toll! Ich kann's gar nicht erwarten!
Rat mal, was ich gefunden habe? Sind wir nicht süß? Glaubst du, er sieht dir ähnlich? Nur hübscher? War nur Spaß. Aber er ist sicher gaaanz süß! Wie sein Vater, oder? Und ich bin noch immer Jungfrau! Das darf ja nicht wahr sein! Und dabei hab ich mich diesen Sommer doch so bemüht!! Egal, bald bist du da, mit deinen zwei Männern. Ich hab auch schon ein Geschenk für ihn, den kleinen, mein ich. Um den großen kümmerst ja du dich, oder??? Ich hasse Geheimniskrämerei, aber ich schwöre bei Gott, ich hab wirklich den Mund gehalten. Drei Jahre lang!!! Wenn das kein Rekord ist!
Ich muss gleich Schluss machen, weil ich zur Bridge muss, und ich bin eh schon spät dran. Ruf gleich an, wenn du da bist, oder wenn das nicht geht, schick mir eine Brieftaube mit einer Botschaft, irgendwas! Ich sehne mich so, so danach, dich zu sehen! *Alle* zu sehen! Der große Vogel, in toto. Toll!

Deine beste Freundin, auf immer und ewig
Alles Liebe, Liebe, Liebe

Kim

Walker sah zu Carolyn hoch. »Wo haben die das her?«
»Es steckte in Ihrer Tasche, als man Sie fand. Der Brief und dieses Foto, so steht's im Polizeibericht. Aber leider war das auch alles.«
»Darf ich mal?«, sagte Stewey und zog an einer Ecke des Briefes.
Walker ließ ihn los und wandte sich wieder dem Foto zu. Jetzt interessierte ihn nicht mehr die Frau, sondern die beiden kleinen Mädchen. Die eine mit dem Schwimmreifen war halb abgewandt, Strähnen ihres dunklen nassen Haares klebten an ihrem Gesicht und den nackten Schultern. Die andere, mit ihrer gelbgetupften Badekappe und dem gerüschten gelben Badeanzug, lächelte direkt in die Kamera.
»Die Kleinen sind wahrscheinlich so um die drei. Wenn also eine von ihnen meine ... meine Mutter ist«, Walker rechnete wieder nach, »und dieses Foto 1964 geknipst wurde ...«
»Wäre sie ungefähr fünfzehn gewesen, als Sie auf die Welt kamen.«
»Mensch.«
Stewey beugte sich herüber, um sich das Foto noch einmal anzusehen. »Welche, glaubst du, ist es?«
Walker kam sich lächerlich vor, während er die Mädchen ansah, als ob sie ihm eine befriedigende Antwort geben oder gar das schwarze Loch schließen könnten, das sich in ihm auftat. Es war ein Fehler gewesen herzukommen. So mies hatte er sich schon seit Jahren nicht mehr gefühlt. Er kam sich wieder ganz verloren vor.
Er sah Stewey an. »Keine Ahnung.«

Nach wenigen Minuten hatte Walker die Straße erreicht, nach der er gesucht hatte. Er sah sich die Hausnummern an, damit er in die richtige Richtung lief, und ging auf der Church Street nach Süden zur Jugendherberge. Jetzt kann es nicht mehr lang dauern, dachte er. Wie herrlich würde es sein, sich auf einer Pritsche ausstrecken zu können und ein wenig zu schlafen. Morgen würde er sich eine Wohnung suchen, und einen Job musste er auch finden.
Es stellte sich heraus, dass die Church Street an einem Sonntagabend um diese Zeit wie ausgestorben war. Er ging an mehreren Pfandleihern mit vergitterten Fenstern vorbei, an einem Laden, der wissen ließ, dass er Schmuck an- und verkaufte, und an einem anderen, hinter dessen staubigen Schaufenstern ein riesiger Stapel gebrauchter Computer zum Verkauf angeboten wurde.
Zwischen zwei dieser Läden bemerkte er in einem dunklen Eingang ein Pappschild, auf dem in großen roten Buchstaben zu lesen war: »Wohnung zu vermieten«, auf den leeren Platz darunter hatte jemand gekritzelt: »Drinnen nachfragen.«
Er sah zum ersten Stock des alten Gebäudes über dem Pfandleiher hoch, wo, fast unsichtbar unter einer reichverzierten Dachtraufe aus vermoderndem Holz zwei Fenster lagen. Irgendwo da oben hörte er Tauben gurren, aber sehen konnte er sie nicht, weil es pechschwarz war. Beide Fenster waren dunkel.
Er sah sich um. Fast genau gegenüber überragte eine wuchtige Kirche die Bäume.
Ich werde Mom erzählen, dass ich in der Nähe einer Kirche wohne, dachte er und lächelte. Sie war die Kirchgängerin in der Familie.

Natürlich hatte Mary Louise über seinen Ausflug nach Sudbury letzten Sommer Bescheid gewusst. Sie hatte ihn dazu ermuntert, weil er sehen musste, dass es nichts zu sehen, nichts zu erfahren gab – um das alles hinter sich zu lassen, die High School fertigzumachen, aufs College zu gehen, an die Zukunft zu denken. Und als sie Walker ansah, lag ein Leuchten in ihren ausdrucksvollen grauen Augen. Es spiegelte ihre absolute Gewissheit wider, dass er eine große Zukunft vor sich habe, so als ob sie allein kraft ihres Willens den Schicksalsgöttern alles abringen könne.

Als er nach Hause gekommen war, hatte er sich an den Küchentisch gesetzt und ihr und der ganzen Familie erzählt, was er und Stewey erlebt hatten, wie er mit Carolyn McEwan seine Akte durchgesehen und an jenem Abend mit Heather Duncan zum Abendessen ausgegangen war. Er erzählte ihnen von den Polizeiberichten – dass er, als man ihn auf einer Nebenstraße des Highway 69, etwa fünfzehn Kilometer südlich des French River gefunden hatte, nagelneue Sachen trug, alle mit Etiketten amerikanischer Hersteller. Dass er von sich selbst immer als Walker sprach, und man deshalb annehmen musste, dass Walker sein Vorname war. Dass er, auch wenn er sonst nicht viel sagte, ständig wiederholte, dass seine Mama ihn wieder abholen würde, und nach seinem Papa fragte und in der Nacht ein, zwei Mal etwas rief, das wie »Anna« oder »Nana« klang.

Was den Brief und das Foto in seiner Tasche anging, stand in den Berichten, dass sich diese beiden Gegenstände trotz intensiver Bemühungen, die Personen zu identifizieren und Mary's Point zu lokalisieren, als nicht zweckdienlich erwiesen hatten, und dass zwar ein Foto und eine Beschreibung von Walker sowohl in Kanada als auch international in Umlauf gebracht worden, aber keine Anfragen oder Hinweise eingegangen waren.

»Wir werden diese Akte nicht schließen, aber ich muss leider sagen, dass es über dieses Kind nicht mehr Anhaltspunkte gibt als an dem Tag, an dem es gefunden wurde.«

Letzteres stand im Bericht von Inspector John Hayes von der Polizei der Provinz Ontario an den Leiter des Jugendamts Sudbury aus dem Jahre 1983.

Die Devereaux' hatten am Küchentisch gesessen, den Brief und das Foto herumgereicht und, wie es Walker schien, immer wieder betreten zu ihm hingesehen. Er wusste, dass er ihnen leid tat und sie sich Sorgen um ihn machten, deshalb sagte er scherzhaft, seine Mutter habe ihn durch göttliche Intervention empfangen, schließlich sei sie erst fünfzehn gewesen. Aber wenn jemand von solch schwer fassbaren Schatten der Vergangenheit verfolgt wurde – was gab's da zu lachen?

Walker lief die Church Street entlang und dachte wieder einmal daran, dass im Großraum Toronto fast drei Millionen Menschen lebten. (Diese statistische Größe war ihm nämlich sehr wichtig geworden, und er ließ sie sich immer wieder durch den Kopf gehen, in der Hoffnung, sie werde ihm doch irgendwann einmal ihre Bedeutung offenbaren.) Drei Millionen Menschen. Und unter denen musste er eine Frau namens Kim ausfindig machen, eine Frau, die mittlerweile vierunddreißig war. Denn eines Nachts, als er ausgestreckt auf seinem Bett lag und zum x-ten Mal diesen Brief las, sprang ihm plötzlich etwas ins Auge, das ihm schon von Anfang an Rätsel aufgegeben hatte.

»Der große Vogel, in toto.« Darauf hatte er sich überhaupt keinen Reim machen können, und genau darüber zerbrach er sich deshalb auch am meisten den Kopf.

Lennie, das musste seine Mutter sein (hieß sie Lenore?), hatte offensichtlich gehofft, dass der Brief und das Foto der Polizei bei der Identifizierung helfen würden. Aber wenn das ihr Beweggrund war, warum dann so vage Anhaltspunkte? Die Polizei hatte sie, nach ihren Berichten zu urteilen, nicht zweckdienlich gefunden.

Es wurde ein Mary's Cove erwähnt, eine kleine Bucht in der Nähe des Parry Sound. Man hatte sogar einen Polizisten hingeschickt, um nach dem Häuschen auf dem Foto zu suchen, aber nach einer langen Bootsfahrt stellte sich heraus, dass Mary's Cove eine abgelegene, unbewohnte, von Felsen umzingelte Bucht war.

In den Berichten stand auch, dass die Einheimischen Stränden, Buchten und eben auch Landspitzen alle möglichen inoffiziellen Namen gaben, tausende Ortsnamen im ganzen Norden. Die Polizei hatte einfach nicht genügend Personal, sie alle zu überprüfen.

Aber nirgendwo ein Hinweis, dass man über »der große Vogel, in toto« gerätselt hatte.

Meinte Kim also tatsächlich einen großen Vogel? Toto? Sollte seine Mutter, diese Erscheinung (deren Gesicht er sich nicht in Erinnerung rufen konnte, so sehr er sich auch bemühte, nur ihr dunkles Haar, ihren Atem auf seiner Haut, die Worte, die sie gesprochen hatte), etwa nicht nur mit ihren beiden Männern im Schlepptau auftauchen, sondern auch noch mit einem Papagei auf ihrer Schulter? Unwahrscheinlich. Und warum »in«?

Meinte Kim, die Briefschreiberin, vielleicht das lateinische *in toto*, was »im ganzen« hieß? Nicht, dass Walker jemals Latein in der Schule gehabt hätte, aber irgendwie war ihm diese Redewendung eines Nachts durch den Kopf gegangen und er hatte sie im Wörterbuch nachgeschlagen. »Der große Vogel, im ganzen.« War das der Spitzname seiner Mutter, großer Vogel, und Kim sagte einfach nur, sie freue sich, dass Lennie heil zurückkehren würde? Gewiss, das passte im Ton zum restlichen Brief. Aber es war auch etwas weit hergeholt. Ein Teil des Problems war Kims Handschrift. Schönschreiben war offensichtlich nicht ihre Stärke gewesen.

Walker hatte das Wort *toto* so lange angestarrt, bis er, wie durch ein kleines Wunder, sah, was tatsächlich dastand. Es war gar kein einziges Wort. Das erste »o« und das zweite »t« waren nicht verbunden, sie stießen nur irgendwie zusammen. Es waren zwei Wörter: »to« und »to«. Und als er sie erst einmal voneinander getrennt hatte, konnte er erkennen, dass das erste durchgestrichen war, der Querstrich auf dem zweiten »t« saß ein wenig höher als der auf dem ersten, und das zweite »o« war ein wenig größer als das erste. Großbuchstaben sollten das also sein. »Der große Vogel, in TO.« Die Leute aus Toronto nannten ihre Stadt üblicherweise TO. Das wusste sogar Walker.

Sein Vater und seine Mutter hatten die Absicht gehabt, nach Toronto zu fliegen, und zwar ziemlich bald, nachdem Kim diesen Brief geschrieben hatte. Neunzehn Tage später hatte man ihn gefunden, am 4. Oktober.

Walker sah sich noch einmal die zwei kleinen Mädchen auf dem Foto an. Das eine lächelte noch immer zurück. Das andere, dessen dunkles, nasses Haar sein Gesicht verdeckte, wandte sich immer noch ab. Plötzlich stand fest: Er musste nach Toronto.

Verblichene Goldlettern auf einer Strukturglastür an der Church Street hatten verkündet: Internationaler Verband der Jugendherbergen – Geschäftsstelle Kanada.
Walker lag auf einer Pritsche in einem modrig riechenden Raum, seine Brieftasche und einen Bankumschlag mit Reiseschecks im Wert von zweitausend Dollar unter seinem Kopfkissen, die alte Hockeytasche mit seinen Kleidern auf dem Boden neben ihm. Er versuchte, die Farbe der Zimmerdecke zu erkennen. Er versuchte, all den Rissen zu folgen, die den Verputz über ihm wie ein Spinnennetz überzogen. Er hörte auf den schweren Atem seiner Zimmergenossen, links und rechts von ihm je drei dunkle Gestalten unter leichten Decken. Er versuchte, an nichts zu denken.
Er schloss die Augen. Sein Körper fühlte sich an, als säße er noch immer im fahrenden Bus, als schaukle er ein wenig hin und her. Der Raum begann sich langsam zu drehen.
Angestrengt versuchte er, die Stimme seiner Mutter zu hören. Klang sie ängstlich? Zornig? Oder traurig? Resigniert? Oder erleichtert, ihn loszuwerden?
Er konnte sie noch immer sehen – nicht ihr Gesicht, aber ihren Schatten, ihr Haar, das sein Gesicht streifte –, die Wärme ihres Atems an seinem Ohr fühlen. Doch der Klang, der Tonfall ihrer Worte wollte nicht deutlich werden.
Es war, als hätte er damals gewusst, was sie zu ihm sagte, aber sich geweigert, zuzuhören, hinzunehmen, was mit ihm geschah, und damit den Klang ihrer Stimme verloren.

So hatte er nicht nur sie selbst, sondern gleichzeitig auch ihre Stimme verloren.
Walker war schon am Einschlafen, dennoch stellte er sich die alte Frage: *Warum?* Wenn seine Mutter ihn geliebt hatte, worauf der Brief und auch die Polizeiberichte hinzudeuten schienen – »gepflegtes Kind, neue Kleider, bei bester Gesundheit« –, und wenn sie den Brief und das Foto in seine Tasche gesteckt hatte, in der verzweifelten Hoffnung, jemand würde ihn identifizieren, dann musste das bedeuten, dass sie ihn dort nicht hatte zurücklassen wollen. Und wenn sie schon bei ihm gewesen war (er wusste, dass sie dagewesen war, wusste, dass diese Frau seine Mutter gewesen war, hatte nicht einen Tag, seit er gefunden worden war, daran gezweifelt), warum war sie nicht zurückgekommen? Welche Mutter, die von ihrem Kind getrennt war, einem Kind, das sie liebte, würde nicht Himmel und Hölle in Bewegung setzen, um es wiederzubekommen?
Eine neue Frage also, noch furchterregender als die erste. Nicht nur »Warum?«, sondern auch »Wer hat dich daran gehindert zurückzukommen, was ist dir zugestoßen?«
Und Walker dämmerte weg, griff nach einem Geist, zwei Geistern: einem dunkelhaarigen Kind, das sich an einen Schwimmreifen klammerte, und einer Frau mit Worten, doch ohne Stimme.

4

1968

Bobby streckte die Hand aus und knipste den mittleren Schalter an. Im Keller ging das Licht an. Darauf hatte er schon den ganzen Tag gewartet, den Stundenzeiger der Uhr im Klassenzimmer seiner fünften Klasse beobachtet, der sich mit quälender Langsamkeit über den 180°-Winkel zwischen neun und drei vorwärtsschob. Aber jetzt war er wieder zu Hause, allein. Er hatte sich ein Erdnussbutter-Sandwich gemacht, es langsam bestrichen und noch langsamer verspeist, um die Vorfreude zu steigern. Jetzt lag alles in seiner Hand.

Vater saß weit weg in seiner Rechenstube und zählte sein Geld. Mutter war auch irgendwo unterwegs und gab es aus. Oder besuchte Freunde. Oder tat dieses oder jenes gute Werk. Sie blieb tagsüber nicht gern daheim, um, wie sie es nannte, in dem riesigen Haus herumzurumoren. Und das Mädchen hatte heute frei.

Bobby stieg die verzogenen, nackten Holzstufen in den düsteren Keller hinunter. Sein Vater hatte das Kellergeschoss nicht wie andere Familien mit Fernseh- und Spielzimmer, Kamin und Bar ausgestattet. Er nannte es auch nicht Kellergeschoss, sondern »da unten«. Und er war der Meinung, die vierzehn Zimmer über der Erde seien ausreichend für jedermann. Also gab es da unten nur die Waschküche, den Vorratskeller, obwohl von Vorräten weit und breit nichts zu sehen war, einen übergroßen Kohlenkasten

neben einem großen und relativ neuen Ölofen und eine Reihe von Lagerräumen. Einige dieser Räume waren vollgestellt mit Kartons und ausrangierten Möbeln, in dem Raum neben der Hintertreppe standen noch ein Kühlschrank und ein Gefrierschrank.
Bobby ging den schmalen Gang entlang, der sich über die ganze Länge des Kellers erstreckte, und machte dabei alle Lichter an, bis er die letzte Tür erreicht hatte.
Er konnte sie bereits hören. Was sagten sie? Er presste sein Ohr gegen den abblätternden Anstrich und lauschte. Es war eine Fremdsprache. Doch bestimmt sprachen sie über ihn. Über wen denn sonst? Machten sie sich über ihn lustig? Kicherten sie hinter seinem Rücken? Hassten sie ihn?
Bobby öffnete die Tür und machte Licht.
Es sah aus, als kniffen die Mäuse in dem plötzlichen grellen Licht die Augen zu, ertappt auf ihren Drahträdern und Drahtleitern, im Wassernapf und im Futternapf, oben, unten und, ja, sogar im Keller des Stalls, den er kunstvoll mit eigenen Händen gebaut hatte.
Sie wirbelten herum und sahen zur offenen Tür, ihre rosa Schnäuzchen und schwarzen Diamantäuglein auf Bobby gerichtet.
Dies hier war Bobbys Rechenstube, seine Stadt der Mäuse. Hier war Bobby der Chef, so wie sein Vater Chef war im »Betrieb«, wie er die Anordnung Dickens'scher Ziegelbauten nannte, die er unten am See besaß. Gleichgültig, was die Mäuse denken mochten, während sie eilig durch das Sägemehl trippelten und übereinander stolperten, hier hatte Bobby alle Macht. Er war der Herr.
Er schloss die Tür und setzte sich auf einen Klappstuhl mit Armlehnen, den er aus einem der anderen Lagerräume

gerettet hatte. Bald würde er ihnen Wasser bringen müssen. Und Futter. Vielleicht auch das Sägemehl wechseln. Er sah, dass es an manchen Stellen durchweicht war und schwarzgesprenkelt von Kacke. Aber momentan saß Bobby nur da und blickte sie unverwandt an.

Damals, als er den Stall aus allen möglichen Resten zusammengebaut hatte, ihn mit einem Dutzend weißer Mäuse bevölkert und dann seinem Vater gezeigt hatte, hatte der Vater gelächelt.

»Was ist das?«, fragte sein Vater.

»Eine Mäusestadt«, antwortete Bobby.

Sein Vater streckte die Arme aus und zog Bobby so fest an sich, dass sich die Gürtelschnalle schmerzhaft in sein Gesicht presste. Er strich Bobby über den Kopf, als hätte der soeben ein Tor geschossen.

»Es war sehr tüchtig von dir, das alles selbst zu bauen«, sagte er. Und dann fügte er noch hinzu: »Du bist auch eine Maus.«

Bobby sah zu seinem Vater hoch in der Hoffnung auf ein weiteres Lächeln, aber nur die bekannte Missbilligung zog wie ein Schatten über das Gesicht seines Vaters.

»Verbring nicht zuviel Zeit hier unten«, sagte er im Gehen.

Aber Bobby verbrachte eine Menge Zeit da unten. Er sah den Mäusen beim Bumsen zu. Sah, wie sie Junge bekamen. Die besorgten Mütter verbuddelten ihre rosa Kinderschar immer tief im Sägemehl. Und oft drängte sich eine aufgeregte Horde heran und schnappte die Kinder weg. Sie zerrten an den winzigen Körpern, schleiften sie herum, fraßen sie.

Bobby begann, die Mäuse genauer zu beobachten. Bald

erkannte er, dass alle verschieden waren. Er gab ihnen Namen.
Manche waren ängstlicher als andere. Manche versuchten, für sich zu bleiben. Manche bumsten wild herum. Und manche drangsalierten die anderen, waren stärker als die anderen, rannten sie über den Haufen und bissen sie in den Schwanz, saßen im Futternapf, wurden fett und kackten hin, wo es ihnen passte.
Seit ein paar Tagen spielte sich ein ganz bestimmter Mäuserich als Mäusekönig auf. Er stolzierte durch den Stall, ging hin, wo und wie es ihm passte, hinauf, hinunter, schubste die anderen von den Rädern und Leitern, als ob er alle Macht hätte. Bobby hatte die ganze Woche an ihn gedacht. Mit jedem Tag steigerte sich seine Erregung, die Spannung und die Vorfreude. Und jetzt war die Zeit gekommen.
Er hatte das schon früher getan. Würde es immer wieder tun müssen. Als Herr über die Stadt der Mäuse blieb ihm gar nichts anderes übrig.
Bobby stand auf, öffnete die obere Tür des Stalls, fasste rasch hinein und schnappte sich den Übeltäter. Er hielt ihn fest in einer Hand und streichelte den rosa Bauch mit dem Mittelfinger der anderen Hand. Er drückte fester zu und konnte fühlen, wie der Puls des Mäuserichs unter seinem Finger schlug, wie das Blut pochte, pochte.
Arnold – so hatte Bobby ihn getauft – sah zu ihm hoch, schwarze Perlenaugen starrten in Bobbys Augen.
Atemlos vor Erregung stellte sich Bobby auf seinen Stuhl, streckte den Arm aus und schnippte ein Stück Schnur von dem Sparren, auf dem er es versteckt hatte. Es hing über der Stadt der Mäuse. Ein Ende an einen Nagel gebunden,

das andere mit einer Schlaufe versehen, baumelte es hin und her.
Bobby steckte Arnolds Kopf durch die Schlinge, die er schon mehrmals verwendet hatte, und zog sie fest um seinen Hals. Dann ließ er Arnold los.
Arnold zuckte und quiekte und verdrehte sich, versuchte, die Schnur hochzuklettern, fiel wieder hinunter, erstickte, baumelte in der Luft.
Und Bobby stand da, wie angewurzelt, und sah zu.

5

Am nächsten Morgen um halb zehn stand Walker vor der schweren Holztür neben der Pfandleihe. Das Wohnung-zu-vermieten-Schild klebte noch immer daran.
Er versuchte, die Tür zu öffnen, doch sie war verschlossen. Er trat zurück, um noch einmal einen Blick auf das Gebäude zu werfen. Ganz so vielversprechend wie im Dunkeln sah es nicht mehr aus. Er sah, dass ein rostiges Stück Dachtraufe herunterhing und Streifen von Taubenkot die roten Ziegel wie willkürlich gesetzte Pinselstriche und die beiden Fensterbretter wie Girlanden zierten. Die Verursacher dösten zu Dutzenden auf der Kante des Blechdachs. Sprünge im Glas waren mit ausgefransten Streifen weißen Gewebebands repariert worden, und eine Scheibe war durch etwas ersetzt worden, das aussah wie ein Teil einer Cornflakesschachtel.

»Was gibt's?«
Ein winziger, unrasierter Mann in einer beigen Windjacke, die ihm zwei Nummern zu groß war, und mit einer Brille, die er auf der Nasenspitze balancierte, öffnete die Tür der Pfandleihe und schaute Walker über seine Brille hinweg eindringlich an.
Die Church Street war jetzt wesentlich belebter. Autos und Lieferwagen und Taxis kämpften Stoßstange an Stoßstange um einen Platz auf der engen Straße. Hupen ertönten, Abgase erfüllten die Luft, ein Windstoß fegte alte Zeitungen und weggeworfene Zigarettenpackungen den Gehsteig entlang.
»Nichts. Ich interessiere mich nur für die Wohnung, aber da steht ›drinnen nachfragen‹, und die Tür ist zugesperrt.«
»Wenn diese Tür nicht abgeschlossen wäre, wissen Sie, was hier los wäre?«
»Nein.«
»Das wollen Sie nicht wirklich wissen, und das will ich nicht wissen. Besoffene, Drogensüchtige, Nutten, Penner. Sie wollen eine Wohnung mieten?«
»Ja.«
»Kommen Sie rein. Kommen Sie«, sagte der Mann, verschwand im Laden, schaltete die piepsende Alarmanlage aus und das Licht an drei verschiedenen Stellen an.
Der Laden war bis zur Decke vollgestopft mit allem, was einem nur einfallen konnte, von Stereoanlagen über aufwendig verzierte Messinglampen und Mikrowellenherde, bis hin zu Schwertern, Musketen und von der Decke hängenden elektrischen Gitarren.
Der Mann trat hinter eine lange Theke mit Glasplatte, un-

ter der Münzsammlungen, Uhren, Schmuck und Messer aller Art lagen. Er zog seine Windjacke langsam aus, hängte sie an einen Kleiderständer aus Holz und wandte sich wieder Walker zu.
»Drinnen nachfragen heißt hier drinnen«, sagte er. »Ich hab zwei hübsche Wohnungen. Zufällig gerade frei.«
»Das ist ja großartig.«
Der Mann nahm seine Brille ab, zog ein sauberes weißes Taschentuch hervor und putzte die Gläser. Walker hatte das in seinem ganzen Leben noch nie jemanden tun sehen, außer Leute in alten Schwarzweißfilmen.
»Ich hab eine Zweizimmerwohnung, ich hab eine Einzimmerwohnung.«
»Also, ich glaube, die Einzimmerwohnung wird reichen.«
»Dann sind Sie also allein?«
»Ja.«
»Wie steht's mit Arbeit?«
»Ich bin erst gestern abend angekommen. Heute suche ich mir eine Arbeit«, sagte Walker und sah den Mann mit festem Blick an.
Der Mann setzte seine Brille wieder auf. Walker schätzte ihn auf knapp sechzig. Er hatte graues, schütteres Haar. Sorgenfalten, wie seine Mutter sie nannte, waren tief in sein Gesicht eingegraben.
»Sie sind ein ehrgeiziger junger Mann?«, fragte er.
»Ich mache jede Arbeit.«
»Können Sie sich fünfhundertfünfzig im Monat leisten, elfhundert im voraus für die erste Miete und die Kaution?«
»Sicher.«
»Wann?«

»Jetzt sofort. Und innerhalb einer Woche habe ich einen Job.«
Der Mann sah Walker noch einmal lange an, musterte ihn von oben bis unten, mit seiner abgenutzten Hockeytasche über der Schulter, seinem schwarzen Haar, das ihm lässig in die Stirn und über den Kragen seiner Jacke fiel.
»Wenn ich keine Arbeit finde, haben Sie immer noch die Kaution«, fügte Walker aufmunternd hinzu.
Der Mann lächelte dünn und nickte.
Nachdem er Reiseschecks im Wert von elfhundert Dollar ausgestellt hatte, besaß Walker noch neunhundert, zusätzlich zu den achtzig Dollar Bargeld. Dafür war er jetzt stolzer Besitzer zweier Messingschlüssel, einer für die Haustür und einer für die Wohnungstür. Es stellte sich heraus, dass seine Wohnung der zur Straße gelegene Raum mit den zwei hohen, schmalen Fenstern unter der Dachtraufe war.
Das Zimmer war sehr geräumig und hoch, hatte Tapeten voller Wasserflecken und aluminiumfarben gestrichene Heizkörper.
Es gab ein kleines Bad am Ende eines engen Flurs, ohne Wanne, dafür mit Dusche, und eine fensterlose Küche, groß genug für einen kleinen Tisch, wenn er einen gehabt hätte. Ein Herd stand darin und ein Kühlschrank, die aussahen wie jene, die die Leute im Norden in ihre Blockhütten schleppten – alt, gelb und nahe daran, den Geist aufzugeben.
Doch es war Walkers erste eigene Wohnung, und für ihn war es die tollste Wohnung in ganz Toronto.
Begleitet vom Geflatter und Gekreische eines Taubenchors schob er eines der Fenster auf.

Er steckte den Kopf hinaus und inspizierte die Church Street, die Kirche auf der anderen Straßenseite und den Park, der sie umgab.
Ein paar Männer und Frauen – Obdachlose, wie er später feststellen sollte – sammelten sich auf den Bänken unter den dichtbelaubten Bäumen. Weiter hinten konnte er hohe Bürogebäude erkennen. Das Hupen von Autos, das Dröhnen von Motoren, das Klingeln und Rattern von Straßenbahnen erfüllte die Luft. Straßenhändler brüllten, Kurierfahrer flitzten auf ihren Fahrrädern vorüber, und Menschen eilten hierhin und dorthin, ohne groß auf den Verkehr zu achten, weil sie, wie Walker vermutete, an den Lärm und das Durcheinander längst gewöhnt waren.
Eine schwarz-weiße Katze landete auf dem Fensterbrett. Ihre Schnauze war mit alten Kampfnarben übersät, und eines ihrer Ohren fehlte so gut wie ganz. Nach einem Augenblick kühner Berechnung rieb sie ihren runden Kopf an Walkers Arm, trippelte an ihm vorbei und sprang ins Zimmer hinein. Mit hocherhobenem Schwanz glitt sie geräuschlos durchs Zimmer und den Flur entlang auf der Suche nach der Küche.
Walker saß auf dem Boden neben dem Fenster. Die Katze war, weil sie eine leere Küche vorgefunden hatte, zurückgekehrt und legte sich nun neben ihn. Walker streichelte ihren knubbeligen Kopf, und sie begann zu schnurren, laut wie ein Außenbordmotor.
Lange saß Walker so da, beobachtete und lauschte, was in der Welt draußen vor sich ging. Dann breitete er den Brief auf dem abgescheuerten Hartholzboden aus und legte das Foto der Frau und der zwei kleinen Mädchen daneben.

Erneut betrachtete er das dunkelhaarige Mädchen, das sich halb abwandte.
»Ich bin da, Mom«, sagte er.

An diesem Nachmittag ging Walker in den Goodwill Store in der Jarvis Street, um sich ein paar gebrauchte Möbel zu besorgen. Er erstand ein cremefarbenes Schlafsofa aus Kunstleder mit einer nicht allzu fleckigen Matratze, einen kleinen Holztisch und zwei Holzstühle, glänzend schwarz lackiert, eine kleine Kommode, an der das ursprüngliche Furnier stellenweise noch zu sehen war, und einen kleinen tragbaren Fernseher mit Zimmerantenne. Alles zusammen kostete ihn fünfhundertsechzehn Dollar inklusive Steuer, und man versprach ihm, die Sachen gleich am nächsten Tag zu liefern.
Jetzt blieben Walker noch etwas über fünfhundertsechzig Dollar. Nur einen Tag früher hatte er noch mehr als zweitausend besessen. Etwas anderes hatte er zwar eigentlich nicht erwartet, dennoch verschlug ihm die Plötzlichkeit, mit der er sein Geld losgeworden war, den Atem.
In einem Laden an der Ecke kaufte er sich eine Zeitung und einen Stadtplan, dann drehte er sich eine Zigarette und marschierte die Adelaide Street hinunter.
Arbeit zu finden gestaltete sich schwieriger, als er gedacht hatte. Als es sechs wurde, war er in über einem Dutzend Fabriken, Restaurants und Läden gewesen, war dort jedoch nur auf andere Arbeitsuchende gestoßen. Anscheinend hatte eine Rezession eingesetzt. Oder eine Depression. Je nachdem, ob man seinen Job mit letzter Kraft gerade noch festhalten konnte, oder ob er einen schon abgeschüttelt hatte.

Er hatte sich bereits eine Bratpfanne und einen Wasserkessel gekauft, einen Büchsenöffner, Messer, Gabel und Löffel, und jetzt kaufte er sich ein paar Lebensmittel und eine Sechserpackung Bier. Er machte sich Wiener und Bohnen zum Abendessen und aß sie direkt aus der Pfanne. Er dachte sich, dass er sich ein paar Teller leisten konnte, sobald er einen Job gefunden hatte.

Er überlegte, was er noch alles brauchen würde – eine Müslischale, Gläser, Salz- und Pfefferstreuer, eine schier unendliche Liste. Und als die Sonne unterging, wurde ihm klar, dass er auch ein paar Lampen brauchte. Es gab nur zwei Deckenleuchten in seiner Wohnung, und keine davon im Wohnzimmer.

Er saß im Dunkeln auf dem Boden, rauchte und trank sein Bier und sah zu, wie die Schatten und das Licht der Straßenlampen auf seinen beiden Fenstern Fangen spielten.

Und wieder dachte er an diesen See, auf dem sich die zwei Mädchen hatten treiben lassen. Am 2. Juni 1964 in Mary's Point.

Im Norden war es an einem 2. Juni schon schwierig, die Hand lang genug ins Wasser zu halten, um eine Elritze aus einem Ködereimer zu fischen; von Herumplanschen im See, wie diese kleinen Mädchen es taten, konnte gar nicht die Rede sein. Aber da waren sie, völlig durchnässt, auch das Haar klatschnass, und alberten mit einem Schwimmreifen und einer Luftmatratze herum. Das hieß, dass Mary's Point nicht in der Nähe von Parry Sound oder dem French River oder irgendwo in der Gegend, in der man ihn gefunden hatte, liegen konnte. Er wusste nicht, was sich diese Polizisten eigentlich vorgestellt hatten, Mary's Point konnte gar nicht im Norden sein.

Es war schon nach eins, als er sich in sein Bettzeug einrollte und einschlief.

Am nächsten Morgen war die Katze wieder da. Er rief seine Mutter aus einer Telefonzelle an, um ihr seine Adresse zu geben, und versprach, sich umgehend ein Telefon anzuschaffen. Und die Möbel kamen. Alles ließ sich gut an.

Er goss der Katze etwas Milch in die Bratpfanne, wuchtete das Kunstledersofa und die Kommode im Wohnzimmer genau dorthin, wo er sie haben wollte, stellte den Fernseher auf die Kommode und trug den schwarzglänzenden Tisch und die beiden Stühle in die Küche. In Feierstimmung taufte er die Katze Kerouac, zu Ehren seines Lieblingsschriftstellers und der Eingebung, seinen Umzug nach Toronto damit zu tarnen, dass er etwas von der Welt sehen wollte.

Am Spätnachmittag hatte Walker wieder eine lange, ergebnislose Suche auf dem Arbeitsmarkt in Toronto hinter sich. Als er die Parliament Street überquerte, dampfte die Straße regelrecht, und er wäre nicht überrascht gewesen, wenn die Ledersohlen seiner Schuhe zu rauchen begonnen hätten. In seinen Augen tanzten Sonnenflecken. Er hatte Kopfschmerzen. Kein Lüftchen regte sich. In seinem ganzen Leben war er noch nirgends gewesen, wo es so heiß war.

Gedankenverloren starrte er auf eine Garage, die zurückgesetzt auf einem großen Grundstück stand. Der einstöckige Ziegelbau mit abgerundeten Ecken, dessen gelber Anstrich abblätterte, hatte zwei Garagentore und ein schief über der Eingangstür hängendes Holzschild, auf

dem »A.P.Taxis« stand und darunter, etwas kleiner, »Inhaber und Betreiber A. Piattelli«.
Wie zum Beweis standen zwei blau-weiß lackierte Taxis davor, über und über mit der Aufschrift »A.P.Taxis 752-8641« verziert, und ein paar andere Autos standen neben der Garage.
Am anderen Ende des Gebäudes stand ganz für sich allein ein makelloser rosa Cadillac Eldorado Baujahr 1958 und glänzte in der Sonne wie ein Traum von Kalifornien.
Walker schlenderte vorbei, besah sich den Cadillac und fragte sich, wo denn die Plüschwürfel waren, die eigentlich vom Rückspiegel herunterbaumeln sollten. Dabei bemerkte er ein Schild hinter der schmutzigen Fensterscheibe an der Vorderseite der Garage. Es war handgeschrieben, große, mit einem breiten roten Markierstift rasch hingemalte Lettern: HILFE!
Walker blieb stehen. Er war unschlüssig, was er tun sollte. Die Polizei rufen? Sich um eine Stelle bewerben?
Er sah sich das Gebäude genauer an. Beide Garagentore standen offen, und in einer der Garagen konnte er undeutlich die Bewegungen eines Mannes ausmachen. Der Mann trat unter einen auf einer Hebebühne aufgebockten Wagen. Walker hörte das Geräusch des Luftschlauchs an einer Fettpresse. Alles sah normal aus. Kein Überfall, keine Brandstiftung oder Körperverletzung im Gange. Er beschloss hineinzugehen.
Als er die Eingangstür aufstieß, blies ihm ein Schwall kalter Luft von einer ächzenden Klimaanlage entgegen. Am anderen Ende des Raums sah er eine Frau hinter einer hohen Holztheke sitzen, die ihm ihren breiten Rücken zuwandte. Ihr borstiges graues Haar stand in die Höhe, als

ob es vergeblich auf jemanden wartete, der es bürstete. Sie sprach in ein Funksprechgerät.
»Romeo? Wo bist du, o Romeo?«, fragte sie. Ein unverständliches Krächzen antwortete ihr. Sie tat einen letzten langen Zug von ihrer Zigarette und stopfte sie in einen überquellenden Aschenbecher.
»Was war mit diesem letzten Anruf?«, wollte sie wissen. Mehr Gekrächze.
»Na, du hast einfach zu lang gebraucht. Ich kann die Leute nicht an allen vieren fesseln, weißt du, Romeo. Ich kann sie nicht ewig warten lassen. Die haben zweimal nachgefragt.« Noch mehr Gekrächze.
Walker betrat den Raum. Der Holzboden war abgenutzt und verzogen. Verblichene Kalender aus mehreren Jahrzehnten, die Werbung machten für alles, von Autowachs bis zu einem Beerdigungsinstitut in der King Street, waren an die gestrichenen Wände genagelt. Auf der Fläche hinter der Theke drängten sich ein Funktisch, zwei weitere Schreibtische und mehrere Aktenschränke. Jeder verfügbare Platz war mit Schichten von Ordnern und Geschäftsunterlagen bedeckt, als hätte die Klimaanlage alles durcheinandergewirbelt.
»Nenn mir einen guten Grund, warum ich dir noch eine Fuhre vermitteln sollte«, sagte die Funkerin und zündete sich die nächste Zigarette an.
Walker ging am Tresen vorbei durch eine offene Tür eine Holzrampe hinunter. Eine weitere offene Tür zu seiner Rechten führte in die Garage, und er konnte den Mann, der das Auto schmierte, jetzt deutlicher sehen. Er war klein und drahtig, und ein grauer Pferdeschwanz sah unter seiner fettverschmierten Sportkappe hervor. Er trug

weder einen Overall noch Stiefel, nur mitgenommene Laufschuhe, schmutzstarrende Jeans und ein schwarzes T-Shirt, auf dem eine herausgestreckte rote Zunge prangte. Er hatte einen grauen Fünf-Tage-Bart und anscheinend keine Zähne, so wie er da die Presse auf den nächsten Nippel drückte, das Gesicht schwarz von Öl, den Mund ganz eingefallen, und dann ein Aufblitzen von rosa Zahnfleisch, als er in den Bauch des Wagens hineinfluchte: »Du arschverficktes Arschloch!«

Walker ging weiter den spärlich beleuchteten Flur entlang und kam zu einer offenstehenden Tür mit Milchglasscheibe. Im Zimmer telefonierte ein sehr umfangreicher Mann an einem sehr umfangreichen Schreibtisch und hatte seine Füße auf eine offene Schublade gelegt.

»Zwanzigtausend. Kein Scheiß. Tot umfallen soll ich, wenn das nicht wahr ist. Tony ist vorbeigekommen. Du weißt schon, Daumen-Tony. Genau. Und dieses falsche Aas, wie heißt der noch mal? Herman? Die zwei ziehen zusammen durch die Gegend. Ja. Fünf Uhr morgens, verdammt noch mal. Für die bin ich gestorben. Gestorben, verdammt. Teil der Einrichtung.«

Der Mann sah auf und entdeckte Walker, der ihn von der Tür aus beobachtete. Seine Augenbrauen gingen ein wenig in die Höhe, aber er telefonierte weiter. »Sag ich ja. Genau meine Worte.«

Er kam Walker wie ein ausgemusterter Footballspieler vor, mit seinem massigen Schädel und dem enganliegenden gelockten Haar. Um den Hals hatte er eine Sammlung von Goldketten hängen, und ein grauer Haarbusch wuchs ihm aus dem pfirsichfarbenen Hemd.

»Ja. Genau. Hör mal, da wartet so ein Jüngelchen auf

mich. Ich ruf dich später wieder an.« Er legte auf, wippte auf seinem hölzernen Drehstuhl zurück und nickte Walker zu. Walker stieß die Tür ganz auf und kam herein.
»Hi. Tut mir leid, wenn ich Sie störe. Ich habe das Schild gesehen und mir gedacht, bewirb dich mal.«
Wieder zog der Mann die Augenbrauen hoch. »Was für ein Schild?«
»Das, wo HILFE draufsteht.«
Einen Augenblick saß der Mann da und dachte mit gerunzelter Stirn nach. Walker schätzte ihn auf irgend etwas zwischen vierzig und fünfzig, und trotz seines Umfangs war etwas an ihm, das so gar nicht bedrohlich wirkte. Der Anflug von Belustigung in seinen dunklen Gauneraugen.
»HILFE?«, fragte er. Walker nickte.
Der Mann erhob sich vom Schreibtisch – an die hundertfünfzig Kilo in Khakishorts, und darunter Beine, die im Gegensatz zu seiner Brust fast völlig unbehaart und verglichen mit seinem dunklen Teint um etliche Nuancen weißer waren. Er schlappte in Sandalen um den Tisch herum, an Walker vorbei und sagte: »Wo?«
Walker folgte ihm zurück ins vordere Büro. »Im Fenster.«
Der Mann watschelte um den Tresen herum und quetschte seine massige Gestalt zwischen zwei Aktenschränke. Beide bewegten sich. »Verdammich«, sagte er. Er holte das Schild aus dem Fenster.
»Schau dir das an, Donna«, sagte er. »Hast du das gesehen?«
»Hab's gesehen, als ich reinkam.«
»Warum hast du nix gesagt?«
Die Frau zuckte die Achseln. »Warum sollte ich?«
Das Telefon klingelte. Sie hob ab. »A.P.Taxis«, sagte sie.

Der Mann marschierte wieder den Flur zurück und zerknüllte dabei das Pappschild.
Walker dachte, das war's dann wohl, und wollte gerade gehen, als der Mann ihm nachschrie: »Was hältst du eigentlich davon?«
»Wovon?«, fragte Walker.
»Frauen!«
»Na ja, mmh«, Walker lächelte vorsichtig, »eigentlich eine ganze Menge.«
»Ach ja? Mich treiben sie in den Wahnsinn!« Er ging den Flur weiter. »Komm her!«, schrie er ihm zu.
Als Walker das Büro erreicht hatte, saß der Mann hinter seinem Schreibtisch und schälte die Schutzhülle von einer Zigarre.
»Krista Papadopoulos.«
»Wie bitte?«
»Krista Papadopoulos! Die hat dieses Schild ins Fenster gestellt. Die treibt mich in den Wahnsinn. Glaubt, ihr gehört der Laden hier. Glaubt, dass sie der Boss ist.« Er zog die Zigarre unter seiner Nase vorbei, roch an ihr und leckte sie schließlich von einem Ende zum anderen ab. »Macht den Rauch kühler«, erklärte er.
Walker nickte.
»Setz dich.«
Walker setzte sich in einen alten Ledersessel voller Löcher und Falten.
»Sie glaubt, dass wir die Lizenz verlieren, wenn wir nicht einen geprüften Mechaniker anstellen. Geht mir schon seit Wochen auf den Wecker, laber, laber. Aber verdammt noch mal, das ist mein Laden und meine Lizenz.« Er schnitt das Zigarrenende mit einem Taschenmesser ab und

zündete sich die Zigarre an. »Außerdem geht das jetzt schon seit Jahren gut so.« Eine große Rauchwolke breitete sich im Büro aus. »Also probiert sie's mit Sarkasmus. Das da ist ein sarkastisches Schild. Verstehst du?« Er deutete auf den Papierkorb, in den er es geworfen hatte.
»Ja«, antwortete Walker.
Der Mann paffte ein wenig an seiner Zigarre und sagte dann, als ob er soeben zu einer Einsicht gekommen wäre, zu der er schon viele Male gekommen war: »Sie ist unberechenbar. Wie heißt du?«
»Walker. Walker Devereaux.«
Der Mann streckte ihm seine große fleischige Hand über den Tisch entgegen.
»Alphonso Piattelli. Freut mich, dich kennenzulernen, Walker.«
»Freut mich, Sie kennenzulernen, Mr. Piattelli«, erwiderte Walker, während sie sich die Hände schüttelten.
»Kannste Auto fahren?«
»Klar.«
»Da draußen steht ein nettes kleines Taxi, das wartet nur auf dich. Siebzig Mäuse für die Nachtschicht. Das ist ein Superangebot. Schau mal, wo du das sonst kriegst.«
»Mmh«, meinte Walker. »Sie meinen, Taxi fahren?«
Alphonsos Augenbrauen rutschten wieder nach oben. »Das hier ist nicht die Oper.«
»Sie meinen, Sie zahlen mir siebzig Mäuse fürs Taxifahren?«
»Nein. *Du* zahlst *mir* siebzig Mäuse und behältst alles, was du darüber hinaus verdienst.« Er sah Walker mitleidig an. »Du bist noch nie Taxi gefahren, oder?«
»Nein.«

»Du hast auch keinen Taxischein, oder?«
»Nein.«
»Was, zum Teufel, machst du dann eigentlich hier?«
»Mir war nicht klar, was das für ein Job war.«
»Es gibt keinen Job. Das war nur Krista Papadopoulos!«
»Das hab ich jetzt auch gerafft.« Walker wollte aufstehen.
»Bleib sitzen.«
Er setzte sich.
»Hör mal, würdest du gern Taxi fahren?«
»Klar.«
»Hmmm«, machte Alphonso, während er seine Zigarre paffte. »Is ein toller Job. Wirklich toll.« Er beugte sich zu Walker und fragte ihn ganz im Vertrauen: »Aber du kennst dich aus in der Stadt?«
»Eigentlich nicht. Ich bin erst vor zwei Tagen angekommen.«
»Das ist nicht unbedingt ein Problem. Wo kommst du her?«
»Big River.«
»Wo is das?«
»Es ist eine Kleinstadt südlich von Thunder Bay.«
»Und wo is das?«
»Oben im Norden.«
»Ich will dir was zeigen«, sagte Alphonso, stand auf und schlappte wieder um den Schreibtisch herum.
Er führte Walker in den hinteren Teil des Gebäudes und durch eine Stahltür hinaus in den strahlenden Sonnenschein. Eine Hitzewelle schlug über ihnen zusammen. Er deutet auf ein Taxi, das neben einem Stapel rostiger Öltonnen im Unkraut stand. »Nummer Neunzehn!«, rief er aus und streichelte den Kotflügel. »Eine Schönheit.«

Walker blickte auf das blau-weiße Taxi, einen sehr alten, sehr traurig aussehenden Ford Ventura mit abgefahrenen Reifen und einer hinteren Stoßstange, die mit etwas befestigt war, das wie Panzerband aussah. Alphonso öffnete die Fahrertür. Die Scharniere quietschten.
»Joe hat's gerade generalüberholt.«
»Aha.«
»Vorschlag: Ich zahl dir fünf Mäuse die Stunde, wenn du die Nachtschicht übernimmst. Halb fünf bis morgens früh halb fünf, zwölf Stunden, kapiert? Da hast du sechzig Mäuse in der Tasche. Was machst'n sonst?«
»Nicht viel.«
»Rumsitzen, in die Kiste glotzen, so was. Hab ich recht? So lernst du das Handwerk. In der Zwischenzeit meldet Krista dich in der Taxifahrerschule an. Mach's jetzt, es dauert vier Tage und kostet dich zweihundert Mäuse. Die von der Kommission wollen das Geschäft irgendwie aufwerten oder so'n Scheiß. Wird sechzehn Tage dauern und achthundert kosten, wenn du's nicht gleich machst. Kapiert?«
»Klar.«
»Braver Junge. Jetzt geh, schlaf 'ne Runde, komm um halb fünf wieder. Joe wird dich einweisen.«
»Woher weiß ich, wieviel ich verlangen soll?«
»Du hast einen Zähler. Joe wird's dir zeigen. Aber rühr ja nicht das Funkgerät an. Egal, wer dich anfunkt, einfach ignorieren. Gib keine Antwort. Sag nix. Kapiert?«
Walker sah einen Augenblick auf seine abgetragenen Arbeitsschuhe hinunter.
An Taxifahren hatte er zwar nicht gedacht, es war ihm gar nicht in den Sinn gekommen, aber je länger er darüber

nachdachte, desto besser gefiel ihm die Idee. Kerouac würde es tun.
»Das ist ein Spezialangebot. Nur so lang, bis du deinen Schein hast. Dann krieg ich Geld von dir, genau wie von den anderen.« Alphonso lehnte sich an das Taxi. Es knarrte unheilverkündend. Er betrachtete Walker durch eine Wolke von Zigarrenrauch. »Ich mach das, weil ich darauf vertrau, dass du dein Bestes gibst. Sonst kommst du mir vielleicht mit ein paar Dollar zurück und kassierst deine sechzig Mäuse, hab ich recht? Aber ich schätze, dass ein Bursche wie du sich den Arsch aufreißen wird. Du kommst mit zwei-, vielleicht dreihundert Dollar zurück. Ich verdien Geld. Du verdienst Geld. Das ist eine zeitlich befristete Abmachung.«
Walker sah Alphonso an, der in Rauch gehüllt vor ihm stand. Alphonso grinste. Walker lächelte zurück. Der Handel galt.

Zur Feier des Tages ging Walker zum Pfandleiher und kaufte sich ein Kassettendeck und eine Lampe für sein Zimmer.
Sein Vermieter sah ihn über die Brille hinweg an. »Sie hatten Glück«, sagte er.
»Wieso?«
»Heute ist einer gekommen und wollte Ihre Wohnung mieten. Ich habe gesagt, tut mir leid, ich hab sie gestern vermietet.«
»Ach«, sagte Walker und inspizierte eine Reihe von Kassettendecks. »Woher wusste der, dass sie zu vermieten war? Sie haben das Schild doch gestern abgemacht.«
Der Mann zuckte die Achseln. »Hat's wahrscheinlich

schon früher gesehen. Er fragte mich, wer sie gemietet hat. Ich habe gesagt, irgendein Hockeyspieler.«

Walker suchte sich ein Gerät aus und stellte es vorsichtig auf die Glasplatte der Verkaufstheke. »Frag mich, was es den angeht, wer sie gemietet hat.«

Wieder zuckte sein Vermieter die Achseln.

»Ich nehme das hier«, verkündete Walker.

Um fünf Uhr saß Walker bereits in Taxi Nummer Neunzehn. Einen Stadtplan hatte er auf dem Beifahrersitz ausgebreitet. Er fuhr die Parliament Street hinauf und bog ohne besonderen Grund an der Gerrard Street rechts ab. Er fuhr über eine Brücke, und ein paar Minuten später fand er sich in Chinatown wieder.

Noch einmal schaute er auf die blaue Fläche am unteren Rand der Karte.

Er beschloss, nach Süden zu fahren. Die ganze Zeit schon hatte er gewusst, dass er nach Süden fahren würde. Es würde gar nicht lange dauern, er wollte nur einen Blick auf den See werfen, den See, der wärmer sein musste als irgendein See im Norden. Sobald er das getan hatte, würde er Ausschau halten nach jemandem, der ein Taxi brauchte. Jemand, der an einer Straßenecke stehen und winken würde oder so.

»Neuer!« Das Funkgerät erwachte plötzlich zum Leben. Walker fuhr zusammen. »Neuer, wo bist du? Sag was, Neuer.«

Walker zögerte einen Augenblick, entschied sich dann aber, Alphonsos Anweisungen zu befolgen und die Stimme dieser Frau, die sich wie eine Kugel mit Stahlspitze in seinen Kopf bohrte, zu ignorieren.

»Neuer!«
Etwas sagte ihm, dass das nicht Donna war, die, eingepackt in einen alten Wollpulli, um sich vor der kalten Luft der Klimaanlage zu schützen, ihre Zigaretten rauchte. Das musste jemand anderes sein.
»Ich weiß, dass du da bist. Geh ran, oder ich ruf die Bullen, weil du ohne Taxischein in einem nicht registrierten Taxi unterwegs bist, falls du's nicht weißt, und die werden dich hinten in ihren Streifenwagen stecken und irgendwo hinbringen, wo keine Menschenseele vorbeikommt, und dir in den Arsch treten, dass dir Hören und Sehen vergeht, also GEH RAN!«
Walker überlegte, dass er zwei Möglichkeiten hatte: aus dem Taxi zu flüchten, damit er nicht an einen Strommasten fuhr, oder ranzugehen.
Er ging ran, drückte auf einen Knopf und sagte »Hi«, dann ließ er den Knopf wieder los, so wie Joe, der obskure Mechaniker, es ihm gezeigt hatte.
Einen Augenblick war es still, dann: »Schon besser. Wo bist du?«
»Gerrard.«
»An welcher Kreuzung?«
»Weiß ich nicht. Ich könnte stehenbleiben und auf der Karte nachschauen. Ah, warte mal – ich bin gerade an Brian Crescent vorbeigefahren.«
Wieder Stille. Dann: »Wie heißt du, Neuer?«
»Walker. Walker Devereaux.«
»Du bist Jungfrau, stimmt's, Walker?«
Walker zögerte.
»Soll heißen, du bist noch nie Taxi gefahren, stimmt's, Walker?«

»Nein.«
»Und du hast mit Alphonso Piattelli gesprochen, stimmt's?«
»Stimmt.«
»Mit Alphonso Piattelli solltest du lieber nicht sprechen. Alphonso Piattelli ist eine Gefahr für die Allgemeinheit, sich selbst eingeschlossen. Wenn es einen Preis für ›wandelndes Unheil‹ gäbe, hätte Alphonso ihn schon vor Jahren gewonnen. Verstehst du, was ich meine, Neuer?«
»Walker«, erinnerte er sie. »Aber er ist doch der Boss, der Inhaber, oder?«
Noch längere Stille.
»Na, das steht jedenfalls auf dem Schild vorn am Haus«, fügte er hinzu, etwas kleinlaut, wie ihm schien.
»Wieviel hast du bis jetzt verdient?«
»Ich habe gerade erst angefangen.«
»Weißt du, wer ich bin?«
»Nein«, antwortete Walker, und ich will es auch gar nicht wissen, dachte er, halt einfach die Klappe!
»Ich bin die Nachtfunkerin. Weißt du, was das für dich bedeutet? Na, es bedeutet alles. Ich bin die, die entscheidet, wer was wann kriegt. Ich überwache den ganzen Funkverkehr. Du kriegst einen Dreck, du kriegst nicht einen müden Cent, dein Funkgerät ist tot, wenn ich das will. Verstehst du, was ich meine, Neuer? Jetzt bring diesen Schrotthaufen zurück, so vorsichtig wie du kannst, dass sie dich nicht schnappen und uns die Lizenz entziehen, nur weil Alphonso denkt, er kann sich ein paar Mäuse extra ergaunern, und ich meinen Job verliere!«
»Mr. Piattelli hat gesagt, ich soll einfach rumfahren und die Leute von der Straße auflesen.«

Ein unheimliches Schweigen sickerte aus dem Funkgerät und breitete sich aus. Walker brach es als erster.
»Na ja, ich könnte ja zurückkommen.«
»Genau.«
»Und, hm, nach wem frage ich dann?«
»Krista Papadopoulos.«
Walker parkte Nummer Neunzehn äußerst sorgfältig vor der Garage, stieg aus, stieß die schwere Eingangstür auf und ging hinein.
Die Klimaanlage ächzte noch immer und blies kalte Luft in den Raum, aber anscheinend war niemand da. Dann bemerkte er einen blonden Haarschopf hinter dem Tresen.
»Hi«, sagte er.
Ein Kopf wurde sichtbar, und Walker schaute plötzlich in die aufregendsten hellblauen Augen, die er je gesehen hatte. Das Gesicht hatte etwas Puppenhaftes, als wäre sie eine Zeitreisende aus den zwanziger Jahren, mit dem Unterschied, dass sie nicht so stark geschminkt war. Auch trug sie ihr blondes, beinahe weißes Haar nicht kurz und streng onduliert, sondern es umrahmte ihr Gesicht in feuchten Kringeln, als wäre sie gerade aus der Dusche gekommen.
Walker schätzte sie auf fünfundzwanzig, vielleicht dreißig – älter als er jedenfalls –, und fand, dass sie äußerst ungewöhnlich aussah, sehr attraktiv, fast sexy.
»Bist du Krista? Ich bin der Neue.« Er lächelte.
Sie fixierte ihn mit diesen auffallenden Augen. Das Telefon läutete. Sie stieß sich von der Tischplatte unter dem Tresen ab und schwebte wie von Zauberhand getragen davon.
Walker trat an den Tresen. Jetzt sah er, dass sie im Roll-

stuhl saß. Sie drehte einen sauberen Kreis mitten in dem vollgestopften Verschlag und rollte zum Telefon.
»A.P.Taxis«, sagte sie. »O.K.« Sie kritzelte etwas auf einen Zettel. »Zehn Minuten. Danke für Ihren Anruf.« Sie drehte sich zum Funkgerät. »Nick, wo bist du jetzt?« Krächzen. »Hab jemand zum Abholen, Yonge 1225, die stehen vor dem Haus. Genau. Hör mal, wenn du in der Gegend bist, kannst du mal vorbeischauen? Ich hab hier so 'nen Grünschnabel, vielleicht kannst du ihn mitnehmen?« Mehr Krächzen.
Während sie telefonierte, betrachtete Walker sie, sehr darum bemüht, sie nicht anzustarren, sondern als Ganzes wahrzunehmen. Sie trug ein silberglänzendes Oberteil mit langen Ärmeln, das im einfallenden Licht des Fensters schimmerte. Und graue Hosen mit strengen Bügelfalten und Lackschuhe mit quadratischen Absätzen. Kleine silberne Ohrringe baumelten an ihren Ohren, eine dünne Silberkette lag auf der weißen Haut ihres Halses.
Von der Taille aufwärts sah sie vollkommen normal aus – weich, ein bisschen pummelig, nett. Aber ihre linke Hüfte stand grausam vor, zog dadurch die andere Hüfte nach hinten und verdrehte ihr die Beine derart, dass es fast so aussah, als säße sie seitlich in ihrem Rollstuhl. Und sie war klein, höchstens einsfünfzig. Eine zerbrochene Puppe, dachte Walker.
»Zehn-vier.« Sie schaltete das Funkgerät ab, wandte sich Walker zu, stieß sich ein wenig ab und segelte wieder zurück.
»Das ist das am miserabelsten geführte, erbärmlichste Taxiunternehmen in der ganzen Stadt. Wir haben eine Flotte von acht Taxis, von denen drei beschlagnahmt gehören.

Unsere Gewerbelizenz hängt am seidenen Faden. Wir hatten dieses Jahr schon zwei Verwarnungen. Alphonso ist ein gefährlicher Irrer. Sprich nie wieder mit ihm.«

»Aha«, machte Walker. »Ich habe dein Schild heute vormittag gesehen, deshalb bin ich reingekommen.«

Krista sah zu ihm hoch und ihre Augen funkelten, sie lächelte sogar ein wenig. Mein Gott, sie ist wirklich hübsch, dachte Walker.

»Warum willst du eigentlich Taxifahrer werden?«

»Na, weil ich das Geld brauche, zum Beispiel.«

»Was hast du mit Alphonso ausgemacht?«

»Er wollte mir fünf Dollar die Stunde zahlen.«

»Das kann ja wohl nicht wahr sein.« Krista wirbelte in ihrem Rollstuhl herum, blieb stehen und sagte: »Er hat mir eine Nachricht hinterlassen. Ein gewisser Walker Devereaux soll so schnell wie möglich in der Taxifahrerschule angemeldet werden.«

»Ich glaube, ich kann mir die zweihundert Mäuse nicht leisten.«

»Aber klar doch.«

Krista bat ihn, hinter den Tresen zu kommen. Walker ging um die Ecke und lehnte sich an einen der Schreibtische. Sie rollte ihren Stuhl so dicht an ihn heran, dass eine Rolle an seinen Schuh stieß.

»Weißt du, was wir machen? Alphonso wollte dir fünf die Stunde für zwölf Stunden zahlen, richtig? Das macht sechzig.«

Walker nickte.

»Also muss er sich auch daran halten. Die ersten sechzig zahlen wir, dann bleiben noch hundertvierzig.«

»Kannst du das so einfach tun?«

Sie schob ihr Kinn ein bisschen vor. »Ich kann tun, was ich will. Ich berechne dir zehn Dollar zusätzlich zu deiner Leihgebühr pro Nacht, so lange, bis du die hundertvierzig zurückgezahlt hast, also vierzehn Nächte, und wir sind quitt. Stimmt's? Wie hört sich das an?«

»Gut.«

Sie streckte ihm ihre kleine Hand entgegen, und er schlug ein.

»Nick ist ein wunderbarer Mensch. Aus Äthiopien. Wird dir gefallen. Er wird vorbeikommen und dich mitnehmen, dir alles zeigen.«

»O.K.«

»O.K.« Sie lächelte zu ihm hoch und ließ seine Hand los. »Jetzt verschwinde aber. Ich muss mich um die Abrechnungen kümmern. Alphonso weigert sich, einen Buchhalter einzustellen, also muss ich das machen.«

Sie glitt von ihm weg, um den anderen Schreibtisch herum und schlug krachend ein großes Kassenbuch auf. Ein Computer war weit und breit nicht zu sehen. Das Telefon klingelte.

»Scheiße«, sagte sie und rotierte zurück zum Telefon. »A.P.Taxis.«

Walker musste seine Stippvisite zum Ontariosee verschieben. In den nächsten zwei Wochen war er ständig auf Achse. Nachts lernte er die praktische Seite des Berufs von Nick und tagsüber die offizielle in der Taxifahrerschule. Doch der Höhepunkt seines Tages, das Wichtigste überhaupt, war das Frühstück. Frühstück um fünf Uhr morgens, wenn die erste Andeutung grauen Morgenlichts über der Stadt dämmerte. Frühstück bei Ruby, Ausgezeichnete Kanadisch-Chinesische Küche, das 24-Stunden-Restaurant für die ganze Familie. Denn Krista ging da hin, zusammen mit ein paar anderen von der Nachtschicht.

Die ersten paar Tage hatte Walker sich im Hintergrund gehalten und zugesehen, wie Krista zu ihrem Wagen hinüberrollte, einem Toyota Tercel, Baujahr 1979, mit Handbedienung, und die Hecktür öffnete. Sie arbeitete sich aus dem Rollstuhl heraus, verlagerte den größten Teil ihres Gewichts auf das linke Bein, klappte den Rollstuhl zusammen und verfrachtete ihn mit beinahe beängstigender Geschicklichkeit ins Heck. Dann zog sie zwei Aluminiumkrücken heraus, eine ein wenig kürzer als die andere, und schwang sich zu der Gruppe von Taxifahrern, die auf der anderen Straßenseite warteten.

Eines Morgens, als sie sich aus der offenen Garagentür hinausmanövrierte, sah sie zu Walker hoch, der an der Wand lehnte, sich eine Zigarette drehte und sich alle Mühe gab, desinteressiert zu wirken. Sie sagte: »O.K. Komm mit.«

»Mit – wohin?«, wollte er sich doof stellen.

»Das weißt du genau. Du hast doch Hunger, oder?«

»Könnte man so sagen«, erwiderte er und trottete lässig hinter ihr her.

Er wollte ihr beim Einladen des Rollstuhls helfen, doch sie strafte ihn mit einem so finsteren Blick, dass er es sein ließ.

Er ging neben ihr über die Straße, eifrig bemüht, langsam zu gehen, ohne sich anmerken zu lassen, dass er es absichtlich tat. Das war kniffelig, weil er grundsätzlich einen eher schnellen Gang hatte, und so war er ihr immer wieder ein

Stück voraus. Er fühlte eine kindische Genugtuung darüber, dass er jetzt zum A.P.Taxi-Frühstücksclub gehörte.
Nach ein paar Tagen blieben sie regelmäßig allein am Tisch zurück, wenn die anderen nach Hause gegangen waren, um sich auszuschlafen. Walker war unschlüssig, ob Krista herumtrödelte oder die anderen früher als sonst gingen, aber ihm kam vor, als ließe sie sich länger Zeit.
Er sah sie gern an, und ihm wurde klar, dass sein erster Eindruck, das Puppenhafte, oberflächlich und falsch gewesen war. Sie war eine bemerkenswerte Person. Wie fast alle Menschen, das hatte Walker in seinem jungen Leben schon gelernt, bemerkenswert waren, wenn man sie näher kennenlernte. Und Krista vielleicht mehr als andere. Eines Morgens nämlich, als sie so dasaß und die Papierserviette gewissenhaft in lange Streifen riss, erzählte sie ihm von all den Operationen, die sie als Kind über sich hatte ergehen lassen müssen, um die Bein- und Rückenmuskeln zu strecken und zu lockern, die von der Lähmung in ihrem Gehirn ständig den Befehl erhielten, gebeugt und angespannt zu bleiben. Und wie sie in ihrem stählernen Stützapparat durch die Gegend gehumpelt war und wie eine Miniaturausgabe von Boris Karloff ausgesehen hatte. Und wie sie darum gekämpft hatte, auf eine normale Schule zu gehen und ein normales Kind zu sein. Und wie sie noch immer mit ihrem Vater kämpfte, der Grieche und daher von sagenhafter Überfürsorglichkeit war.
In Wahrheit war sie sehr wohl in der Lage, alles allein zu tun, sie wollte eine eigene Wohnung, aber sie brachte es nicht über sich, einen Streit mit ihrem Vater zu provozieren und auszuziehen, weil ihn das wahrscheinlich umbringen würde. Im Laufe der Jahre hatte er Tausende von

Dollar für Umbauarbeiten ausgegeben, damit sie ihr eigenes Bad hatte, und mit einem Treppenlift konnte sie nach oben und sogar in den Keller fahren.
Walker nickte und dachte an Mary Louise Devereaux.
Und eines Morgens, zwischen all den Kaffeetassen, dem schmutzigen Geschirr, den Ketchupflaschen und den Kännchen mit echtem Kunstahornsirup, die Rubys verschlafener Enkel noch nicht wegzuräumen vermocht hatte, erzählte auch Walker Krista seine Lebensgeschichte. Hin und wieder schaute Krista weg, als wäre da etwas in Walkers Miene, das sie unangenehm berührte. Aber meistens ließ sie sich keinen Ausdruck seines Gesichts, kein Wort entgehen. Er erzählte ihr alles.
»Darf ich sie sehen?«, fragte sie und meinte den Brief und das Foto.
»Jetzt?«
»Ich hab Zeit.«
Seine Wohnung war nur ein paar Häuserblocks entfernt, aber Krista fuhr mit dem Auto hin. Und zwar so, das hatte Walker bald herausgefunden, wie sie überall hinfuhr: als kämpfe sie um den ersten Platz beim Indy-500-Rennen. Im Nu kam der Wagen vor der Pfandleihe zum Stehen. Sie stiegen aus und, in stiller Anerkennung der Besonderheit der Situation, erlaubte sie ihm, ihr die Krücken zu reichen.
Walker schloss die Haustür auf, die hinauf zu seiner Wohnung führte, doch noch während er sie aufstieß, wurde ihm klar er, dass er ein Problem hatte. Krista schwang sich auf ihren Krücken heran. Zusammen standen sie da und sahen die lange Treppe in den ersten Stock hoch. Sie hatte nicht einmal einen Handlauf, und das war für Walker, der

verzweifelt nach einer taktvollen Bemerkung suchte, eindeutig ein Verstoß gegen irgendeine Verordnung.
Krista schien sich nicht besonders aufzuregen. Sie sagte nur: »Du wirst mich tragen müssen.«
O Gott, dachte Walker. »Vertraust du mir denn?«
»Werd ich wohl müssen.«
Walker beugte sich zu ihr und hob sie hoch. Er hatte erwartet, sie werde sich richtig leicht anfühlen, aber das stimmte nicht. Sie war fest gebaut. Und weich. Und warm.
Sie lächelte ihn an, ihr Gesicht nah an seinem. »Hü«, sagte sie.
Er trug sie die lange Treppe hinauf, konzentrierte sich auf jede einzelne Stufe, um nicht zu stolpern und sie fallen zu lassen.
»Ist dir das peinlich?«, fragt sie.
»Nein. Wieso?«
»Nur so. Machst du das oft?«
»In letzter Zeit nicht so.«
Vorsichtig setzte er sie oben im Flur ab und schloss die Wohnungstür auf.
Die Wohnung, die ihm stets Grund zur Freude gewesen war, kam ihm jetzt trostlos und leer vor. Alles, was es hier zu sehen gab, war ein hoher Raum voller Wasserflecken mit einer einsamen kleinen Möbelinsel in der Mitte. Es sah aus, als hätte sich ein Hausbesetzer mit ein paar Möbeln hier eingenistet. Kerouac, der in all seiner Schäbigkeit und nun auch noch mit einem geschwollenen Auge vom Kampf der letzten Nacht auf der Rückenlehne des Sofas lag, war auch nicht besonders dekorativ.
Krista schwang sich auf ihren Krücken in die Mitte des

Zimmers und sagte: »Wird bestimmt hübsch, wenn du mal eingezogen bist. Hängst du dir Vorhänge auf?«
»Warum?«
»Nur so. Schafft ein bisschen Wärme.«
»Wir haben doch noch Sommer. Es ist so schon heiß genug hier oben.«
Sie wandte sich um und lächelte ihn an. »O.K., schon gut«, sagte sie. »Ist das deine Katze?«
»Nein. Sie war auf einmal da.«
»Wie heißt sie?«
»Kerouac.«
»Ach, ja?« Skeptisch beäugte sie die Katze. »Ich würde dieser Katze kein Wort glauben.«
Walker führte sie durch die übrige Wohnung, was nicht lange dauerte, und stellte Kaffeewasser auf. Sie gingen ins Wohnzimmer zurück, Krista setzte sich aufs Sofa, und er hockte sich vor die Kommode. In der untersten Schublade tastete er unter seiner Lederjacke nach dem Brief und dem Foto, zog beide heraus und setzte sich zu Krista auf das Sofa.
Wieder kam er sich blöd vor, als hätte man ihn bei einer Verfälschung der Tatsachen ertappt. Brief und Foto schienen ihm auf einmal so eine mickrige Erbschaft, und er hatte sie doch als etwas ganz Bedeutendes dargestellt.
Krista las den Brief und las ihn noch einmal. Lange blickte sie auf das Foto.
»Viel kann man nicht damit anfangen«, sagte er.
»Welche, glaubst du, ist deine Mutter?«
Er zögerte.
»Ich glaube, es ist die hier«, sagte sie und zeigte mit dem Finger auf das dunkelhaarige Mädchen.

»Warum?«
»Erstens ist sie dunkler. Und dann ihre Haltung – sie ist wie du, oder du bist wie sie.«
»Wie meinst du das?«
»Ich glaube einfach, dass sie deine Mutter ist«, erklärte Krista.
»Ich auch.«
Eine Weile saßen sie schweigend nebeneinander. Krista streckte ihre Hand aus und ließ ihre Finger zwischen seine gleiten. Walker war überrascht.
»Ich werde sie finden«, sagte er. Verräterische Tränen brannten in seinen Augen. Der Wasserkessel begann zu pfeifen, und Walker flüchtete in die Küche.
Als er mit zwei Bechern Kaffee zurückkam, betrachtete Krista noch immer das Foto. Er hatte ihr bereits seine Theorie über die Wassertemperatur der Seen Anfang Juni im Norden auseinandergesetzt. Nun sagte er: »Ich glaube, es könnte der Ontariosee sein. Wenn man hier lebt, bietet es sich doch an, dass man dahin fährt, oder?«
»Nein«, erwiderte Krista und nippte an ihrem Kaffee, dem vierten heute morgen. »Kein Mensch hat ein Ferienhaus am Ontariosee. Der ist zu kalt. Sie haben Wahnsinnshütten auf der ganzen Strecke von hier bis Burlington, und vielleicht gibt es hier und da auch eine einsame Blockhütte, aber eigentlich ist das nicht die Sorte See. Ich hab in meinem ganzen Leben noch niemand sagen hören, dass er zu einem Haus am Ontariosee fährt.«
Niedergeschlagen setzte sich Walker neben sie. »Es könnte überall und nirgends sein«, meinte er. »Es könnte in den Staaten sein. Die Etiketten in meinen Anziehsachen stammten alle aus den Staaten.«

»Weißt du, wie das aussieht?«, sagte sie, als sie das Foto näher an die Lampe hielt. »Es sieht aus wie Camp Pokawaka.«

»Ah ja?« Walker spürte, wie sein Herz ein wenig schneller schlug.

»Ich bin immer dort hingefahren. Es ist ein Ferienlager für verkrüppelte Kinder.«

»Und wo ist das?«

»Am Eriesee.«

»Am Eriesee?«

»Siehst du, wie weit draußen im Wasser sie sind? Und wie seicht es noch immer ist? Und schau dir diese hohen Sandklippen und die Kiefern an. Das schaut genau wie am Eriesee aus.«

»Ist das Wasser warm da?«

»Brühwarm! Weil's da so seicht und unten voller Sand ist. Wenn's im Mai heiß ist, kann man problemlos im Wasser planschen. Wir sind immer am Victoria Day dort hingefahren und haben Würstchen gebraten, und wir konnten fast jedes Jahr schwimmen. Na ja, schwimmen konnten wir nicht, höchstens ein paar von uns, aber wir konnten herumplanschen. Und in einem Jahr war das Wasser am 24. Mai so warm wie im Hochsommer!«

»Wo liegt der Eriesee?«

»Wo der Eriesee liegt?«

Plötzlich hörte sie sich an wie seine Mutter. Fast hätte sie die Arme zum Himmel gereckt. »Das ist einer der Großen Seen, Walker. Liegt gleich neben dem Ontariosee. Südwestlich von hier. Ist durch die Niagara-Fälle von ihm getrennt. Was bringen die euch im Norden eigentlich bei?«

»Das wusste ich ja. Nur nicht, wo genau das ist. Wie weit weg?«
»Mit dem Bus haben wir so zweieinhalb Stunden bis Camp Pokawaka gebraucht, aber der ist immer so langsam gefahren. In meinem Auto ist eine Landkarte.«
Sie gab Walker ihre Schlüssel, er rannte die Treppe hinunter und fand im Handschuhfach eine Karte der Provinz, unter einer Haarbürste, verschiedenen Lippenstiften, Benzinrechnungen und einer Trillerpfeife, um Vergewaltiger abzuschrecken.
Zwei Stufen auf einmal nehmend, rannte er die Treppe wieder hoch.
»Das ist der Eriesee«, sagte sie und deutete auf einen langen, schmalen blauen Fleck am unteren Rand der Karte, die sie sich über die Knie gebreitet hatten.
»Schau mal, wie viele Points es da gibt.«
Walkers Puls raste jetzt. »Point Albino, Mohawk Point, Peacock Point, Long Point. Alles voller Points!«
»Schon. Aber Mary's Point seh ich keinen.«
»Das macht nichts. Vielleicht ist es kein offizieller Name. Vielleicht nennen ihn nur die Einheimischen so. Und schau mal, ab Long Point gibt es überhaupt keine Landspitzen mehr bis rüber nach Detroit. Die Küstenlinie ist fast ganz gerade.«
»Ja, also bis Long Point ist es schon ein langer Weg von Toronto«, sagte Krista. »Ich meine, wenn du in Toronto wohnst und ein Ferienhaus am Eriesee hast, wär das nicht so weit weg. Camp Pokawaka war in der Nähe von Peacock's Point, glaub ich.«
»Also wenn man jetzt von Fort Erie rüberfährt bis Long Point, wie weit ist das? Zirka ...«, Walker schaute nach, in

welchem Maßstab die Karte gezeichnet war, »hundertdreißig Kilometer. Wie viele Gemeinden wären das?«
»Wieso?«
»Weil ich nur die einzelnen Gemeindeämter anrufen und mit den Beamten reden müsste. Die kennen alle Namen in der Gegend. Die wissen alles. Wenn es einen Mary's Point gibt, dann kennen die ihn.« Er sah wieder auf die Karte. »Ich wette, zu jeder Gemeinde gehören um die fünfzehn Kilometer Küste. Also nur so um die acht Gemeinden. Bei denen könnten wir anrufen.«
Krista hob den Kopf. »Wir?«
»Ich meine, ich könnte dort anrufen. Ich könnte in die Bücherei gehen und die Gemeinden raussuchen.«
»Schau doch einfach auf die Karte.«
»Ich glaube nicht, dass die da stehen. Oder?«
»Was sind das für Namen?«
»Verwaltungsbezirke.«
»Also welcher Bezirk ist das?«
»Schwer zu sagen, alles ist so zusammengequetscht. Schaut aus wie Haldimand-Norfolk.«
»Dann ruf doch einfach die Bezirksbehörde an, Walker. Die können dir die Telefonnummern von allen Gemeindeämtern im Bezirk sagen, stimmt's?«
»Ja«, gab Walker zu.
»Hast du ein Telefon?«
»Noch nicht. Die wollen zweihundert Dollar Kaution.«
Krista seufzte. »Ich werd sie anrufen. Von zu Hause.«
»Ich geb dir das Geld, was es auch kostet.«
»Davon kannst du ausgehen.«
Sie unterhielten sich noch eine Weile, bis Krista feststellte, dass der Berufsverkehr gleich einsetzen und irgendein

blödsinniger Abschleppwagen ihren Wagen mitnehmen würde. Walker steckte Brief und Foto schnell wieder unter seine Lederjacke. Er schloss die Tür ab, hob Krista hoch, diesmal hielt er sie schon mit mehr Selbstsicherheit und auch ein bisschen enger, und trug sie die Treppe hinunter.

Als sie weggefahren war, beschloss er, zu einem winzigen Kramladen zu gehen, den er in einem Kellergeschoss entdeckt hatte. Er hatte nur noch wenig Milch und fast keinen Tabak mehr. Das war noch ein Grund, Krista zu mögen: Sie meckerte nicht, weil er rauchte.

Plötzlich schien es ganz viele Gründe zu geben, warum er sie mochte.

Mit Milch, Tabak und drei Zeitschriften im Arm kam er vom Kramladen zurück und schloss die Haustür auf. Als er die lange Holztreppe hochstieg, konnte er noch immer das anschmiegsame Gewicht Kristas spüren. Er erreichte den Flur und wollte soeben seine Wohnung aufsperren, als er bemerkte, dass das nicht nötig war. Der Türpfosten war abgesplittert, und als er gegen die Tür stieß, öffnete sie sich weit.

Walker rannte in die Küche, ohne auch nur einen Moment daran zu denken, dass der oder die Einbrecher noch immer da sein könnten, dass er in einen blutigen, vielleicht sogar tödlichen Kampf verwickelt werden könnte. Die Küche war leer. Nur die beiden Holzstühle und der Tisch begrüßten ihn. Er öffnete den Kühlschrank und die Klappe des winzigen Gefrierfachs. Sein Geld, oder das, was ihm davon noch geblieben war, befand sich noch immer unangetastet in seinem Versteck in der Packung mit Tiefkühlfisch.

Walker rannte zurück zu seiner Wohnungstür und sah auf den Flur. Niemand war zu sehen.
Er schloss die Tür und sah sich um. Außer Kerouac, der offensichtlich wieder durch das offene Fenster getürmt war, schien nichts zu fehlen. Das Kassettendeck stand noch in voller Lebensgröße auf dem Fensterbrett.
Walker starrte es an. Warum haben die nicht mein Kassettendeck mitgehen lassen?, fragte er sich.
Er ging durchs Zimmer und zog die untere Schublade der Kommode auf. Seine Lederjacke war noch genau da, wo er sie hingelegt hatte, nur ein wenig zur Seite geschoben.
Plötzlich fühlte Walker sich, als hätte ihn die schlimmste Grippe der Welt erwischt. Er tastete unter seine Jacke, dann zog er sie aus der Lade. Er zog seine beiden Pullover heraus und sein zweites Paar Jeans.
Die leere Schublade starrte ihm entgegen.

6

1972

An seinem ersten Tag an der Southam Militarakademie in Tennessee übergab sich Bobby auf der Toilette, die er sich mit neun anderen Jungen teilte. Am zweiten Tag fühlte er gar nichts. Er hatte sich an einen besonderen Ort in seinem Inneren zurückgezogen. Sich zurückziehen, das konnte er gut.

Sein Vater war auf die Idee gekommen, ihn nach Southam zu schicken. Das sollte ihn abhärten, ihm Selbstvertrauen geben, ihn zu der Führungspersönlichkeit machen, die eines Tages das Geschäft übernehmen konnte. Den BETRIEB.

Er hatte hinter Bobby gestanden und fest dessen Schultern gedrückt, an dem Tag, da er seiner Frau verkündete, er habe Bobby bereits in Southam angemeldet, und dieser habe Montag in einer Woche auf dem Paradeplatz zum Zählappell anzutreten.

Bobby war jetzt dreizehn. Manchmal war er sehr gut, ja hervorragend, in der Schule, dann nämlich, wenn er das Gefühl hatte, ein Lehrer habe ihn missachtet und müsse daran erinnert werden, wer der Allerbeste in der Klasse war. Doch sobald der Lehrer den Fehler beging, ihn zu loben, ließ Bobby wieder nach und träumte vor sich hin. Hätte man an den Schulen, die er besuchte, an das Sitzenbleiben geglaubt, wäre er sitzengeblieben. Da man das aber nicht tat (so etwas würde ein schwaches Ego nur weiter schwächen), blieb er nicht sitzen.

Im Laufe der Jahre hatte ihn seine Mutter mal für zusätzlichen Hochbegabtenunterricht angemeldet und mal für Förderunterricht. Sie hatte ihn von verschiedenen Experten untersuchen lassen, die zwar übereinstimmend zu dem Ergebnis gekommen waren, dass ihr Sohn einen IQ im oberen Normalbereich besaß, ansonsten jedoch völlig unterschiedliche Eindrücke von ihm gewonnen hatten. Die einen glaubten, er habe dieses oder jenes neurologische Problem, andere sprachen von emotionalen Problemen und Verhaltensauffälligkeiten, wieder andere von einer Kombination aus den vorgenannten. Man empfahl verschiedenste Medikamente. Man empfahl Verhaltenstherapie. Man empfahl einen Schulwechsel oder bestimmte Arten von Unterricht.

Bobby stand gern im Mittelpunkt von soviel Aufmerksamkeit, saß gern mit seiner Mutter in fremden Sprechzimmern und lauschte, wie ernst dreinblickende Männer und Frauen dahinplapperten. Manchmal machte er bei den Tests seine Sache gut, um sie zu verblüffen, manchmal beschloss er, alles falsch zu machen, um sie zu enttäuschen. Er sah sie an und hörte, was sie sagten, aber seine Miene blieb undurchdringlich. Niemand konnte hineinsehen. Niemand konnte erraten, was er dachte.

Bobbys Mutter ging mit ihm in Museen, ins Theater, in Konzerte. Sie nahm ihn in den Arm, strich ihm übers Haar, küsste ihn aufs Ohr. Sie nannte ihn ihr Wunderkind. Sie machte sich ständig Sorgen um ihn.

Die Entscheidung, Bobby wegzuschicken, wurde ohne ihr Wissen getroffen. Ihr Mann hatte sich selbst darum gekümmert, weil er der Ansicht war, dass alles, was seinem Sohn fehlte, die Disziplin einer Militärschule war. Obwohl Bobby nie durchgefallen war, stand fest, dass er sich nicht so gut machte, wie er sollte, und außerdem hatte er etwas Abartiges, offen gestanden, Abstoßendes an sich. Wo war der Esprit, wo der Charme, wo das Selbstvertrauen, wo die Anzeichen für Schwung und Energie, nach denen sein Vater so sehnsüchtig Ausschau hielt?

Er trug seiner Sekretärin auf, Broschüren und Jahrbücher anzufordern. Er hatte mit Familien gesprochen, die ihre Söhne auf ähnliche Schulen in den Staaten geschickt hatten. Er hatte mit den Verantwortlichen in den Schulen selbst gesprochen, und er hatte Southam ausgewählt. Es war die älteste, teuerste und traditionsreichste Schule. Diese Tradition blickte bereits auf den Bürgerkrieg zurück und hatte Hunderte von jungen Männern hervorgebracht, die, wenn man dem Jahrbuch trauen konnte, später Karriere gemacht hatten – als Führungskräfte bei der Armee, in der Politik, in Unternehmen, im Erziehungswesen, kurz, auf jedem erdenklichen Gebiet.

Und so hatte sie mit einem unbestimmten Gefühl der Vorahnung, das sie überraschte, aber auch erschreckte, und in der Gewissheit, dass ihr gar nichts anderes übrigblieb, ja gesagt.

Sein Vater erinnerte ihn ständig daran, dass es ein großer Schuh war, den Bobby sich eines Tages würde anziehen müssen. Aber das wusste Bobby bereits, denn als er noch kleiner gewesen war, hatte er sich gern ins Schlafzimmer seiner Eltern geschlichen und im Kleiderschrank versteckt.

Er hatte sich immer den Kleiderschrank seines Vaters ausgesucht. Da saß er dann zwischen Reihen glänzender Schuhe, und sein Gesicht berührte all die kopfüber hängenden Hosen. Er fühlte sich getröstet, in dieser Luft, die erfüllt war vom Geruch nach Schuhcreme und Rasierwasser und teurem Wolltweed, unter dem dieser dezente maskuline Duft lag.

Sein Kopf wurde schwer, und ein Brummen erfüllte die Luft wie ein Schwarm weit entfernter Bienen. Er rollte sich zwischen den Schuhen seines Vaters zusammen und schlief bald ein.

Als seine Eltern ihn in Southam zurückgelassen hatten, hatte seine Mutter geweint, obwohl sie sich sehr bemühte, sich die Tränen zu verbeißen. Bobby hatte ihre Tränen angesehen, als liefen sie einer Fremden hinunter. Zwischen ihnen war immer etwas Irreales, eine Distanz gewesen. Selbst wenn sie ihn im Arm hielt und über sein Haar strich, hätte sie ebensogut in einem anderen Zimmer sein können. Er spürte sie nicht.

Sein Vater hatte ihn von seiner Mutter weggedreht und war in die Knie gegangen, um ihm in die Augen sehen zu können, von Mann zu Mann. Er hatte mit seinem leichten Akzent gesagt: »Keine Anrufe. Keine Briefe. Hart wie Stahl, Captain.«

Bobby hatte genickt.

Von seinem Fenster hoch oben im Schlafsaal im nach Süden gelegenen Raum 12 hatte er beobachtet, wie seine Eltern gegangen waren. Als sie zum Tor hinausgingen, hatte seine Mutter zurückgeschaut, sein Vater hingegen hatte sich überhaupt nicht umgewandt.

Nun marschierten Jungen in Zweierreihen über den Paradeplatz. Sie waren halb so groß wie ihr Kommandant. Alle trugen eine graue Uniform, eine graue Mütze. Etwas kam Bobby bekannt vor, als er die lange graue Reihe im Laufschritt um den Hof marschieren sah.

Einer seiner Zimmergenossen kam zur Tür herein. Bobby sah ihn an.

»Wir sind in einer Stadt von Mäusen«, sagte Bobby.

7

Als Walker Krista erzählte, dass jemand bei ihm eingebrochen und Brief und Foto gestohlen hatte, wurden ihre Augen noch größer.
»Das ergibt doch keinen Sinn«, sagte sie. »Warum sollte jemand so was tun?«
»Keine Ahnung.«
»Die waren vielleicht zugedröhnt oder was in der Art. Vielleicht haben sie sie aus Versehen mitgehen lassen«, überlegte sie.
»Ja«, sagte Walker.
Sie saßen bei Ruby, Ausgezeichnete Kanadisch-Chinesische Küche, das 24-Stunden-Restaurant für die ganze Familie. Es war vier Uhr nachmittags desselben Tages. Nach ihrem Besuch in Walkers Wohnung hatte Krista noch fast alle Gemeindeämter im Bezirk Haldimand-Norfolk angerufen. Sie hatte sechs Stunden geschlafen. Walker nicht eine Minute.
»Sie waren aber unter meiner Jacke. Warum haben sie die nicht geklaut, wenn sie was gesucht haben, das sie zu Geld machen können? Dieser Brief und das Foto waren überhaupt nichts wert.«
Das Restaurant war leer, bis auf Ruby selbst, die an einem der hinteren Tische neben der Küchentür über ihren Abrechnungen saß.
»Das Ganze ist doch sechzehn Jahre her. Und niemand kennt mich hier«, fuhr er fort, wie um sich selbst zu beruhigen.

Krista nickte schweigend und sah ihm zu, wie er Zigarettenpapier und Tabak aus seiner Hemdtasche fischte.
»Warum drehst du dir deine Zigaretten eigentlich selbst?«, hatte sie ihn eines Nachts gefragt, während er darauf gewartet hatte, dass Joe, der magische Mechaniker, ein Ölleck am Taxi Nummer Neunzehn abdichtete.
Und Gerard Devereaux zitierend, hatte Walker geantwortet: »Wenn mir eine runterfällt, geht sie von selbst aus. Nicht so wie die fertig gekauften. Verringert die Gefahr eines Waldbrandes.«
Krista hatte sich umgesehen und in Anbetracht des mitternächtlichen Verkehrs auf der Parliament Street sowie der beiden Nutten an der Ecke gemeint: »Glaubst du, dass das hier ein Problem ist?«
»Außerdem«, hatte er mit einem herzerwärmenden Lächeln hinzugefügt, »ist es etwas, mit dem ich meine Hände beschäftigen kann.«
Jetzt sah sie zu, wie seine Hände geschickt zwei Zigaretten drehten.
Auch sie hatte aufregende Neuigkeiten für ihn. Sie hatte herausgefunden, wo Mary's Point lag.
Es lag in der Gemeinde McKormack am Nordufer des Eriesees, das zumindest hatte ihr die Angestellte der Behörde gesagt, die fünfte, die sie angerufen hatte. Es war kein offizieller Name, es war keine Ortschaft oder dergleichen, sondern einfach eine Ansammlung von Ferienhäusern ein paar Kilometer von der Bezirksstraße Nr. 11 entfernt, an einer Landspitze, die irgendwann in längst vergangenen Tagen nach jemandem benannt worden war.
Als Krista mit ihrem Bericht zu Ende gewesen war, hatte

Walker sie geradewegs aus ihrem Rollstuhl gehoben und herumgewirbelt.
»Sieh mal an! Wenn ich das täte, würde sie mir ein Verfahren wegen sexueller Belästigung um die Ohren hauen«, hatte Alphonso gebrüllt.
»Du bist nie auf die Idee gekommen«, hatte Krista geantwortet, die, ihre Arme um Walkers Hals geschlungen, in seinen Armen thronte, ihre Lippen nah an seinem Ohr. »Und jetzt ist es zu spät.«
Noch vor ein paar Minuten war sie von einem Gefühl des Triumphs und des Gebrauchtwerdens erfüllt gewesen. Jetzt, als sie bei Ruby saßen, war es nur mehr eine undefinierbare Besorgnis.
»Irgendein Dussel hat sich den Brief und das Foto aus Jux und Tollerei geschnappt. Ohne besonderen Grund«, meinte sie.
Walker nickte. Er zündete sich eine der beiden Zigaretten an.
»Wenn jemand meiner Mutter was angetan hat, würde dieser Jemand nicht wollen, dass ich das herausfinde.«
Krista fühlte, wie ihr eng ums Herz wurde. »Du phantasierst dir da was zusammen.« Sie holte tief Atem und entschied sich dafür, diese ganze Einbruchsgeschichte zu ignorieren. »Nun, willst du noch immer zu Mary's Point hinaus?«

An einem sonnigen Tag Ende August, dem ersten, an dem sie beide frei hatten, verließen sie Toronto in westlicher Richtung, um an den Eriesee zu fahren.
Krista hatte Sachen für ein Picknick eingepackt, Walker hatte eine Flasche Rotwein mitgebracht. Als er sie gefragt

hatte, hatte sie Rotwein vorgeschlagen, weil der nicht gekühlt werden musste.

»Ich könnte einen Weißen mitbringen, und wir legen ihn zum Kühlen in den See«, hatte er gemeint.

»Nimm einfach einen Roten mit«, hatte sie geantwortet. »Und nichts, was sprudelt, ja?«

Dieser Nachsatz bereitete Walker bei der Auswahl Kopfzerbrechen. Schließlich entschied er sich für einen französischen Merlot um stolze achtzehn Dollar. Wenn sie damit nicht glücklich ist, hatte er gedacht, ist sie mit gar nichts glücklich.

Und jetzt, da die Sonne schien, sie dem Stadtverkehr entronnen und problemlos auf die Autobahn gekommen waren, raste Krista auch nicht mehr wie ein Kamikazepilot, sondern fuhr tatsächlich nicht schneller als alle anderen. Und jetzt lächelten sie sich zu und lachten, einzig und allein, weil sie zusammen und die Fenster weit offen waren und ihrer beider Haar wild im Fahrtwind flatterte.

Walker drehte die Musik lauter. Er hatte seine alten Delta-Blues-Kassetten mitgebracht und gab ein Konzert für Krista.

Von Zeit zu Zeit sah er zu ihr hinüber. Hin und wieder drehte auch sie den Kopf und lächelte ihm zu, um ihre Aufmerksamkeit dann sofort wieder auf die Straße zu richten. Sie war gerade groß genug, um durch die Windschutzscheibe sehen zu können.

Ihre Brüste zeichneten sich wunderbar voll und schwer ab unter der weißen Baumwollbluse mit der rotgoldenen Stickerei. Der runde Ausschnitt gewährte ihm einen tiefen Einblick auf weiche Rundungen. Er spürte, wie sein Unterleib sich anspannte, und bewegte die Beine.

»Das macht Spaß«, sagte sie.
»Mhm«, gab er zurück.
Die Angestellte im Gemeindeamt von McKormack war dick, mütterlich und hilfsbereit. Sorgfältig zeichnete sie den Weg nach Mary's Point auf die Rückseite einer Zahlungsaufforderung für die Hundesteuer und erklärte ihnen, dass sie einen Wegweiser sehen würden, unmittelbar nach einer ehemaligen Dorfschule. Die sei jetzt zu einem sehr hübschen Haus umgebaut worden, und darin wohne ein nettes Rentnerehepaar aus Simcoe, das in einem Glashaus hinter dem Wohnhaus wunderschöne Orchideen züchtete.
Walker und Krista bedankten sich bei ihr. Walker wartete, bis Krista sich die drei Stufen des Gemeindeamts hinuntergekämpft hatte (ebenso wie er gewartet hatte, bis sie sich diese drei Stufen hinaufgekämpft hatte, die ganze Zeit bemüht, so zu tun, als würde er nicht warten, sondern vielmehr mit enormem Interesse das Fahrzeugdepot der Stadtwerke nebenan betrachten). Dann machte er ihr die Fahrertür auf, nahm ihre Krücken, warf sie hinten hinein und stieg auf der Beifahrerseite ein. Immer besser beherrschten sie diese Übung, sie war schon fast zur angenehmen Routine geworden.
Am Wegweiser nach Mary's Point bog Krista von der Bezirksstraße ab und fuhr eine staubige Piste zwischen hohem Gras und stacheligen Büschen entlang. Der Toyota rumpelte eine steile Anhöhe hinauf und auf der anderen Seite wieder hinunter, in eine weite Senke, über die sich an einer besonders sumpfigen und übelriechenden Stelle eine klapprige Holzbrücke spannte.
Hinter der Senke schob sich der Wagen langsam eine wei-

tere, etwas flachere Erhebung hoch. Etwa zwei Kilometer vor ihnen konnten sie über eine wogende Fläche von Rohrkolben und wildem Gras hinweg und hinter mehreren Sanddünen das schiefergraue Wasser des Eriesees in der Sonne glitzern sehen.

Sie folgten der Staubpiste bis zu einem Weidezaun genau an der Stelle, an der Mary's Point in den See hinausragte. Die Landspitze war nur spärlich von Sand und Gras und vereinzelten Gruppen von Nussbäumen und Buscheichen bedeckt. Ein an einen Pfosten genageltes Schild verkündete, dass es sich um ein Privatgrundstück handelte.

Die Piste führte durch eine Öffnung im Zaun und gabelte sich in zwei Richtungen. Rechts sahen sie unter ein paar Bäumen die Rückseite eines kleinen schokoladenbraunen Hauses aus Zedernschindeln. Sie sahen auch, dass jemand eine Kette über die Zaunöffnung gelegt und mit einem Vorhängeschloss an einem Pfosten gesichert hatte.

Eine alte, verwitterte Scheune döste diesseits des Zauns in der Sonne. Eine engere Piste führte an der Scheune vorbei hinunter zum Sandstrand.

Krista rumpelte langsam an der Scheune vorbei und parkte hinter einer Düne. Sie schaltete den Motor ab.

»Und jetzt?«, fragte sie.

»Wir gehen um die Landspitze herum und halten Ausschau nach einem Blockhaus mit einem Fahnenmast und einem großen weißen Felsen davor«, antwortete er und stieg aus.

»Das hab ich mir gedacht.« Natürlich hatte sie gewusst, was sie tun würden, aber beim Anblick des breiten, weichen Sandstreifens und der graubraun heranrollenden Wellen wurde ihr doch mulmig.

Anfangs war es lustig. Walker trug den Picknickkorb und das Badetuch von Krista und die Weinflasche. Krista kämpfte sich auf ihren Krücken durch den Sand, bis sie zu dem festen Sand am Ufer kamen.
Der warme Wind ließ ihre Kleider flattern und benahm ihnen den Atem. Die Wellen kräuselten sich übereinander, schäumten, rauschten auf sie zu und traten bläschenbedeckt den Rückzug an. Eine Möwenschwadron hing mit ausgebreiteten Flügeln über ihren Köpfen.
Lange standen sie da, blickten über das Wasser und in den Himmel. Dann wandten sie sich um und marschierten an einem weiteren Schild vorbei, das einen Privatstrand ankündigte.
Schon nach kürzester Zeit erkannte Walker, dass sie so nicht weit kommen würden. Ging Krista nah genug ans Wasser, um auf dem harten, nassen Sand Halt zu finden, brandeten besonders große Wellen heran, durchweichten ihr die Lederschuhe und die weißen Hosen und spülten ihr den Sand unter den Krücken weg. Hielt sie genügend Abstand von den größten Wellen, war der Sand weich und gab unter ihr nach. Verbissen kämpfte sie sich jedoch weiter und lächelte jedes Mal, wenn Walker sich nach ihr umdrehte. Schweiß perlte ihr von der Stirn und glänzte auf den Wangen. Er wusste nicht, was er sagen oder tun sollte, also marschierte er weiter.
Nach etwa zehn Minuten, so schien es ihm wenigstens, hatten sie das erste Häuschen, das mit den dunklen Zedernschindeln, das sie von der Straße aus gesehen hatten, noch immer nicht passiert. Es stand ein wenig vom See zurückgesetzt auf einer grasbewachsenen Anhöhe und war von Eichen umgeben. Ein altes Ruderboot lag kieloben

davor, und alle Läden an den Verandafenstern waren geschlossen. Er hörte Krista neben sich schnaufen, obwohl er ganz langsam vorwärts trottete.
Wieder sah er zu ihr hinüber. Diesmal blickte sie nicht auf und lächelte. Ihr Gesicht war angespannt, Schweiß lief ihr die Nase herunter, ihre Augen bohrten sich in den tückischen, aufgewühlten Sand vor ihr. Ihr Atem wurde jetzt von einem leisen Pfeifen begleitet wie bei einem Langstreckenläufer. In dem runden Ausschnitt ihrer Bluse glänzten ihre Brüste vor Schweiß. Walker schätzte, dass sie den ganzen Tag brauchen würden, die Landspitze zu umrunden. In diesem Tempo würden sie es nie schaffen.
Plötzlich rutschte ihr die rechte Krücke weg. Sie fiel beinahe hin, fing sich aber und ging weiter.
»Vielleicht sollten wir jetzt was essen«, schlug Walker vor.
»Wir sind doch gerade erst losmarschiert.«
»Ich habe Hunger.«
»Hast du nicht!«
Sie ging weiter. Walker überkam leise Panik. Wie sollte er sie aufhalten?
Ihre Wimperntusche begann zu verwischen, was ihre weiße Haut noch blasser erscheinen ließ. Blonde Strähnen klebten feucht an ihrer Stirn. Den Blick hielt sie auf den Sand vor ihr gerichtet. Beharrlich holte sie aus und stieß sich ab, holte aus und stieß sich ab. Ihr Atem kam in quälenden kleinen Stößen.
Walker blieb stehen und breitete das Badetuch aus. Krista ging weiter, also setzte er sich auf das Tuch. Schließlich blieb sie, etwa fünf Meter weiter, stehen und drehte sich zu ihm um.
»Was machst du da?«

»Du solltest dir die Schuhe ausziehen. Deine Füße sind ganz nass.«
»Ich bin nicht müde.«
Walker nickte und fing an, sich eine Zigarette zu drehen.
Möwen stiegen über ihnen hoch.
Schließlich kam Krista zurück und warf eine Krücke in den Sand. Die andere benutzte sie, um sich auf das Tuch zu setzen. Dann warf sie auch die weg.
Walker wusste, wann er den Mund zu halten hatte.
Krista saß nur da, atmete schwer und blickte auf den See hinaus. Walker konnte nicht ausmachen, ob ihre Augen voller Schweiß oder voller Tränen waren.
»Betrinken wir uns sinnlos«, sagte er nach einer Weile.
Sie sah ihn an, sah wieder weg.
»Schlafen wir miteinander«, sagte er.
»Hättste wohl gern«, erwiderte sie, aber nicht mit dem gewohnten Zunder. »Ich hasse das.«
»Was?«, fragte er, obwohl er die Antwort schon kannte.
Sie schüttelte nur den Kopf. Sie legte sich hin, auf ihrem Teil des Tuches, zog die Knie an und umfasste sie mit den Armen. Ihr Gesicht war ihm zugewendet, und Walker wertete das als gutes Zeichen, auch wenn ihre Augen geschlossen waren. Er legte sich ebenfalls hin, sein Gesicht nah an ihrem.
Er streckte die Hand aus und strich ihr sanft die feuchten Haarsträhnen aus dem Gesicht, ließ seine Hand über ihre Wange gleiten. Sie öffnete die Augen. Ihre Gesichter waren einander so nah, dass einer den warmen Atem des anderen spüren konnte. Ihre Augen sahen aus wie tausend Glasscherben.
Jetzt küsse ich sie, dachte Walker.

»Ich schaff das nicht.«
»Was?«
»Auf diesem beschissenen Sand zu laufen!« Abrupt setzte sie sich auf. »Was zum Teufel ist das?«
Walker drehte sich um, um ihrem Blick zu folgen. Eine große Rauchwolke stieg auf, schwarz und ölig, blähte sich auf an der Stelle am Strand, von der sie gerade gekommen waren.
»Da verbrennt jemand etwas«, sagte Walker.
»Was?« Krista schrie beinahe, drehte sich zu ihm, ihre Augen wach und beunruhigt.
»Menschenskind«, stieß Walker hervor. Er sprang auf und hob ihre Krücken auf.
»Mach schon!«, schrie sie ihn an. Da reichte er ihr die Krücken, packte aus irgendeinem Grund die Weinflasche, dann lief er los, den ganzen Strand zurück.
Mit seinen langen Beinen war er in etwa einem Zwanzigstel der Zeit, die sie vorher für die Strecke gebraucht hatten, wieder bei dem Toyota. Doch er kam zu spät. Der Wagen brannte lichterloh, die Flammen flackerten und tobten hinter den verschlossenen Türen und auch außen, so dass der Lack sich ablöste, das Lenkrad und die Handschaltung schmolzen; sie brüllten und zischten und schickten giftige, schwarze Rauchwolken in den Himmel. Ein Reifen explodierte, dann noch einer, und schließlich auch die beiden anderen. Der Wagen sank wie ein Sterbender zu Boden.
Es war unmöglich, näher ranzugehen. Walker konnte nichts anderes tun, als um das Auto herumzutanzen, sich hilflos zu fühlen und sich zu fragen, ob das Ding womöglich explodieren und Schrapnelle in die Luft schleudern konnte.

Er sah, wie Krista sich den Strand zu ihm vorarbeitete und dabei versuchte, das Liegetuch und das Essen mit sich zu schleppen. Sie hatte erst die Hälfte der Strecke zurückgelegt.
Er rannte über den Strand zu ihr hin. Sie konnte den Wagen zwar wegen der Sanddüne nicht sehen, wusste jedoch schon, bevor Walker es ihr sagte, was da brannte. Sie hatte es in dem Moment gewusst, als sie den Rauch gesehen hatte. Was konnte sonst brennen, außer der Scheune, die sie aber völlig unversehrt am Straßenrand erkennen konnte?
»Krista, es tut mir leid.«
Krista ließ Tuch und Korb in den Sand fallen. Tränen liefen ihr die Wangen hinunter.
»Alphonso ist auch einmal ein Taxi ausgebrannt«, sagte sie. »Er war nicht versichert.«
»Und du?«
Sie packte Walker am Arm. »Ich will es sehen.«
Walker hob sie hoch, und halb gehend, halb rennend erreichten sie den Wagen.
Er sah aus wie ein Stück ausgebrannte Kohle. Noch immer leckten Flammen am Dach und verbrannten den Rest der Sitzpolsterung. Blaue Flammen schossen aus dem Benzineinfüllstutzen.
Lange betrachteten sie das Ganze schweigend, Krista lag in Walkers Armen und klammerte sich an seinen Hals.
»Wie fängt ein Auto Feuer, wenn der Motor gar nicht läuft?«, fragte sie schließlich.
»Kurzschluss«, sagte er.
Sie glaubte ihm nicht. Ihr war kalt. Walker spürte, wie sie in seinen Armen zu zittern begann.
Bald danach kam der erste Ferienhausbewohner angefah-

ren, um zu sehen, was los war. Vier weitere Leute folgten, einer zu Fuß, zwei in einem Wagen und einer in einem Strandbuggy. Jemand rief die Freiwillige Feuerwehr und eine Werkstatt wegen eines Abschleppwagens. Sie waren hauptsächlich darüber besorgt, dass diese stinkende Schweinerei ihren Strand und ihre Luft verschmutzte.
Als die Leute jedoch sahen, dass Krista Krücken hatte, dass sie verkrüppelt war – oder behindert, oder körperlich beeinträchtigt, je nachdem, welchen Stand der Aufklärung sie erreicht hatten –, wurde die kleine Gruppe etwas fürsorglicher. Eine große, elegant aussehende Frau in weißen Shorts und rückenfreiem Oberteil, ihre Haut tiefgebräunt, ein sattes Kaffeebraun, bot ihnen an, sie in die nächste Stadt zu fahren. Aber nachdem die Feuerwehr gekommen war und dem Feuer mit Schaum den Garaus gemacht hatte, und nachdem die kläglichen Überreste ihres geliebten Toyota auf den Abschleppwagen geladen waren, beschloss Krista, dass sie lieber mit dem Abschleppwagen in die Stadt zurückkehren wollte.
Unterwegs bat sie Walker, seine Flasche aufzumachen. Zu dritt – Carl, der Lkw-Fahrer, Krista und Walker – ließen sie die Flasche die Runde machen. Sie war leer, als sie vor Carls Firma in Schuler ankamen, und Krista hatte sich etwas beruhigt.
»Zum Glück habe ich den Rollstuhl nicht dabeigehabt.«
»Sehen Sie's positiv«, riet ihr Carl. »Das Auto ist ein Totalschaden, jetzt können Sie sich ein neues anschaffen.«
»Aber das war mein erstes Auto. Das einzige Auto, das jemals mir gehörte.«
»Es tut mir leid«, wiederholte Walker.
Walker und Krista setzten sich an einen niedrigen Pick-

nicktisch, der auf dem ausgedörrten Gras neben Carls Werkstatt und Kramladen stand. Krista machte sich Sorgen, dass die Mayonnaise schlecht werden könnte, wenn sie ihre Sandwiches nicht bald aßen, deshalb verzehrten sie ihr Mittagessen, obwohl keiner von ihnen im Moment sonderlich hungrig war. Walker aß auch alle eingelegten Sachen und die beiden Stücke Pfirsichkuchen, die ihnen Kristas Mutter noch eingepackt hatte.
Als sie fertig waren, saßen sie schweigend da und sahen den Autos nach, die hin und wieder vorüberfuhren.
Carl hatte ihnen gesagt, dass ungefähr um sechs ein Bus durch Schuler kommen würde, der bis Toronto fuhr. Sie könnten sich an die Straße stellen und ihn anhalten. Krista hatte sofort erklärt, dass das eine gute Idee sei, und damit Walker noch mehr deprimiert.
Jetzt betrachtete er sie wieder. Sie sah müde aus. Sie schob eine Haarsträhne aus der Stirn, trank von ihrer Limo. Es war erst vier, noch zwei Stunden zu warten, und die Sonne brannte noch immer vom Himmel.
Er wusste nicht, ob er es ihr sagen sollte oder nicht, entschied aber, dass sie das Recht hatte zu erfahren, was er wusste. Schließlich war es ihr Wagen gewesen.
»Ich hab jemand gesehen«, sagte er.
Sie wandte sich zu ihm. »Was soll das heißen, du hast jemand gesehen?«
»Als ich zum Auto lief, fuhr jemand rückwärts von dem Weg auf die Straße.«
Sie starrte ihn an. »Das kann jemand aus einem der Häuser gewesen sein, der auf dem Weg in die Stadt war oder so.«
»Warum ist der dann nicht stehengeblieben?«
»Weil er nichts bemerkt hat.«

»Aber er muss es bemerkt haben. Er fuhr direkt daran vorbei. Das Auto stand schon in Flammen. Der Rauch trieb vom See weg, direkt über die Straße. Der hätte blind sein müssen.«
»Vielleicht war er schon alt. Alte Leute werden nervös. Die bleiben nicht gern stehen, wenn was Komisches passiert.«
Walker nippte an seiner Limo. »Es war ein schwarzer Audi. Sah neu aus.«
»Aber das ergibt doch keinen Sinn.« Ihrer Stimme war jetzt anzumerken, dass sie den Tränen nahe war.
»Das ist schon das zweite Mal, dass etwas keinen Sinn ergibt«, erinnerte er sie. »Und da ist noch etwas. Ist dir aufgefallen, dass der Tankdeckel offen war?«
»Und?«
»Der Schraubverschluss fehlte. Zuerst dachte ich, er wäre weggeflogen. Ich habe überall danach gesucht.«
»Vielleicht ist er ja im See gelandet«, sagte sie. »Wie wär's, wenn du mir ein bisschen Angst einjagen würdest?«
Sie ergriff ihre Krücken, stand auf und ging weg.
»Wo gehst du hin?«
»Mein Auto anschauen.«
Carl hatte es neben der Werkstatt abgestellt. Viel gab es nicht mehr zu sehen.
Viertel nach sechs schaukelte der Bus endlich heran. Walker und Krista machten Zeichen. Der Bus hielt mit einem zornigen Zischen der Druckluftbremsen auf dem Bankett an, und die Tür schwang auf.
Krista eilte zum Bus. Walker ging neben ihr und trug den Korb und das Badetuch.
Als sie bei der offenen Tür angelangt waren, drehte sie sich

zu ihm um. Wieder sah sie besorgt aus. »Bist du sicher, dass du dableiben willst?«

Walker nickte. So leicht gab er die Sache mit Mary's Point nicht auf.

»Behalt das Tuch«, sagte sie.

Er beugte sich hinunter und küsste sie, obwohl er das gar nicht vorgehabt hatte. Sie küsste ihn wieder, presste ihren Mund auf den seinen, bedeckte seinen Mund mit dem ihren. Dann wandte sie sich ab, und er half ihr die hohen Stufen hinauf und reichte ihr den Korb.

»Was für ein Tag, Walker«, sagte sie, während die Tür zuging.

Der Bus fuhr an. Durch die dunklen Scheiben konnte er sie nicht sehen, konnte nicht sehen, wie sie sich den schwankenden Gang entlang zum ersten freien Platz vorarbeitete, aber er konnte es sich vorstellen.

Er sah zu, wie der Bus davonfuhr, dann ging er in die entgegengesetzte Richtung, am letzten Haus in Schuler vorbei, an der kleinen Schindelkirche und dem Friedhof von Schuler. Er schlug dieselbe Kiesstraße ein, die Carl fünf Stunden vorher auf dem Weg nach Schuler genommen hatte, und marschierte zurück zu Mary's Point.

Noch immer schmeckte er Krista auf seinen Lippen.

Krista Papadopoulos. Sie schwebte vor ihm, während er ging, tanzte vor seinen Augen. Nur, dass sie nicht schweben konnte, höchstens in ihrem Rollstuhl. Nur, dass sie nicht tanzen konnte, außer in ihrer Phantasie.

Walker begann zu laufen. Er rechnete sich aus, dass er etwas mehr als sechs Kilometer vor sich hatte. Auf dem Weg kam er an der geschwärzten Stelle vorbei, an der Kristas Wagen gestanden hatte. Als er den Weidezaun er-

reicht und die Scheune umrundet hatte, war es fast acht. Der Himmel hatte sich von fahlblau zu königsblau verfärbt, und nun überzog ein rosiges Glühen sein dunkler werdendes Antlitz.
Mary's Point lag tief im Schatten, nur die Baumwipfel wurden noch von einem letzten roten Schein erhellt.
Walker marschierte ein kleines Stück den Strand entlang, weg von der Landspitze. Das Lüftchen hatte sich gelegt, und kleine Wellen schwappten über den kalten Sand.
Er kletterte zwischen zwei Sanddünen hinauf, wo das hohe Gras anfing, kniete sich hin und grub seine Hände in den Sand hinein. Ganz schwach spürte er noch den Rest der Hitze des Tages auf seiner Haut. Sein Blick glitt über die im schwindenden Licht kaum sichtbare Grasebene und die Umrisse der Rohrkolben dahinter.
Der Mond hatte im Westen Gesellschaft vom Abendstern bekommen. Eigentlich kein Stern, sinnierte Walker, sondern die Venus. Die geheimnisvolle Venus, von hauchdünnem Dunst umhüllt.
Er breitete das Badetuch aus, setzte sich darauf und drehte sich eine Zigarette. Er würde bis zum nächsten Morgen warten und dann dem Ufer rund um die Landspitze folgen.
Ein Reiher flog träge über seinen Kopf, das Ufer entlang, auf dem Weg zu einer dunklen Zuflucht für die Nacht.
Walker kehrte einem plötzlich auffrischenden Wind den Rücken, zündete ein Streichholz an und inhalierte den scharfen Rauch. Er hatte nur ein leichtes Baumwollhemd am Leibe, seine Jeans und seine Stiefel. Plötzlich war die Luft kalt. Wenn er schläfrig wurde, würde er sich in das Badetuch einrollen. Wenn er mehr Wärme brauchte,

konnte er etwas von dem wild wachsenden Gras um ihn herum anhäufen und darunter kriechen.
»Walker weiß sich zu helfen«, hatte Mary Louise eines Tages, kämpferisch in ihrer Küche stehend, einer ihrer Freundinnen verkündet. Walker konnte sich nicht mehr erinnern, warum sie es gesagt hatte, warum sie es in jenem Augenblick für notwendig gehalten hatte, ihn in Schutz zu nehmen.
Er war unschlüssig, was er am nächsten Tag machen sollte. Er hatte vorgehabt, das Blockhaus zu finden und das Foto herzuzeigen, in der Hoffnung, jemand könne die Frau oder die Kinder identifizieren. Aber er hatte kein Foto mehr und auch keinen Brief. Und Krista hatte kein Auto mehr.
Er versuchte, sich den Mann vorzustellen, der den Audi gefahren hatte, aber dessen Gesicht blieb ein verschwommener rosa Klecks. Wie sehr er sich auch bemühte, die Züge des Fremden wurden nicht deutlich.

Beim ersten Tageslicht erwachte Walker, ins Tuch gewickelt, zitternd. Nebel lag über dem Gras und verhüllte die dahinter liegende Anhöhe. Die Luft über dem See war seltsamerweise vollkommen klar. Das Wasser war glatt und farblos wie der Morgenhimmel. Er konnte weit sehen, aber nirgendwo war eine Linie zu erkennen, wo Wasser und Himmel zusammenstießen. Es gab keine Boote, die ihm hätten helfen können, die Entfernung zu schätzen. Keine umherfliegenden Vögel. Kein Geräusch.
Walker sah auf die Uhr. Es war viertel vor sechs. Er überlegte kurz, ob er Feuer machen sollte, begnügte sich jedoch damit, sich eine Zigarette zu drehen und anzuzün-

den. Dann wusch er sich Hände und Gesicht am Ufer des Sees. Er hatte Hunger. Und einen Riesendurst.
Er betrachtete das Wasser, das sich um seine Arbeitsstiefel kräuselte. Das Wasser des Lake Superior konnte man trinken, wenn es nicht anders ging, und der Magen würde es aushalten. Aber das des Eriesees? Walker hatte immer gehört, dass die unteren Großen Seen nichts anderes waren als offene Kloaken, Auffangbecken für alles, was Chicago, Detroit und Sarnia gerade dort abzuladen gewillt waren.
Noch einmal sah er sich das Wasser an, schöpfte eine Handvoll und trank schnell. Er konnte sich nicht zurückhalten und trank noch mehr.
Nun, da sein Durst gelöscht war, stand er auf und ging am Ufer entlang Richtung Mary's Point.
Ein Dutzend Strandläufer kam ihm entgegen. Eilig trippelten sie über den nassen Sand und durch zentimeterhohes Wasser, als kämen sie zu spät zur Arbeit.
Bei diesem Gedanken musste Walker lächeln. Langsam wurde ihm wärmer, und er fühlte sich besser.
Er begann zu proben, was er sagen würde, wenn er das Haus auf dem Foto gefunden hatte. Die beiden Namen aus dem Brief wusste er ja noch: Kim, die Schreiberin, und Lennie, seine Mutter. Aber es waren über dreißig Jahre vergangen, wer würde sich an sie erinnern?
Als Walker wieder an dem Schild vorüberkam, das den Privatstrand ankündigte, durchbrach im Osten, wie Licht von einem weit entfernten Leuchtturm, eine schwache Sonne den Nebel. Einen Augenblick später stand er wieder vor dem Häuschen aus Zedernschindeln, das er und Krista am Vortag gesehen hatten. Die Läden waren noch immer geschlossen. Es sah aus, als sei niemand da.

Er ging weiter am Ufer entlang. Es war einfacher heute, viel einfacher, ohne Krista. Kaum hatte er das gedacht, hatte er ein schlechtes Gewissen. Er versuchte, nicht mehr an sie zu denken.
Er kam an einem weiteren Häuschen vorbei. Es war größer als das erste, mit verwitterten grauen Schindeln gedeckt, zweistöckig – kein Häuschen, sondern eigentlich ein Sommerhaus, mit einer eleganten altmodischen Veranda auf zwei Seiten. Aber die Umgebung war kein bisschen so, wie das, was er suchte. Er musste nach einer hohen Sandklippe Ausschau halten, mit einer Reihe von Kiefern oben drauf und einem breiten Sandstreifen darunter, aber es war keine Anhöhe zu sehen. Der Nebel verflüchtigte sich über den Baumwipfeln, und so weit Walker das Ufer entlang Richtung Landspitze sehen konnte, fiel der Boden flach zum Strand hin ab.
Es war nach halb sieben, als er die flache Felsbank erreichte, die den äußersten Punkt der Landspitze bildete. Nichts als Wasser lag vor ihm.
Walker setzte sich auf einen Felsvorsprung. Er war an mindestens acht Häusern vorbeigekommen. Die meisten alt, groß und elegant, und die meisten leerstehend. Vor einigen standen Autos oder Kleintransporter, aber überall schienen die Leute noch zu schlafen.
Er schaute nach Osten. Die Felsbank umgab die Spitze soweit sein Auge reichte. Wenn es auf der Ostseite keinen Strand gab und keine Sandklippe, dann war er am falschen Mary's Point.
Ein hochgewachsener älterer Mann mit Schlapphut auf dem Kopf und Angelrute in der Hand kam über den flachen Felsen auf ihn zu.

Rasch stand Walker auf.
»Ein schöner Morgen«, sagte er zu dem Mann, der mit reichlich Abstand an ihm vorüberging.
»Besuchen Sie hier jemand?«, fragte der Mann.
»Genau«, erwiderte Walker. Er marschierte wieder los und drehte sich nicht um. Das war auch nicht nötig, denn er wusste auch so, dass der Mann dastand und ihm nachsah.
Auf der Ostseite der Landspitze stieg das Gelände langsam an und wurde plötzlich sehr steil. Walker vergaß den Mann und verfiel in Trab. Er verließ die Felsbank und lief auf dem Kiesstrand weiter, der sich bald zu einer schmalen Sandbahn verengte. Er sah eine Klippe. Und Kiefern, die sich gegen den Himmel abzeichneten. Er passierte zwei kleine Häuser, aber keines sah dem auf dem Foto im entferntesten ähnlich.
Weit draußen auf dem Wasser saß eine Frau auf einem Stuhl, einem Gartenstuhl aus Aluminium, dessen Beine auf der spiegelglatten Oberfläche des Sees zu treiben schienen. Ihr Gesicht war der Sonne zugewandt, die dicht über dem Wasser hing und ihre Strahlen auf die Sitzende abschoß. Die Frau trug einen geblümten Bademantel, ihre Augen waren mit einer Sonnenbrille geschützt, ihr graues Haar quoll unter einem Tuch hervor, das sie wie einen Turban um den Kopf gewickelt hatte.
Er stand am Ufer und betrachtete sie einen Augenblick.
Ein Ungetüm von einem Haus, A-förmig mit riesigen Glasfenstern, stand auf einer Kuppe neben der Sandklippe. Wasser klatschte gegen den Fuß der Klippe. Es gab keinen Strand davor. Manches sah richtig aus, manches falsch. Vielleicht gibt es weiter vorn noch mehr Klip-

pen, dachte Walker. Vielleicht ist das einfach nur die falsche.
Er müsste in den See hinauswaten, um sich die Dinge aus der Perspektive des Fotos anzusehen.
Wieder sah er zu der Frau hin. Sie trieb noch immer da – zehn, zwölf Meter vom Ufer entfernt.
Walker zog seine Stiefel aus und watete hinaus. Er ging nicht direkt auf die Frau zu, weil er sie nicht erschrecken wollte, sondern erst einmal geradeaus, links von ihr, in etwa fünf Metern Entfernung. Als er mit ihr auf gleicher Höhe war, stand er oberschenkeltief im Wasser, schaute gedankenverloren auf den See hinaus und drehte sich eine Zigarette.
Er räusperte sich. Nichts. Er zündete ein Streichholz und damit seine Zigarette an. Nichts.
»Ich glaube, heute wird's wieder ganz schön heiß«, sagte er laut und versuchte dabei, so harmlos wie möglich auszusehen.
Die Frau zuckte ein wenig zusammen und wandte sich zu ihm. Er lächelte sie an. »Morgen.«
Ihre Augen konnte er hinter der dunklen Brille nicht erkennen. Ihr Gesicht war gebräunt, ihre Haut sah dünn und faltig aus.
»Guten Morgen«, sagte sie mit heller, klarer Stimme.
»Toller Trick, das mit dem schwebenden Stuhl«, sagte er. »Wie machen Sie das?«
Die Frau sah ihn einen Augenblick an. Dann sagte sie: »Das kann jeder. Kommen Sie doch rüber.«
Walker watete hinüber, und als er sie fast erreicht hatte, stieß er mit dem Fuß gegen etwas, das sich wie eine glitschige Steinmauer anfühlte. Seine Füße fanden Halt, und

er stieg auf die flache Oberseite eines riesigen Felsbrockens, der etwa fünf Zentimeter unter der Wasseroberfläche lag.

»Gar nicht so toll der Trick, was?«, sagte die Frau. »Auf der anderen Seite kommt man leichter hoch. Ich komme jeden Morgen her, wenn der See ruhig und die Luft klar ist. Das ist mein Felsen.«

Walker nickte. »Ein herrlicher Platz.«

»So will ich sterben. Hier im Sitzen.«

Er sah auf sie hinunter.

»Jetzt noch nicht, mein Lieber. Zu wem gehören Sie denn?«

»Zu niemand«, erwiderte er. Niemand, dachte er. Er hatte sich aber bereits eine Geschichte zurechtgelegt.

»Ich bin hier gerade vorbeigefahren und habe den Wegweiser nach Mary's Point gesehen. Meine Mutter hat hier oft ihre Großmutter besucht. Sie hat mir immer wieder davon erzählt. Da dachte ich, ich schau mal vorbei, ob ich das Haus ihrer Großmutter finde. Nur um zu sagen, ich hab's gesehen, Sie wissen schon.«

»Haben Sie's gefunden?«

»Bis jetzt noch nicht. Ich weiß, wie's aussieht. Ich habe Fotos gesehen. Vielleicht bin ich nicht weit genug gegangen?«

»Hmm.« Sie betrachtete ihn eine Weile. »Wie hieß sie denn? Die Großmutter Ihrer Mutter?«

Walker hatte sich auch schon einen Namen ausgedacht. »Davidson.«

»Davidson«, wiederholte die alte Frau. »Wann war Ihre Mutter das letzte Mal hier?«

»Ach«, sagte Walker, »vielleicht so 1964.«

»Also dann sind Sie falsch hier. Hier hat es nie Davidsons gegeben. Ich komme hier mit meiner Familie her, seit ich geboren wurde, und das war schon eine Weile vor 1964, wie Sie sich denken können. Ich kenne alle, und alle kennen mich, und das war nicht immer ein Segen. Vielleicht verwechseln Sie Mary's Point mit einem anderen Point, mein lieber Junge. Wir haben, weiß Gott, mehr als genug hier in der Gegend.«

»Ich bin sicher, es war Mary's Point«, sagte Walker. »Eine Blockhütte mit einer Veranda mit Fliegengitter. Sah aus, als wäre sie dunkelrot oder so gestrichen. Stand neben einer Sandklippe wie der hier, aber da war ein Strand, ein Fahnenmast und ein riesiger, weißgestrichener Stein davor.«

»Vor was?«

»Na ja, da auf dem Strand. Davor halt.«

»Kennen Sie Long Point?«, fragte sie. »Wenn Sie da hingehen, sehen Sie diesen großen Sumpf hinter einem Strand. Und wissen Sie, was da halbversunken in diesem Sumpf steckt?«

»Nein.«

»Häuser, mein Lieber. In den letzten Jahren ist das Wasser im Eriesee über einen halben Meter gestiegen. Winterstürme haben manche Häuser in den See gerissen oder, wie am Long Point, ein Stück weit in diesen Sumpf hinuntergeschoben. Es ist schrecklich. Weil's hier so flach ist, haben wir mehr als fünf Meter Strand verloren.«

Walker sah sie unverwandt an. »Und das heißt?«

»Das heißt, dass der Name nicht stimmt, mein Lieber. Wenn Sie von den sechziger Jahren reden, hieß die Großmutter ihrer Mutter nicht Davidson, sondern Miller. Die

Millers aus Toronto. Ich hab sie alle gekannt. Sie waren die einzigen mit einer Blockhütte. Die stand da, wo dieses Ungetüm hinter uns jetzt steht. Und«, sagte sie und schob zum ersten Mal ihre dunkle Brille ein wenig hinunter, so dass sie mit ihren getrübten haselnussbraunen Augen darüber hinweg sehen konnte, »wissen Sie, wo dieser riesige, weißgestrichene Felsbrocken jetzt ist?«
Walker nickte. Er wusste es.
Er war seiner Mutter nahe, nahe der Stelle, wo sich dieses kleine Mädchen vor einunddreißig Jahren an ihren Schwimmreifen geklammert hatte.
»Ich stehe darauf«, sagte er.

8

Bobby liebte seine Uniform: die schweren schwarzen Stiefel, die er jeden Abend putzte und die ihn fast vier Zentimeter größer machten, die dicken Wollsocken, die ihm genau bis an die knubbeligen Knie reichten, die grauen Hosen mit dem schwarzen Besatz und dem breiten schwarzen Gürtel, das Unterhemd in braun-grüner Tarnfarbe, genau wie bei den Marines, das enganliegende blaue Hemd mit dem gestärkten Kragen, die dunkelblaue Krawatte, das graue Sakko mit den Silberknöpfen auf den Epauletten und besonders das graue Barett, das schräg auf dem Kopf saß, exakt im richtigen Winkel nach rechts geneigt. Es hatte eine schwarze Einfassung und eine Silbernadel, die genau im Zentrum befestigt war und die Aufschrift *Ruhmreiches Southam* trug. Er liebte seine Uniform und hasste alles andere.

Er hasste es, marschieren zu lernen. So sehr er sich auch bemühte (und in der ersten Woche bemühte er sich sehr), es fehlte ihm jegliche Exaktheit der Bewegungen. Hasste es, ständig von seinem Ausbilder angebrüllt zu werden. Er hasste es, von den älteren Jahrgängen schikaniert zu werden. Hasste es, mit anderen in schlüpfrigen, glänzenden Gruppen zu duschen, wie sie schrien, lachten und mit nassen Handtüchern um sich schlugen. Hasste es, in langen Reihen zu pinkeln, weil er nicht pinkeln konnte, wenn andere in der Nähe waren. Alle anderen konnten offenbar auf Befehl pinkeln, nur er stand da und sah aus, als ob er an sich herumfummeln würde, quälte sich ab, und nichts kam heraus. Er hasste es, zu sechst in einem Raum zu schlafen, hasste all die Akzente, vom tiefen Süden, über den mittleren Westen bis zum Nordosten. Hasste dieses nassforsche Gehabe der Yankees, ihre übermäßige Selbstsicherheit, ihre abgrundtiefe Stupidität. Hasste die Lehrer, den Unterricht, die Gebäude, das kalte feuchte Wetter, den Regen, der ihm in den Kragen lief, die stumpfsinnige Kleinstadt, die fünf Kilometer westlich in einem vom Bergbau verwüsteten Tal lag und Tag und Nacht, außer sonntags, grauschwarzen Rauch in die tiefhängende Wolkenschicht blies. Er hasste den Pfarrer, der das Gebet der Jungen bei der Morgenandacht leitete, hasste Major J.K. Kellum, der hier anscheinend das Sagen hatte, hasste die amerikanische Fahne, hasste das Essen. Hasste es, nachts nicht zu schlafen, sich im Dunklen selbst zu befingern, als einziger in der ganzen Schule Nacht für Nacht für Nacht zu onanieren, Wichser, blass wie der Mond, weich wie ein Mädchen, keiner zu Hause, keiner da, nur ein Schattenreiter auf der Nachtluft, unsichtbar, Bobby ist verschwunden, Bobby ist nicht da. Er hasste das Wecksignal um sechs Uhr.

Er spürte, dass nicht viel fehlte: ein kleiner Schubs, eine scharfe Bemerkung, und er käme aus dem Heulen nicht mehr heraus. Toronto war nur mehr eine flüchtige Erinnerung, unendlich lange zurückliegend. Seine Mutter vermisste er kein bisschen, aber, die Hand schützend um sein nasses, kleines Schwänzchen gelegt, träumte er jede Nacht von seinem Vater.

Als Bobby eines späten Nachmittags aus dem Biologieunterricht kam, warteten vier Jungen im Korridor auf ihn. Zwei waren Stubenkameraden, zwei waren schon älter.

»Heute zeigen wir's Dimarco, der Schwuchtel«, ließen sie ihn wissen.

Eine Falle, dachte Bobby sofort, die haben es nicht auf Dimarco abgesehen, sondern auf mich. Unauffällig bewegte er sich auf eine Mauer zu und lehnte sich so lässig er nur konnte dagegen. Wenigstens sein Rücken war gedeckt.

»Aha?«, sagte er.

»Du kennst doch Dimarco? Das kleine Arschloch aus der Stadt? Sein Alter ist doch Bürgermeister oder so was? Wackelt daher wie ein Mädchen.«

Auf einmal sprachen alle gleichzeitig.

»Scheißschwuchtel.«

»Wieso ist der überhaupt hier?«

»Weil sein Alter Bürgermeister ist.«

»Schaut aus wie ein Cockerspaniel, der Arsch. Nein, im Ernst. Ich hab einen Cockerspaniel zu Hause, mit diesen

großen braunen Augen, den Locken, genau wie Dimarco, die schwule Sau.«
»Also, kommst du mit?«, fragte einer der älteren Jungen.
»Um was zu tun?«, fragte Bobby zurück.
»Ihn überfallen, wenn er in die Stadt runtergeht.«
»Ihm die Hosen runterziehen.«
»Ihn schmieren.«
»Schmieren?«, fragte Bobby.
Die anderen lachten. Einer von ihnen, ein Stubenkamerad von Bobby, zog eine große Zahnpastatube aus einer seiner Taschen.
»Mama, Mama, er hat überhaupt nicht gebohrt.«
Wieder lachten alle. Bobby riskierte ein zaghaftes Lächeln.
»Also, komm doch mit!«
»Na los!«
Bobby konnte sich nicht vorstellen, warum sie ihn dabeihaben wollten. Niemand konnte ihn leiden. Er hatte keine Freunde.
Er wollte keine Freunde.
Er beäugte die Zahnpastatube. Sie wollten ihn vom Schulgelände weglocken, auf den Weg, der hinunter ins Tal führte, in die Stadt. Sie würden so tun, als warteten sie auf Dimarco, aber in Wirklichkeit hatten sie es auf ihn abgesehen. Ihn würden sie schmieren. Bobby spürte, wie sich sein Schließmuskel zusammenzog. Ein kleiner elektrischer Schlag fuhr ihm durch die Eier.
Bobby sagte: »Ich hab noch eine Extrastunde bei Baines der Birne. Förderunterricht. Hat er mir gerade gesagt. Ich soll mein anderes Heft holen und gleich wieder zurückkommen.«

»Ach so.« Die Jungen zuckten die Achseln, nickten. Zumindest waren sie überzeugt.
Bobby konnte gut lügen. Er konnte alles, was er können wollte.
Er sah den Jungen nach, wie sie zur Tür hinauslatschten und über den Hof zum Osttor gingen.
Bobby kannte Dimarco. Carlo Dimarco. Spaghettifresser. Schwuchtel. Einer von den paar Jungen aus der Stadt, von den Reichen, die ihre Kinder nach Southam schickten. Stadtjungs. Tagesschüler. Vielleicht war Dimarco eine Schwuchtel. Er war hübsch genug, um ein Mädchen zu sein.
Bobby stellte sich Dimarco vor. Seine langen, dunklen Wimpern, die schwarzen Locken, die weichen rosa Wangen, sein sensibles Streberegesicht. Er kam ein wenig plattfüßig daher, und auf dem Paradeplatz war er ein fast ebenso hoffnungsloser Fall wie Bobby. Er hatte einen prallen Arsch genau wie ein Mädchen.
Bobbys Herz klopfte ein wenig schneller, als er an Dimarco dachte. So eine Muschi. So eine Analratte. Wenn die anderen ihn festhalten würden, dachte Bobby, würde ich der Sau voll ins Gesicht steigen.
Er spähte aus dem kleinen Fenster in der Tür. Die vier Jungen verschwanden soeben durch eine Öffnung in der hohen Steinmauer in Richtung der Straße, die in die Stadt führte. Vielleicht sagten sie ja die Wahrheit. Vielleicht wollten sie ihn aus irgendeinem Grund, den er sich nicht denken konnte, wirklich dabeihaben. Wollten, dass er mitmachte. In ihrer Bande.
Bobby stieß die Tür auf. Ein Schwall kalter Novemberluft kam ihm entgegen, nahm ihm den Atem. Er zitterte, trat

hinaus. Dunst lag in der Luft, ein unsichtbarer Sprühregen, der sich sofort wie winzige Diamanten auf sein graues Wollsakko legte. Einen Augenblick stand er da und überlegte, was er tun sollte. Er konnte in sein Zimmer laufen, seine Bücher hinschmeißen, den Mantel anziehen. Oder er konnte ihnen folgen so wie er war, die anderen hatten auch keine Mäntel an. Oder er konnte einfach alles vergessen.

Aber er konnte es nicht einfach vergessen. Er musste ständig daran denken, wie die vier über Dimarco herfielen, ihn schlugen, ihn traten, ihn herumschleiften. Er sah das Bild vor sich, sah Dimarco jetzt auf dem Boden liegen, zappeln, winseln, weinen. Jemand langte hinunter, machte den Gürtel auf.

Bobby sah sich um. Alles glänzte nass vom Regen. Er konnte seinen Atem in der Luft sehen. Sein Herz raste und sein Magen fühlte sich an, als würde ihn etwas zusammendrücken. Der Hof war leer, abgesehen von einer gackernden Schar jüngerer Schüler mit kurzen Hosen und Stollenschuhen auf dem Weg zum Sportplatz.

Bobby eilte über den Hof und schlüpfte zum Osttor hinaus.

Er überquerte die Straße und marschierte den Weg entlang, der eine Abkürzung hügelabwärts in die Stadt bildete. Der Boden war aufgeweicht, und er kam fast lautlos voran. Jedesmal, wenn er einen Ast streifte, spritzte ihm kaltes Wasser ins Gesicht. Er lauschte angestrengt, um die anderen Jungen zu hören, doch die waren still, warteten irgendwo in einem Hinterhalt. Auf wen? Auf ihn? Wussten sie, dass er ihnen folgen würde? Auf einmal dachte er, na klar wissen die das!

Aber er konnte sich nicht zurückhalten. Er schlich weiter, Schritt für Schritt. Lauschte. Nächster Schritt.
Er kam zu einer Lichtung, an einem klaren Tag konnte man von hier aus das Tal überblicken, doch heute sah man nur Nebelwolken, die durch die Wipfel der nächstgelegenen Bäume trieben.
Er wagte sich nicht weiter. Als Soldat, als Stratege, hatte er Scheiße gebaut. Er hatte keine Ahnung, wo die vier Jungen waren. Er wusste nicht, wo Dimarco war. Er kannte nicht einmal das Gelände, obwohl er schon ein paarmal allein in die Stadt gegangen und langsam, müde den gewundenen Weg wieder hochgegangen war. Dimarco und die anderen Kinder aus der Stadt taten das zweimal am Tage. Wie schlapp konnte Dimarco also sein?
Bobby schwitzte, fror und schwitzte, beides gleichzeitig.
Wo sind diese Arschlöcher? Ist das eine Falle? Die sind hinter mir her!
Wild sah er um sich. Nichts. Nur dumpfes, tiefes Schweigen. Dann hörte er oben auf der Straße Geschrei. Und gleich darauf war ihm klar, was los war.
Dimarco hatte nicht die Abkürzung genommen, sondern war die Straße entlanggegangen, weil er wusste, dass diese Typen hinter ihm her waren. Aber sie hatten ihn ausgetrickst, weil sie wussten, dass er es wusste, und deshalb hatten sie ihm dort aufgelauert – an der Straße. Bobby hörte, wie sie Dimarco zwischen den Bäumen den Hügel hinunter in seine Richtung schleiften. Schlachtrufe und Gelächter. Siegesgeheul.
Sie blieben stehen. Wildes Umsichschlagen zwischen den Bäumen über ihm. Ächzen. Leise Schreie.
Bobby kletterte den schlüpfrigen Abhang hinauf. Im Nu

war er völlig durchnässt, er zitterte, sein Atem kam in kleinen, stechenden Stößen.
Zwei der Jungen konnte er, zumindest teilweise, durch die Zweige hindurch sehen. Einer der älteren Jungen hatte die Zahnpastatube in der Hand. Er lächelte auf etwas hinunter.
»Mach ihn auf«, sagte er.
Bobby wagte sich nicht näher heran, sonst würden sie ihn sehen. Er lag auf dem Boden, zitterte, sein Atem stockte, sein Herz hämmerte.
Und dann geriet er selbst in einen Hinterhalt, wurde überrascht von einem jäh aufbrandenden Gefühl, einem Sturm, der in seinem Inneren tobte.
Oh, stöhnte er leise, oh, und wiegte seinen Kopf hin und her. Von konvulsivischem Zucken und köstlichen Schaudern erfasst, presste er seinen Leib gegen den Boden.

9

Wie viele Millers, glaubst du, gibt es in Toronto?«, fragte Krista Walker mit ironisch hochgezogenen Brauen und kühlem Blick.
Sie saß an ihrem Funktisch im Büro, aber genausogut hätte sie am anderen Ende des Flurs sitzen können. Sie hatten sich voneinander entfernt, obwohl Walker nicht hätte sagen können, warum.
»Eintausendachthundertdreiunddreißig«, antwortete er.

»Du hast sie gezählt?«, fragte sie. »Wenn du zehn pro Tag anrufen würdest, bräuchtest du ein halbes Jahr.«
Sie gab ihrem Rollstuhl einen Schubs, rollte rückwärts quer durch den Raum, machte eine halbe Drehung und blieb mit dem Gesicht zum Tresen stehen. Energisch schlug sie ein Kassenbuch auf. »Und dann haben sie womöglich einen Geheimanschluss. Oder sie sind umgezogen.«
Walker saß noch immer auf einer Schreibtischkante und schaute auf ihren blonden Hinterkopf. Jetzt drosch sie Zahlen in eine Rechenmaschine ein.
So war sie, seit er vor zwei Tagen von Mary's Point zurückgekommen war. Er wusste nicht, warum, und hatte keine Vorstellung, wie er es herausfinden sollte. Wenn seine Mutter unvermittelt »zumachte«, wie sein Vater das nannte, konnte man sich auch keinen Reim darauf machen.
»Was für eine Laus ist dir denn über die Leber gelaufen?«, fragte Gerard dann. Das führte jedoch nur dazu, dass sie ein noch verkniffeneres Gesicht machte, und ihre grauen Augen blitzten, als würde sie ihn erschießen, wenn sie ein Gewehr hätte. Dann verfiel auch sein Vater in Schweigen, ein, zwei Wochen redeten beide kaum ein Wort, bis sie eines Tages, genauso unerklärlich, wieder »aufmachte«. Irgendeine lächerliche Kleinigkeit passierte, sie lachte ihr wunderbar kehliges Lachen, und mit einem Mal war das Haus von Sonnenlicht durchflutet.
Walker schaute wieder verstohlen auf Krista. Lange konnte es nicht mehr dauern, dann würden ihr die Zifferntasten des Rechners um die Ohren fliegen.
Er wusste, dass sie wegen ihres Wagens wütend war. Und

er wusste, dass sie Angst hatte. Der Einbruch, das ausgebrannte Auto – das war's vielleicht schon. Sie distanzierte sich von ihm, wählte die Selbsterhaltung.

Sie blätterte eine Seite im Kassenbuch um, sah zu ihm hoch und sagte: »Ist doch wohl klar, oder? Wir verfolgen die Spur deiner Mutter, und irgend jemand verfolgt unsere.«

Das Telefon klingelte. Sie sagte: »Scheiße«, stieß sich vom Tresen ab, glitt rückwärts zum Funktisch, drehte sich herum und hob den Hörer ab.

»A.P.Taxis. Mhmh. O.K. Bei Ihnen. Seiteneingang.«

Es war vier. Kristas Schicht begann erst in einer halben Stunde, aber Donna war auf dem Klo.

Krista wandte sich dem Funkgerät zu. »Simon, wo bist du, Simon? O.K. Paketabholung, Sherbourne 684, Seiteneingang ... woher, zum Teufel, soll ich das wissen?«

Alphonso stürzte von der Straße herein, eine gackernde Schar halbwüchsiger Mädchen im Schlepptau. Sie trugen alle die gleichen grüne Faltenröcke, grüne Kniestrümpfe, weißen Blusen und grüne Blazer. Alle hatten Notizblöcke griffbereit, wie Sekretärinnen in der Ausbildung.

»So etwas dürft ihr niemals durchgehen lassen«, sagte Alphonso zu den Mädchen. »Dass die Fahrer und die vom Funktisch sich verbünden. Führt zu Eifersüchteleien an der Basis. Wie können die anderen Fahrer sicher sein, dass dieser Ganove hier nicht doppelt so viele Fuhren zugeschanzt kriegt?«

»Kriegt er nicht, sei ganz beruhigt«, sagte Krista und warf Alphonso einen finsteren Blick zu.

Walker verzog sich auf die andere Seite des Tresens. »Hi«, begrüßte er die Mädchen.

Alle lächelten ihn an, kicherten und erwiderten: »Hi.«
»Redet bloß nicht mit dem. Der macht nur Ärger«, sagte Alphonso.
Walker erschien den Mädchen durchaus wie einer, der Ärger machen konnte, mit seinem attraktiven Gesicht und der aufregend schiefen Nase. Auch wenn sie erst zwölf oder dreizehn waren.
»Er ist mit ihr ausgegangen und hat ihr das Auto abgefackelt«, erklärte Alphonso, und um seine Augen bildeten sich kleine Fältchen.
»Alphonso«, sagte Krista, »halt die Luft an.« Sie kam in ihrem Rollstuhl angefahren. »Also, welche der jungen Damen ist deine Nichte?«
Alphonso legte einem hübschen dunkelhaarigen Mädchen seine Riesenhand auf die Schulter.
»Das hier ist Rebecca Applebaum. Sie ist zwar eine halbe Jüdin, aber eine ganze Italienerin, oder, Beck?«
»Das sagt er schon, solange ich denken kann. Er findet das lustig.«
Rebecca seufzte, lächelte aber dabei. Um Onkel Alphonso bei Laune zu halten. »Hi.«
»Hi. Ich bin Krista Papadopoulos. Schwedin und Griechin.«
»Und ich bin 'ne Staubwolke«, verkündete Alphonso. »Hab 'ne Menge zu tun, Mädels. Sonst würd ich euch alles höchstpersönlich erklären.« Er verschwand auf dem Flur in Richtung seines Büros.
»O.K.«, sagte Krista, »wenn ihr mal hier herumkommt, dann zeige ich euch, wie man ein Geschäft unter keinen Umständen führen sollte. A.P.Taxis ist nämlich eine Katastrophe.«

Alle fünf Mädchen lächelten Walker an, als sie sich an ihm vorbeidrückten.
»Hast du eigentlich nichts zu tun, Walker?«, fragte Krista.

Walker wollte gerade in Nummer Neunzehn einsteigen und mit seiner Schicht beginnen, als Alphonso aus dem Haus kam. »Bleib da«, sagte er, »ich brauch dich.«
»Wofür?«
»Ich hab eine Verabredung.«
Als Walker seinen Dienst bei A.P.Taxis angetreten hatte, war ihm bald klargeworden, dass »Verabredung« immer »eine äußerst vielversprechende Pokerrunde« bedeutete. Alphonso spielte Poker mit hohem Einsatz, in einer Dauerrunde, die sich über die ganze Stadt erstreckte. Manchmal spielten sie bei A.P. Taxis, in einem Büro im ersten Stock, und Joe, der Mechaniker, stand Schmiere, falls die Bullen auftauchen sollten. Da der Staat keinen Anteil bekam, blickte er voller Missbilligung auf private Glücksspiele, obwohl genau dieser Staat sich mit den Einnahmen aus Lotterien und Kasinos eine goldene Nase verdiente. Auf diese Diskrepanz hatte Alphonso Walker schon des öfteren hingewiesen.
»Du musst die Mädels für mich nach Hause bringen«, verkündete Alphonso. »Und damit meine ich auch nach Hause, bis vor die Haustür. Lass dich von denen zu nichts überreden. Und dass du sie mir bloß nicht in der Yonge Street absetzt, oder so.«
Walker sah, dass er seine Verantwortung als Onkel sehr ernst nahm.
»Die passen aber nicht alle rein«, sagte er und deutete auf die begrenzten räumlichen Möglichkeiten der schäbigen

Nummer Neunzehn. »Wie haben Sie sie denn hergebracht?«, fragte er, als ob er es nicht genau wusste.
Alphonso verzog das Gesicht, schlurfte auf und ab, langte widerstrebend in seine Tasche und händigte Walker einen Schlüsselbund aus. »O.K., aber ein Kratzer, und ich lass mir deine Eier vergolden und häng sie mir als Glücksbringer über die Haustür. Und fackel ihn mir nicht ab.«
Die Mädchen passten problemlos in Alphonsos makellosen rosa 1958er Eldorado. Zwei vorne. Drei hinten. Jetzt, wo sie sich keine Notizen mehr dazu machen mussten, wie man ein Geschäft nicht führt, waren sie nicht mehr zu bremsen. Walker fuhr los. Er hatte schon immer einmal einen Cadillac-Oldtimer fahren wollen.
»Mach das Radio an, Walker! Nein, sing uns was vor, Walker! Nein, leg eine Kassette rein, Kassette rein, Kassette rein!« Lieber Gott, war das ein Geschnatter. Aber Walker war nicht umsonst mit sechs Schwestern aufgewachsen.
Alphonso hatte sich ein Kassettendeck einbauen lassen, sein einziges Zugeständnis an die Gegenwart, alles andere war original. Das riesige Handschuhfach war voller Kassetten, alle von Tina Turner. Die Mädchen brüllten vor Lachen. Bald bebte der Wagen im Takt von »What's Love Got to Do with It?«
»Mädels, ich hab eine Idee«, verkündete Walker. »Warum fahren wir nicht einfach nach Kalifornien?«
Darauf hin brach die Hölle los. Superidee! Sie könnten am Strand leben, surfen, sich den Busen vergrößern lassen und auf Pamela Anderson machen. Die letzte Bemerkung kam von Rebecca Applebaum. Gleich würden sie über-

schnappen. Die Mädchen lachten derart, dass Walker befürchtete, sie könnten hysterisch werden.
Was ist, wenn einer schlecht wird?, überlegte er. Ich sollte sie wieder zur Ruhe bringen.
»Demoliert mir bloß nicht die Sitze, ja? Sonst schmeißt Alphonso mich raus.«
Sie hörten ihn nicht einmal.
»Aber zuerst müssen wir bei der Bridge vorbei«, brüllte eines der Mädchen. »Und der Anders sagen, dass wir mit Walker nach Kalifornien fahren!«
»Die wird sagen, kann ich mitkommen?«, schrie eine andere.
»Ihr vernebelt mir ja die Fenster«, beschwerte sich Walker. Dann blieb ihm das Herz stehen.
Er drehte sich um. »Was hast du gesagt?«, fragte er ein Mädchen mit gerötetem Gesicht auf dem Rücksitz.
»Worüber?«, fragte sie zurück. »Über Miss Anders?«
»Das ist die Direktorin«, gab eine andere Auskunft.
»Die Drecktorin«, sagte eine dritte.
»Nein«, sagte Walker. »Es war was über eine Bridge.«
»Ach so.«
»Die Bridge, Walker. So heißt die bei uns.«
»Unsere Schule.«
»St. Bridget.«
»Du weißt doch, wer Bridget ist, Walker, oder?«, fragte Rebecca Applebaum. »Die heilige Brigitta. Sie ist eine der Schutzheiligen von Irland.«
»Ihr nennt eure Schule die Bridge?«, fragte Walker.
»Na klar. Alle tun das«, antwortete Rebecca.

Walker beugte sich über den Tisch bei Ruby und bat Krista, nach dem Frühstück noch ein bisschen zu bleiben. Sie war schon halb aufgestanden und im Begriff, mit der übrigen Frühstücksgesellschaft aufzubrechen. Kein Wort hatte sie an ihn gerichtet, außer »Gib mir mal den Ahornsirup«.

Widerstrebend setzte sie sich, mit einem Gesichtsausdruck, als wäre sie in der Schule zum Nachsitzen verdonnert worden. Walker wartete, bis die anderen gegangen waren.

»Was stimmt nicht?«

»Alles bestens«, sagte Krista. »Seh ich aus, als ob was nicht stimmt?«

»Ja.« Und da wusste er, was es war.

»Es tut mir leid, dass ich nicht im Bus mit zurück- und ein andermal mit dir wieder hinausgefahren bin. Dann hätten wir dieses Haus gemeinsam gefunden.«

Sie blickte ihn fest an. »Mit einem Krüppel auf dem Arm hättest du's nie gefunden.«

Es war wie ein tonloser Donnerschlag. Als ob die ganze Luft aus dem Restaurant entwichen wäre. Als ob jemand sie beide mit ein und demselben Messer erstochen hätte. Das war es also gewesen. Von Anfang an. Nicht Angst, sondern Erniedrigung. Wegen der Quälerei im Sand. Und wegen seines Erfolges, wie er ihn ihr in seiner Gedankenlosigkeit beschrieben hatte, runter von der Felsspitze, den Kiesstrand entlang bis zu der Sandklippe und der Frau im Stuhl. Frei und unbelastet.

Krista sah ihn an, aber nicht hilflos oder mitleiderregend, sondern mit so viel grimmigem Feuer, dass sie ein Loch in die Wand hätte brennen können.

Er hielt es nicht mehr aus. Er beugte sich über den Tisch, nahm ihr Gesicht in seine Hände und küsste sie. Ihre Lippen öffneten sich, ihr Mund, er spürte ihre Zunge auf seinen Lippen, seinem Mund, seiner Zunge.
»He, ihr da, Schluss damit«, mahnte Ruby und schlug mit einem Topf gegen die Theke.
Vier Straßenkehrer auf Kaffeepause und ein paar übernächtigte Nutten lachten und johlten. Irgend jemand klatschte sogar.
Walker und Krista ignorierten sie.
Ganz benommen überquerten sie die Straße. Er fragte sie, ob sie mit zu ihm kommen wolle – die Worte kamen einfach so heraus.
»Wie?«, fragte sie.
Da ihr Auto verbrannt und in ihrer Versicherung kein Mietwagen eingeschlossen war, hatte sie sich immer von einem der anderen Taxifahrer abholen und nach Hause bringen lassen.
»Einer von den Fahrern?«, schlug Walker vor.
»Spinnst du? Dann hätten die wirklich was, über das sie sich die Mäuler zerreißen könnten. Willst du uns Alphonso auf den Hals hetzen?«
»O.K.«, sagte er. »Wir könnten die Straßenbahn nehmen.«
Krista stand da in der Morgensonne, als versuche sie, ein Rätsel zu lösen. Er spürte, wie ihre Hand seinen Schenkel streifte. Er ging beinahe in die Knie.
»Noch nicht«, sagte Krista, »O.K.? Warten wir noch ein bisschen?«
»Warum?« Walker schrie es fast.
»Weil! Mach keinen Staatsakt draus.«

Staatsakt? Was zum Teufel soll das wieder heißen?, dachte er.

»Also, was wolltest du mir erzählen?«, fragte Krista.

Eine Zeitlang stand er da, dann sagte er: »Weißt du noch, was Kim in dem Brief geschrieben hat? ›Ich muss gleich Schluss machen, weil ich zur Bridge muss, und ich bin eh schon spät dran.‹ Ich weiß, was die Bridge ist.«

Ein Schatten, der sehr viel Ähnlichkeit mit Angst hatte, glitt über Kristas Gesicht.

»Was?«

»Die Schule von Alphonsos Nichte und den anderen Mädchen. St. Bridget. Die Mädchen nennen sie die Bridge. Ich dachte, es ist vielleicht ein Restaurant oder so was, wo die sich immer getroffen haben. Aber es ist die Schule, auf die Kim gegangen ist. Sie war in St. Bridget!«

»Und?«

»Es ist sehr wahrscheinlich, dass Lennie auch da hingegangen ist. Irgendwann jedenfalls. Die Schule müsste doch Unterlagen über eine Miller haben, die Anfang der Siebziger da war. Da müssten die doch eine Adresse von einer Kim oder einer Lennie Miller haben.«

»Das ist über zwanzig Jahre her. Wer weiß, ob's da noch was gibt? Und selbst wenn, glaubst du wirklich, sie würden's rausrücken? Das sind vertrauliche Angaben.«

Walker war die ganze Nacht in seinem Taxi umhergefahren und hatte darüber nachgedacht. Es war überhaupt das einzige, an das er gedacht hatte. »Ich erzähle ihnen, dass ich an einem Stammbaum arbeite.«

»Mensch, Walker!«, stöhnte Krista. »Das glauben die dir nie.«

Walker schaute ein wenig verloren drein.

»Walker?«
»Was?«
»Vielleicht, wenn ich hingehe und frage. Wenn ich sage, ich arbeite an einem Stammbaum, dann klappt's vielleicht. Erstens bin ich eine Frau, richtig? Und was noch viel besser ist, ich bin wirklich goldig und komm auf Krücken daher. Ich könnte sogar so tun, als hätte ich Schmerzen.«
Walkers Miene hellte sich auf. »Gute Idee«, sagte er.
An diesem Nachmittag sah er zu, wie Krista sich drei breite Steinstufen hinaufmühte, zu einem großen Gebäude aus Stein mit Buntglasfenstern und einem dezenten Schild, auf dem *St. Bridget's Academy* stand. Sie kämpfte mit einer massiven Holztür und verschwand im Inneren des Gebäudes.
Auf der gegenüberliegenden Straßenseite saß Walker in Nicks altem Chrysler LeBaron, den er ihnen für ein paar Stunden geliehen hatte, und schaute in den Rückspiegel. Ein paar Mädchen in der Uniform von St. Bridget gingen auf dem Gehsteig davon. Eine Frau, die einen Kinderwagen schob und einen Wolfshund mit seidigem Fell spazieren führte, kam auf den Wagen zu.
Die Häuser rund um die Schule waren alle zweistöckig, aus roten oder braunen Ziegeln, mit geschwungenen Veranden, verglasten Balkons im ersten Stock und umstanden von dichten Büschen und Bäumen. Alle Häuser in dieser Straße, ja in dem ganzen Viertel, waren groß.
Reich, dachte Walker. Arm war man bestimmt nicht, wenn man in Forest Hill wohnte. Und seine Kinder auf diese Schule schickte.

»Stammbaum hin, Stammbaum her, Miss Miller, es kommt gar nicht in Frage«, sagte eine Frau mittleren Alters zu Krista. Ihr graues Haar war zu einem Knoten zusammengefasst, keinerlei Make-up verunzierte ihr selbstzufriedenes Gesicht. Sie trug ein braunes Kostüm und praktische Schuhe, und in ihrem Haar steckte ein Bleistift wie ein Pfeil, der soeben auf sie abgeschossen worden war.

Wunder wär's keins, dachte Krista.

In einem mahagonigetäfelten Raum stand Krista vor dem Schreibtisch der Archivarin. Zwei andere Frauen – die eine musste mindestens so alt sein wie das Schulgebäude, die andere war jünger, mollig und modischer gekleidet – saßen an zwei weiteren Schreibtischen. Alle drei hatten den Kopf gehoben, als Krista hereinkam, und alle drei starrten sie immer noch an.

»Das ist aber eine große Enttäuschung«, sagte Krista.

»Hier geht es um vertrauliche Informationen. Das verstehen Sie doch. Ohne vorherige Genehmigung können wir unmöglich Auskünfte über unsere Mädchen oder deren Familien erteilen.«

»Ob wir wollen oder nicht«, stimmte die Hutzelige ein.

»Aber es ist doch nur für einen Stammbaum. Ich brauche bloß eine Adresse, dann kann ich ihnen selbst schreiben.«

»Haben Sie einen berühmten Vorfahren?«, wollte die mit dem Bleistift im Haar wissen.

»Eigentlich nicht«, antwortete Krista.

»Also wozu dann der Aufwand?«, mischte sich die Alte ein.

Krista sah ein, dass sie so nicht weiterkommen würde. »Ich habe Ihre Bibliothek auf der anderen Seite des Flurs gesehen. Könnte ich mich da vielleicht ein paar Minuten umsehen? Haben Sie Jahrbücher?«

»Das ist bestimmt kein Problem«, meinte die Mollige. Dann wurde sie sich ihrer Dreistigkeit bewusst und erblasste. »Oder?«

Die Hutzelige zuckte mit keiner Wimper.

»Dann gehen Sie doch mit ihr, Mary!«, sagte die Selbstzufriedene mit dem Bleistift und wandte sich wieder ihrer Arbeit zu. »Sie haben ja nicht gar soviel zu tun.«

Mit gekränkter Miene erhob sich Mary und ging steifen Schrittes über den spiegelnden Holzboden des Flurs in die Bibliothek. Krista folgte ihr.

Der Raum war eng. Eine Reihe von bunten Bogenfenstern erglühte in leuchtendem Blau und Gelb, und an allen vier Wänden standen Holzregale vollgestopft mit alt aussehenden Büchern. Zwei schwere Eichentische und verschiedene Stühle waren strategisch im Raum verteilt. In einer Ecke gab es einen Marmorkamin mit einem verzerrenden Spiegel darüber, der den Raum in einer Weise reflektierte, dass er einem beinahe wie eine Halluzination erschien.

Krista sah hoch und betrachtete ihr Spiegelbild. Sie konnte sich nur schwer vorstellen, was ein junges Mädchen dazu veranlassen konnte, diesen Raum aufzusuchen.

Als ob sie ihre Gedanken gelesen hätte, sagte die Frau: »Eigentlich ist das die alte Bibliothek. Wir haben eine schöne neue, mit Videos und Computern und Mikrofiche, im neuen Flügel. Das hier ist mehr ein historischer Raum, mit den ganzen alten Fachbüchern über Naturwissenschaften und Geschichte und Geographie. Was da drin steht, ist wirklich zum Totlachen. Und natürlich kriegen

wir auch von den Familien immer wieder einmal alte Bücher, die wir nicht wegschmeißen möchten. Und die Jahrbücher bewahren wir auch hier auf.« Sie zeigte auf ein niedriges Regal hinten im Zimmer. »Da drüben finden Sie die komplette Sammlung. Die alten sind schon eine Rarität. Die leihen wir natürlich nicht aus.«
»Natürlich nicht«, bestätigte Krista und schwang sich dort hinüber.
»Lassen Sie sich soviel Zeit, wie Sie wollen, und wenn Sie etwas brauchen, wissen Sie ja, wo Sie mich finden.«

Walker hatte gerade seine zweite Zigarette fertiggedreht, als er sah, wie sich Krista durch die gewaltige Eingangstür zwängte, die Stufen hinunterquälte und über die Steinplatten auf ihn zukam. Er stieg aus, öffnete die Beifahrertür, nahm ihr die Krücken ab und legte sie auf den Rücksitz.
»Hast du was gefunden?«, fragte er sie.
»Fahren wir«, sagte sie.
»Wie ist es gelaufen?«, wollte er wissen.
Sie zog ihren Pullover hoch. Drei glänzende rote Jahrbücher steckten im Hosenbund.
Einen Moment lang starrte Walker darauf, steckte sich die Zigarette zwischen die Zähne und grinste. Bonnie und Clyde. Mit quietschenden Reifen fuhren sie davon.
Niemand hatte Alphonso gesehen, seit er Walker am Vortag von seiner dringenden Verabredung in Kenntnis gesetzt hatte. Walker und Krista eilten an einem misstrauisch dreinblickenden Joe Smart vorbei in Alphonsos leerstehendes Büro und schlossen die Tür.
Krista hatte die Jahrgänge 1973–74, 74–75 und 75–76 mit-

gehen lassen, weil der Brief von Kim an Lennie vom September 1979 stammte, als Walker bereits drei Jahre alt war. St. Bridget sah nicht aus wie eine Schule, die schwangere Schülerinnen tolerierte, also musste es mindestens drei Jahre vorher gewesen sein, dass Lennie diese Schule besucht hatte, *falls* sie sie besucht hatte.

Sie breitete die Jahrbücher auf Alphonsos Schreibtisch aus. »Ich schicke sie gleich zurück, wenn wir fertig sind. Allerdings ohne Absender«, sagte sie.

Walker nahm eines der Jahrbücher zur Hand und setzte sich in den alten Ledersessel. Krista setzte sich hinter den Schreibtisch und blätterte ein anderes durch. Mehrere Minuten lang herrschte Schweigen im Raum, nur das Knistern umgeblätterten Hochglanzpapiers war zu hören.

»Ich hab sie gefunden!«, sagte Krista.

Walker lief um den Tisch herum.

Krista hatte das Jahrbuch 1974–75 beim Foto der Klasse 9B aufgeschlagen. Unter dem Foto stand eine Liste mit den Namen der Mädchen. Ihr Finger zeigte auf die Worte »Kimberley Miller, zweite Reihe, dritte von rechts.«

Walker betrachtete das Foto. Die Mädchen trugen genau die gleiche Uniform wie Alphonsos Nichte und ihre Freundinnen. Ein hübsches blondes Mädchen mit kurzem, gelocktem Haar lächelte ihn aus der zweiten Reihe an.

»Ich glaube, das ist die auf der Luftmatratze«, sagte er.

»Also hatten wir recht«, meinte Krista, »die Dunkle muss deine Mutter sein.«

Während Walker ihr über die Schulter sah, blätterte sie weiter, bis sie fast am Ende des Buches angekommen war. Auf zwei gegenüberliegenden Seiten waren Momentaufnahmen mit witzigen Bildunterschriften zu sehen. Mädchen von St. Bridget beim Rasenhockey, Mädchen von St. Bridget beim Gesellschaftstanz, Mädchen von St. Bridget beim Leichtathletikbewerb. Und in den heiligen Hallen der Schule selbst.

Genau gleichzeitig fiel ihr Blick auf ein kleines Foto unten auf der rechten Seite. Zwei Mädchen klammerten sich an etwas, das aussah wie eine Mülltonne auf Rädern, und fuhren einen Flur entlang, geschoben von einem ratlos aussehenden Hausmeister. Die Mädchen sahen einander an und lachten. Die Unterschrift lautete: »Kim Miller und Lennie Nuremborski helfen Mr. Taylor.«

»Menschenskind«, sagte Walker.

Krista blätterte zurück zu dem Foto der 9B. Eine Reihe hinter Kimberley Miller stand links dasselbe hochgewachsene, dunkelhaarige Mädchen. Sie sah zur Seite, als hätte sie gerade jemanden entdeckt. Sie war die einzige, die nicht in die Kamera schaute. Sie war die einzige, die nicht lächelte.

Walker ging die Liste der Namen durch. Da stand: Lenore Nuremborski.

»Sie ist so hübsch«, sagte Krista.

Walker probierte es aus: »Lenore Nuremborski.« Dann sagte er, leicht benommen: »Ob sie schon schwanger ist?«

10

1972

Bobby beobachtete Carlo Dimarco.

Er hatte einen Kratzer quer über einer seiner weichen Wangen, doch er hatte niemandem erzählt, woher er ihn hatte. Wahrscheinlich hatte er sich seiner Mutter und seinem Vater, dem Bürgermeister, zuliebe irgendeine Geschichte ausgedacht, wie er ausgerutscht und hingefallen war.

Sein Schweigen brachte ihm Pluspunkte ein. Und einen gewissen Respekt. Man hatte ihm Zahnpasta in den Hintern gespritzt, und er hatte niemanden verpfiffen. Vielleicht erzählte ihm eines Tages jemand einen Witz. Vielleicht schloss sogar jemand Freundschaft mit ihm. Dann wäre Bobby der einzige Soldat in Southam ohne Freund. Bei diesem Gedanken lächelte Bobby insgeheim. Er verspürte so etwas wie ein Triumphgefühl.

Bobby beobachtete Dimarco, wann immer er nur konnte. Im Unterricht. Auf dem Sportplatz, wo sie beide bemüht waren, mit einem Minimum an Aufwand davonzukommen. Bei der Parade für Major Kellum, der seine kleine Armee genau inspizierte, ihre Reihen mit unerträglicher Langsamkeit auf- und abschritt, hier jemanden an der zu lockeren Krawatte zog, dort an einem schmutzigen Kragen, einen dritten an der nicht ganz im richtigen Winkel sitzenden Mütze.

»So ein verfluchtes Arschloch«, sagten alle Jungen über

Major Kellum, wenn das Licht gelöscht war. »So ein beschissener Irrer.«

Bobby lief Dimarco hinterher. Er stand oder saß gerne so nahe neben ihm, wie es nur ging. Er betrachtete gerne seine langen Wimpern, seine weichen Locken, seine rundlichen Mädchenhände. Dimarco war einen halben Kopf kleiner als Bobby, er war ein Jahr jünger, und er verursachte Bobby Herzrasen.

Weil der Itaker kein Wort gesagt hatte. Weil der Itaker wusste, wann er das Maul zu halten hatte.

Eines Tages marschierte Bobby den abschüssigen Weg hinunter in die Stadt. Er befand sich in einem Zustand beinahe außerkörperlicher Wahrnehmung. Er ging in eine Drogerie und kaufte eine Tube Zahnpasta. Sorgsam suchte er die kleinste aus. Er wollte Dimarco nicht nur etwas Zahnpasta in den Arsch spritzen, sondern ihm die ganze Tube hineinstecken.

An der Kasse fragte er sich, ob die Kassiererin sah, wie seine Hände zitterten. Er fragte sich, ob sie wusste, wozu er die Tube brauchte.

Er rannte die Straße zurück und die Hälfte des Weges hinauf, bis er nicht mehr rennen, nicht mehr atmen konnte. Er setzte sich auf den Hang. Vor seinem geistigen Auge konnte er sehen, wie Dimarco unter ihm um sich schlug. Er sah, wie die Zahnpastatube in ihn hineinglitt. Malte sich aus, wie er das verdammte Ding ausquetschte, damit herumfuhrwerkte, bis Dimarco schrie. Bis er nur mehr schrie. Und trotzdem würde Dimarco danach den Mund halten. Es war einfach perfekt. Dimarco würde keiner Menschenseele etwas sagen.

Bobby versteckte die Zahnpasta in einem Socken in seiner

Schublade. In Bobbys nächtlichen Träumen flennte und heulte Dimarco. In der Nacht flehte Dimarco um Gnade. Und am Tag lief Bobby ihm hinterher. Die Vorfreude war beinahe unerträglich.
Spät eines Nachmittags beobachtete Bobby, wie Dimarco den Sportplatz verließ, seine Schulsachen in einem Beutel über seiner Schulter. Klein-Carlo hatte sich nicht die Mühe gemacht, nach dem Fußballspiel auf dem kalten, schlammigen Platz zu duschen. Vielleicht, weil er Hemmungen hatte. Vielleicht, weil er noch misstrauisch war. Dass er nicht geduscht hatte, erkannte Bobby daran, dass Dimarcos Haar trocken war. Seine Locken scheuerten an seinem Mantelkragen.
Bobby lehnte an der Wand draußen neben der Tür, als Dimarco vorbeikam. »Gutes Spiel?«, fragte er.
Dimarco zuckte die Achseln, schaute zu Bobby, schien ein wenig zu erröten und ging eilig weiter. Bobby marschierte im Gleichschritt neben ihm her.
»Am Donnerstag spielen wir gegen die Blauen«, sagte er.
Dimarco nickte.
Bobby überlegte, ob Dimarco vielleicht mitgekriegt hatte, dass er ihn beobachtete, sich immer in seiner Nähe herumtrieb. Er war zwar sehr vorsichtig gewesen, aber etwas an der Art, wie der Junge über den Rasen hetzte, gab ihm zu denken. Vielleicht hat er jetzt schon Angst vor mir, dachte Bobby, und dieser Gedanke ließ sein Herz noch schneller schlagen.
»Ich muss in die Stadt. Ich geh mit dir«, sagte Bobby.
Dimarco sagte nichts.
Sie überquerten gemeinsam die Straße und gingen am Straßenrand weiter.

»Gehst du die Straße entlang oder über den Weg?«, erkundigte sich Bobby.
Wieder sah ihn Dimarco an und schien ein wenig zu erröten. »Über den Weg«, sagte er.
Es war Ende November. Der Himmel war kalt und grau und unschlüssig, ob er regnen oder schneien wollte. Bobby zitterte im Wind, obwohl er seinen neuen Tweedmantel anhatte, eines von der Unmenge von Dingen, die seine Mutter in Vorbereitung seines ersten Jahres in einer Militärschule in Tennessee gekauft hatte.
Er fragte sich, ob Dimarco auch fror. Er sah nicht so aus, aber er hatte ja auch eine Stunde Fußball hinter sich.
Sobald sie den Gipfel überwunden hatten und den steilen Teil des Weges in den Schutz der darunterliegenden Bäume hinabgeschlittert waren, wurde es Bobby wärmer. Hier war es auch dunkler. Die Sonne war bereits vor einer halben Stunde hinter den fernen Hügeln verschwunden. Zu beiden Seiten des Weges schoben sich Schatten durch den Wald.
Düsternis hing in den Zweigen.
Bobby fiel nichts ein, was er sonst noch sagen konnte. Dimarco ging eiligen Schrittes neben ihm, seine Beine, wenn auch kürzer, bewegten sich flink. Und nun ging es bergab, zwischen den Bäumen hindurch, auf gewundenen Pfaden dem tiefergelegenen Tal zu.
Es war zwar niemand zu sehen, aber Bobby hörte etwas in der Ferne rufen.
»Was ist das?«, fragte er.
»Nur eine Krähe«, antwortete Dimarco.
Bobby packte ihn am Kopf und riss ihn vom Weg. Bobby hielt sich am Mantel des anderen Jungen fest, und gemein-

sam kugelten sie den steilen Hang hinunter, stießen gegen Bäume und rollten durchs Gebüsch.
Bobby versuchte, Dimarco am Hals zu packen, aber Dimarco trat wild um sich und fuhr ihm mit den Händen ins Gesicht. Er war stärker, als er aussah und boxte und trat aus Leibeskräften um sich, während sie über Baumstämme und Steine stürzten und ineinander verkeilt unten in einer Kuhle landeten.
Bobby mühte sich ab, Dimarco mit einer Hand festzuhalten und mit der anderen in seiner Manteltasche nach dem Strick und der Zahnpasta zu tasten. Er hatte nämlich vor, dem anderen den Strick um den Hals zu binden, sich auf seinen Rücken zu setzen und ihn zu würgen – so hatte er ihn fest im Griff und konnte ihm gleichzeitig die Hosen herunterziehen. Aber die Schnur hatte sich hoffnungslos verheddert, und die Zahnpastatube konnte er nicht finden. Indessen trat Dimarco mit aller Kraft mit seinen Armeestiefeln um sich.
Bobby kauerte auf ihm und, von seiner Größe und seiner geringfügigen körperlichen Überlegenheit Gebrauch machend, drückte er Dimarcos Gesicht in den nassen, moosigen Boden und trommelte mit der anderen Hand auf ihn ein. Er konnte ihn gerade eben niederhalten. Er zog den Schnurknäuel hervor, dabei flog die Zahnpastatube in hohem Bogen den Berg hinunter. So war das nicht geplant, so hatte er sich das keineswegs vorgestellt.
Er trommelte wieder auf den Rücken des Jungen ein. Erschöpft schlang er seinen Arm um Dimarcos Kopf, bemühte sich, wieder zu Atem zu kommen, und presste seinen Kopf auf den des anderen.
In dieser Stellung, auf Dimarco liegend und ihm ins Ge-

nick keuchend, verharrte er. Mit seinem ganzen Gewicht lag Bobby auf Dimarco, der aus irgendeinem Grund nun stillhielt. Bobby spürte, wie ihm das Blut durch den Körper schoß und ihn erschauern ließ. Dimarco hatte die Augen offen. Er starrte einfach zu Boden. Er roch warm.

Diese verfluchte Missgeburt, dachte Bobby. Rasch kam er hoch und setzte sich auf Dimarcos Rücken. Er hielt Ausschau nach der Zahnpastatube, aber die war auf Nimmerwiedersehen irgendwo im Unterholz verschwunden.

Bobby bekam nun fast keine Luft mehr. Er griff unter Dimarco, tastete nach seinem Gürtel und rüttelte daran herum. Er ging auf. Mit beiden Händen packte er Dimarcos Hosen und zog fest daran. Wie ein furchtbares Geheimnis, ein niederschmetternder, alles verändernder Anblick tauchte das schneeweiße Fleisch unter ihm auf. Das rundliche, sich wölbende Fleisch. Das Fleisch seiner Träume, seiner Pläne.

Bobby verspürte Übelkeit. Er wusste nicht, was er tun sollte.

Dimarco hielt still, aber seine Augen waren weit geöffnet. Ein Schlammstreifen zog sich über sein Gesicht. Bobby legte sich wieder auf ihn, etwas wie ein Stöhnen entrang sich seiner Brust. Er spürte, wie Dimarco sich unter ihm bewegte, ein wenig in die Höhe ging.

Blut schoss Bobby in die Lenden. Er stieß auf Dimarco nieder, tastete wie rasend unter seinem Mantel nach seinem eigenen Gürtel, seinem Hosenschlitz, riss seinen angeschwollenen Schwanz heraus und verspritzte seinen fast transparenten Jungensamen über Dimarcos Hintern.

Stolpernd kam er wieder auf die Beine. Schwule Sau,

schwule Sau, dröhnte eine tiefe Stimme in seinem Kopf, brüllte, explodierte in seinen Ohren.
Dimarco drehte sich ein wenig, um zu ihm hochzusehen. Er lächelte. Bobby war sich ganz sicher.
Er taumelte rückwärts, kletterte den Berg wieder hinauf und fiel über einen verfaulenden Holzknüppel. Er hob ihn auf und kletterte den Abhang wieder hinunter zu der Stelle, von der sich der andere Junge nicht wegbewegt hatte. Er lag nun auf der Seite, und die Dunkelheit hatte ihn fast vollständig verschluckt.
Bobby konnte ihn kaum erkennen. Er wäre beinahe hingefallen, und Tränen standen in seinen Augen.
»Schwule Sau!«, schrie er und holte mit dem Knüppel über Dimarcos Kopf aus.

II

Walker schlug in Alphonsos Büro im Telefonbuch von Toronto nach. Im Gegensatz zu den zahlreichen Millers gab es nur drei Einträge für Nuremborski. Eine Adresse war in Forest Hill, in einer nur fünf Blocks von der Schule entfernt gelegenen Straße.
»Ich gehe auf jeden Fall zu allen«, erklärte er.
»Und machst was?«, fragte Krista.
»An die Tür klopfen und fragen, ob sie eine Lenore Nuremborski kennen, die um 1974 herum St. Bridget besucht hat.«

»Und wenn sie ja sagen?«
»Sage ich, dass ich ihr Sohn bin.«
»Irgend jemand weiß Bescheid über das, was du tust. Wenn die deiner Mutter etwas Schreckliches angetan haben, warum sollten sie nicht auch dir etwas Schreckliches antun? Du kannst nicht einfach so rumgehen und an Türen klopfen.«
»Es geht um meine Mutter!«, schrie Walker.
Krista fuhr zusammen. Sie sagte nichts mehr. Sie sah Walker nur unverwandt an, als er das Telefonbuch beiseite schob. Sie hatten noch drei andere Fotos von Lenore Nuremborski gefunden. Und gleichgültig, ob es ein Klassenfoto oder ein inoffizieller Schnappschuss war, auf keinem davon sah sie in die Kamera. Sie hatte sich immer ein wenig abgewandt, sah immer weg.
Krista sah, dass Walker den stark ausgeprägten Mund seiner Mutter hatte. Aber sein Haar erschien ihr dunkler als das seiner Mutter, pechschwarz und glänzend; es fiel ihm in die Stirn, als er sich wieder über die Fotos im Jahrbuch beugte.
»Ihre Familie könnte weggezogen sein, weißt du?«, sagte Krista schließlich.
»Weiß ich.«
»Und höchstwahrscheinlich werden sie dir nichts sagen, selbst wenn sie was wissen. Glaubst du nicht?«
Walker sah zu ihr hoch. »Ich hoffe, doch.«
Eine Viertelstunde später, als seine Nachtschicht begann, fuhr Walker mit Nummer Neunzehn los, um alle drei Nuremborskis zu besuchen.
Die Adresse an der Eastern Avenue entpuppte sich als Holzhaus, eingeklemmt zwischen einem Autohof und

einem verlassenen Eisenbahnwaggon auf rostigen Gleisen, die im Unkraut verschwanden. Sämtliche Wände waren mit Graffiti vollgesprüht. Ein traurig blickender Dobermann, an den Türrahmen gekettet und in sein langweiliges Schicksal ergeben, lag auf der kleinen gemauerten Veranda.

Als Walker am Straßenrand stehen blieb, konnte er einen großen Mann hinter dem Haus sehen, der sich an einem Motorrad zu schaffen machte. Walker stieg aus. Der Dobermann ging in Habachtstellung, mit gesträubtem Fell und lautem Gebell, offensichtlich froh, etwas zu tun zu haben. Der Mann brüllte ihm zu, er solle die Schnauze halten, erreichte damit aber überhaupt nichts.

Walker schlenderte auf den Mann zu und fragte ihn, ob er G. Nuremborski sei. Der Blick des Mannes schweifte in Richtung Straße und Walkers Taxi, dann zurück zu Walker.

»Wer will das wissen?«

»Kein Grund zur Panik. Meine Mutter heißt Nuremborski, das ist alles. Ich möchte mehr über sie herausfinden. Ihr Vorname war Lenore. Sie ist auf eine Mädchenschule gegangen, in Forest Hill, St. Bridget. Ungefähr 1974.«

»Tatsache?«, sagte der Mann. »Sind das die mit diesen winzigen Röckchen? Da müsste es ein Gesetz gegen geben.« Er fasste sich an die Hoden und rüttelte an ihnen.

»Ich glaube, das gibt es«, gab Walker zurück.

Der Mann grinste. »Kenn keine Lenore.«

Walker nickte. Er warf noch einmal einen Blick auf das Haus. Seine Mutter konnte ohne weiteres irgendwo da drin angebunden sein. Er dankte dem Mann, ging zurück zu seinem verbeulten Taxi und fuhr davon.

Sechzehn Jahre. Was auch immer geschehen war, es war vor sechzehn Jahren geschehen. Woher dann diese wachsende Panik, dieses Gefühl, dass er sie, wenn er jetzt nur schnell genug fuhr, wenn er es jetzt nur schlau genug anstellte, noch retten konnte?

Seine Mutter war ein Kind, das sich in einem Schwimmreifen treiben ließ, sie war vierzehn, groß und hübsch, in einem grünen Blazer und Faltenrock, sie war eine Frau, die flüsterte.

Seine Mutter war ein Gespenst.

Walker kam gut voran und bog zwanzig Minuten später in eine Einfahrt an der Bayview Avenue, der zweiten Adresse, die er unter Nuremborski gefunden hatte. Jetzt war er gar nicht mehr so weit von Forest Hill entfernt. Er fuhr an der Seite eines teuer aussehenden, relativ neuen Hauses mit versetzten Geschossen vorbei und blieb vor einer Dreifachgarage stehen. Im Garten hinter dem Haus bemerkte er ein Mädchen im Teenageralter. Sie spielte mit einem Hund, einem jungen, goldgelben Labrador. Das Riesenbaby tollte um sie herum. Das Mädchen war groß, schlank und hatte dunkles Haar.

Walker stieg aus. Offensichtlich hatte ihn das Mädchen nicht gehört. Sie warf einen Ball von einem Ende des Gartens zum anderen, und der Hund raste ihm nach, mitten durch einen Blumengarten.

Walker trat an den hüfthohen Zaun.

»Hi«, rief er.

Das Mädchen drehte sich zu ihm um. Beinahe hatte er erwartet, seine Mutter zu sehen, doch das Mädchen hatte eine blasse Haut und ein rundes Gesicht. Sie trug Jeans und einen weiten Hockeypullover.

»Hi«, sagte sie, als sie das Taxi sah, und kam an den Zaun. »Sie sind hier bestimmt falsch, es ist keiner zu Hause.« Walker sah, wie sich ihre Züge leicht anspannten, als ihr klar wurde, dass sie das Falsche gesagt hatte.
Er bemühte sich, harmlos auszuschauen. Er lächelte sie an und sagte: »Ich will niemanden abholen. Ich versuche, meine Mutter zu finden, so blöd das auch klingt.«
Der Gesichtsausdruck seines Gegenübers änderte sich, Interesse blitzte auf.
»Was meinen Sie damit?«
»Hier wohnt doch Carl Nuremborski, oder?«
»Mein Vater«, antwortete sie. Nun betrachtete sie ihn genauer, so als ob sie sich auf einen Schock vorbereiten würde. Als ob er gleich sagen würde, stell dir mal vor, ich bin dein Bruder.
»Ich wurde als Kind von meinen Eltern getrennt. Ich weiß, dass meine Mutter Lenore Nuremborski hieß, und ich weiß, dass sie vor zwanzig Jahren auf St. Bridget zur Schule ging. Aber das ist auch alles. Jetzt versuche ich, sie ausfindig zu machen.«
»Wirklich?« fragte sie. »Das klingt irgendwie komisch. Nicht komisch, aber – Sie wissen schon.«
»Schon klar«, sagte Walker. »Und deshalb wollte ich wissen, ob dein Vater vielleicht weiß, ob ...«
»Er weiß gar nichts«, unterbrach sie ihn. »Zumindest darüber. Ich musste meine Großmutter besuchen und meine Tante in Victoria anrufen, als wir in der Schule diese Ahnentafel machen mussten. Da war ich so zehn. Er wusste nicht mal, wie seine Großväter mit Vornamen hießen oder wo sie her waren, oder solche Sachen.«
»Du hast eine Ahnentafel gezeichnet?«

»Mhm.«
»Erinnerst du dich, ob es da eine Lenore gab?«
»Ich glaube nicht, dass eine dabei war. Tut mir leid.«
»Schon in Ordnung.«
»Niemand in unserer Familie ist jemals auf St. Bridget gegangen, da bin ich mir ziemlich sicher. Ich kenne sie aber vom Hörensagen.«
»Du hast diese Tafel nicht zufällig noch irgendwo?«, fragte Walker. »Nicht, dass ich deinem Erinnerungsvermögen nicht trauen würde, aber ...«
»Doch. Meine Mutter hebt alles auf. Wollen Sie sie sehen?«
»Gern, danke. Ich warte hier.«
»O.K.«, sagte das Mädchen, und ihre blassgrünen Augen funkelten. Sie drehte sich um, eilte über die Terrasse, schob eine Glastür auf und verschwand im Haus.
Zum Zeitvertreib versuchte Walker, den Hund dazu zu bringen, den speicheltriefenden Ball fallen zu lassen, den er jetzt fest im Maul hatte. Das schlaksige Tier sauste im Kreis umher und schüttelte wild den Kopf. Walker beugte sich über den Zaun und haschte nach dem Ball, aber der Hund wich ihm aus. Nie im Leben würde der sich den Ball abnehmen lassen.
Das Mädchen kam wieder heraus, in der Hand ein Heft mit knallblauem Deckel. Sie kam durch das Tor und gab Walker das Heft. Auf dem Deckel stand sauber in Blockbuchstaben: »Angela Nuremborskis Stammbaum«.
»Ich war erst zehn«, sagte sie zu ihrer Verteidigung.
Walker grinste und blätterte das Heft im schwindenden Licht durch. Sie hatte recht gehabt. Es gab keine Lenore Nuremborski. Er gab ihr das Heft zurück.

Sie stand neben ihm und blätterte selbst in ihrem Heft. »Mein Zweig der Familie kommt aus Russland«, sagte sie, »aus der Ukraine. Da gab's irgendeine religiöse Verfolgung oder so was. Ich habe dazu was aufgeschrieben. Deshalb sind sie ausgewandert. Zuerst sind sie nach Saskatchewan gegangen, weil es sie an ihre Heimat erinnerte.«
Sie hatte ihren Kopf jetzt über das Heft gebeugt. Walker sah ihren weißen, schlanken Nacken.
Nun vertraute sie ihm. Nun war sie verletzlich. Er dachte an Lenore.
»Danke für alles«, sagte er.
Auf seinem Weg durch Forest Hill glitt Taxi Nummer Neunzehn unter einem langen Blätterbaldachin dahin. Als es vor einem gewaltigen zweistöckigen Haus aus braunen Ziegeln stehen blieb, gingen wie auf ein Stichwort die Straßenlampen an.
Das Haus war etwas weiter von der Straße zurückgesetzt als die Nachbarhäuser und stand vielleicht auch schon länger da als die anderen. Es war ein trostloses, flachbrüstiges Gebäude. Drei Fensterreihen konnte er ausmachen, zwölf Fenster insgesamt. Keines davon beleuchtet.
Walker stieg aus und ging den leicht ansteigenden Rasen hinauf. Das Gras war schon eine Weile nicht gemäht worden, und auf einer Seite des Anwesens stützte sich ein windschiefer, hoher Bretterzaun auf verwilderte Koniferen und Sträucher.
Walker stieg die schmalen Stufen zur Haustür hoch, die von einem Portikus mit Flachdach beschirmt wurde. Es wurde immer dunkler, und ohne recht zu wissen warum, stand er da und zögerte. Er sah nach oben.
Ein winziges rotes Licht schaute von oben zurück. Eine

Kamera, direkt unter der Decke an der Ziegelwand angebracht, fixierte ihn mit ihrer runden Linse.
Walker klingelte, sah wieder zur Kamera hoch und lächelte.
Er klingelte wieder. Wartete. Klingelte noch einmal.
Eine Reihe dunkler Zypressen markierte die Grundstücksgrenze auf der anderen Seite. Eine enge Zufahrt, bedeckt mit zerriebenen roten Ziegelscherben, verlief neben den hohen Bäumen und verschwand hinter der Hausecke.
Walker überlegte soeben, ob er sich die Zufahrt näher ansehen sollte, als plötzlich schwaches gelbes Licht aus der Verglasung über der Eingangstür fiel. Er hörte, wie Schlösser umständlich aufgesperrt und Riegel zur Seite geschoben wurden und eine Kette aus ihrer metallenen Führung entfernt wurde. Die schwere Tür öffnete sich. Ein alter Mann mit bleichem Gesicht und zwei Plastikröhrchen in der Nase spähte heraus.
»Mr. Nuremborski?«, fragte Walker. »Bin ich hier richtig?«
Er hörte den alten Mann atmen, ein tiefes, blubberndes Geräusch. Der Mann trug eine Strickjacke über einem vergilbten Unterhemd, abgewetzte, zerknitterte Hosen und Hausschuhe in einem verblichenen Karomuster. Langsam richtete der Alte seine blutunterlaufenen, wässrigen Augen auf Walker und blickte ihm so intensiv in die seinen, dass Walker spürte, wie es ihm eng im Hals wurde.
»Sind sie J. Nuremborski?«, wiederholte er beharrlich. »Ich bin auf der Suche nach einer Verwandten von mir, einer Lenore Nuremborski, sie ging ungefähr 1974 auf die Mädchenschule St. Bridget, die kennen Sie sicher, nur ein paar Blocks von hier.«

Der Alte antwortete nicht. Er sah Walker weiter an, als suche er etwas, als sähe er etwas in Walkers Gesicht, das ihn erstaunte. Sein Unterkiefer sackte nach unten. Sein Mund öffnete sich ein wenig, aber nichts als das leise Gluckern seiner Lunge war zu hören.
»Ich bin ihr Sohn«, ergänzte Walker.
Der Alte machte mit einer knochigen Hand eine Bewegung vor seinem Gesicht, als wolle er eine lästige Fliege verscheuchen.
Ein Mann mittleren Alters blickte aus dem Türspalt auf Walker. Er war dick und trug einen dunkelblauen Straßenanzug mit Krawatte.
»Hallo«, sagte er.
Der alte Mann drehte sich um und schlurfte auf dem langen Flur davon, einen glänzenden grünen Behälter auf einem Wägelchen hinter sich herziehend. Walker sah ihm nach, bis er um eine Ecke gebogen war.
»Kann ich Ihnen irgendwie helfen?«, fragte der Dicke und stellte sich vor Walker. Eine runde Nickelbrille saß auf seiner fleischigen Nase. Schlaue Äuglein musterten Walker.
»Ich bin auf der Suche nach meiner Mutter. Sie hieß Lenore Nuremborski. Ihre Freunde nannten sie Lennie. Sie ist vor sechzehn Jahren verschwunden.«
Er war selbst überrascht, wie aggressiv seine Stimme klang. Auf einmal fühlte er sich, als ob er gegen Mauern renne.
»Da kann Ihnen Mr. Nuremborski bestimmt nicht helfen«, sagte der Mann mit samtweicher Stimme. »Er ist Junggeselle. Er kam vor vielen Jahren hierher, ganz allein. Er hat nur eine lebende Verwandte, eine Schwester, die

noch in Polen lebt. Er ist leider alleinstehend. Und ist es immer gewesen. Tut mir leid.«
Der Mann nickte traurig, als ob er sein Beileid ausdrücken wollte, und schloss langsam die Tür. Schlösser wurden versperrt, Riegel wieder an ihren Platz geschoben, die Kette rasselte an der Tür.

Am nächsten Vormittag um halb zehn stieg Alphonso müde aus einem Taxi der Konkurrenz und trat durch die verdreckte Eingangstür von A.P.Taxis. Sein dunkles Gesicht war um einen schwarzweiß gesprenkelten Zweitagebart reicher, seine Taschen um eintausendsechshundertzweiundzwanzig Dollar ärmer.
Eine Minute nach halb zehn informierte ihn Joe Smart, dass Nummer Neunzehn nicht da sei.
»Was soll das heißen: nich da?«
»Na, nich da heißt nich da«, zischelte Joe. Er hatte einmal ein falsches Gebiss besessen, das hatte er irgendwo abgelegt und konnte es ums Verrecken nicht wiederfinden. »Der Hurensohn is halt nich zurückgekommen!«
Joe konnte Walker nicht leiden. Der hielt sich für einen von den ganz Schlauen. Es passte ihm nicht, dass Walker so schnell in den Frühstücksclub aufgenommen worden war, während er, Joe, noch immer auf die erste Einladung wartete. Es passte ihm nicht, wie Walker die arme verkrüppelte Krista ausnutzte und sie wahrscheinlich in einer Tour vögelte. Außerdem hatte Walker ihr das Auto abgefackelt. Und ganz besonders passte ihm nicht, wie Alphonso mit Walker herumalberte, ihm auf die Schulter klopfte, wie er es früher bei Joe getan hatte.
»Hat er mein Taxi geklaut?«

»Das weiß kein Mensch. Krista sagt, er is 'ne Weile damit abgehauen. Das kann er doch nich bringen! Was is, wenn ein andrer Fahrer da drauf wartet?«
Natürlich wussten beide, dass das nicht der Fall war. Es gab sonst niemanden, der so blöd oder so schlecht dran war, dass er Nummer Neunzehn fuhr.
»Er is nich zurückgekommen«, sinnierte Alphonso und kratzte sich den Bart.
»Das Arschloch kann einem echt auf den Arsch gehen!« Ungewollt versprühte Joe eine Ladung Spucke in einem fast perfekten Bogen über Alphonsos linke Schulter.
Fünf Minuten nach halb zehn läutete bei George Papadopoulos das Telefon.
»He, Georgie«, sagte Alphonso, »wie geht's denn so? Wo is denn dein hübsches Töchterlein?«
»Im Bett«, antwortete George. George war ein Mann von Bedeutung, doch weder ein Freund vieler Worte noch ein Charmeur. Er hatte jahrelang erfolgreich an der Börse spekuliert, und er war eine Privatbank für die Hälfte der griechischen Geschäftsleute in der Danforth Avenue. Man respektierte ihn, liebte ihn, fürchtete ihn sogar ein wenig. Es gab keinen treueren Freund, keinen unversöhnlicheren Feind. Die allgemeine Devise war: Leg dich nicht mit Georgie Papadopoulos an.
»Ich muss mit ihr reden«, sagte Alphonso.
»Sie schläft«, erwiderte George. »Ruf um halb vier wieder an.«
»Wer ist dran? Ist das für mich?«, rief Krista ihrem Vater zu und kam aus der Küche gerollt. Sie war im Schlafanzug, hatte jedoch nicht schlafen können. Die ganze Zeit hatte sie an Walker denken müssen. Gerade war sie mit dem

Treppenlift heruntergekommen und hatte sich noch einen Kaffee eingeschenkt, auch etwas, das ihren Vater garantiert zur Weißglut brachte.

George war der Meinung, sie tränke viel zuviel Kaffee und schliefe viel zu wenig. Und das eine habe durchaus etwas mit dem anderen zu tun. Außerdem solle sie nicht in der Nacht arbeiten und bei Tage schlafen. Sie solle sich etwas für tagsüber suchen und nicht in diesem Drecksladen von Piattelli arbeiten. Dazu sei sie zu gut. Praktisch führe sie den Laden ja schon. Sie solle lieber brav sein und ihm, ihrem Vater, im Geschäft helfen. Doch jedesmal, wenn er das vorschlug, steckte sie sich den Finger in den Hals und machte Würgegeräusche.

»Nein, das war nicht für dich«, sagte George zu Krista, und zu Alphonso: »Ruf später wieder an.« Dann legte er auf.

»Wer war das?«

»Dieser nichtsnutzige Penner, für den du arbeitest. Komm, geh schlafen. Du bist blass. Du wirst noch krank. Ich muss jetzt ins Geschäft. Er ruft dich um halb vier wieder an.«

»Gott im Himmel, du hast Nerven«, fauchte Krista, fuhr an ihm vorbei zum Telefon, hob den Hörer ab und wählte.

»Wenn du den Namen des Herrn aussprichst, sollten deine Hände gefaltet und deine Augen geschlossen sein«, erinnerte sie George. »Wenn du nicht schläfst, ruinierst du dir die Gesundheit. Du kannst jung sterben oder alt«, fügte er noch hinzu, als er zur Tür hinausging.

Krista klärte Alphonso auf. Walker hatte Nummer Neunzehn nicht geklaut. Welcher normale Mensch würde das schon tun?

»Na, und wo is er dann? Weil ich jetzt nämlich gleich die Polizei rufe.«

»Du würdest die Polizei nicht einmal rufen, wenn man dich gerade umbrächte, vor lauter Angst, dass jemand einen Blick in deine Abrechnungen wirft«, konterte Krista. »Er hat sich den Wagen nur für einen Tag geliehen. Er ist noch mal an den Eriesee gefahren.«

»Er ist was?«, fragte Alphonso.

»Na ja, das ist nämlich so…« Krista überlegte einen Augenblick. Es war nicht leicht, das zu erklären, insbesondere weil niemand außer ihr und Walker von dessen Suche nach seiner Mutter wissen sollte. »Es hat was mit meinem Auto zu tun, aber ich kann dir nicht sagen, wieso«, schloss sie und legte auf.

Walker war an diesem Morgen kurz nach sechs vor dem Gemeindeamt des Bezirks McKormack vorgefahren. Früher hatte hier einmal jemand gewohnt, jetzt aber war es zu mehreren Büros und einem Sitzungssaal umgebaut worden. Er hatte nicht erwartet, jemanden anzutreffen, und es war auch niemand da. Eben erst begann diffuses Licht sich langsam über den Horizont zu ergießen.

Er hatte den Wagen, Heck nach hinten, neben der Garage der Stadtwerke geparkt, den Motor abgestellt, die Augen geschlossen und war ein paar Minuten später in einen unruhigen Schlaf gefallen.

Als ein Wagen neueren Baujahrs vor dem Gemeindeamt stehen blieb, war er bereits wieder wach. Er beobachtete, wie eine große, stattliche Frau sich herausschälte, schwerfällig die Stufen hochstieg, die Eingangstür aufschloss und hineinging. Er hatte in ihr die Angestellte wiedererkannt,

die ihnen eine Woche zuvor den Weg nach Mary's Point beschrieben hatte. Sie hatte das Taxi nicht bemerkt.
Die Sonne war jetzt aufgegangen. Müde stieg Walker aus. Auf einem Berg in der Ferne fingen die Bäume gerade an, sich rot und golden zu verfärben. Etwas Schneidendes lag in der Landluft, das ihn weckte, erfrischte.
»Ich brauche Ihre Hilfe«, sagte er zu der Angestellten. Sie war gerade dabei, sich zu schminken, und blickte überrascht auf den Besucher, der so früh am Morgen vor ihrem Schalter stand und sie durch die offene Tür des Waschraums beobachtete.
»Erinnern Sie sich an mich?«, fragte Walker.
»Ich glaube schon.« Die Frau kam ins Büro, doch ihr frisch geschminktes Gesicht hatte einen Ausdruck der Ratlosigkeit angenommen.
»Ich war vor ein paar Tagen mit einer Freundin hier. Wir wollten wissen, wie man nach Mary's Point kommt.«
»Oh, diese junge Frau! Ja!«, sagte sie, und fügte dann rasch hinzu. »Ich erinnere mich an Sie beide.«
»Mary's Point haben wir gefunden, aber nicht das, wonach ich gesucht habe.«
»Was meinen Sie damit?«
»Dass ich wirklich Ihre Hilfe brauche«, antwortete Walker.
Die Frau hörte den Anflug von Verzweiflung in seiner Stimme und trat näher an den Schalter. Walker zögerte einen Augenblick, dann erzählte er ihr, dass er mit drei Jahren ausgesetzt worden war und dass er auf der Suche nach seiner Mutter war.
Der Mund der Frau formte sich zu einem kleinen O.
Das einzige, was er über sie wisse, fuhr Walker fort, sei,

dass sie am 2. Juni 1964 als kleines Mädchen vor dem Ferienhaus einer Familie Miller in Mary's Point fotografiert worden war.
Walker erzählte ihr die Geschichte seiner Kindheit in Big River, wie er nach Toronto gekommen war und Taxifahren gelernt und sich auf die Suche gemacht hatte. Während er sprach, schüttelte die Frau in trauriger Verwunderung den Kopf.
Schließlich stellte er die Frage, auf die er hingearbeitet hatte. »Zahlen die Leute, die Häuser in Mary's Point besitzen, Gemeindesteuern?«
Sie sah ihn genauer an, ließ einige Sekunden verstreichen. »Natürlich.«
»Wie bekommen sie ihre Steuerbescheide? Verschicken Sie sie per Post?«
»Zweimal im Jahr.«
»Eine Frau, die ich am Strand getroffen habe, erinnerte sich an die Millers. Sie haben ihr Haus vor Jahren verkauft. Aber wenn sie, sagen wir, in Toronto wohnen, hätten Sie die Bescheide an die Wohnadresse geschickt?«
Die Frau war nicht dumm, das sah er. Mehr musste er nicht sagen. Ja, er spürte, dass er nicht mehr sagen durfte.
»Sämtliche Informationen hier sind vertraulich«, sagte sie schließlich.
Walker sagte nichts.
»Steuerlisten und -veranlagungen sind vertraulich«, sagte sie.
Walker sagte nichts.
»Wir haben alle relevanten Daten im Computer. Das, was älter als 1985 ist, steht auf Karteikarten. Diesen Sommer hatten wir eine Studentin hier, die die alten Sachen in den

Computer eingegeben hat. Janis Turcott, die älteste Tochter von Wilma Turcott. Sie kennen Sie natürlich nicht. Sie geht aufs McMaster, ein nettes Mädchen, sie ist im ersten Jahr.«

Walker bewegte sich nicht.

Die kräftige Frau blickte aus dem Fenster. Niemand war zu sehen. Sie wandte sich um und ging zu einer Tür im hinteren Teil des Büros.

»Wir heben soviel von den alten Unterlagen auf, wie es nur geht«, fuhr sie fort, »aber der Platz wird knapp. Wir bräuchten eine historische Gesellschaft hier, mit eigenen Räumlichkeiten und einem eigenen Archiv. Seit Jahren höre ich immer wieder ›Das ist eine gute Idee, Marilyn‹, aber kein Mensch macht was.«

Sie öffnete die Tür, machte hinten im Raum ein Licht an und verschwand.

Als sie mit leeren Händen zurückkam, begann Walkers Hoffnung zu schwinden. Sie ging zu einem Schreibtisch, setzte sich, putzte sich die Nase und fing an, Papiere herumzuschieben.

Ein wenig später sagte sie, ohne Walker anzusehen: »Ich kann Ihnen die Adresse der Millers nicht sagen, aber wenn Sie es in der Rosewood Avenue 1628 in Toronto versuchen würden, lägen Sie nicht weit daneben.«

»Danke«, sagte Walker.

Sie antwortete nicht. Sie blickte nicht auf. Sie fing an, die Unterlagen auf ihrem Schreibtisch in drei Stapeln aufzuhäufen, ganz so, als wäre sie allein in ihrem Büro, als wäre Walker nicht da, nie dagewesen.

12

Bobbys Vater nahm sich die Zeit, hinunterzufliegen und persönlich mit Major J.K. Kellum zu sprechen. Er saß über eine Stunde mit Kellum in dessen Büro, vermochte aber nicht, den Major von seinem Entschluss abzubringen. Bobby würde wegen seines brutalen Überfalls auf Carlo Dimarco von der Schule verwiesen und aus dem Regiment ausgestoßen werden.

Für Bobby kam das überraschend. Zwar hatte Dimarco aus einer Wunde auf der Stirn geblutet, dort wo die Kante des Holzknüppels ihm auf den Schädel geknallt war, und sein rechtes Auge war schlagartig unter der Schwellung verschwunden, die sich zu einem großen, blauen Osterei auswuchs – trotzdem hatte Bobby erwartet, dass er Stillschweigen bewahren würde. Aber Dimarco, die Schwuchtel, hatte ihn auflaufen lassen.

Bobby hatte ihn halbblind und blutend in der Senke liegen lassen. Er selbst war auf unsicheren Beinen in den Schlafsaal zurückgelaufen, mitsamt den Kleidern ins Bett gekrochen und hatte einem seiner Stubenkameraden erzählt, er habe Grippe. Bewegungslos hatte er dagelegen, bis die Lichter ausgingen, und die ganze Nacht kein Auge zugetan.

Es war ganz allein Dimarcos Schuld. Er sollte ihn umbringen. Genau. Was hatte es da zu grinsen gegeben? Was hatte der sich denn eingebildet? Bobby zitterte vor Wut am ganzen Körper, dann wurde ihm kalt und er fühlte sich ausgelaugt.

Dann, bei der Erinnerung an Dimarco, wie er dagelegen hatte, bemächtigte sich seiner eine verräterische Erregung. Schließlich kehrte die Wut zurück.

Er würde Dimarco fesseln. Er würde ihn erwürgen. Er sah Dimarco vor sich, zwischen zwei Bäumen in der Luft, mit geschwollener, heraushängender Zunge, sah ihn tot.

Bobby leistete Widerstand, solange er konnte. Dann berührte er sich. Dimarco rotierte vor ihm an seinem Seil, Bobby fühlte sich in seiner Hand wachsen, Dimarco war tot ...

Am nächsten Morgen beim Appell sah Bobby sich um, doch Dimarco war nicht da. Am Vormittag dann, Bobby hatte gerade Sozialkunde, fragten zwei ältere Jungen nach ihm. Sie fassten ihn an den Armen und marschierten mit ihm über den Platz zum Büro von Major J.K. Kellum.

Der Major wartete in voller Montur auf ihn. Er schritt auf und ab, während Bobby auf einem harten Holzstuhl mit kerzengerader Rückenlehne saß. Er sagte ihm, der Bürgermeister von Harristown sei dagewesen und habe ihm mitgeteilt, dass sein Sohn in diesem Augenblick mit Gehirnerschütterung und einer Blutung im rechten Auge im Krankenhaus liege. Wusste Bobby etwas darüber?

Bobby antwortete sehr laut, wie er es gelernt hatte: »Nein, Sir!«

Der Major sagte: »Warum, glaubst du, habe ich mir ausgerechnet dich herausgesucht, wenn du nichts damit zu tun hast? Habe ich mir einfach einen Namen aus dem Hut gezaubert? Hattest du einfach Pech? Oder meinst du, dass Dimarco jemanden beschuldigt hat?«

Bobby überlegte einen Moment. Was hatte Dimarco wohl erzählt? Hatte er seinem Vater alles gesagt? Alles nicht!

War der Bürgermeister von Harristown heute morgen den Berg hochgerast, in das Büro des Majors geplatzt, und hatte er Bobby beschuldigt, seinen Jungen besprungen zu haben?
Bobbys Hirn machte sich selbständig und flatterte im Zimmer herum wie ein Vogel.
Der Major beugte sich jetzt zu ihm, sein riesiges, flaches, rotes Gesicht war nur wenige Zentimeter von Bobbys entfernt. Seine Augen waren blutunterlaufen. Bobby konnte die violetten Adern auf seiner Nase sehen.
Hast du deinen Pipimann herausgezogen? Bist du ganz feucht geworden? Hast du versucht, den Jungen in den Hintern zu ficken? Bobby konnte diese schrecklichen Worte fast hören – hörte sie –, was hatte der Major da gerade gesagt?
Der grimmige Mund des Majors hatte sich nicht bewegt.
Irgendwoher hörte Bobby ein Knurren, ein leises Grollen. Sein Kopf fühlte sich an, als würden ihn zwei riesige Hände zusammendrücken, die Augen wollten ihm schier aus dem Kopf fallen. Das Zimmer war voll Watte. Die Luft erfüllt von Bienengesumm.
Bobby zog sich zurück. Er sagte kein einziges Wort mehr. Sein Körper saß noch immer in Habachtstellung vor Major J.K. Kellum, aber Bobby war nicht da.
Und während der zwei Tage bis zur Ankunft seines Vaters sprach er mit niemandem – nicht mit dem Major, nicht mit der Schulkrankenschwester, nicht mit dem Polizeichef von Harristown, der auf Drängen von Dimarcos Vater den weiten Weg den Berg hinauf machte, um ihn zu verhören, und mit keinem seiner Stubenkameraden. (Doch er hörte zu, hörte allen sogar sehr genau zu, und erfuhr, dass

Dimarco nichts davon gesagt hatte, dass man ihm die Hosen heruntergezogen hatte, nur davon, dass Bobby ihn aus unerfindlichen Gründen angegriffen und ihm eins über den Schädel gezogen hatte.)

Kämpfe auf deinem eigenen Terrain, zumindest das hatte er an der Schule gelernt. Und das tat er auch. Bobbys eigenes Terrain lag unter der Erde, oder – noch besser, so dachte er, als er die nächsten zwei Tage stumm in seinem Zimmer saß – unter Wasser. Ihr müsst tief hinuntertauchen, um mich zu stellen, dachte er, denn ich bin ein scheues Wesen. Niemand versteht meine Sprache.

Erst als sein Vater – ergebnislos – mit dem Major gesprochen, Bobby die ganze neue Ausstattung eingepackt hatte, die seine Mutter ihm bei Eaton's gekauft hatte, er sicher neben seinem Vater auf dem Rücksitz eines Taxis saß, das Taxi das steinerne Tor von Southam hinter sich gelassen hatte und den Berg hinabfuhr, sprach Bobby.

»Dimarco kann unter Wasser nicht atmen«, sagte er.

Sein Vater gab keine Antwort. Sein Vater wandte sich langsam von ihm ab und sah zum Fenster hinaus.

Eine Woche nach seiner Rückkehr nach Toronto – eine Woche voller Diskussionen zwischen seiner Mutter und seinem Vater, aus denen sie als Siegerin hervorging – kamen seine Eltern überein, dass sie Bobby nie mehr auf ein Internat schicken würden. Offensichtlich war das eine zu große Belastung für sein empfindsames Gemüt.

Zwei Tage nach Beendigung der Diskussionen führte sein Vater ihn wie ein Mann, der das Unmögliche erzwingen will, durch die Firma, die Bobby eines Tages erben würde.

Er führte ihn durch ein Labyrinth von Fabrikgebäuden

aus der Zeit der Jahrhundertwende, alle renoviert und hell erleuchtet. Er stellte ihm endlose Reihen von Mechanikern und Schlossern, Schleifern und Schweißern, Befrachtern und Entladern vor und zeigte ihm eine Unzahl von Büros voller Ingenieure, Manager, einfacher Angestellter und Sekretärinnen. Er führte ihn die breite Treppe hinauf in die Führungsetage und stellte ihm den Controller und den Leiter der Finanzabteilung, den Vertriebsdirektor, den Marketingdirektor und all ihre Sekretärinnen vor. Er brachte ihn in den Sitzungssaal des Vorstands mit seinem endlos langen Tisch und den vierzehn Ledersesseln, den Porträts seines Vaters und des Vaters seines Vaters und des Vaters des Vaters seines Vaters, der wie ein preußischer Soldat aussah – Major J.K. Kellum nicht unähnlich.

Seine Mutter hatte ihn sorgfältig gekleidet: Er trug seinen besten Anzug, die glänzendsten Schuhe, die unauffälligste Krawatte. Sie hatte ihn gekämmt und hätte ihm auch die dreizehnjährigen Backen rasiert, hätte es da etwas zum Rasieren gegeben.

Er bemühte sich, allen fest die Hand zu drücken und ihnen direkt in die Augen zu schauen, wie es sein Vater ihm befohlen hatte. Er bemühte sich, so aufrecht zu stehen, wie er nur konnte, Schultern zurück, Kinn ein wenig nach vorn. Er bemühte sich, mit genau der richtigen Spur von Ironie, Distanz, ja Herablassung zu lächeln wie sein Vater.

Sie rangelten alle um Macht, all diese glatten, grinsenden Männer mit den strahlenden Augen. Bobby erkannte das. Er sah direkt durch sie hindurch.

Eines Tages würde er hier der Boss sein. Er würde die Macht in Händen halten.

Sein Herz schlug ein wenig schneller, als er sich vorstellte, wie er in dem Sessel am Kopfende dieses langen Tisches sitzen würde. Seine Aufgabe würde es sein, jedem von ihnen zu zeigen, wie er sich zu benehmen hatte. Alle würden sie Angst vor ihm haben.
Als sie allein waren in dem überdimensionierten holzgetäfelten Sitzungssaal, nahm Bobbys Vater ihn in den Arm. »Dieses Unternehmen bleibt in der Familie«, flüsterte er dem Jungen ins Ohr. Er küsste ihn auf die Wange, drückte ihn fest an sich. »Du weißt, dass deine Mutter keine Kinder mehr haben kann, keine Söhne.«
Bobby hatte das nicht gewusst. Er hatte eine jüngere Schwester, doch die beachtete er nie. Sein Vater schon – er machte ein Getue um sie, nannte sie seine Prinzessin, ließ sie auf seinen Knien reiten – aber er wollte einen Sohn, einen Sohn. Für eine Tochter war in seinen Geschäftsplänen kein Platz.
Er hielt Bobby auf Armeslänge von sich weg, lachelte ein Lächeln ohne Hoffnung. Seine Hände gruben sich in Bobbys Schultern. Bobbys Mund öffnete sich, und beinahe hätte er geschrien.
Ein grimmiger Ausdruck trat in die Augen seines Vaters, der von dem Kampf zeugte, den er sowohl mit Bobby als auch mit sich selbst führte. Er drückte zu und ließ ihn, genauso abrupt, wieder los. Durch eine Seitentür ging er in sein Privatbüro. Die Tür schnappte zu.
Bobby stand da, weinte ein bisschen und rieb sich die Schultern. Er setzte sich in einen der Sessel und blieb eine halbe Stunde lang sitzen. Er roch das Rasierwasser seines Vaters. Dick und tröstlich lag der Geruch in der Luft. Er wartete, doch die Tür zum Privatbüro blieb geschlossen.

Langsam wurde es dunkel. Das Licht im Sitzungssaal schwand, die Luft wurde grau.
Bobby stand auf, stieg die breite Treppe wieder hinunter und ging nach Hause.

13

W*er* sind Sie?«, fragte Mrs. Miller und spähte durch den Türspalt.
Walker, ein wenig zerknittert und übernächtigt, stand auf der Veranda in der Rosewood Avenue.
»Mrs. Miller, ich bin der Sohn von Lenore Nuremborski«, wiederholte er. »Ich heiße Walker. Und ich suche Kim.«
»Ach?« Mrs. Miller schaute noch immer überrascht aus. »Lenore. Ja. Und wie geht's ihr?«
»Gut«, sagte er. »Es geht ihr gut.«
»Schön.« Mrs. Miller öffnete die Haustür ein wenig weiter. »Kim hat sie ja seit Jahren nicht mehr gesehen. Seit Lenore nach England gezogen ist.«
»Mhm«, war Walkers Antwort. England, dachte er. »So wird's wohl sein. Darum wollte sie auch, dass ich vorbeischaue. Weil sie sie schon so lang nicht gesehen hat.«
Die Frau war noch immer ein wenig ratlos. »Na, dann kommen Sie rein, Walker.«
Mrs. Miller war eine attraktive Frau Anfang sechzig, gut gekleidet, gebräunt, das Haar noch immer blond gesträhnt. Sie führte ihn einen mit Teppich ausgelegten Flur

entlang durch eine Doppeltür aus Glas in ein großes, elegant eingerichtetes Wohnzimmer.
»Ihren Großvater haben sie vermutlich schon besucht?«
»Ja«, sagte er.
»Setzen Sie sich doch.« Sie deutete auf ein geblümtes Sofa. Walker versank tief in den voluminösen Kissen.
»Möchten Sie etwas trinken? Ich habe Sherry da.«
»Sehr gern.«
Mrs. Miller öffnete die Tür einer großen Porzellanvitrine und füllte sehr sorgfältig zwei kleine Weingläser halb voll.
»Wie geht's Ihrem Großvater? Soviel ich gehört habe, ist er schon seit Jahren leidend. Ich kannte ihn ja nicht. Hab immer nur über ihn gehört. Mein verstorbener Mann und er waren Geschäftspartner.«
»Besonders viel weiß ich auch nicht über ihn«, erklärte Walker. »Meine Mutter hat nicht oft über ihn gesprochen. Ich hab nur kurz vorbeigeschaut und ›Hallo‹ gesagt.«
Sie kam zu ihm zurück und reichte ihm ein Glas Sherry. »Also, wie geht's ihm?« Sie setzte sich Walker gegenüber und betrachtete ihn genau.
Walker beschloss, auf Risiko zu spielen. »Er ist krank. Er hat Atembeschwerden. Ich glaube, dass dieses große Haus in Forest Hill nicht das Richtige für ihn ist. Fühlt sich irgendwie feucht an.«
Mrs. Miller schaute ihn an. »Das ist ja schlimm«, sagte sie. »Ich hätte gedacht, dass Sie an Feuchtigkeit gewöhnt sind, wo Sie doch aus England kommen.«
»Daran gewöhnt man sich nie.« Walker kam sich wie ein Idiot vor. Rasch nahm er einen großen Schluck von seinem Sherry. Er brannte in der Kehle.
»Wissen Sie, Walker«, sagte sie mit einem freundlichen

Lächeln, doch in ihren Augen lag Unruhe, vielleicht sogar eine gewisse Nervosität, »vielleicht liegt's ja an mir, vielleicht habe ich einfach kein Ohr dafür, aber Sie haben nicht die Spur eines britischen Akzents.«
»Weil ich lange in New Brunswick war«, sagte Walker geistesgegenwärtig. »Meine Mutter hat mich da zur Schule geschickt. Sie mochte das englische Schulsystem nicht. Aber in Toronto bin ich jetzt zum ersten Mal.«
Er wechselte das Thema und sagte: »Ich glaube, ich habe Sie einmal auf einem Foto gesehen.«
»Ach ja?«
»Auf dem Foto planschten Kim und meine Mutter in einem See. Sie waren ungefähr drei Jahre alt, und ich glaube, Sie waren auch dabei. Sie standen bei Mary's Point im Wasser. Sie hatten da doch ein Ferienhaus, oder?«
»Ja, das stimmt. Das ist Jahre her. Die beiden wechselten sich immer ab. Einen Sommer kam Ihre Mutter zu uns, den nächsten besuchte Kim Lennie. Das war so eine Art Ritual. Sie waren unzertrennlich, seit sie sich im Windover-Kindergarten um dasselbe Spielzeug gezankt hatten. Ich war im Beirat. Alle meine Kinder sind da hingegangen. Und ich mochte Ihre Großmutter so gern. Sie war eine wunderbare Frau.«
Walker nickte. »Wo wohnt Kim jetzt? Meiner Mutter wäre wirklich sehr daran gelegen, wenn ich kurz bei ihr vorbeischauen würde.«
»Ich glaube, sie hat schon jahrelang nichts mehr von Ihrer Mutter gehört. Ich weiß noch, dass sie mir erzählt hat, Lennie und ihr Mann seien nach England gegangen. Und ich glaube, sie ist zu Jake rübergegangen, um ihn nach Lennies Adresse zu fragen. Aber seltsamerweise wollte

Jake sie ihr nicht geben. Das war typisch für ihn, wenn ich das so sagen darf. Er war schwierig. Diesen Eindruck hatte ich jedenfalls nach den Schilderungen Ihrer Großmutter. Na egal, ich weiß aber noch genau, dass Kim eine Weile ganz schön sauer war. Die Sache hat ihr keine Ruhe gelassen. Aber das Leben geht weiter.«

»Mom war nie eine große Briefschreiberin. Aber ich musste ihr versprechen, dass ich Kim besuchen würde, wenn ich jemals nach Toronto kommen sollte«, beharrte Walker sanft.

»Kim hat jetzt drei Kinder. Wie viele hat Lenore?«

»Nur mich.«

»Was macht Ihr Vater?«

»Er ist Buchprüfer.«

»Ach?«

»Ja. Er war nicht ganz erfolglos«, sagte Walker und hoffte, damit ein wenig britischer geklungen zu haben. »Sie haben ein hübsches Häuschen am Rand von London. Mom hat nie gearbeitet.«

»Sie war ein wunderbares Mädchen. Sie und Kim hatten immer diese Lachanfälle. Und große Geheimnisse miteinander. Die beiden waren so süß. Kim lebt in Paris.«

»Oh«, Walker blieb die Luft weg. O nein, dachte er.

»Paris, Ontario. Das ist gar nicht weit weg, nicht einmal hundert Kilometer. Als Norman noch lebte, sind wir alle drei, vier Wochen hingefahren. Ihr Mann ist Kieferchirurg. Kim unterrichtet eine vierte Klasse. Hat sie jedenfalls bis vor kurzem. Jetzt macht sie mal ein bisschen Pause. Bei ihnen geht es ständig rund, und mit den drei Kindern – ich bin schon ganz erledigt, wenn ich nur daran denke. Es heißt immer nur hopp, hopp, hopp. Na ja,

jetzt sehe ich sie nicht mehr so oft. Ich fahre nicht gern Auto.«
»Ich würde gern hinfahren, mir die Gegend anschauen. Ich könnte vorher anrufen und dann kurz vorbeischauen.«
Mrs. Miller dachte lange nach. Sie sah aus, als mache sie sich über etwas Sorgen. »Wissen Sie, Walker, ich glaube, Kim würde sich riesig über Ihren Besuch freuen«, sagte sie. »Ich bin sicher, Ihre Mutter fehlt ihr noch immer.«
»Und sie fehlt meiner Mutter.«
Kaum hatte sie Kims Adresse und Telefonnummer aufgeschrieben, sagte Walker, er müsse jetzt gehen, weil er sich mit ein paar Schulfreunden verabredet habe.
»Wie sind Sie denn hergekommen?«, fragte Mrs. Miller, als sie ihn hinausbrachte und auf der Straße links und rechts schaute. Walker hatte Nummer Neunzehn um die Ecke geparkt.
»Ich bin mit dem Bus bis zur Eglinton Avenue gefahren«, schwindelte er, »und dann gelaufen. Danke vielmals.«
Er ging mit raschen Schritten davon. Als er sich umwandte, stand sie noch immer auf der Veranda und sah ihm nach.

»Wiedersehen macht Freude«, sagte Alphonso, der zigarrepaffend in einer der offenen Garagentüren stand, als Walker aus dem Taxi stieg.
Krista war auch gerade erst gekommen, um ihre Nachtschicht zu übernehmen. Nick hatte sie abgeholt und lud soeben ihren Rollstuhl aus dem Kofferraum seines alten Chrysler.

Alphonso rief ihr zu: »Dein Freund hat beschlossen, sich zu stellen!«
Krista ließ ihren Rollstuhl stehen und schwang sich zu Walker herüber. »Hi«, sagte sie.
Joe kam aus dem Dunkel der Garage. Er sah aus, als hätte er sich gerade in Schmierfett gesuhlt. Er fuchtelte mit einem Gummihammer herum.
»Soll ich dem mal 'n bisschen Verstand in seinen Idiotenschädel hämmern?«, wandte er sich an Alphonso.
»Soll ich dir mal den Motor abwürgen?«, zischte Krista ihm zu.
»Der hat die Scheißkarre geklaut!«, geiferte Joe, obwohl das Taxi in Lebensgröße dastand. Er drehte sich zu Alphonso, in der Hoffnung, von dort Unterstützung zu bekommen. Alphonso stand da und grinste.
»Wie geht's dem Eriesee?«, fragte er.
»Tut mir leid«, sagte Walker. »Ich musste einen Verwandten besuchen.«
Er sah zu Krista hinüber. »Es war so was wie ein Notfall. Tut mir echt leid.«
»Dir tut's leid. Und mir tut's auch leid«, erwiderte Alphonso. »Weil ... ich muss dir jetz' auch die Leihgebühr für die Tagschicht berechnen. Du hast ja das Taxi den ganzen Tag besetzt.«
»Niemand fährt mit diesem blöden Taxi außer Walker. Sei doch nicht so ein hirnverbrannter Idiot«, sagte Krista. »Komm, Walker.«
»Ich gebe Ihnen das Geld, wenn Sie wollen«, sagte Walker zu Alphonso.
»*Ich* will«, gab Alphonso zurück, »aber dein Boss da nicht, also werd ich den Verlust wohl hinnehmen müs-

sen.« Er blies eine blaue Rauchfahne in die Luft. Er amüsierte sich. »Die hat dich ja ganz schön eingewickelt.«
»Sieht so aus, nicht?« Walker grinste.
»Wichser«, sagte Joe.
Krista setzte sich in den Rollstuhl, rollte durch die Garagentür und stieß sich eine Rampe hoch, die Alphonso für sie hatte einbauen lassen. Walker folgte ihr. Sobald sie allein im Flur waren, blieb sie stehen, drehte den Rollstuhl halb zu ihm um und fragte leise: »Was war los?«
Walker kniete sich neben sie, küsste sie und sagte: »Ich weiß, wo Kim wohnt.«

Etwa hundert Kilometer westlich von Toronto schimmerten die ansehnlichen Häuser von Paris, Ontario, in der Sonne. Sie hockten auf den hohen Bergen, zwischen denen sich der Nith und der Grand River gabelten. Den Angaben ihrer Mutter zufolge wohnte Kim Miller – nunmehr Kim Miller-Best, verheiratet, drei Kinder – ein paar Kilometer nördlich von Paris, im Osten des Grand-River-Tales.
Mittwoch vormittag gegen elf bogen Walker und Krista in Nicks verbeultem Chrysler in Kims Einfahrt. Beide hatten die vergangene Nacht freigenommen, um sich auszuruhen, und sie mussten Nicks Wagen bis spätestens halb fünf am Nachmittag wieder zurückbringen. Dann war seine Schicht zu Ende und ihre begann.
Am Morgen hatte Walker eine Schüssel mit Milch für Kerouac hingestellt und ein Fenster so weit geöffnet, dass der – je nach Lust und Laune – kommen und gehen konnte. Dann war er zu A.P. Taxis hinübergegangen, in Nicks Wagen gestiegen und zu Krista gefahren. Sie wartete be-

reits unten an der Einfahrt auf ihn. In Anbetracht dessen, was sich beim letzten Mal ereignet hatte, war George Papadopoulos wenig erfreut, dass seine Tochter schon wieder mit diesem fremden Jüngling loszog.
Auch in Kristas Gedanken brannte der abgefackelte Wagen noch lichterloh. Das war einer der Gründe, warum sie jetzt neben Walker saß. Sie hatte Angst um ihn. Vielleicht würde sich jemand, der Walker verfolgte und ihm Böses wollte, von ihrer Anwesenheit abhalten lassen.
Außerdem saß sie neben Walker, weil sie es nicht ertragen konnte, nicht bei ihm zu sein. So einfach war das – und so kompliziert.

Kim Miller-Bests Haus war ein niedriges, langgestrecktes Gebäude. Der gedämpfte Stein und das Glas, die rauhen Kieferbretter und die Zedernschindeln auf den Dächern in drei verschiedenen Ebenen schienen zu verschmelzen mit den hohen Kiefern und wuchtigen Zedern, die es umgaben. Es war unauffällig und doch eindrucksvoll.
Ein roter Minivan stand in der Einfahrt, und etwas, das wie ein Sportwagen aussah, parkte unter einem braunen Regenschutz versteckt im Gras.
Krista besah sich das Haus. »Ist das schön!«, sagte sie – das erste, was sie nach langer Pause überhaupt sagte.
Im Auto hatte eine angespannte Stimmung geherrscht. Nach Kristas Ansicht hätte es sich gehört, dass Walker zuerst von Toronto aus anrief. Nur ein ungehobelter Ignorant platzte einfach so herein. Aber Walker hatte Angst, dass Kim, wenn er anrief und sie vorwarnte, sagen könnte: »Ich möchte Sie nicht sehen. Ich weiß gar nichts über Ihre Mutter.«

Krista hatte sich gefragt, was diese Kim Miller-Best denn überhaupt wissen konnte. Viel konnte es nicht sein. Bestimmt hätte sie damals irgend etwas wegen des ausgesetzten Kindes unternommen, wenn sie Bescheid gewusst hätte. Sie hätte nicht einfach geschwiegen.
Auf der Fahrt hatte Krista versucht, Walker das so schonend wie möglich beizubringen. »Das könnte ein richtiger Reinfall werden«, hatte sie gemeint.
»Was soll das heißen?«
»Wundere dich nicht, wenn sie kein bisschen mehr darüber weiß, was aus deiner Mutter geworden ist, als du. Wenn sie gewusst hätte, dass du ausgesetzt worden bist, wäre sie zur Polizei gegangen. Oder hätte sonst was getan. Meinst du nicht?«
»Ich weiß es nicht«, antwortete Walker. »Das ist es ja. Ich weiß überhaupt nichts. Und sie weiß was. Was war denn dieses große Geheimnis, von dem in ihrem Brief die Rede war?«
»Das haben wir doch schon geklärt – nämlich, dass deine Mutter schwanger war. Mein Gott, sie war erst vierzehn!«
»Aber wir wissen nicht sicher, dass das das Geheimnis war«, gab er zurück. »Außerdem hat ihre Mutter sie inzwischen wahrscheinlich schon verständigt. Kim wird wissen, dass ich komme.«
»Und wenn sie nicht zu Hause ist? Wenn sie in Urlaub sind?«
»Dann warten wir.«
»Ich will dir ja nur klarmachen, dass sich die Spur hier verlaufen könnte. Das könnte die Endstation sein, sei also nicht enttäuscht.«
»Wird's aber nicht.«

Er stieg aus, ging zur Haustür und klingelte. Krista wartete im Wagen. Sie würde auf keinen Fall aussteigen, solange sie niemanden sähe. Solange niemand sie hereinbäte.
Walker spähte durch ein Fenster in der Tür. Der Raum dahinter hatte eine hohe, gewölbte Decke mit freiliegenden Holzbalken. Durch ein Dachfenster flutete Licht herein.
Er klingelte noch einmal. Er hörte das hohe und dann tiefer werdende Läuten der Türglocke. Er wandte sich zu Krista um. Sie saß noch immer im Wagen und sah ihm zu. Dachte wahrscheinlich: Was hab ich gesagt?
Walker klingelte noch einmal. Man hörte es läuten. Noch immer kam niemand an die Tür. Krista zugewandt, zuckte er die Achseln und musste lächeln, beinahe lachen. Er wusste, was sie dachte, nämlich dass er ein Trottel sei.
Die Wipfel der Kiefern rauschten im Wind. Die Luft war kühl, aber noch wärmte die Sonne die Haut. Er nahm den intensiven Geruch von Zedern wahr.
Er beschloss, um das Haus herum zu gehen. Wenn Kim im unteren Teil des Hauses war, konnte sie die Glocke vielleicht nicht hören. Oder sie arbeitete draußen im Garten.
Walker stieg die Holzstufen hinunter, die einen Hang neben dem Haus hinabführten. Dabei fiel ihm auf, dass in den Blumenbeeten, die auf hölzernen Terrassen entlang seines Weges angelegt waren, mehr Unkraut wuchs als Blumen. Alles war trocken, braun und filigran wie Spitze.
Hier blies ein heftiger Wind, der nicht mehr vom Haus gebremst wurde. Zu Walkers Füßen erstreckte sich das Flusstal nach Norden und Süden, ein riesiger Bestand von Laubbäumen in leuchtenden Farben, gesprenkelt mit kontrastierenden Kiefern, und, weiter unten im Tal, das

dunklere Grün der Zedern und das Silber der Weiden, das üppig über dem Fluss hing.
Die Landschaft wirkte domestiziert und unberührt zugleich. Vertrauenerweckend und unheilverkündend. Die Zedern rochen nach Norden, doch nach Norden sah es hier ganz und gar nicht aus.
Walker besah sich die Rückseite des Hauses, konnte aber niemanden entdecken. Schwach, vom Wind immer wieder unterbrochen, war Musik zu hören. Klassische Musik – in Walkers Ohren klang es jedenfalls so. Ein Cello vielleicht. Eine Geigenschar, ein langes, liebliches Hornmotiv. Als er über die Terrasse der Musik entgegenging, wurde er von der riesigen Schallwelle eines ganzen Orchesters erfasst.
Zwei Glastüren waren weit geöffnet. Zu beiden Seiten blähten sich schwere, gelbe Gardinen im Wind, schwangen in den Schienen hin und her. Walker sah durch die offenstehende Tür und erblickte im hinteren Teil des Zimmers das schwache Licht einer Lampe, eine Gruppe von Sesseln und Sofas mit karierten Überwürfen und einen langen, grobgezimmerten Couchtisch. Er rief: »Mrs. Miller-Best? Hallo? Jemand zu Hause?« Seine Stimme klang leise und unsicher im Crescendo des Orchesters.
Irgend jemand muss da sein, dachte er. In Big River schlossen die Leute ihre Türen zwar nicht ab, sie ließen sie aber auch nicht sperrangelweit offen.
»Hallo?«, rief Walker, diesmal etwas lauter. Doch niemand rief zurück, und auch auf der Treppe hinten im Zimmer tauchte niemand auf.
Eine Hand, strahlend weiß im Halbdunkel des Raums, hing über den Rand eines Sofas. Je länger Walker sie an-

starrte, um sich zu vergewissern, dass er wirklich sah, was er sah, desto weißer schien sie zu werden.

»Mrs. Miller-Best?«

Die Hand bewegte sich nicht.

Er betrat das Zimmer und ging zum Sofa.

»Mrs. Miller-Best? Entschuldigung! Hallo?«

Nichts regte sich. Einen Augenblick stand Walker da und wusste nicht, was er tun sollte. Er umkreiste die Hand. Eine Frau in Schlafanzug und Morgenmantel lag, mit dem Gesicht nach unten, ausgestreckt auf dem Sofa. Ihr dunkelblondes Haar verdeckte das Gesicht. Ihre Füße waren nackt und weiß wie ihre Hand. Der andere Arm war irgendwo unter ihr vergraben.

Walker wusste nicht, was tun – sie berühren oder möglichst laut schreien. Er beugte sich vor, um den Puls am Hals zu fühlen und zu erkennen, ob sich ihr Rücken leicht auf und ab bewegte. Aber er konnte nichts feststellen. Die Musik wurde immer lauter – Kesselpauken und Becken.

Er sah sich um und entdeckte die Stereoanlage, aus der die Musik kam. Die grünen Ziffern leuchteten ihm aus einem alten Kiefernschrank entgegen. Er ging darauf zu. Ein Schrei erfüllte das Zimmer.

Kim Miller-Best kniete auf dem Sofa und hielt sich den Morgenmantel fest vor dem Körper zu. Ihre Augen waren vor Schreck geweitet.

»Hi«, sagte Walker.

»Wer zum Teufel sind Sie?« Ihre Stimme klang belegt, und offensichtlich hatte sie Schwierigkeiten, ihn klar zu erkennen.

»Tut mir leid, dass ich Sie erschreckt habe. Ich bin Walker.

Der Sohn Ihrer Freundin Lennie Nuremborski, verstehen Sie?«
Sie starrte ihn immer noch an.
»Ich habe vorn geklingelt, dann bin ich nach hinten gegangen«, fuhr er fort. »Können wir das vielleicht ein bisschen leiser machen?« Hoffnungsvoll deutete er mit dem Kopf zur Stereoanlage.
Kim musterte ihn von oben bis unten, als ob ihr Stück für Stück dämmerte, wer da vor ihr stand. Walker. Lennies Sohn. Ihr Mund klappte leicht auf. Sie fuhr sich mit dem Handrücken darüber.
»Wirklich?«
»Mhm«, erwiderte Walker.
Sie erhob sich und stand, durch das Sofa gestützt, einen Augenblick nur da und lächelte ihn zaghaft an.
»Ich habe geschlafen wie eine Tote.«
»Tut mir wirklich leid«, sagte Walker. »Ich hätte nicht einfach so reinplatzen dürfen.«
Er roch das süßliche Aroma von Alkohol in ihrem Atem, obwohl er drei Meter weit weg stand.
Kim nickte, quetschte sich das Gesicht, als wolle sie sich dadurch aufwecken, ging auf wackeligen Beinen zur Stereoanlage und schaltete sie ab.
Absolute Stille.
»Sie sind Kim?«, fragte Walker.
»Ich glaube schon«, antwortete sie und ging zurück zum Sofa. Sie bückte sich und hob, mit dem Rücken zu Walker, etwas vom Boden auf. Er erhaschte einen Blick auf ein Glas und eine halbleere Flasche.
»Hier sieht's ziemlich übel aus, wir hatten gestern abend Gäste«, sagte sie über die Schulter, während sie auf eine

Bar in der Ecke zuging, sich bückte und mit leeren Händen wieder hochkam. »Ich war nicht auf Besuch eingestellt.«

Sie lächelte. Sie war hübsch, wenn auch angespannt und verhärmt. Sie taumelte leicht.

»Geht's Ihnen gut?«

»Aber klar«, sagte sie und fing sich wieder. »Ich habe tief und fest geschlafen und bin einfach zu schnell aufgestanden, mir ist schwindlig.« Vorsichtig steuerte sie um die Bar herum und setzte sich in einen Sessel.

»Mein Gott, Lennies Sohn!«, stieß sie plötzlich hervor. »Ich habe sie eine Ewigkeit nicht gesehen, nichts von ihr oder über sie gehört, überhaupt nichts!«

»Hat Ihre Mutter Sie angerufen? Ich war kurz bei ihr.«

»Ja, hat sie. Meine Güte, Walker, wie alt bist du?«

»Neunzehn.«

»Das habe ich mir gedacht. Ich habe drei Kinder, sechs, acht und zehn. Zwei Jungs und ein Mädchen. Kaum zu glauben, was?«

»Mhm. Ist aber schön. Mm, übrigens wartet draußen im Auto eine Freundin auf mich. Hätten Sie etwas dagegen, wenn ich sie hereinhole? Ich weiß, ich hätte vorher anrufen sollen, aber ich hatte ... ich wollte Sie unbedingt sehen!« Zum ersten Mal zeigte Walker etwas von seinen Gefühlen.

Kims Züge wurden sofort weicher. Sie war hübsch. Plötzlich war Walker stolz darauf, dass diese Frau die beste Freundin seiner Mutter gewesen war.

»Ich wollte dich auch sehen. Nein, wie du aussiehst. Du bist so dunkel und alles. Lennie war auch dunkel, aber nicht so wie du. Aber ich erkenne sie wieder in dir, wirklich. Wie du den Kopf hältst. Da ist was. Sie hat mir so gefehlt. Sie fehlt mir noch immer! Und ich sehne mich nach damals!« Sie sah aus, als würde sie gleich in Tränen ausbrechen. »Hol deine Freundin doch herein. Und gib mir fünf Minuten, damit ich mich renovieren kann, Walker.«

Walker ging wieder ums Haus herum und rannte die Treppe zum Auto hinauf. Krista saß da, wo er sie zurückgelassen hatte.

»Ich wollte gerade hupen. Oder vielleicht wegfahren«, sagte sie, als er zu ihr in den Wagen stieg.

»Sie ist da«, erzählte er. »Sie hat gesagt, wir sollen reinkommen. Wir sollen nur ein paar Minuten warten, damit sie sich anziehen kann.«

»Es ist fast Mittag.«

»Ich glaube, sie ist sehr nett«, fuhr Walker fort. »Wir haben uns schon ein bisschen unterhalten. Nichts Besonderes. Sie hat gesagt, wie sehr ihr meine Mutter fehlt und so. Sie ist blau.«

»Was ist sie?«

»Blau ... ein bisschen.«

»Lieber Himmel, blau ist sie?«

»Nur ein bisschen.«

»Von was?«

»Sie hatte was in einer Flasche. Wodka vielleicht.«

»Das paßt«, meinte Krista und musterte noch einmal das Haus. »Zuviel Geld, deswegen ist sie unglücklich. Sie sollte um einen Hungerlohn Nachtschicht machen. Dann ging's ihr bestimmt bestens.«

»Genau«, stimmte er zu und grinste. Er drehte sich eine Zigarette. »Dir geht's also bestens?«, fragte er sie.

»Haha. Wieder einer von deinen blöden Witzen?«
»Nein«, erwiderte er, und aus irgendeinem Grund hob sich seine Stimmung. »Ich wollte es nur wissen.«
Fünf Minuten später tauchte Kim Miller-Best auf. Das Haar hatte sie sich mit einem gewissen Sinn fürs Dramatische nach hinten gebürstet, und sie trug nun hellbraune Hosen und einen weiten, bunten Rollkragenpullover. Ein Hauch von Make-up hatte ein wenig Farbe in ihr sorgenvolles Gesicht gezaubert. Sie hatte sich sogar ein Paar goldene Ohrringe angesteckt. Walker fühlte sich geschmeichelt.
Sie führte sie in das sonnendurchflutete vordere Wohnzimmer. Rauhverputzte, cremefarbene Wände ragten etwa vier Meter in die Höhe und wurden betont durch großflächige abstrakte Gemälde in lebhaften Farben. Cremefarbene Möbel und Tische aus Glas und Schmiedeeisen waren an strategischen Punkten im Raum verteilt. Handgewebte Teppiche in gedämpften Farben lagen auf dem glänzenden Dielenboden.
»Was für ein schönes Zimmer«, sagte Krista, als sie sich auf ihren Krücken hereinschwang.
»Es kriegt viel Licht«, erwiderte Kim. »Setzt euch irgendwohin.«
Walker nahm Krista, die sich auf einem der Sofas niederließ, die Krücken ab. Er setzte sich neben sie.
»Wollt ihr was trinken?«, fragte Kim mit Hoffnung in der Stimme.
»Ich nicht«, sagte Krista.
»Ich auch nicht«, fiel Walker ein.
Kim nahm sich das Glas, das auf einem der Tische stand, und setzte sich.

»Ich normalerweise auch nicht, so früh. Aber das Haus fühlt sich so kalt an. Frost liegt in der Luft.« Sie nippte verstohlen an ihrem Glas.

Vielleicht deshalb, weil dir bei der Hintertür ein Hurrikan hereinbläst, dachte Walker. Doch laut sagte er: »Es ist wirklich sehr freundlich, dass Sie sich Zeit nehmen. Ich habe eine Menge Fragen.«

Kim sah ihn ein wenig überrascht an. »Ich dachte, ich hätte die Fragen«, sagte sie. »Ich möchte alles über Lennie wissen. Ich weiß nur, dass sie schon ewig in England wohnt, und meine Mutter hat mir erzählt, dass du in New Brunswick zur Schule gegangen bist. Mehr weiß ich nicht.«

Walker spürte Kristas Blick auf sich.

»Dieses riesige Haus in Forest Hill«, fragte Krista, »hat Lennie dort mit ihrer Familie gewohnt?«

»Aber ja«, antwortete Krista. Sie sah wieder zu Walker. »Du warst bei deinem Großvater, nicht?«

»Um die Wahrheit zu sagen, ich war gar nicht sicher, wo ich war«, erwiderte Walker. »Ich habe ihn nie gesehen. Wusste nicht, wo er wohnte. Bis vor ein paar Tagen wusste ich nicht einmal, dass ich einen Großvater habe.«

»Lennie hat dir nicht von ihm erzählt?«, fragte Kim.

Walker zögerte einen Augenblick. »Das Problem ist«, sagte er dann, »dass ich auch Lennie nicht kenne. Ich meine, ich kann mich kaum an sie erinnern.«

Kim sagte nichts mehr. Sie saß nur da und blickte ihn unverwandt an, ihr Glas in der Luft.

Walker kämpfte sich weiter. »Erinnern Sie sich an einen Brief, den Sie meiner Mutter geschickt haben? Sie haben ihn am 15. September 1979 geschrieben. Es ging darum, dass Lennie, mein Vater und ich nach Toronto fliegen sollten.«

»Aber ihr seid nie angekommen, Walker«, sagte Kim. »Tagelang habe ich auf einen Anruf gewartet. Bin kaum aus dem Haus gegangen. Ich habe sogar ein Telegramm geschickt. Ich habe nie wieder was von Lennie gehört.«

»Würden Sie mir vielleicht verraten, was das Geheimnis war? In Ihrem Brief stand, dass sie es fertiggebracht haben, irgendein Geheimnis zwischen Ihnen beiden mehr als drei Jahre lang für sich zu behalten.«

»Dass Lennie schwanger war, natürlich«, antwortete Kim.

»Natürlich«, wiederholte Walker.

Wieder fühlte er Kristas Blick auf sich ruhen.

»Wohin haben Sie das Telegramm geschickt? Damals, als Lennie nicht kam?«, fragte Krista.

»Nach Jamaika«, sagte Kim, und dann: »Was soll das heißen, du kennst deine Mutter nicht?« Sie saß nun auf der Sesselkante, das Glas in ihrer Hand hatte sie völlig vergessen. »Was meinst du damit?«

Walker erzählte Kim seine Geschichte, zumindest das, was er wusste. Er kehrte zurück in die Vergangenheit, fing mit der für ihre Mutter erfundenen Schulzeit in New Brunswick an, berichtete über seine Ankunft in Toronto im August, seine Jugend in Big River, und die Jahre davor bei Pflegefamilien in Sudbury. Als er davon erzählte, dass er an einer Straße ausgesetzt worden war, schlug Kim die Hand vor den Mund, und Tränen liefen ihr die Wangen hinunter. Als er sagte, dass man ihn ein paar Kilometer südlich des French River gefunden hatte, verschüttete sie ihren Drink. Ein paar Tropfen zumindest.

»Die Nuremborskis hatten ein Ferienhaus am French

River«, sagte sie. »Na ja, eigentlich war's schon ein richtiges Haus. Ich war oft da oben. Ein Jahr verbrachte Lennie den Sommer bei uns im Ferienhaus, das nächste Jahr ich bei ihr.«

Kim sah sich im Zimmer um, als erwarte sie, dass Lennie jeden Moment auftauchen könne. »Was zum Teufel ist denn passiert?«, flüsterte sie.

»Ich weiß es nicht«, antwortete Walker.

»Ich hätte darauf bestehen sollen«, schluchzte Kim. »Ich hätte Jake sagen sollen, dass ich Lennie sehen will. Ich hätte mich nicht mit dem Scheiß abspeisen lassen sollen, mit dem er mir gekommen ist. Ich hab gewusst, dass da was nicht stimmt!«

»Was hat er denn gesagt?«, fragte Walker.

»Dass Lennie in Jamaika jemand kennengelernt und sich verliebt hat. Angeblich war sie dort, um auf eine Privatschule zu gehen, aber in Wirklichkeit war sie da, weil sie schwanger war. Ich sollte das nicht wissen. Jake wusste nicht, dass ich es wusste. Das war das Geheimnis zwischen Lennie und mir. Jake sagte, dass Lennie und ihr Freund nach England fliegen würden, wo ihr Verlobter herkomme, um dort zu heiraten. Er sagte, Lennie würde sich bei mir melden, wenn sie das wollte, aber dass er ihre Adresse nicht verraten dürfe. Lennie solle entscheiden, mit wem von ihren Freunden sie in Kontakt bleiben wolle. Und ich konnte ihm nicht einmal sagen, was ich wusste, weil ich's ja versprochen hatte! Ich konnte ihm nicht sagen, dass Lennie mir geschrieben hatte und gesagt hatte, dass sie nach Toronto zurückfliegen würde. Ich durfte ja offiziell nichts von dir oder deinem Vater wissen. Gar nichts durfte ich wissen!«

Kim stürzte den Rest in ihrem Glas hinunter. »Ich bin noch einmal zu Jake gegangen und habe ihn gefragt, ob er von ihr gehört hätte, ob ich, bitte schön, ihre neue Adresse in England haben könnte. Und er sagte, natürlich hätte er von ihr gehört. Sie wäre glücklich und wollte ein neues Leben beginnen. Er hat mir die Tür vor der Nase zugeschlagen.«

Nun saß Walker auf der Sofakante. »Was hatte sie Ihnen über meinen Vater und mich erzählt?«, wollte er wissen.

»Alles. In jenem Sommer bin ich nicht zu Lennie raufgefahren, weil ich meinen ersten Ferienjob bekommen hatte. Aber sie hat mich einmal spät abends angerufen. Sie sagte, sie hätte diesen Jungen kennengelernt, er arbeite in dem neuen Yachthafen. Ich glaube, er war siebzehn. Sie war erst vierzehn, weißt du?«

»Ich weiß«, sagte Walker.

»Also, auf jeden Fall war sie schwanger und ganz vernarrt in ihn, und sie wusste nicht, was sie tun sollte. Ich auch nicht. Das Ganze war total irre. Und so haben wir einfach nur miteinander geredet, spät in der Nacht. Geredet und geredet. Eines Nachts sagte sie, sie hätte ihrer Mutter gesagt, dass sie schwanger sei. Und ihre Mutter hätte es ihrem Vater gesagt. Dann gab's ein Riesenpalaver mit allen Beteiligten. Jake ist ausgeflippt. Kann man sich leicht vorstellen. Er wollte ihren Freund einsperren lassen. Wollte, dass sie abtreibt. Aber da hat er auf Granit gebissen. Wenn Lennie sich was in den Kopf gesetzt hatte, konnte man sich den Mund fusselig reden. Außerdem liebten sie sich wirklich, sie und dein Vater, das hat sie mir erzählt. Und sie wollten miteinander leben. Sie wollten heiraten. Da flippte Jake noch mehr aus. Lennie dachte, sie muss von zu

Hause abhauen. Tagelang ging das so. Lennie hat mich jede Nacht angerufen, lauter R-Gespräche, das ganze Geld von meinem Ferienjob habe ich direkt meinem Vater weitergegeben, um die Ferngespräche zu bezahlen. Aber das war mir egal, sie war meine beste Freundin. Dann hatte Lennies Mutter eine Idee. Sie hat Jake auch dazu gebracht, dass er die akzeptiert. Sie hatten ein Haus auf Jamaika. Auf irgendeiner Insel vor der Südküste. Lennies Mutter war gern dort unten, jeden Winter hat sie dort verbracht. Lennie hat sie zu Weihnachten und zu Ostern immer dort besucht. Ich glaube nicht, dass Mrs. Nuremborski besonders glücklich war mit Jake. Wer wäre das schon gewesen? Er war ein Tyrann und immer so von oben herab. Und irgendwie unheimlich. Na ja, und da bot sich für Mrs. Nuremborski die Chance, ihm noch länger aus dem Weg zu gehen. Lennie rief mich an. Ihr Vater wäre einverstanden, sie könnte eine Weile nach Jamaika gehen, und sie würden überall herumerzählen, dass sie auf eine ganz noble Schule da unten gehen würde. Und ihr Freund sollte natürlich mitkommen. So war es abgemacht. Sonst würde Lennie nicht gehen. Sie würde das Baby in Jamaika bekommen, ihre Mutter würde sich um sie kümmern, und nach einem Jahr, wenn sie und ihr Freund sich noch immer liebten, dürften sie heiraten. Jake hat sich schließlich mit diesem Arrangement abgefunden, weil es keine Alternative gab und Lennies Schwangerschaft sich bald nicht mehr verheimlichen ließ. Aber nur unter einer Bedingung: Sie durfte ihren Freunden nicht schreiben oder sie sonstwie kontaktieren. Sie musste sich zu absoluter Diskretion verpflichten. Das tat sie, und dann hat sie natürlich mich angerufen. Ich musste Stillschweigen geloben.«

»Dann ist es ja kein Wunder, dass niemand wusste, wer du bist oder wo du herkommst«, sagte Krista zu Walker.
»Ich bin Jamaikaner«, sagte Walker und sah ein wenig fassungslos drein.
»Und du warst ganz schön weit weg von zu Haus, als du ausgesetzt wurdest«, ergänzte Kim.
»Haben Sie ihre Briefe noch?«, fragte Walker.
»Ich habe gründlich ausgemistet, bevor ich auf die Uni ging«, erwiderte Kim. »Anfangs habe ich nur ein bisschen was weggeschmissen, aber dann habe ich gar nicht mehr aufgehört. Ich weiß auch nicht, warum. Der Anfang eines neuen Lebensabschnitts und das Ende eines anderen, nehme ich an. Oder vielleicht hatte ich auch einen Nervenzusammenbruch. Ich weiß es nicht. Ich kann mich nicht mehr erinnern.«
Kim sah an Walker vorbei zum Fenster. Es schien, als wäre sie in Gedanken in einer anderen Zeit, an einem anderen Ort. »Na ja, ich habe geheiratet, Kinder gekriegt, ein bisschen unterrichtet. Ich meine, das ist großartig, ein herrliches Leben, aber manchmal …« Sie sah in ihr Glas, doch es war leer.
»Irgendwie habe ich in letzter Zeit immer öfter an Lennie gedacht«, sagte sie. »Aber ich bin davon ausgegangen, dass Jake mir die Wahrheit gesagt hat. Oder jedenfalls eine Halbwahrheit. Dass ihr drei nach England gegangen seid. Dass sie wirklich ein neues Leben beginnen wollte, mit neuen Freunden. Das habe ich all die Jahre geglaubt!«
Ihre Augen füllten sich wieder mit Tränen.
»Hat sie was über mich geschrieben?«, fragte Walker.
»Ja, natürlich! Selbstverständlich. Alles über dich! Alles

über deinen Vater! Sie war total vernarrt in euch beide. Kyle und Little Kyle.«

»Was?«, fragte Walker.

»So hat sie dich genannt. Daran erinnere ich mich. Dein Vater war Kyle, und du warst Little Kyle.«

»Nicht Walker?«, fragte Krista.

»Na ja, ich weiß nicht. Ich war ganz überrascht, als meine Mutter sagte, dass du Walker heißt. Wahrscheinlich hatte ich es vergessen. Bestimmt hat sie mir deinen richtigen Namen gesagt. Ganz bestimmt. Aber ich kann mich nur noch an Little Kyle erinnern, das klang so süß, weißt du. Und sie sagte, dein Vater sähe blendend aus. Er war Künstler, schrieb seine eigenen Lieder und spielte Gitarre. Aber, Walker, was deinen Großvater wirklich umgehauen hat, war, dass dein Vater ein halber Indianer war.«

»Ein halber Indianer?«, fragte Walker.

»Irgendwo aus dem Westen. Ich weiß noch, wie Lennie sagte, dass er von zu Hause weggelaufen ist, als er noch ein Kind war, und seither ganz auf sich selbst gestellt war. Als sie nach Jamaika kamen, hat er als Schiffsjunge angeheuert. Du weißt schon, bei einer dieser Firmen, die Yachten vermieten, samt Mannschaft, Koch und allem Drum und Dran. Das hat ihm Spaß gemacht. Er sei der geborene Matrose, sagte deine Mutter, aber sie machte sich Sorgen wegen der Stürme. Sie hat immer über Stürme geschrieben und dass Kyle auf See sei, das weiß ich noch. Und ich weiß noch, als du geboren wurdest. Ja, das weiß ich auch noch. Und sie war meine beste Freundin, und irgendwas ist ihr zugestoßen! Und man hat dich an einer Straße ausgesetzt, und ich wusste nicht, dass etwas nicht stimmt, und ich habe nichts unternommen!« Ein neuer Tränenstrom lief ihr die Wangen hinunter. Sie versuchte, ihn mit ihren Handrücken aufzuhalten.

»Wir haben immer alles gemeinsam gemacht«, fuhr sie fort. »Einmal war ich sehr krank und musste mir die Mandeln rausnehmen lassen, dann habe ich mir irgendeine Infektion eingefangen und musste ewig im Bett bleiben. Und sie ist jeden Tag mit den Schulaufgaben herübergekommen und hat mir geholfen. Und als sie sich das Bein brach, habe ich ihr wochenlang die Schulsachen getragen.«

Kim verfiel zusehends. Ihre Hände tropften. Krista kramte ein Taschentuch aus ihrer kleinen ledernen Umhängetasche, reichte es Walker, und der gab es Kim.

»Ich hab irgendwo welche«, sagte Kim, sah sich hilflos um und drückte sich das Taschentuch auf die Augen.

»Was ist mit meiner Großmutter?«, fragte Walker. »Lennies Mutter? Haben Sie nicht mit ihr gesprochen?«

Kim sah zu ihm hoch. Ihre Augen waren rot und verschwollen. »Sie ist gestorben, Walker. Ungefähr um die Zeit, als du geboren wurdest.«

»Was, glauben Sie, ist mit meiner Mutter und meinem Vater passiert?«, fragte er und hockte sich neben sie.

Sie berührte sein Gesicht. Ihre Finger fühlten sich nass und kalt an. »Ich weiß es nicht, wirklich nicht«, erwiderte sie. »Aber Lennie würde ihr Kind nie im Stich lassen!«

»Ich weiß«, pflichtete ihr Walker bei. »Das würde sie bestimmt nicht tun. Aber ich kann ja nicht mal beweisen, dass ich ihr Sohn bin. Wenn ich mit leeren Händen zur Polizei gehe, halten die mich für einen Spinner.«

»Du hast ja meinen Brief.«

Walker und Krista sahen sich an.
»Der wurde mir gestohlen«, sagte Walker. »Ich habe gar nichts.«
»Ach so«, sagte Kim. »Ja, aber du siehst ihr ähnlich ...« Und dann, noch einmal seine Partei ergreifend, erklärte sie: »Ich weiß, dass du ihr Sohn bist, weil du meinen Brief beschrieben hast.«
Krista und Walker gingen zurück zu Nicks Wagen.
Walker war wie betäubt. Es sah aus, als führe die Sonne einen verrückten Tanz am hohen blauen Himmel auf. Krista war vor ihm am Wagen und öffnete die Beifahrertür.
»Oh, mein Gott!«, schrie sie und taumelte einen Schritt zurück.
Eine Katze lag auf dem Beifahrersitz in der Sonne. Ein ganzes Netz alter Narben spannte sich über ihre Nase und ihren Kopf. Sie war schwarz-weiß.
Walker streckte die Hand aus und betastete die Katze unten am Hals. Sie fühlte sich kühl an.
Walker sah, dass ihre Augen nur einen kleinen Schlitz weit geöffnet waren und ein bläulicher Film zwischen den Lidern schimmerte.
»Kerouac«, sagte Krista.

14

1974

Bobby marschierte im flimmernden Wechselspiel von Sonnenlicht und Schatten den Weg hinunter. Es war nach Mittag. Seine Mutter hatte ihm gerade eine Suppe und ein Omelett mit allerlei seltsamem Grünzeug drin gemacht. Zwiebeln und Spinat und Kräuter und solches Zeug. Das war angeblich gesund. Sie erzählte ihm ständig, dass er jetzt bald in die Höhe schießen würde. Eines Tages würde er aufwachen und seine Beine wären fünfzehn Zentimeter länger. Seine Hände würden auf einmal wie Baseballhandschuhe aussehen. Er würde sich rasieren müssen. Bobby war eigentlich immer so groß wie die anderen Jungen seines Alters gewesen. Jetzt, mit fünfzehn, hatten die anderen ihn überholt.

Im vergangenen Jahr hatte er eine Schule besucht, an der jedem Schüler, in einer Klasse mit nur vier oder fünf Mitschülern, all die Aufmerksamkeit zuteil wurde, die er brauchte, das stand zumindest im Prospekt der Schule. Auf einem Schild über der Eingangstür verkündete die Schule sogar ganz optimistisch: Jeder Schüler ist ein besonderer Schüler.

Und Bobby hatte auch das Gefühl, etwas Besonderes zu sein. Er wusste, dass er große Dinge in seinem Leben tun würde. Er würde vor großem Publikum sprechen, und die Leute würden ihm zujubeln und die Hände entgegenstrecken. Sie würden ihn uneingeschränkt und vorbehaltlos lieben. Manchmal schloss er die Augen, und da konnte er sie jubeln hören. Es klang wie atmosphärische Störungen im Radio, wie ein Brüllen, wie ein langgezogener Ton der Panik und der Lust.

Wie außergewöhnlich er war und wie bedeutend er sein würde, hielt er vor allen geheim. Er lächelte bei dem Gedanken, dass niemand es wusste. Nicht einmal sein Vater. Das würde vielleicht eine Überraschung für ihn werden. Wie stolz würde er sein, und wie leid würde es ihm tun. Er würde Bobby in die Arme schließen und zärtlich halten, er würde ihn um Verzeihung bitten. Und Bobby würde ihm vergeben.

Doch im Moment war sein Vater blind wie eh und je für den Ruhm, den die Zukunft bringen würde. Er lag quer auf dem Heck der *Chestnut Alley*, der Kopf unsichtbar, versteckt in der Luke, durch die man den Innenbordmotor erreichte. Er bastelte herum. Bobby hörte das *klink, klink, klink* eines Schraubenschlüssels oder eines Hammers, der behutsam auf den Motor schlug.

Bobby verließ den Weg und stieg auf den Steg in das gleißende Sonnenlicht. Trotz der ausgedehnten Fläche schwarzen Wassers, die vor ihm glitzerte, war es heiß hier, heißer als unter den Bäumen, und ganz bestimmt heißer als in dem hohen, mit Schindeln verkleideten Ferienhaus, das jenseits der Straße auf der Anhöhe hinter ihm stand.

Bobby wollte den Steg nach vorn gehen, auf die *Chestnut Alley* klettern und seinem Vater helfen. Aber er konnte nicht. Sein Vater würde ihn wieder mit diesem Blick ansehen. Der Blick, der ihm angst machte. Es lag kein Zorn darin, keine Geringschätzigkeit, kein Ekel. Nicht richtig.

Es war, als könne sein Vater direkt durch ihn hindurchsehen, so einfach wie durch Luft. Als könne sein Vater ihn allein kraft seines Willens auf ein Nichts reduzieren, so dass nur mehr ein leicht unangenehmer Geruch übrigblieb. Die Kälte dieses Blicks ließ ihn bis ins Innerste erstarren.

Bobby saß an der Stegkante und blickte über das Wasser. Das Ufer in der Ferne war kein Seeufer sondern eine Reihe kiefernbewachsener Inseln. Dahinter gab es noch mehr Wasser. Und es war kein See, sondern ein Fluss.

Bobby hasste den Fluss. Er war zu kalt, und außerdem war er mächtig. Wenn er in das schwarze Wasser watete, was nicht sehr oft vorkam, zog die Strömung an seinen Beinen, unerbittlich, hypnotisch.

Die *Chestnut Alley* strahlte in der Sonne. Sie war auf Hochglanz poliert und glühte dunkelrot und bronzefarben. Bobby hörte, wie das Wasser gegen die Längsseite des schlanken, niedrigen Schiffsrumpfs klatschte. Sie schmiegte sich säuselnd an die gepolsterte Kante des Stegs. Die *Chestnut Alley*, alt und vornehm, war mit großer Sorgfalt im Winter 1926 in der örtlichen Werft gebaut worden.

Bobbys Vater hatte noch ein Segelboot und ein Rennboot, aber dieses Schiff war das einzige, an dem ihm wirklich etwas lag. Es war aus Teak, Rosenholz und Mahagoni und hatte elegante Samtsitze. Die von dem großen glänzenden Chrysler-Motor angetriebenen Doppelpropeller schoben es mit tiefem Brodeln auf dem kaum gekräuselten Wasser voran. Wenn es an den Steg fuhr, tuckerte der Motor, so dass Bobby das sanfte Vibrieren des Schiffs in jedem einzelnen Knochen spüren konnte.

Sein Vater nannte die *Chestnut Alley* und die Wilden Zwanzigerjahre immer in einem Atemzug. Bobby hatte nicht die blasseste Ahnung, wovon sein Vater sprach, aber dieses Boot zu steuern, machte seinen Vater glücklich, und deshalb machte es Bobby glücklich, dabei zu sein, wenn sein Vater das Schiff steuerte.

In letzter Zeit jedoch, obwohl er immer noch daran herumbastelte, sooft er sich in Toronto freimachen konnte, fuhr sein Vater nur mehr selten mit dem Boot hinaus. Und wenn er es tat, dann allein.

Der Vater hatte sein Werkzeug sorgfältig neben sich auf einer Werkzeugschürze aus Leder und Stoff ausgebreitet. Jetzt hob er den Kopf und streckte die ölverschmierte Hand nach etwas aus. Bobby sah das zwar, konnte aber nicht erkennen, welches Werkzeug sein Vater brauchte. Der merkte, dass sein Sohn auf dem Steg saß, gleich hinter dem auf und ab wippenden Bug. Einen Augenblick sah er ihn an, dann durch ihn hindurch, schließlich steckte er den Kopf wieder zum Motor hinunter und werkelte weiter.

Nun war es Bobby nicht mehr so heiß. Seine Beine fühlten sich kalt an unter den Jeans. Er wünschte, er würde sich näher herantrauen. Möglicherweise sagte sein Vater den Namen eines bestimmten Werkzeugs, das er gerade benötigte, laut vor sich hin, und er, Bobby, wüsste genau, welches er ihm reichen musste. Sein Vater würde lächeln. Es wäre ein warmes und zugleich angenehm überraschtes Lächeln. Er würde sagen: »Danke, Robert.«

Bobby blieb, wo er war. Er konnte nicht riskieren näherzukommen. Er überlegte, statt dessen schwimmen zu gehen. Vielleicht würde er untertauchen. Dann müsste sein

Vater nach ihm suchen. Er bekäme Angst. Er würde auf und ab laufen. Wohin ist Bobby verschwunden? Wohin ist mein Sohn verschwunden?
Ein Junge, dessen Familie zwei Häuser weiter unten am Fluss wohnte, hüpfte das Ufer entlang von Felsen zu Felsen. Er hieß Alex Johnson. Bobby kannte seinen Namen, auch wenn der Junge erst zehn Jahre alt war. Jeder kannte seinen Namen. Er war eben eins von diesen Kindern. Er verschwand hinter dem Bootshaus, tauchte wieder auf und sprang hinunter auf den Steg.
»Hi«, sagte er.
Bobby sah ihn an. Das schweißnasse blonde Haar klebte ihm auf Stirn und Nacken. Sein Gesicht war immer voller Erwartung, er hatte immer etwas vor. Sein magerer, sonnengebräunter Körper war teilweise von einem ausgeblcichten roten T-Shirt und einer silbernen Badehose verdeckt. Er trug schwarze Sandalen. Seine Knie waren rot und dreckig, weil er wieder irgendwo herumgekrochen und irgendwas gemacht hatte.
»Hi«, antwortete Bobby.
»Wir waren fischen heut morgen. Mein Vater hat zwei Hechte gefangen. Ich gar nix.« Er kniete sich neben das Heck.
»Hi«, rief er zu Bobbys Vater hinunter.
Bobbys Vater hob den Kopf, sah, dass es Alex war, und lächelte.
»Hallo, Alex. Kannst du mir einen Gefallen tun? Gib mir mal den Schraubenzieher da.«
Flink kletterte Alex auf das Heck und reichte ihm den gewünschten Schraubenzieher. Bobby war klar, dass sein Vater genausogut selbst an den Schraubenzieher herange-

kommen wäre. Und außerdem war Alex über das polierte Deck gekrabbelt. Er hatte Spuren hinterlassen. Wie oft war Bobby dafür schon zusammengestaucht worden!

»Danke«, sagte sein Vater, einfach so, als redete er von Mann zu Mann. Wieder beugte er sich in den Maschinenraum.

»Magst du ein Floß bauen?«, fragte Alex Bobby und ging auf ihn zu. »Ich such Treibholz. Ich werd mir ein Floß bauen.«

»Warum nimmst du nicht einfach ein Boot?«, fragte Bobby und sah zu ihm hoch. Die Sonne stand genau hinter dem Kopf des kleinen Jungen. So sah er aus, als hätte er einen Heiligenschein. Bobby musste blinzeln, um ihn sehen zu können.

»Das ist ja nur der halbe Spaß. Außerdem lässt mich mein Vater nicht allein raus.«

»Und du glaubst, auf so einem blöden Floß lässt er dich?«, fragte Bobby mit dem geringschätzigen Lächeln des Älteren.

»Ich sag's ihm ja nicht. Und dann weiß er nix. Magst du?«, sagte Alex mit verschmitztem Blick.

»Vielleicht.«

Auf diese Weise ermutigt, setzte Alex sich dicht neben den größeren Jungen.

Für Bobby roch er nach warmem Gras. Nach Wasser. Nach Sonne. Die feinen Härchen auf seinen Armen und Beinen waren weiß gebleicht. Er hatte, wie Bobby, den Großteil dieses Sommers mit seiner Mutter am Fluss verbracht. Bobby war zwar schon fünfzehn, doch er hatte keine Freunde. Er passte nirgendwo dazu. Er wollte auch nicht.

»Wir grillen heute«, sagte Alex.
Er streckte sich und versuchte, seine Zehe ins Wasser zu tauchen, aber er kam nicht hin. Er zog die Sandalen aus, drehte sich auf den Bauch und rutschte vom Steg hinunter, bis seine Füße langsam ins Wasser tauchten.
Bobby sah hinüber zu seinem Vater. Der war noch immer beschäftigt, lag kopflos auf seinem Boot.
Bobby streckte die Hand aus und hielt Alex' schmales Handgelenk fest. Es fühlte sich knochig und zerbrechlich an. Seine Haut war warm.
»Fall nicht rein«, sagte Bobby.
Alex sah zu ihm hoch und lächelte.
»Wollen wir schwimmen gehen?«, fragte er
Bobby hielt sein Handgelenk fest. Er fühlte, wie sich die Muskeln in seinem eigenen Bauch anspannten. Ein leichter Schauder durchfuhr ihn. Er fragte sich, ob Alex es bemerkt hatte, aber es sah nicht so aus.
Etwas Vertrautes durchflutete Bobby, ein herrliches Gefühl brachte sein Blut in Wallung. Er dachte an Carlo Dimarco und packte Alex' Handgelenk noch fester.
Alex schien es nicht zu bemerken. Er sah jetzt über die Schulter auf seine Füße und paddelte träge im Wasser.

15

Walker bedeckte die Leiche von Kerouac mit Steinen, die er von einem Haufen am Feldrand geholt hatte. Kerouac, der Katzenvagabund. Bald waren sie zu einer kleinen Steinkrypta angewachsen.

Er hockte unter den narbenbedeckten Armen einer Eiche, die sich bestimmt schon über hundert Jahre an den Rand des Flußtals klammerte. Krista hatte sich geweigert auszusteigen. Ihr Gesicht war bleich.

Schweigend fuhren sie zurück nach Toronto. Krista hielt ihren Blick fast die ganze Zeit auf die vorüberziehende Landschaft gerichtet.

»Ich bin Indianer«, flüsterte er, aber sie wandte sich nicht einmal zu ihm um.

Gerade eben waren Walkers Vergangenheit und seine Gegenwart aufeinandergestoßen, und das hatte eine Katze das Leben gekostet. Was immer sie sonst noch dachte, Krista behielt es für sich.

Etwa zwanzig nach vier hielten sie vor A.P. Taxis, gerade rechtzeitig, um Nick nach seinem Schichtende den Wagen zurückzugeben, sich zwei Kaffees zum Mitnehmen bei Ruby zu holen und, ohne geschlafen zu haben, ihre eigene zwölfstündige Schicht anzutreten.

Krista war der Meinung, Walker solle diese Nacht nicht Taxi fahren. Walker sagte, mit ihm sei alles in Ordnung. Walker war der Meinung, Krista solle diese Nacht nicht am Funktisch sitzen. Krista sagte, wer zum Teufel solle es denn sonst tun?

Sie nahm Walker das Versprechen ab, nicht zum Haus der Nuremborskis zurückzukehren. Er versprach es, stieg in die Nummer Neunzehn, fuhr los und verschwand im Berufsverkehr. Forest Hill zog ihn an wie ein Magnet.
Die Tage wurden schon kürzer. Von Norden war ein kühler Abendwind aufgekommen, und in Forest Hill fiel das Laub von den Bäumen. Walker konnte kaum das Geräusch seiner Reifen hören, als er ziellos die laubbedeckten Straßen entlangfuhr.
Er bog in die Seitenstraße ein, die am Haus der Nuremborskis vorbeiführte. Das Gras war noch immer zu lang, die Sträucher wucherten noch immer wild. Um die herabhängende Dachrinne herum blätterte der grüne Anstrich ab. Moos und Gras und kleine Ahornzweige wuchsen aus der Dachrinne. Die Kaminziegel waren brüchig und bröckelten ab.
Walker blieb stehen und blickte die Auffahrt hoch. Jetzt sah er, dass die Seitenmauer des Hauses über die ursprüngliche hintere Hausecke hinausging und vor nicht allzu langer Zeit ein einstöckiger Anbau aus gelben Ziegeln dazugekommen war.
Die Auffahrt führte zu einer großen Holzgarage, die in früherer Zeit vielleicht einmal ein Pferdestall gewesen war. Sie war nicht gestrichen und sah genauso ungepflegt aus wie das Haupthaus. Eine Tür stand offen und schwang im Wind ein wenig hin und her.
In keinem der Zimmer auf der Vorderseite des Hauses brannte Licht. Es hätte genausogut leerstehen können, seiner Einrichtung, mit Ausnahme einiger fleckiger Gardinen und Jalousien, vollständig beraubt. Aber Walker wusste, dass dem nicht so war.

Mit beträchtlicher Willensanstrengung nahm er den Fuß von der Bremse und fuhr weiter.
Walker war sich ganz sicher, dass der alte Mann in diesem Haus sein Großvater war, dass er wusste, was mit seiner Mutter geschehen war. Aber was für einen Sinn hätte es, an der Tür zu klingeln? Er würde jede Frage nach Lennie mit einer Bewegung seiner knochigen Hand abtun, genau wie beim ersten Mal.
Walker fuhr durch die Straßen der Stadt, hielt halbherzig Ausschau nach Leuten, die ein Taxi heranwinkten. Er hoffte, niemanden zu sehen. Krista funkte ihn ständig an, erteilte ihm neue Aufträge, hielt ihn auf Trab, ließ die Verbindung nicht abreißen. Ihre Stimme verriet ihre Angst um ihn.
Gegen sieben hatte er schon beinahe soviel verdient, wie Alphonso diese Nacht für die Miete des Taxis von ihm verlangen würde, und ihm war klar, er brauchte einen Plan. Er brauchte unbedingt einen Plan. Seine verschwundene Mutter, sein Vater, der Halbindianer, sein eigenes Blut, das in seinen Adern pulsierte, verlangte nach einem Plan.
Wieder fuhr er die schmale Straße in Forest Hill entlang, doch diesmal parkte er nicht vor dem Haus, sondern fuhr die Auffahrt hinein. Er war Lennies Sohn. Er war ein Nuremborski. Er gehörte hierher.
Dieses Gefühl hielt genau so lange an, wie er brauchte, die Tür zu öffnen und auszusteigen. Als er da stand, fühlte er wieder dieselbe Enge in der Brust wie drei Nächte zuvor. Und noch etwas nahm er wahr – eine gewisse Unruhe in der Luft, irgend etwas Unsichtbares im Dunkeln. Er lehnte sich an das Taxi. Eine Angst, die der gestaltlosen,

durchdringenden Angst eines Kindes glich, durchflutete ihn. Er schloss die Augen und wartete, dass sie verging.
Walker blickte wieder auf das Haus. Es war unverändert. Durch das lange Gras ging er darauf zu. Er stieg die Stufen hoch und läutete.
Durch das Oberlicht fiel bereits ein schwacher Schein. Als er hochblickte zu dem roten Auge der Kamera, ging es ihm besser. Er würde ihnen ins Gesicht sehen und sachlich und nüchtern sagen, was er zu sagen hatte. Allerdings hatte er noch keine Ahnung, *was* er sagen oder tun würde. Einfach die Wahrheit fordern. Die Wahrheit!
Wieder läutete er. Wartete. Läutete wieder. Und wieder. Niemand kam, und es würde auch niemand kommen. Er wusste, sooft er auch klingeln mochte, niemand würde kommen.
Entschlossen ging er zur Auffahrt zurück und seitlich am Haus entlang. Rote Ziegelscherben knirschten unter seinen Arbeitsschuhen, aber er kümmerte sich nicht darum. Irgend jemand hatte Kerouac umgebracht, um ihn, Walker, zu erschrecken. Doch damit hatte er den gegenteiligen Effekt erzielt. Je länger Walker darüber nachdachte, desto mehr war er überzeugt, dass diese Aktion ein Zeichen der Schwäche gewesen war. Wenn sich jemand die Mühe gemacht hatte, Kerouac so lange zu beobachten, um zu wissen, dass der durch Walkers Fenster bei ihm ein und aus ging, dass Walker ihn fütterte und an ihm hing, dann hatte dieser Jemand auch Walker kommen und gehen sehen. Also stand auch Walker auf der Abschussliste.
Da bin ich, dachte Walker, als er die dunkle Auffahrt entlangging, da bin ich jetzt, wenn ihr Mumm in den Knochen habt.

Er hatte schon fast den gelben Anbau erreicht, als er ein Stöhnen hörte. Er blieb stehen. Ein entfernter Knall. Noch einmal das Stöhnen.
Walker starrte in die trübe Finsternis. Noch ein dumpfer Knall, ein Stöhnen. Die schwingende Tür, die er an der alten Garage gesehen hatte, fiel ihm wieder ein. Der Wind fegte in Böen ums Haus, und Walker lauschte. Ein Knall, ein Stöhnen.
Er ging die Auffahrt weiter, vorsichtiger jetzt, am Anbau vorbei. Er konnte die Garage erkennen, ein dunklerer Umriss in der ihn umgebenden Düsternis. Er ging noch ein paar Meter weiter.
Drei beleuchtete Fenster erhellten die Dunkelheit: zwei im Anbau, beide von trübem blauem Licht erfüllt, das wie Wolken in der Luft hing, und ein kleineres Fenster im zweiten Stock, direkt unter der Dachrinne. Eine Hintertür stand offen, aus der ein Streifen gedämpften gelben Lichts fiel.
Walker konnte ein paar Steinstufen ausmachen, die von der Auffahrt in den unteren Teil des Gartens führten. Der Garten selbst schien vollgestopft mit den schwarzen Umrissen von Bäumen und Sträuchern, und in der Mitte zeichnete sich eine massigere, kuppelförmige Kontur ab. Darauf bewegte er sich zu.
Dieses Etwas schien von matter Senffarbe zu sein, was es war, konnte er jedoch immer noch nicht erkennen. Er sah zum Haus zurück. Niemand erschien in der beleuchteten Tür.
Er machte noch einen Schritt, und die Konstruktion zeichnete sich deutlicher ab: ein großer Gartenpavillon. Eine breite geschwungene Treppe mit einer hölzernen

Rampe darüber führte von einer sanften Bodenerhebung hinauf.

Noch zwei Schritte, und etwas Metallisches blitzte im Pavillon auf.

Walker blieb stehen. Er konnte jetzt einen Rollstuhl ausmachen und eine dunkle Gestalt, die in eine Decke gehüllt war. Einen Fleck weißer Haut, ein verschwommenes Gesicht.

Walker schlich näher. Die Gestalt sah nicht in seine Richtung, sondern war etwas von ihm abgewandt: ein Mann, vielleicht in den Dreißigern. Sein Kopf hing zur Seite und lag leicht auf der Schulter, als ob er schliefe – oder ihm soeben jemand das Genick gebrochen hätte.

»Wie können Sie es wagen?«, zischte eine Stimme Walker ins Ohr. Eine Hand wirbelte ihn herum.

Walker stand demselben Mann gegenüber, der drei Nächte zuvor an die Tür gekommen war. Der Mann im Straßenanzug mit der Nickelbrille.

Walker war über einsachtzig. Der Mann vor ihm war mindestens einen halben Kopf größer und hielt Walker am Kragen seiner Lederjacke fest.

»Verlassen Sie dieses Grundstück«, sagte der Mann und packte mit der anderen Hand Walkers Ärmel.

»Der Mann in diesem Haus«, sagte Walker, überrascht, dass er überhaupt ein Wort über die Lippen brachte, »ist mein Großvater!«

»Falsch«, gab der Mann zurück, zerrte Walker vom Pavillon weg und lockerte keinen Augenblick seinen Griff. »Und Sie haben hier nichts verloren.«

Schlangengleich ließ Walker beide Arme in die Höhe schnellen und schlug die Hände des großen Mannes zur

Seite. »Ich möchte mit Jake Nuremborski sprechen«, sagte er.
Der Mann versetzte ihm einen Stoß vor die Brust, dass ihm Hören und Sehen verging und er einen halben Meter rückwärts stolperte.
»Verlassen Sie dieses Grundstück«, wiederholte der Mann.
Walker sah an ihm vorbei zum Pavillon. Die Finsternis begann ihn wieder zu verschlucken, doch Walker sah genug, um zu erkennen, dass der Mann im Rollstuhl verschwunden war.
»Na los!« Noch ein Stoß vor die Brust.
Während Walker rückwärts zu den Stufen zurückstolperte, die ihn wieder zur Auffahrt brachten, sah er sich den massigen Mann an. Er wusste seine Größe und sein Gewicht zwar erfolgreich einzusetzen, trotzdem bemerkte Walker die Furcht auf seinem angespannten fleischigen Gesicht. Er hatte schon gesehen, wie schnell Walker war, wie leicht er sich seinem Griff entwunden hatte. Schweiß glänzte auf der Stirn des Mannes, und in seiner Stimme lag ein leichtes Zittern. Und er war garantiert schon fünfzig.
»Mr. Nuremborski hat einflussreiche Freunde«, zischte der Mann jetzt. »Wie würde es Ihnen gefallen, verhaftet und auf Ihren Geisteszustand untersucht zu werden? Wie würde es Ihnen gefallen, weggesperrt zu werden? Hier gibt's nichts für Sie zu holen. Niemand will Sie, Sie gehören nicht dazu. Lassen Sie sich hier nicht mehr blicken, oder Mr. Nuremborski holt die Polizei.«
»*Ich* werde zur Polizei gehen!«, sagte Walker.
Einen Augenblick dachte der Mann über das nach, was Walker gesagt hatte. »Machen Sie das, und Sie landen in einer psychiatrischen Anstalt und dürfen Babybrei löffeln.«

Und er fügte hinzu, sanfter diesmal, eine andere Tour ausprobierend: »Sie irren sich, mein Sohn. Himmelherrgott, das ist nicht Ihre Familie.«

Walker stolperte die Stufen hinauf, ging zurück zu seinem Taxi und stieg ein. Als er startete und die Scheinwerfer einschaltete, stand der Mann direkt vor ihm.

Eine Welle der Frustration erfasste Walker. Er wollte losheulen und den Mann über den Haufen fahren.

Statt dessen legte er den Rückwärtsgang ein und fuhr mit aufheulendem Motor in einem Tempo die Auffahrt hinunter, dass die Ziegelscherben unter ihm davonspritzten. Unten bremste er und fuhr mit quietschenden Reifen davon.

»Eines Tages werden sie dich noch umbringen«, sagte Krista am nächsten Morgen bei Ruby, nachdem Walker ihr erzählt hatte, was passiert war. Dann zuckte sie die Achseln. Wenn er sein Wort nicht hielt, nicht tat, was er versprochen hatte – wie zum Beispiel, sich von dem Haus fernhalten –, konnte sie auch nichts tun. Zum Teufel mit ihm.

Lange saßen sie an dem Tisch am Fenster zur Straße. Krista trank schlückchenweise Kaffee und Walker rauchte. Sie waren jetzt fast vierundzwanzig Stunden auf den Beinen.

»Was glaubst du, wer der Mann im Rollstuhl war?«, fragte sie ihn schließlich.

Einen Augenblick lang antwortete Walker nicht, dann sagte er: »Er könnte mein Vater sein.«

»Könnte sein«, sagte Krista vorsichtig. Sie sah, dass es mit Walkers Fassung nicht mehr weit her war, und wollte ihn nicht um den letzten Rest bringen.

Er stand auf.
»Wo gehst du hin?«
»Nach Hause, schlafen.«
Gemeinsam überquerten sie die Straße. Walker küsste sie, es war ein müder Kuss, und ging auf dem Gehsteig Richtung Church Street. Krista stand da und sah ihm nach. Vielleicht würde er sich umdrehen und ihr zuwinken, aber er tat es nicht.
Seine Wohnung lag nur fünfzehn Minuten entfernt. Er stieg die lange Holzstiege hoch, schloss die Tür auf – die jetzt mit einem funkelnagelneuen Riegel gesichert war – und betrat das Zimmer, dessen nahezu vollständige Leere nun auch nicht mehr durch Kerouac gemildert wurde. Er ließ sich auf das Ausziehbett fallen, das noch immer bereitstand wie vor vierundzwanzig Stunden, und lag auf seinen zerwühlten Laken da wie ein Toter.
Sechs Stunden später wachte er auf, direkt aus einem Traum. Er war segeln gewesen, doch allein, dabei war er noch nie gesegelt. Er wusste nicht, wie er steuern sollte, und der Wind trieb ihn in eine Richtung, in die er nicht wollte. Er blickte auf das Wasser hinaus, und es glänzte wie polierte Bronze, es wellte sich um ihn herum, stieg hoch, überragte ihn, als segle er am Boden einer Bronzeschüssel. Die Segel knatterten im Wind.
Als er die Augen öffnete, saß er bereits mitten im Bett, die Kleider hatte er noch an, bis auf die abgetragenen, alten Arbeitsschuhe. Er konnte sich nicht erinnern, sie ausgezogen zu haben. Er sah auf den Wecker. Es war erst kurz nach Mittag.
Er stand auf, durchsuchte die Taschen seiner Jeans und zog schließlich einen gefalteten Zettel hervor. Darauf

standen Adresse und Telefonnummer von Kim Miller-Best.

Walker griff zum Telefon, das er sich endlich hatte leisten können, und wählte die Nummer. Am anderen Ende klingelte das Telefon, klingelte erneut. Er fragte sich, ob sie wach sein würde. Er sah ihre bleiche weiße Hand vor sich, wie sie vom Sofa in dem Zimmer im Erdgeschoß herunterhing. Beim achten Klingelzeichen hob jemand ab.

»Hallo«, sagte Kim. Ihre Stimme klang ein wenig belegt.

»Hi. Ich bin's. Walker.«

»Walker?«, fragte sie.

»Sie wissen doch, Lennies Sohn.«

»Ach ja. Lennies Sohn. Arme Lennie!« Am anderen Ende der Leitung knisterte es. Walker konnte förmlich sehen, wie sie sich mit dem Handrücken über den Mund wischte.

»Kim?«, sagte er schließlich.

Sie war wieder in der Leitung. »Hi.« Sie war betrunken. Hatte ungefähr die doppelte Menge vom letzten Mal intus, so kam es ihm jedenfalls vor.

»Ich habe gerade nachgedacht«, sagte Walker. »Über dieses Sommerhaus der Nuremborskis am French River, von dem Sie mir erzählt haben.«

»Mhm«, sagte sie. »Es war so ein großer Kasten mit Türmchen und allem. Wir hatten nur ein Blockhaus.« Dieser Gedanke schien sie irgendwie zu demoralisieren. Wieder gab es ein Geknister am anderen Ende.

»Kim?«

»Mhm?«

»Können Sie sich noch erinnern, wo genau Lennies Haus stand? Wie man da hinkommt?«

Stille. Er sprach weiter. »Ich habe Ihnen doch erzählt, dass

ich ungefähr fünfzehn Kilometer südlich des French River gefunden wurde. Und wir waren uns doch alle einig, dass ich nur aus einem einzigen Grund da oben war, weil nämlich das Sommerhaus der Nuremborskis dort stand.« Er wartete.
Schließlich sagte Kim: »Mhm. Ich erinnere mich.«
»Ich fahre da jetzt hin«, sagte er.

16

Bobby sah zu, wie Alex sich mit einem Stück Treibholz abmühte, das beinahe so groß war wie er selbst. Es hatte sich zwischen zwei Felsen verkeilt und ragte nur zur Hälfte aus dem Wasser. Alex stand hüfttief im Fluss. Die Arme um das Stück Holz geschlungen, versuchte er, es herauszubekommen.
»Hilf mir«, rief er Bobby zu.
Bobby saß ein wenig abseits von Alex am Ufer. Von einem flachen Felsen aus sah er auf ihn herab. Alex versuchte seit etwa einer halben Stunde, ein Floß zu bauen.
Sie hatten Bobbys Vater, dessen Kopf noch immer im Maschinenraum der *Chestnut Alley* steckte, allein gelassen. Gemeinsam waren sie an der Westseite vom Steg heruntergeglitten und einem Pfad am Ufer gefolgt.
Der Weg, den sie benutzten, führte durch das *Revier*, wie es von den Einheimischen genannt wurde – fünfundzwanzig Quadratkilometer Staatsbesitz, unerschlossen und un-

berührt, westlich vom Anwesen seines Vaters. Das Revier war seinem Vater sehr wichtig, denn es war die Garantie dafür, dass auf dieser Seite niemand in der Nähe seines Grundstücks bauen durfte. Und da ihnen auch noch achttausend Quadratmeter am Ufer gehörten, war selbst das nächstgelegene Haus stromaufwärts im Osten bis auf seinen lästigen Fahnenmast unsichtbar.
Sein Vater schätzte die Ungestörtheit, so wie sein Vater vor ihm, der das Familienunternehmen 1914, zu Beginn des Ersten Weltkriegs, in Kanada gegründet hatte. Er hatte sich das Ferienhaus 1924 bauen lassen, in dem Jahr, in dem Bobbys Vater zur Welt kam.
Bobby und Alex waren unter der Führung von Alex hintereinander dem nadelbedeckten Pfad gefolgt. In der süßduftenden, einschläfernden Sommerluft marschierten sie durch schattige Kiefern- und Fichtenbestände bis zu einer grasbewachsenen Lichtung. Genau unterhalb der Böschung, auf der der Pfad verlief, schmiegte sich eine kleine weißbekieste Bucht an den Fluss. Hier hatte Alex versucht, sein Floß zu bauen, und dafür Treibholz an den Strand geschleppt.
»Na los, Bobby. Hilf mir!« Er rang noch immer mit dem Holzstück.
»Es ist sowieso durch und durch nass«, sagte Bobby.
»Ist es nicht«, rief Alex und schlug im Wasser um sich. Es sah aus, als hielte der Stock ihn fest und nicht umgekehrt.
Bobby verließ seinen Felsensitz und schlenderte ans Wasser.
»Ich hab ihn fast«, ächzte Alex.
Ins Wasser steigen würde Bobby auf keinen Fall. Doch er ging das Ufer entlang auf Alex zu, kniete sich dort hin, wo

der Stock eingekeilt war, und hob einen der Steine ein paar Zentimeter an. Der Stock lockerte sich, Alex fiel hintenüber, kam wieder auf die Füße. Sein rotes T-Shirt war jetzt völlig durchnässt, aber er scherte sich nicht darum.
»Hab ihn«, jaulte er triumphierend auf und ließ das Stück Holz zu den anderen treiben. »Hab dir ja gesagt, dass er schwimmt«, sagte er.
Alex machte sich daran, die Treibholzstücke nebeneinander auf den trockenen Strand zu legen, doch sie hatten alle verschiedene Längen und Stärken.
»Ich weiß, wo's Heidelbeeren gibt«, sagte Bobby.
»Wo denn?«, gab Alex zurück, nicht übermäßig interessiert, noch immer damit beschäftigt, seine Stöcke und Klötze zu ordnen.
»Weiter oben«, sagte Bobby. »Das wird sowieso nicht funktionieren.«
»Warum nicht?«
»Wie willst du die zusammenhalten? Du brauchst ein Seil und Nägel. Du brauchst eine Säge. Du musst dir Querhölzer zurechtschneiden.«
»Weiß ich«, erwiderte Alex. »Ich hab mir nur erst das Holz zusammengesucht. Mein Vater hat das ganze Zeug. Wir können es rausschmuggeln. Nach dem Abendessen können wir wieder herkommen.« Alex sah zu Bobby hoch, die Augen voller Erwartung. Er war immer voller Tatendrang, und besonders gefiel ihm das, was ihm gefährlich erschien. »O.K.?«
»Gehen wir erst mal zu den Heidelbeeren«, sagte Bobby.
»O.K.« Alex dachte, er habe gerade ein Geschäft mit einem älteren Jungen gemacht. Er war stolz auf sich.
Diesmal ging Bobby voraus. Sie gingen über die Lichtung

und vom Pfad ab mitten in das Dunkel der dahinterliegenden Bäume. Sie mussten sich ihren Weg bahnen durch in den Boden versinkendes modriges Holz, über herabgefallene Äste und unter ausladendem Geäst. Nach ein paar Minuten kamen sie zu einer Reihe von Felsvorsprüngen, die hinaufführten zum höchsten Punkt der ganzen Gegend. Sie kletterten über eine Felsbank und erklommen eine weitere. Bobby musste sich umdrehen und Alex hochziehen. Er kam ihm so leicht vor, als ob er gar nichts wöge.

Die beiden Jungen standen auf diesem zweiten Vorsprung und sahen dahin zurück, wo sie hergekommen waren. Sie waren jetzt ungefähr auf gleicher Höhe mit den Bäumen und konnten den Fluss dahinter funkeln sehen.

Bobby setzte sich auf einen Fleck trockenen Grases und schaute ratlos drein.

»Jetzt weiß ich nicht mehr, wo der Platz war. Ich bin mir nicht sicher«, sagte er.

Alex hockte sich neben ihn. »Ich weiß es auch nicht.«

Bobby glühte. Sein Wunsch, Alex zu berühren, war so brennend, dass er es fast nicht mehr aushielt. Er wollte seine Nase in den Hals des Jungen graben und ihn ganz einatmen. Er wollte ihn umarmen.

Bobbys Schwanz – vorhin, als die beiden tiefer in den Wald vorgedrungen waren, nur empfindlich und von einem süßen Schmerz erfüllt – drückte jetzt gegen seine Jeans, das Blut hämmerte darin und nahm Bobby den Atem. Aber er konnte nichts tun. Denn er war keine Schwuchtel. Seine Augen füllten sich mit Tränen. *Dieser verfluchte Alex!*

»Du musst zum Friseur«, sagte Bobby. Seine Stimme

klang ihm ganz fremd in den Ohren. Er berührte Alex' Haar und ein Stromstoß durchzuckte seinen Arm.
»Hier gibt's auf jeden Fall keine Heidelbeeren«, sagte Alex, stand auf und entfernte sich ein Stückchen. »Willst du mit zu uns kommen? Wir grillen.«
»Es ist noch zu früh.« Bobby lehnte sich zurück auf seine Ellenbogen. Er fragte sich, ob Alex die Ausbeulung in seinen Jeans erkennen konnte.
»Ich weiß. Ich mein, später. Gehen wir.«
»Gleich.« Alex kommandierte gern herum, Alex ergriff gern die Initiative, dachte Bobby. Und für Bobbys angeschwollene Jeans hatte er keinen Blick. Er beachtete Bobby gar nicht. Er hatte sich mit dem Rücken zu Bobby auf einen Felsen gesetzt. Nun zog er sich die Sandalen aus und versuchte sie zu trocknen. Von Bobby nahm er nicht die geringste Notiz.
Alex wird eines Tages eine Firma leiten, dachte Bobby, er wird Macht haben. Bobby erkannte das schon an der Art, wie Alex saß und wie er Dinge in Angriff nahm. Er hatte seinem Vater das Werkzeug gereicht, ebenso beiläufig, wie sein Vater ihm dafür gedankt hatte. Zwei Männer. Ein kleiner und ein großer.
Und was war mit Bobby? Mit Bobby und seinem Schwanz? Was sollte er tun? Ihn auspacken und sich vor Alex' Nase einen runterholen? Alex würde einfach weggehen. Er würde Bobby wahrscheinlich nicht einmal seiner Verachtung für würdig halten. Alex wäre allmächtig.
Bobby fühlte, wie Wellen des Verlangens sich in seinen Schenkeln und seinem Unterleib ausbreiteten. Er drehte sich ein wenig auf einem Ellenbogen und blickte Alex direkter an. Der kratzte sich gerade eine Kruste von seinem

Bein. Und je länger Bobby ihn beobachtete – sein blondes, zerzaustes Haar in sich aufnahm, seine dürren, gebräunten, zerkratzten Beine, seine Arme, die so dünn und zerbrechlich aussahen –, um so mehr verlangte ihn danach, diesen kleinen Körper an seinen eigenen zu drücken. Und dann würde Bobby explodieren. Er wusste, alles an ihm würde explodieren, sein Schwanz, seine Augen, seine Hände, alles.
Bobby wimmerte.
Alex sah ihn an.
Bobby stand rasch auf. Sein ganzer Körper stand in Flammen. Er sah über die Bäume hinweg zum Fluss. Der schien Tausende von Kilometern entfernt.
»Wir könnten was spielen«, sagte Bobby.
»Was denn?« Alex war sofort bei der Sache.
»Wir könnten Soldaten spielen«, sagte Bobby. »Wir könnten Feinde sein. Das hier könnte ein Fort sein, und du müsstest heimlich den Berg hochklettern.« Er sah Alex an. Der Junge lauschte mit atemloser Aufmerksamkeit jedem seiner Worte. »Du könntest mich überrumpeln und gefangennehmen. Mich fesseln. Und dann können wir uns abwechseln. Dann fessle ich dich.«
»Wir haben aber kein Seil«, sagte Alex.
»Wolltest du eigentlich jemals ein Mädchen sein?«, fragte ihn Bobby.
Alex schnitt eine Grimasse. »Gleich muss ich kotzen!«
»Ich auch nicht.« Bobby fühlte, wie sein ganzer Körper bebte. »Ich weiß, wo wir ein Seil herkriegen«, sagte er.

17

Krista hatte sich endlich mit der Versicherung wegen ihres Toyota geeinigt. Man hatte ihr einen Scheck über achthundertvierundzwanzig Dollar ausgestellt.

»Was soll ich damit, verdammt noch mal, mir einen Roller kaufen?«, hatte sie erst mal aufgeschrien. Man hatte ihr gesagt, sie könne sich sehr glücklich schätzen, denn ihr Wagen sei in Wirklichkeit keinen Pappenstiel mehr wert gewesen. Man sei ihr da wirklich sehr entgegengekommen.

»Tolles Entgegenkommen«, hatte sie sich bei Walker beschwert.

»Ja«, antwortete er, noch zerstreuter als sonst, lehnte sich an den Tresen von A.P.Taxis und sah ihr bei der Arbeit zu. »Ich weiß, wo das Sommerhaus der Nuremborskis ist.«

Sie sah zu ihm hoch. »Wie hast du denn das angestellt?«

»Ich habe Kim angerufen. Sie hat mir den Weg beschrieben.«

»Warum willst du da hinfahren? Wahrscheinlich haben sie's verkauft, oder es wurde abgerissen wie das in Mary's Point.«

»Vielleicht erinnere ich mich an irgend etwas.«

»Und was sollte das sein? Das ist sechzehn Jahre her.«

»Ich weiß es auch nicht!« Walker schrie es fast heraus. »Ich muss irgendwas tun. Vielleicht war das mein Vater im Rollstuhl.«

»Walker, du bringst dich noch um den Verstand! Es gibt nur einen Menschen, der Bescheid weiß, Jake Nuremborski, und der macht den Mund nicht auf. Drum geh zur

Polizei, erzähl denen, was du weißt. Wenn die dir nicht helfen können, dann ...« Krista hielt inne. Sie wusste nicht, wie dieses »dann« aussehen könnte.
Das Telefon läutete. Sie rollte hinüber. »A.P.Taxis. Ja. Ja. O.K. Cowboyhüte. Im Ernst. Willkommen in Toronto. Sie sind ja nicht schwer zu erkennen. Zehn Minuten.«
Sie legte auf. »Willst du drei Cowboys einsammeln, die einen draufmachen, Ecke Victoria und Dundas?«
»Kanadische oder amerikanische?«
Sie lächelte. »Klappe. Willst du jetzt arbeiten oder nicht? Deine Schicht hat nämlich begonnen, falls du's nicht mitgekriegt hast.«
»Ich fahre zum French River.«
»Walker, jemand hat deine Katze umgebracht«, sagte sie ohne große Hoffnung.
Er gab keine Antwort.
Krista wusste, dass sie ihn nicht aufhalten konnte. Und sie konnte auch nicht die ganze Zeit bei ihm sein. Sie konnte ihn nicht beschützen. »Nummer Neunzehn schafft es nie im Leben bis dahin«, wandte sie ein. »Außerdem wird Joe dich erschießen.«
Die Zigarre in Alphonso Piattellis Mund sackte herunter, fiel ihm aber nicht heraus, als Krista ihn fragte, ob Walker sich seinen Caddy ein paar Tage ausleihen könne. Er riss seine braunen Augen auf und runzelte die Stirn. Er lehnte sich in seinem Sessel zurück und kratzte sich heftig am Kopf. Einmal pfiff er sogar, während Krista ihm Walkers wahre Geschichte erzählte, aber er sagte nicht nein. Er hörte nur zu. Und als Krista fertig war, öffnete er die mittlere Schublade seines Schreibtisches und fischte die Wagenschlüssel heraus. Er ließ sie in der Luft baumeln.

»Deine Idee, zu den Bullen zu gehen, is Blödsinn«, sagte er.
»Das hab ich mir gedacht, dass du das sagen wirst.«
»Er hat nix Belastendes gegen irgendwen in der Hand. Was soll'n die denn tun? Verrückte Geschichten hör'n die jeden Tag.«
»Das weiß ich auch.«
»Und der Typ im Rollstuhl war wahrscheinlich eh nicht sein Alter«, fügte er sicherheitshalber noch hinzu.
»Vielleicht war er's. Vielleicht auch nicht«, erwiderte Krista, plötzlich irgendwie ausgelaugt.
»Und ihr zwei, seid ihr jetzt ein Paar, oder was?«
»Was spielt das denn für eine Rolle?«
»Weiß ich nicht. Er is halt ein kleiner Spinner, mehr nicht, mit dieser Geschichte über seine verschwundenen Eltern. Eins is sicher, er wird nicht lang hierbleiben, ein Junge wie der.« Alphonso sah Krista an. Anscheinend hatte sie nicht verstanden, worauf er hinauswollte. »Also verbieg dich nicht zu sehr wegen ihm, klar?«
Ihre Augen verengten sich. »Du meinst, wegen einer wie mir wird er nicht hierbleiben? Meinst du das?«
»Nein!«
Sie nahm die Schlüssel und zog sich, auf ihre Krücken gestützt, vom Stuhl hoch. Alphonso kam ihre Hüfte noch stärker verdreht vor als sonst. Wie sie sich so abstützte und zur Tür schwang, hatte sie die Schultern hochgezogen wie ein Vogel.
»Ich mein nur, dein Alter hetzt mir einen Killer auf den Hals, wenn irgendwas schiefgeht.«
Krista wandte sich zu ihm um. In ihren Augen glänzten Tränen. »Leck mich«, sagte sie.

»Lieber Himmel«, stöhnte Alphonso, als sie auf dem Flur verschwand. Er wollte doch nur, dass sie ein bisschen nachdachte, sich etwas einbremste. Er hatte gesehen, wie die beiden herumturtelten. Er wollte nur nicht, dass ihr jemand weh tat. Weil sie so, na ja, klein oder so was in der Art war. Und er liebte sie wie eine Tochter oder so ähnlich. Und er hatte ihr die verdammten Schlüssel gegeben, was wollte sie denn noch? Alphonso fühlte sich hundsmiserabel.
»Er sagt, wenn du ihm auch nur einen Kratzer in den Wagen machst, musst du die nächsten zehn Jahre gratis für ihn arbeiten«, verkündete Krista und ließ die Schlüssel in Walkers Hand fallen.
Walker stand vor der Garage neben Nummer Neunzehn. Aus der Düsternis der Werkstatt fühlte er Joe Smarts Augen auf sich, doch sehen konnte er ihn nicht. »Trotzdem hätte ich ihn selbst fragen sollen.«
»Ein Mann sollte niemals Frauenarbeit tun.«
Er sah sie genauer an. Sie sah irgendwie komisch aus, als wäre sie in eine steife Brise gekommen – ihre Augen glänzten, ihr Gesicht war ein wenig rotgefleckt. »Alles in Ordnung?«, fragte er.
»Sicher.«
»Danke.«
»Bitte.« Abrupt wandte sie sich ab und schwang sich durch die offene Garagentür zum Seiteneingang.

Walker fuhr schnell zu Hause vorbei, um Zahnbürste und Zahnpasta, frische Unterwäsche und Socken zusammenzupacken und in eine Einkaufstüte zu stecken. Er rannte die Treppe wieder hinunter, warf die Tüte auf den eleganten Rücksitz des Cadillacs und verließ die Stadt Richtung Norden.

An einem anderen Tag, zu einer anderen Zeit, in einem anderen Leben hätte er seine Freude daran gehabt, diesen Wagen durch den stockenden Verkehr zu lenken. Alle reckten die Hälse, um zu sehen, wer einen solchen Wagen fuhr. Alphonso liebte es, seinen rosa Cadillac im Sommer in einem Hawaii-Hemd zu fahren. Im Winter trug er einen schwarzen maßgeschneiderten Mantel mit Biberkragen, weil er glaubte, damit sähe er aus wie ein Pate aus Chicago. Alphonso sah gut aus in dem Caddy, doch Walker, mit seiner Lederjacke, seinem langen, schwarzen Haar und seiner grüblerischen Miene, sah noch besser aus. Heute jedoch hätte der Cadillac genausogut sein alter Dodge sein können oder sogar Nummer Neunzehn, die Kohlenmonoxidschleuder, Walker wäre es egal gewesen. Er merkte kaum, was er da lenkte, dass andere Autos um ihn herum waren oder die Leute ihn ansahen. Er war zu sehr mit seinen Gedanken über Krista beschäftigt.

Er legte eine Kassette von Tina Turner ein und rauchte eine von den fünf Zigaretten, die er sich in Vorbereitung seiner vierstündigen Fahrt gedreht hatte. Im Moment jedoch, da der Caddy die Hälfte der Zeit still stand, sah es mehr nach fünf Stunden aus.

Krista ging ihm nicht aus dem Sinn. Irgend etwas hatte nicht gestimmt. Sie hatte ihm den Rücken zugekehrt, ihm nicht einmal viel Glück gewünscht, geschweige denn ihn geküsst. Vielleicht hatte sie ihn ja aufgegeben. Vielleicht glaubte sie, er habe sich schon selbst in den Wahnsinn getrieben, sei ein hoffnungsloser Fall.

Plötzlich drohte ihn eine Depression zu überwältigen. Er

konnte kaum die Arme bewegen. Sein Kopf wollte nicht mehr recht funktionieren.

Es war etwa acht Uhr abend, es war dunkel und es regnete heftig, als Walker die Stadt Parry Sound am Highway 69 erreichte. Es war nur mehr eine Stunde bis zum French River. Er beschloss, etwas zu essen. Dann würde er nach einem Rastplatz an der Straße Ausschau halten, der einen Waschraum hatte. Es hatte gar keinen Sinn, um diese Zeit noch auf Teufel komm raus zum French River zu wollen. Vernebelt durch den Schleier der vergangenen Jahre und der momentanen Alkoholdämpfe war Kim sich nicht sicher gewesen, wo genau sich das Sommerhaus befand. Ganz sicher war sie allerdings, dass das Haus direkt außerhalb eines kleinen Ortes namens Weirtown stand, an einer scharfen Kurve, dort wo die Straße auf den Fluss zulief. Irgendwo da.

Es war besser zu warten, bis es wieder hell war.

Walker aß einen doppelten Hamburger mit Pommes, trank eine Limo und zwei Kaffee in einem fast leeren Schnellrestaurant.

Er betrachtete sein Spiegelbild im Fenster. Walker Devereaux. Walker Nuremborski. Verschwunden.

Kurz nach neun verließ er das Restaurant. Er hatte herumgetrödelt, so lange er konnte, doch es war immer noch zu früh zum Schlafengehen.

Es schüttete noch stärker, der Regen prasselte auf das dicke Stahldach des Caddy, als er sich in den Wagen flüchtete und die Tür zuschlug. Er fuhr zurück zum Highway, weiter Richtung Norden, und hielt Ausschau nach einem Rastplatz. Ein Zimmer in einem Hotel konnte er sich nicht leisten. Er war zwar nicht richtig pleite, aber richtig

nicht pleite war er auch nicht. Das aus Big River mitgebrachte Geld hatte er längst aufgebraucht. Nachdem er das Essen bezahlt hatte, besaß er noch genau achtundvierzig Dollar und zweiundzwanzig Cent, sowie fünfhundertdreißig Dollar für die nächste Miete, die er in einem leeren Fischkarton im Gefrierfach versteckt hatte.
Er fuhr mit dem großen Wagen runter vom Highway auf einen Picknickplatz. Dabei passierte er ein Schild, auf dem stand, dass es verboten war, hier zu campen oder im Auto zu übernachten.
Walker lenkte den Caddy auf den durchweichten Rasen, manövrierte ihn zwischen zwei Picknicktischen durch und blieb hinter einer kleinen Toilettenanlage stehen. Mit etwas Glück würde sich die Polizei nicht die Mühe machen, die Rastplätze zu überprüfen, besonders nicht in einer regnerischen Nacht Ende Oktober.
Er schaltete Scheinwerfer und Motor aus. Es war stockdunkel. Er konnte nicht einmal das Lenkrad sehen. Gegen die Feuchtigkeit hatte er die Heizung auf die kleinste Stufe gestellt. Er fühlte, wie sich Kälte und Nässe langsam breitmachten. Er war hellwach.
Je mehr sich seine Augen an die Dunkelheit gewöhnten, desto deutlicher konnte er das dunkle Bernsteingelb des Lenkrads erkennen. Durch das Fenster der Beifahrertür bemerkte er einen schwachen Lichtschein nahe dem Highway. Eine Telefonzelle.
Lange blickte er sie an. Er dachte an Krista und starrte noch ein bisschen länger hin. Er ließ den Motor wieder an, schaltete die Scheinwerfer ein und fuhr ganz nahe an die Telefonzelle heran. Er stellte den Motor ab, saß da und dachte nach.

Wenn er sie anrief, dann nur, um hallo zu sagen und dass alles in Ordnung war und dass Alphonsos kostbares Gefährt unversehrt war. Das war's.
Er stieg aus, platschte um das Auto herum und betrat die Telefonzelle. Die einzige Nummer in der Firma, die er auswendig wusste, war die Nummer für den Taxidienst. Er meldete ein R-Gespräch an.
»A.P.Taxis«, hörte er Krista sagen. Sie schien sehr weit weg.
Die Automatenstimme der Vermittlung verkündete: »Sie haben ein R-Gespräch von …«, und dann kam eine Pause, in der Walker seinen Namen sagen konnte. Er überlegte, ob er Walker Devereaux oder Walker Nuremborski sagen sollte. Schließlich sagte er nur: »Walker.«
Die Aufnahme lief weiter: »Wenn Sie die Gebühren für diesen Anruf übernehmen wollen, drücken Sie bitte die Eins. Oder sagen Sie nach dem Signalton deutlich ja oder nein. Übernehmen Sie die Gebühren?«
Walker hörte den Ton und dann … nichts. Sein Mut sank. Die Vermittlung meldete sich wieder, eine letzte Chance. »Wir haben keine Antwort gehört, bitte sagen Sie nach dem Signalton entweder ja oder nein. Übernehmen Sie die Gebühren?« Wieder hörte Walker den Ton.
»Ja«, sagte Krista kaum vernehmbar.
»Danke«, antwortete das Band. »Bitte fahren Sie fort.«
»Hi«, sagte Walker.
»Hi«, sagte Krista. »Wo bist du?«
»Vielleicht dreißig Kilometer vom Fluss entfernt. Ich fahre heute nicht mehr weiter. Ich habe schon gedacht, du nimmst den Anruf nicht an.«
»Ich hab beim ersten Mal das Piepen nicht gehört.«

»Aha«, sagte er, wenig überzeugt. »Ich habe mir gedacht, ich rufe dich an, damit du Mr. Piattelli sagen kannst, sein Auto ist noch ganz.«
»Und du bist noch nicht tot.«
»Nein.«
»Hast du gesehen, ob dir jemand gefolgt ist?«
»Nein.«
»Gibt es Grund zur Annahme, dass dir niemand folgt?«
»Nein.«
Krista seufzte. »Wollt ich nur wissen. Was ist das für ein Geräusch?«
»Regen. Hier schüttet's. Ich bin in einer Telefonzelle.«
»Dann bist du also in einem Motel?«
»Ich habe kein Telefon im Zimmer«, antwortete Walker ausweichend.
»Also in einem billigen.«
»Genau. Na egal, ich dachte eben, ich rufe dich an.«
»Es regnet also?«
Langes Schweigen folgte. »Was genau erhoffst du dir da oben eigentlich?«, fragte Krista schließlich.
»Ich hoffe, jemanden zu finden, der all die Jahre etwas wusste, es aber nicht für wichtig hielt. Oder vielleicht jemanden, der Angst hatte, den Mund aufzumachen.«
Eine Windbö rüttelte an der Telefonzelle. Regen strömte die Scheiben hinunter.
Walker sah einen Wagen kommen. Der verlangsamte, blieb beinahe stehen und fuhr dann, eine kleine Kielwelle auf der überfluteten Fahrbahn hinterlassend, weiter, hinein in die Dunkelheit.
»Walker?«, sagte Krista. Ihre Stimme klang jetzt weich.
»Ja?«

»Bei mir klingelt's auf drei Leitungen. Ich muss jetzt Schluss machen.«
»O.K.«
»Walker?«
»Ja?«
»Nichts.« Ein kurzes Schweigen. »Bis bald«, sagte sie und legte auf.
Walker stieg in den Wagen, fuhr zurück und parkte wieder hinter den Toiletten. Er schaltete Scheinwerfer und Motor ab, stieg wieder aus, öffnete die hintere Tür und stieg ein. Sein Haar war patschnass.
Er kurbelte ein Fenster ein paar Millimeter herunter, um Luft hereinzulassen, versperrte die Türen, zog sich die Schuhe aus und legte sich auf den weichen Rücksitz. Obwohl er die Beine anzog, stieß er mit dem Kopf an die gepolsterte Armlehne an der Tür. Schon spürte er die Kälte. Er zog seine Lederjacke eng um sich und schloss die Augen. Lange lag er so da, lauschte dem niederprasselnden Regen und dachte an Krista.
Er dachte, er würde nie einschlafen. Er versuchte sich abzulenken, indem er sich den French River vorstellte. Im August hatte er ihn vom Busfenster aus gesehen, wie er tief und schwarz in seinem Canyon floss, und kraftvoll auf das offene Gewässer der Georgian Bay zuströmte. Seine Gedanken kehrten zu dem Auto zurück, das auf dem Highway vor der Telefonzelle fast angehalten hatte. In der Dunkelheit hatte er es kaum sehen können, nur ein paar verschwommene Lichter. Aber er wusste, dass er im Licht der Deckenlampe in der Telefonzelle deutlich zu sehen gewesen war. Er beschloss, diesen Gedanken aus seinem Kopf zu verbannen.

Er versuchte, sich das Sommerhaus der Nuremborskis vorzustellen, so wie Kim es ihm beschrieben hatte, viel größer als ihre Blockhütte, mit Türmchen und allem Drum und Dran. Er versuchte, sich einen kleinen Jungen vorzustellen, der auf den Stufen dieses Sommerhauses saß. Versuchte, sich auch die Eltern des kleinen Jungen vorzustellen. Er sah den vertrauten Umriss seiner Mutter, ihr Gesicht jedoch war verdeckt. Wie immer.
Das Gesicht seines Vaters sah genauso aus wie das des Mannes im Rollstuhl.

18

1995

Detective Sergeant Wilfred Kiss von der Mordkommission der Polizei in Toronto machte die nächste Bierdose auf. Er war weder betrunken noch nüchtern, sondern kreuzte in dem rosaroten Nirwana dazwischen.
Es war zum Ritual geworden. Einmal im Monat fuhr er zu seinem Freund draußen im Osten Torontos, setzte sich auf die große, mit Fliegengittern versehene Veranda an der Rückseite des Hauses und trank ein paar Bier. Egal ob Sommer oder Winter, sein Freund wollte immer draußen sitzen. Schien irgendwie das richtige zu sein. Was es auch war, das er tief in seinem Herzen mit sich herumschleppte, es war zu groß für drinnen. Kiss erinnerte sich an unzäh-

lige Male, an denen der Schnee durch die Fliegengitter hereingeweht war, und sie beide trotzdem da draußen auf Liegestühlen saßen und kaltes Bier tranken.
Die Bäume im Garten leuchteten in allen Farben. Ein scharfer Geruch, fast wie von einem Laubfeuer, lag in der Luft, obwohl niemand mehr Laub verbrennen durfte.
Kiss warf einen Blick auf seinen Freund, dessen Gesicht aussah, als sei es zu oft gewaschen worden oder vielleicht zu lange unter Wasser gehalten worden. Weich. Verquollen. Beinahe lumineszierend. Wovon? Von Kummer? Schmerz? Gedanken an das Unaussprechliche?
Kiss war dem Tod so oft begegnet, dass er dessen Schrecken kaum mehr wahrnahm. Leichen, tonnenweise.
Wieder blickte er zu seinem Freund. In der letzten halben Stunde hatten sie kein Wort gewechselt. Ein neuer Rekord. In Wahrheit waren ihnen Worte von Bedeutung schon vor vielen Jahren ausgegangen. Die einzigen Themen, die ihnen eingefallen waren in den letzten Jahren, waren, je nach Jahreszeit, Baseball und Politik, Football und Politik oder Eishockey und Politik. Sie hatten nicht über den Sohn oder die Frau des Mannes gesprochen. Seit Jahren nicht mehr.
»Hübsch, die Blätter«, sagte Kiss.
»Ja. Sehr hübsch.«
»Echt schade, dass man sie nicht mehr verbrennen darf. Weißt du noch, wie man früher die Straßen entlangschauen konnte, und überall gab es diese leuchtenden Laubhaufen? Da konntest du mit dem Rad mitten durchfahren, und die Funken flogen in alle Richtungen. Den Arsch konntest du dir auch verbrennen.«
»Ja, weiß ich noch.« Aber er lachte nicht.

Kiss schenkte sich noch mehr Bier aus der Dose ein und sah zu, wie es an den Seiten des Glases hinunterlief.
Sein Freund wusste über den Tod noch besser Bescheid als er selbst. Kiss war eine Art Voyeur auf diesem Gebiet. Ein Außenseiter. Ein Gast. Aber er hatte das ungute Gefühl, dass das nicht mehr lange so bleiben würde. Irgend etwas, das wusste er, bewegte sich tief drinnen in seinen Innereien. Eine knotige weiße Membran. Ein Teil von ihm, die Leber oder die Milz. Kiss vermutete, dass es Krebs war, aber er war noch nicht zum Arzt gegangen, war schon seit Jahren bei keinem mehr gewesen. Und auch sonst hatte er es keinem erzählt. Es gab niemanden, dem er es erzählen konnte.
Wieder sah er zu seinem Freund hinüber, der sich ganz in sich selbst zurückgezogen hatte. Irgendwo tief in seine Gedanken.
Kiss fragte sich oft, ob es für den Mann ein Trost war, dass er ihn besuchte und bei ihm saß. Vielleicht war das ja auch gar nicht der Grund, weshalb er kam. Nicht der ganze Grund. Vielleicht tat er es, um nah am Pulsschlag des Polizistendaseins zu bleiben, nicht zu vergessen, warum er sich jeden Morgen aus dem Bett quälte, warum es wichtig war, weiterhin zu tun, was er eben tat. Denn manchmal, bei Gott, wusste er wirklich nicht, warum er überhaupt aufstand. Oder warum er wieder einmal einer Leiche in das verunstaltete Gesicht mit den glasigen Augen schauen sollte.
»Wenn es kälter wird, kann man den Schnee in der Luft fast riechen«, sagte Kiss.
Sein Freund antwortete nicht. Er war tatsächlich ganz woanders. Frohe Gedanken, hoffte Kiss, glückliche Erinne-

rungen an seinen Sohn und seine Frau. Die schöne junge Frau und den kleinen Sohn, die er vor so vielen Jahren verloren hatte.
Kiss wusste, er würde weiterhin einmal im Monat mit seinem Bierkarton herüberkommen, aus welchem Grund auch immer, und den Trost anbieten, den er anzubieten hatte. Sonst konnte er nichts tun. Er würde dasitzen, bei Sturm und Regen und Schneesturm, würde bei seinem Freund sitzen, bis ans Ende aller Tage.

19

Der French River war unsichtbar, bedeckt von einem Nebel, rauchig und schneeweiß. Der Himmel war makellos blau. Die Sonne sandte lange schwarze Schatten über den Highway. Der Regen der vergangenen Nacht hatte überall große Pfützen und kleine Bäche zurückgelassen. Es war kalt geworden.
Zitternd vor Kälte stand Walker auf einer hohen Brücke und blickte stromaufwärts – die Richtung, die er einschlagen musste.
Soweit sein Auge reichte, lag Nebel über dem Land, wogte gegen die Kiefern, schmiegte sich an die Wände des Canyons und ergoss sich über seinen Rand. Das metallene Schutzgeländer war von Frost überzogen. Walkers bloße Hände brachten ihn zum Schmelzen.
Er stieg wieder in Alphonsos mollig warmen Caddy, fuhr

nach der Brücke noch knapp zwei Kilometer weiter und bog dann in östlicher Richtung in eine Nebenstraße. Nach Kims Beschreibung führte die Straße Nummer 528, die Hauptstraße entlang des Nordkanals des French River, direkt durch das Dörfchen Weirtown.

»Wir nannten es Weirdtown«, hatte Kim gesagt, »das Dorf der Verschrobenen, weil wir aus Toronto waren und alle hier so was Verschrobenes an sich hatten. Alles, was man hier tun konnte, war auf den Stufen des Dorfladens sitzen oder zum Bowling gehen. Da gab's eine total drollige Bowlinganlage, die hatte nur zwei Bahnen.«

»Und wie weit war ihr Sommerhaus weg?«, hatte Walker sie gefragt.

»Nicht weit. Da konnte man zu Fuß hingehen. Lennie und ich sind ständig in den Ort gegangen. Da gab's Jungen.«

»Hat sie da meinen Vater kennengelernt?«

»Höchstwahrscheinlich. Irgend jemand hatte da diesen riesigen Yachthafen hochgezogen. Der war fast neu. Ich glaube, da hat er gearbeitet.«

Am Tag zuvor hatte Walker auf der Fahrt an einer Tankstelle eine Straßenkarte von Ontario gekauft. Darauf hatte er Weirtown auch gefunden, mehr oder weniger so, wie Kim es in Erinnerung hatte, am Rand einer geschützten Bucht, wo sich das Land zum Fluss hinabsenkte und der Fluss sich im Gegenzug zu einer Art großem See verbreiterte. Der Ort lag knapp zwanzig Kilometer ab vom Highway 69.

Kurz nach sieben hatte Walker bereits die Stadt Ouellette erreicht und vor einem Gebäude geparkt, das anscheinend das einzige Restaurant weit und breit war und auch eine

Zapfsäule hatte. Er hatte den Caddy vollgetankt und versucht, diesen Zustand, möglichst billig, mit zwei Toasts und zwei Kaffees auch bei sich selbst herbeizuführen.
Hinter Ouellette schwenkte die Straße näher an den Fluss heran. Der Nebel wurde so dicht, dass Walker in den Tälern und Senken beinahe Schrittgeschwindigkeit fahren musste. Es war, als führe er durch Milch.
Ein großes grünes Schild schwebte vorbei. Walker fuhr soeben hinein in den Staatsforst, Parzelle 189.
Hier schien das Gelände anzusteigen, nicht abrupt, sondern langsam, aber kontinuierlich. Walker bewegte sich im Blindflug, bis der große Wagen in strahlenden Sonnenschein hinausfuhr.
Unten im Tal stieg der Nebel über dem Fluss spiralförmig auf und verdunstete in der wärmer werdenden Luft. Zum ersten Mal glitzterten Wasserflecke wie polierter Stahl durch.
Walker fuhr an einem Aussichtspunkt vorüber. Kim hatte ihm erzählt, dass das Haus der Nuremborskis das erste nach dem Aussichtspunkt war. Er kam immer näher.
Ein anderes grünes Schild teilte ihm mit, dass er jetzt den Staatsforst, Parzelle 189, verließ. Ein kleineres Schild, an einem Telegrafenmasten befestigt, verkündete Weirtown: 3 km. Aber es wies auf eine schmale Seitenstraße rechts.
Walker hielt an. Die Straße, auf der er sich befand, verlief anscheinend parallel zum Fluss, machte vielleicht sogar einen Knick davon weg. Aber die Seitenstraße führte direkt hinunter ins Tal.
Er war ziemlich sicher, dass Kim sich zwar an den Aussichtspunkt erinnert, die Abzweigung aber vergessen hatte. Er schlug ein und manövrierte den Cadillac zwischen

zwei dichten Baumreihen hindurch. Die große Limousine rollte stetig abwärts und schließlich eine leichte Anhöhe hoch. Der Fluss lag direkt vor ihm.

Wieder schlug Walker das Lenkrad ein und folgte der Straße, die eine scharfe Linkskurve machte. Und im gleichen Augenblick, als hätte jemand einen Vorhang hochgezogen und es enthüllt, sah er das Sommerhaus der Nuremborskis.

Der Anblick war so unerwartet, die Wirkung so gewaltig, dass er beinahe über das Ufer hinaus in den Fluss gefahren wäre. Der Cadillac schleuderte ein wenig, dann stand er still.

Ein schmales Haus stand ganz oben auf einer Anhöhe zu seiner Linken. Es hatte zwei Stockwerke und einen großen, quadratischen Eckturm mit Aussicht auf den Fluss, nicht zwei oder drei, wie Kim sie in Erinnerung hatte. Der zartgelbe Anstrich schälte sich. Eine breite, elegante Veranda, das einladendste Detail des ganzen Hauses, umgab es auf mindestens drei Seiten. Die Fenster waren mit Brettern verschlagen, ebenso die Haustür.

Ein Silberahorn, des Großteils seiner Blätter beraubt, stand im Vorgarten. Ein dickes Seil hing von einem der unteren Äste, die ausgefransten Enden strichen ziellos über den Boden.

Walker bog von der Straße ab in die laubbedeckte Auffahrt und hielt an. Er stieg aus.

Ein an den Baum genageltes Schild verkündete: Privateigentum – Widerrechtliches Betreten wird strafrechtlich verfolgt. Ein weiteres Schild mit genau derselben Botschaft war an einen Verandapfosten genagelt. Aber das spärliche, nunmehr braune Gras war gemäht, und die

Sträucher unter den vernagelten Fenstern waren gestutzt. Alles sah gepflegter aus als auf dem Grundstück der Nuremborskis in Forest Hill.
Walker sah sich um. Nirgendwo waren andere Häuser, groß oder klein, zu sehen. Er blickte zum Fluss hinunter. Er sah, dass sich der Sandweg, der vom Haus zur Straße führte, auf der anderen Straßenseite fortsetzte und dann hinter einem Felsvorsprung verschwand. Er beschloss, dem Weg zu folgen.
Auf der anderen Straßenseite führte eine kurze Holztreppe den Felsvorsprung hinunter. Jetzt sah er den Sandweg wieder.
Er folgte ihm bis zum Ufer. Ein langer Holzsteg – von vielen Wintern arg in Mitleidenschaft gezogen, die Pfähle von Eis und Frühjahrshochwassern teilweise weggerissen, stand halb im, halb aus dem Wasser. An einem Ende des Stegs hing ein Bootshaus von der Größe einer kleinen Scheune windschief über den Fluss. Der Dachfirst war eingeknickt und aufgesprungen und gab den Blick frei auf die verwitterten, moosbedeckten Balken darunter.
Walker ging zum Bootshaus und spähte durch ein verstaubtes Seitenfenster. Anfangs sah er gar nichts, doch dann machte er in dem spärlichen Licht, das durch das kaputte Dach fiel, an der gegenüberliegenden Wand altes Segel- und Tauwerk aus und sah das Wasser unten schimmern. Der Bug eines halbversunkenen Boots ragte in die Luft. Wasser schlug sanft gegen den Fahrersitz. Das hölzerne Steuerrad war halb unter Wasser.
Mit seinem schlanken Rumpf aus Holz und dem langen eleganten Bug sah das Boot aus wie eines der altmodischen Rennboote, die Walker von Fotos kannte. Aber bei die-

sem Exemplar hatten Wachs, Öl und Beize sich gelöst, waren blasig geworden und abgeblättert. Das Holz darunter war fleckig und kaputt. Und Walker sah auch, dass es vollgekackt war, die Vogelkacke vieler Jahre.

Das Brett, auf dem er stand, hing neben dem Bootshaus übers Wasser. Es schien ihm wenig vertrauenerweckend, und so sah er zu, dass er wieder festen Boden unter die Füße bekam. Abermals sah er hoch zum Haus.

Von da, wo er gerade stand, konnte er nur das ausgebleichte Schindeldach und den quadratischen Eckturm sehen. Auch die Turmfenster waren mit Brettern verschlagen.

Wieder fühlte Walker, wie sich eine kindliche Panik in ihm ausbreitete, so wie in Forest Hill. Er konnte nicht ausatmen, das Herz klopfte ihm bis zum Hals. Rasch ging er zum Haus zurück und setzte sich in den Wagen. Schweiß, kalt wie Eiswasser, lief ihm die Rippen hinunter, die Nase lief, Tränen liefen ihm über die Wangen, alles lief.

Im Rückwärtsgang setzte er zurück auf die Straße und fuhr dort halb blind weiter, an einigen Häusern vorbei, manche groß, manche klein. Minuten später war er in Weirtown. Er fuhr an den Straßenrand, hielt an, wischte sich die Augen, schneuzte sich. Was war denn los mit ihm, verdammt noch mal?

Er sah sich um. Weirtown nahm langsam Konturen an.

Er parkte gegenüber einem Haushaltswarengeschäft. Es war zusammen mit der Post in einem langgestreckten Holzgebäude untergebracht. Auf seiner Straßenseite gab es einen Friseur, Tür an Tür mit einem Hundesalon. Zwei Immobilienbüros, die Schaufenster zugepflastert mit Fotos, lagen einander zu beiden Seiten der Straße gegenüber,

und ein Dorfladen beherrschte die einzige Kreuzung der Stadt.
Das sind die Stufen, auf denen Kim und Lennie gesessen und nach Jungs Ausschau gehalten haben, dachte Walker.
Obwohl es noch sehr früh war, trat aus einer Wohnung oberhalb des Ladens eine Frau auf den Balkon und hängte nasse Wäsche auf eine Leine. Ein alter Mann mit steifem Rücken kam mit einem Packen Post im Arm aus dem Haushaltswarengeschäft. Er quälte sich in einen Kleinlaster, fuhr an Walker vorbei und bog in eine schmale Seitenstraße, die zum Fluss hinunterführte. Walker konnte in einiger Entfernung das blinkende Metalldach eines Gebäudekomplexes erkennen.
Der Yachthafen, dachte Walker. Der Ort, an dem sein Vater, sein gitarrespielender, liederschreibender Vater vor neunzehn Jahren gearbeitet hatte.
Hatte er sein Haar lang getragen? War es geflochten gewesen? Wären sie sich sympathisch gewesen, wenn sie sich getroffen hätten? Wenn er jetzt zum Hafen hinüberführe und sein Vater irgendwie, durch ein Loch in Zeit und Raum, dort am Kai stünde, würden sie einander erkennen?
Er sitzt im Rollstuhl, dachte Walker. Mit fahlem Gesicht, das schwarze Haar kurzgeschnitten. Oder vielleicht doch nicht?
Walker schloss die Augen, in seinem Kopf begann es zu hämmern.
Und dann überlegte er, warum das Sommerhaus mit Brettern verschlagen war. Offensichtlich, weil es nicht benutzt wurde. Und wahrscheinlich schon seit Jahren nicht mehr, wenn man bedachte, wie Jake Nuremborski mit seinen

Schläuchen in der Nase herumlief. Warum hatte er es nicht verkauft? Weil er nicht gewollt hatte. Aber warum nicht? Beharrlich verfolgte Walker diesen Gedankengang weiter. Seine Mutter hatte ihn an einer Straße ungefähr dreißig Kilometer entfernt ausgesetzt. Wie hatte sein Großvater darauf reagiert? Indem er das Sommerhaus verbarrikadierte? Sein Enkel war verschwunden, und er hatte nichts Besseres zu tun, als das Haus unzugänglich zu machen?

Walkers Blick fiel auf das Immobilienbüro auf der anderen Straßenseite. Das Schild über dem Schaufenster mit den Fotos verkündete, dass man es mit Nietzsche und Sohn Immobilien zu tun hatte. Der Makler neben ihm hatte anscheinend auch geöffnet, doch Walker entschied sich für Nietzsche und Sohn. Letztes Jahr erst hatte er *Also sprach Zarathustra* gelesen. Er nahm es als Omen.

Walker öffnete die Ladentür. Ein ungeheuer dicker Mann im beigen Anzug, der neben einem Schreibtisch stand und in Papieren blätterte, sah sich um. Walker konnte sein mühsames Atmen durch den ganzen Raum hören. Er war noch viel dicker als Alphonso. Er schien das ganze Büro auszufüllen.

»Hi«, keuchte er.

»Hi«, erwiderte Walker. »Mein Name ist Walker Nuremborski.«

Das überdimensionale Gesicht des Mannes wurde gleich um einiges aufmerksamer.

»Nuremborski?«, wiederholte er und streckte Walker seine fleischige Pranke entgegen. »Ich bin Herman Nietzsche.«

Walker schüttelte ihm die Hand.

»Die einzigen Nuremborskis, die ich kenne, haben ein Anwesen oben am Fluss. Sind sie irgendwie verwandt?«
»Ja«, sagte Walker. »Ich bin einer von ihnen.«
»Sieh mal an«, sagte der Mann. Er lächelte. »Wer hätte gedacht, dass wir jemals wieder ›einen von denen‹ zu Gesicht bekommen würden?« Er ließ sich in einen extrabreiten Drehstuhl sinken. Mit besten Grüßen von den dankbaren Füßen, dachte Walker. Der Mann seufzte, dann kam sein Leib zum Stillstand. Der Stuhl knarrte, blieb jedoch ganz. Der Mann verschnaufte ein wenig. »Nun, was kann ich für Sie tun?«, fragte er schließlich und bedeutete Walker, sich auf einen kleinen Holzstuhl neben dem Schreibtisch zu setzen.
»Mein Großvater ist schwer krank. Meine Mutter weiß eigentlich nicht, was aus dem Sommerhaus geworden ist, sie lebt schon seit Jahren nicht mehr hier. Da habe ich ihr gesagt, ich würde herkommen und nachsehen.«
»Ich bin nicht ganz sicher, worauf Sie hinauswollen«, sagte der Mann.
»Großvater kann nicht mehr reden. Seine Papiere sind das reine Chaos. Wir waren nicht einmal sicher, ob ihm das Haus noch gehört. Aber wahrscheinlich schon.«
Wenn es darauf ankam, war Walker ein begnadeter Lügner. Und für ihn, der in schwierigen Verhältnissen aufgewachsen war, bei vielen verschiedenen Familien in Sudbury, war es oft darauf angekommen. Eine Pflegemutter hatte Heather Duncan berichtet, dass Walker mit einer Unschuldsmiene lügen konnte. Er hatte es als Kompliment genommen.
»Aha«, sagte der Mann. »Jetzt kapier ich. Sie wollen wissen, ob Ihr Großvater noch der Besitzer ist.«

»Es ist dieses große zweistöckige Holzhaus mit dem Eckturm«, kam Walker ihm zu Hilfe.
»Ich kenne das Haus, jeder hier kennt das Haus. Jeden Sommer kommen die Leute in Scharen zu mir und wollen es kaufen. Und ich muss immer wieder sagen, dass es nicht zum Verkauf steht und wahrscheinlich auch nie stehen wird. Ich könnte hundertfünfzigtausend dafür kriegen, locker. Für mich als Immobilienprofi, das verstehen Sie sicher, ist das natürlich schmerzlich«, fuhr er fort, und sein Blick forderte Walker auf, seinen Schmerz zu teilen.
»Kann ich mir vorstellen«, sagte Walker.
»Natürlich gehört es noch immer Ihrem Großvater«, sprach der Mann weiter in seiner etwas schwerfälligen Art. »Aber jetzt sieht es ja bedauerlicherweise wohl so aus, als ob es auf den Markt käme. Ich würde Ihnen empfehlen, und ich bin sicher, alle hier im Umkreis werden mir da recht geben, dass Ihre Frau Mutter sich in unsere Kartei aufnehmen lässt. Unser Unternehmen, Vater und Sohn, stehen dieser Gemeinde nun schon seit über fünfzig Jahren zu Diensten. Ich habe eine ganze Schublade voll mit idealen Interessenten für dieses Haus.« Wie zum Beweis streckte er die Hand aus und zog eine Schublade in seinem Schreibtisch auf.
»Ich garantiere Ihnen hundertfünfzig – nein, ich kann zweihunderttausend dafür kriegen. Ich glaube, ich weiß sogar, wo ich zweihundertzwanzig kriegen kann, obwohl … versprechen kann ich es nicht.« Er schloss die Schublade.
»Wissen Sie noch, wann es zugenagelt wurde?«, fragte Walker.
»Also, lassen Sie mich nachdenken«, sagte der Makler und

lehnte sich in seinen Stuhl zurück, was diesen zu unheilverkündendem Wehklagen veranlasste. »Ich würde sagen, ungefähr …«

»Neunzehnachtzig.« Eine geisterhafte Stimme ließ sich von jenseits der halbhohen Trennwand hinter dem Rücken des Mannes vernehmen.

»Stimmt«, bestätigte er. »Neunzehnachtzig war's.«

»Wissen Sie, warum?«, fragte Walker und sah erwartungsvoll auf die Trennwand. Die Antwort war Schweigen, sowohl vor als auch hinter der Wand.

Also sprach Walker weiter. »Sie haben gesagt, soweit Sie wüssten, würde das Haus nie verkauft werden. Mich würde interessieren, woher Sie das wissen.«

»Woher wissen wir das, Daddy?«, fragte der Mann namens Herman Nietzsche.

»Fred Evans hat's uns gesagt«, schaltete sich die Stimme hinter der Wand wieder ein.

»Ja, stimmt. Fred ist ein Anwalt aus der Stadt, er kümmert sich um das Anwesen. Schaut, dass jemand den Rasen mäht und solche Sachen. Als sie damals die Bretter drannagelten, dachten wir, es stünde zum Verkauf, also haben wir uns bei Mr. Evans erkundigt, und dann hat er's uns gesagt.«

»Was gesagt?«, fragte Walker freundlich.

»Na doch wohl, dass Mr. Nuremborski an einem Verkauf nicht interessiert ist.«

»Ich frage mich, warum nicht«, wagte Walker sich vor. »Ist doch ein bisschen seltsam, das Haus fünfzehn Jahre lang so stehen zu lassen.«

»Jake Nuremborski war ein seltsamer Mann«, ließ sich die Geisterstimme wieder vernehmen. »Nichts für ungut.«

»Schon klar«, sagte Walker zur Wand. Er wartete ab, ob noch etwas kommen würde. Als das ausblieb, fragte er weiter. »Warum sagen Sie das? Dass er seltsam war?«
»Ich selbst habe ihn ja eigentlich nicht gekannt«, schaltete sich Herman Nietzsche ein. »Nur sein Boot kannte ich. Wir sind immer fischen gegangen, und ein-, zweimal im Jahr schaute dann einer der Jungs auf und sagte: ›Da kommt der alte Nuremborski.‹ Er kam mit seinem Mahagony-Oldtimer dahergeschippert, der war so leise, dass man ihn kaum gehört hat.«
»Aber Sie wissen nicht, warum das Haus vernagelt wurde?«
»Wir sprechen nicht gern darüber«, antwortete der Makler mit leidendem Blick. Er blies die schwabbeligen Backen auf.
»Worüber?«
»Ein kleiner Junge wurde dort ermordet.«
»Ach was?«
»Das Nuremborski-Haus war dem Tatort am nächsten, vielleicht hat ihm das was ausgemacht.«
»Das war nicht der Grund«, sagte die Stimme.
»Sag ich ja nicht, Daddy. Ich denke nur laut nach. Die Leute sagen das.«
»Na, dann irren die sich eben. Das mit dem Jungen ist Jahre vorher passiert. Und du solltest das wissen.«
»Ja, schon möglich.« Der Mann sah Walker an und schüttelte seinen Riesenschädel, als wolle er sagen, Mensch, jetzt geht das wieder los.
Walker hörte das Rücken eines Stuhls, und dann kam ein winziger Mann hinter der Trennwand hervor. Er war so dünn wie sein Sohn dick war, trotzdem war die Ähnlich-

keit unübersehbar. Sie trugen sogar dieselbe Art von beigem Anzug und gelber Krawatte, nur dass der Vater in den Sakkoärmel des Sohnes hineingepasst hätte.

»Das war bestimmt vier, fünf Jahre bevor Mr. Nuremborski alles dichtgemacht hat. Bring die Dinge nicht durcheinander, Herm. Außerdem wird es uns in keiner Weise daran hindern, einen Käufer für das Haus zu finden. Hier erinnert sich kaum mehr jemand an den Vorfall, und von außerhalb erst recht nicht. Er ist völlig bedeutungslos.«

Nietzsche Senior ging ans Fenster und sah hinaus. »Ist das Ihr Wagen da drüben?«, fragte er.

»Ja«, sagte Walker.

»Sie waren noch nicht bei Myerscroft, oder?«

Myerscroft, daran erinnerte sich Walker jetzt, war der Name des anderen Immobilienbüros.

»Nein«, sagte Walker. »Ich bin zuerst zu Ihnen gekommen.«

»Gut. Es ist nämlich so, dass Ralph sich im Frühstadium von Alzheimer befindet, bloß hat niemand den Mut, es ihm zu sagen.«

»Wir wissen das doch gar nicht«, sagte sein Sohn, der ein wenig zusammengezuckt war.

»Ist doch offensichtlich«, gab der Alte zurück. »Sie sind also der Enkel? Es tut mir leid zu hören, dass Mr. Nuremborski leidend ist. Ich gebe Ihnen einen Rat. Es würde sich wirklich lohnen, das Haus neu zu streichen und ein bisschen auf Vordermann zu bringen. Eine kleine Investition, bevor es auf den Markt kommt, wird sich dreifach für Sie bezahlt machen.«

»Danke«, antwortete Walker. »Was genau ist denn dem

Jungen damals passiert?« Walker sah wieder den Mann hinter dem Schreibtisch an.
Der warf einen Blick auf seinen Vater. »Wie Daddy bereits sagte, ist das schon lange her. Und nicht unbedingt das, was die Handelskammer ein Verkaufsargument nennen würde. Aber ich selbst erinnere mich natürlich. Ich war damals bei der freiwilligen Feuerwehr. Ich hab's gesehen.«
»Herman konnte eine Woche lang nicht schlafen«, sagte Nietzsche Senior. »Seine Mutter dachte schon, er würde Tabletten brauchen. Aber das war alles vier, wenn nicht fünf Jahre, bevor die Nuremborskis weggegangen sind. Gib ihm deine Karte, Herm.«
Der Alte kam zurück von der Tür und schüttelte Walker die Hand. »Sobald ihr Großvater dahingeschieden ist, stehen wir Ihnen und Ihrer Mutter herzlich gern zur Verfügung.« Für einen kleinen Mann hatte er einen erstaunlich kräftigen Händedruck.
»Danke«, sagte Walker. »Reine Neugier, aber warum sagten Sie, mein Großvater wäre seltsam?«
Der Winzling lächelte mit all der Wärme, die er aufbringen konnte. »Ich wollte damit nur sagen, dass er ein Mann war, der gern für sich blieb. Seine Frau und die Kinder waren fast den ganzen Sommer hier. Sie kam ständig in die Stadt, einfach um mit jemandem zu plaudern, zumindest dachte ich das. Richtig nett. Aber er nicht. Er war sowieso nicht viel da, und wenn, dann versäumte er nicht, einen spüren zu lassen, dass er ein bisschen reicher war als man selbst. Und so war es bei einem Mann wie ihm eigentlich gar nicht verwunderlich, dass er das Haus dicht machte und einfach wegging. Nur um allen hier zu zeigen, dass er auf das Geld nicht angewiesen war. Das ist alles.«

»Dann haben Sie also meine Großmutter gekannt?«
»Eine reizende Frau.«
»Und meine Mutter, Lenore?«
Der Mann kramte in seinem Gedächtnis. »Lenore. Genau.«
»Und es gab auch noch andere Kinder?«, fragte Walker.
Der kleine Mann sah ihn überrascht an. »Eines. Ihren Onkel, nicht? Kennen Sie denn Ihre eigene Familie nicht?«
»Doch«, erwiderte Walker. »Ich war nur nicht sicher, ob der damals schon auf der Welt war.«
»Er ist älter als Ihre Mutter.«
»Ach ja, stimmt. Natürlich. Das habe ich jetzt wieder durcheinandergebracht.«
Der Kleine musterte Walker eingehend, dann drückte er ihm noch einmal die Hand.
Und Walker schüttelte sie noch einmal.
»Bei uns sind Sie richtig«, verkündete er. »Sie werden es nicht bedauern.« Dann drehte er sich rasch um und verschwand hinter der Trennwand. Walker hörte, wie der Stuhl über den Holzboden schabte, als der Alte sich hinsetzte.
»Hier ist meine Karte.« Herman Nietzsche reichte Walker eine Visitenkarte mit Golddruck.
»Danke«, sagte Walker. Dann beugte er sich näher zu dem Mann und fragte: »Was ist denn jetzt mit diesem Jungen passiert? Wenn es Ihnen nichts ausmacht.«
Der Mann sagte zunächst einmal gar nichts. Dann begann sein mächtiger Schädel, sich langsam vor und zurück zu wiegen, als wolle er sich damit selbst beruhigen. »Jemand hat ihn erwischt«, sagte er schließlich. »An einen Baum gebunden. Aufgeschlitzt.«

Walker zuckte zurück. Wieder schnürte es ihm die Kehle zu.
»Der Coroner meinte, da habe er noch gelebt. Seine Gedärme hingen nämlich halb heraus. Na ja, ist lange her. Besser, man vergisst es.« Er versuchte zu lächeln, seine Riesenbacken kämpften sich in die Höhe.
»Wo hat man ihn gefunden?«
»Das Land neben dem Grundstück Ihres Großvaters ist Staatsbesitz. Wir haben ihn am nächsten Morgen gefunden, gar nicht weit ab vom Weg. Er war erst zehn oder so. Ein Sommerkind. Aus einem der Ferienhäuser. Er war die ganze Nacht nicht heimgekommen.«
»Wurde jemand verhaftet?«
Der Mann sah Walker an und schüttelte den Kopf. Dann sah er weg.
»Ich werde das nie vergessen«, sagte er.

20

Als Alex Johnsons Vater bei ihnen klopfte, dämmerte es bereits. Lennie, Bobbys dreizehnjährige Schwester, kam aus dem hinteren Teil der Diele und öffnete die Fliegenschutztür. Sie war zwar zwei Jahre jünger als Bobby, trotzdem war sie fast so groß wie er. Sie hatte ein ovales, zartes Gesicht und dunkles Haar.
»Hallo, Mr. Johnson«, begrüßte sie ihn.
Sie kannte die meisten ihrer Sommernachbarn, aber dass

einer vorbeikam, wenn ihr Vater da war, kam so gut wie nie vor. Er hatte alle wissen lassen, und zwar unmissverständlich, dass er die wenigen Male, die er Zeit fand, hier herzufahren, Erholung und Abgeschiedenheit suchte und nicht die Gesellschaft der Nachbarn.

Mr. Johnson, der im Sommer zwei Häuser weiter wohnte, war ein großer, schlanker Mann mit schütterem blonden Haar. Er sah besorgt aus. »Hast du vielleicht Alex gesehen? Er ist zum Abendessen nicht nach Hause gekommen, wir haben schon nach ihm gesucht.«

»Nein«, sagte sie, »ich habe ihn den ganzen Tag nicht gesehen.«

Mr. Johnson nickte geistesabwesend. »Ich habe Hot Dogs für ihn gemacht, auf dem Grill. Das ist seine Leibspeise. Es ist fast neun.«

Sie bat ihn herein, sagte, sie würde ihre Mutter holen und auch ihren Bruder fragen, ob er Alex gesehen habe. Er bedankte sich und kam in die beleuchtete Diele.

Bobby hatte gesagt, er fühle sich nicht besonders, er habe die Grippe oder etwas ähnliches. Er war vor dem Abendessen zu Bett gegangen. Als Lennie in sein Zimmer kam, konnte sie in der Dunkelheit seine Umrisse auf dem Bett sehen.

»Bobby«, sagte sie, »bist du wach?«

»Was?«, murmelte er mit schwacher Stimme.

»Hast du diesen Jungen, Alex Johnson, gesehen? Sein Vater sucht ihn.«

Bobby hob ein wenig den Kopf. »Nein«, sagte er und ließ ihn wieder sinken.

»O.K.«

Sie schloss die Tür. Bobby hörte, wie sie die Treppe hinunterging. Er hörte auch Stimmen unten in der Diele, brachte jedoch weder die Energie noch das Interesse auf, sich zur Tür zu schleichen und zu lauschen. Er hatte das Gefühl, als würde ihn etwas niederdrücken, als wöge er hundert Kilo.

Er versteckte sein Gesicht wieder unter dem Kissen. Er fühlte seinen Atem, heiß und feucht, als befände er sich in einer Höhle.

Zum hundertsten Mal dachte er an Alex, einen Knebel im Mund, seine Arme über dem Kopf, aufgehängt mit einem ausgefransten alten Seil, das Bobby im Schuppen hinter dem Haus gefunden hatte. Der Junge hatte sich die ganze Zeit im Kreis gedreht, die Füße etwa einen Meter über dem Boden. Schließlich hatte ihm Bobby auch noch zwei Seilstücke um die Knöchel gebunden und ihn damit am Baum festgemacht. Dann hielt er still.

Am Anfang hatte Bobby ihn gefangengenommen und ihm befohlen, das T-Shirt auszuziehen. Alex hatte mitgespielt und sich das ausgebleichte rote T-Shirt über den Kopf gezogen. Dann hatte Bobby ihm die Handgelenke vor dem Körper zusammengebunden und das Seil über einen Ast geworfen. Alex hatte aufgesehen, um herauszufinden, was Bobby vorhatte. Er war schon an der Reihe gewesen, hatte Bobby gefesselt, aber nicht so.

»Ich muss dich verhören«, hatte Bobby als Erklärung zu ihm gesagt, aber seine Stimme war heiser gewesen, als hätte er einen rauhen Hals.

Und dann hatte Bobby gesagt: »Du hast meinem Vater den Schraubenzieher gegeben. Du warst das.«

Noch ehe Alex antworten konnte, hatte Bobby seinen Arm um den Kopf des Jungen geschlungen, ihm einen öl-

verschmierten Lappen in den Mund gestopft und fest an dem Seil gezogen. Alex war mit einem Satz in die Höhe geschnellt.
Nun lag Bobby zitternd im Bett. Eigentlich hatte er dem Jungen nur die silberne Badehose herunterziehen und seinen kleinen weißen Hintern ansehen wollen. Nur an seinem kleinen weichen Ding wollte er nuckeln, lutschen. Doch er konnte nicht. Er konnte nicht, denn er war schließlich keine Schwuchtel. Er hatte es gewollt, Alex hatte ihn dazu gebracht – ihm war schlecht, er wollte es so sehr –, doch er konnte nicht.
Er hatte nach seinem Taschenmesser gefummelt, dem Messer, das er damals unten in der Stadt gekauft hatte, zum Schutz vor den älteren Jungen der Southam Military Academy. Und dann hatte er es dort gar nicht gebraucht. Er war mit geöffnetem Messer vor Alex gestanden. Er hatte gewusst, was er tun musste. Er musste aus Alex ein Mädchen machen.
Da explodierte etwas in der Luft. Seine Hand war bis zum Gelenk voll Blut, und seine Faust glänzte wie die Spitze eines Traumpenis, der in den Mädchenschlitz hineinstieß, den er selbst gemacht hatte. Er ejakulierte aus jeder Pore seines Körpers. Er ging zu Boden, fiel beinahe in Ohnmacht.
Bobby wand sich in seinem Bett, vergrub sein Gesicht immer tiefer im Kissen. Er durfte nicht mehr an Alex denken. Er musste schlafen. Aber er war hellwach.
Er hörte, wie jemand zur hinteren Fliegenschutztür hinausging. Die Tür klappte zu.
Er stand auf und sah aus dem Fenster.
Unten sah er seine Mutter, wie sie sich eine Jacke anzog,

während sie die Auffahrt hinunterlief. Auch seine Schwester, die neben Mr. Johnson ging. Sie würden Mr. Johnson bei der Suche nach seinem Sohn helfen.
Einen Augenblick blieb Bobby vor dem Spiegel stehen. Er konnte sein Gesicht in der Dunkelheit gerade noch ausmachen. Er war an einen anderen Ort gewechselt, in eine andere Form der Existenz. Aber er sah nicht aus wie ein Monster. Plötzlich sah er Licht, das seinen Kopf umstrahlte. Unwirklich sah er aus, überirdisch, wie eine Art Engel.
Sein Vater war mit der *Chestnut Alley* hinausgefahren, nachdem er fast den ganzen Tag daran herumgebastelt hatte. Jetzt war es spät, und er war immer noch nicht da. Doch das war nicht ungewöhnlich. Sein Vater fuhr gerne in der Nacht hinaus, schwenkte einen chromblitzenden Suchscheinwerfer langsam vor und zurück und strahlte dabei die Bojen im Kanal an. Und wenn er dann genug hatte und den Bug der *Chestnut Alley* heimwärts richtete, spießte er das Bootshaus mit seinem Lichtstrahl auf, und die *Chestnut Alley* kam blubbernd und gurgelnd zurück ans Ufer.
Bobby zog seine Laufschuhe und eine Jacke an, setzte eine Baseballmütze auf und rannte die Treppe hinunter, um am Landesteg auf die Rückkehr seines Vater zu warten.
Sein Vater hatte ihn mit Alex gesehen, oder zumindest hatte er ihn und Alex zur gleichen Zeit gesehen. Egal, was sein Vater sagen oder tun würde, wenn man ihn nach Alex fragte, Bobby wusste, dass er ihm dann so nahe wie möglich sein wollte. Er wollte, dass sein Vater die Macht spürte, die nun in seinem Sohn steckte. Endlich hatte Bobby etwas getan. Er hatte etwas ganz Außerordentliches getan.

Während er zum Steg hinunterging, war es ihm, als sei sein ganzer Körper von Licht umgeben. Es strahlte aus von seinen Armen und Schultern, leuchtete von seinen Händen und Beinen. Bestimmt konnten auch andere Leute dieses Licht sehen. Anfangs würden sie sich fürchten, dachte Bobby, doch dann würden sie sich um ihn scharen. Sie würden zittern und auf die Knie fallen. Er würde ihnen nicht weh tun, sondern sie aufheben. Sein Vater würde daneben stehen und zusehen. Seine Augen wären erfüllt von Verwunderung und Zuneigung.
Als Bobby am Landesteg ankam, sah er mehrere Boote mit eingeschalteten Lichtern, die das Ufer absuchten. Und auf der Straße hinter ihm gingen Leute mit Taschenlampen in den Händen. Ein Streifenwagen kam um die scharfe Kurve, die die Straße hier machte, und hielt bei den Leuten an. Er konnte sie reden hören – Bobby lauschte angestrengt, konnte jedoch nicht hören, was gesagt wurde. Dann fuhr der Streifenwagen langsam weiter. Die Leute überquerten die Straße, nahmen die Abkürzung zum Fluss hinunter, in Richtung des Pfades, der in das angrenzende Revier führte.
Niemand hatte Bobby gesehen. Niemand hatte das Licht gesehen, das von ihm ausging. Und nun konnte auch Bobby es nicht mehr sehen.
Kalter Dunst stieg vom Fluss auf. Bobby begann zu zittern, und seine Zähne schlugen aufeinander, als wäre er ein kleines wütendes Tier. Auch seine Beine zitterten, und er hätte sich am liebsten hingelegt, doch statt dessen kletterte er die Böschung hinter dem Steg hoch. Die Luft war voller Stimmen. Alle redeten über Alex. Auf den Booten. Auf den dunklen Pfaden. In den Ferienhäusern.

Eine Weile lag Bobby da und hielt sich die Ohren zu. Als es ihm wieder besser ging, setzte er sich auf und schaute hinaus auf den Fluss, über die Boote hinweg, die das Ufer absuchten. Er hielt Ausschau nach einem Lichtkegel, der über das Wasser schweifte. Er hielt Ausschau nach seinem Vater.

Als sein Vater zurückkam, stand ein Beamter der Provinzpolizei auf dem Steg, die Mütze aus der Stirn geschoben, und rauchte.

Bobby saß noch immer auf der Böschung, doch er war jetzt ruhiger, in seinem Inneren herrschte Frieden. Und obwohl der Dunst noch immer vom Wasser emporstieg, nahm er ihn kaum wahr.

Bobby hatte nicht die geringste Angst verspürt, als er den Polizisten erblickt hatte, wie er mit seinem roten Gesicht und seinem fetten Arsch die Holzstufen hinunterpolterte. Der Typ hatte ihn nur daran erinnert, wie sehr er dem Rest der Menschheit überlegen war. Er war der Auserwählte. Beinahe hätte er laut herausgelacht.

»Alle suchen nach dem kleinen Johnson«, hatte der Polizist im Vorbeigehen gesagt.

»Ich weiß«, hatte Bobby geantwortet. »Meine Mutter ist gerade drüben bei den Johnsons. Meine Schwester auch.«

Der Polizist hatte eine Packung Zigaretten aus seiner Jackentasche gefischt. Bobbys Haltung, die Arme im Sitzen um die Beine geschlungen, den Blick trauervoll aufs Wasser gerichtet, hatte er als Zeichen des Kummers interpretiert und gesagt: »Du brauchst dir keine Sorgen machen, mein Junge. Wir finden ihn schon.«

»Ich weiß«, hatte Bobby geantwortet.

Genau in diesem Augenblick hatte das Licht seines Vaters

aufgeleuchtet, der soeben die *Chestnut Alley* vorsichtig vom Fluss hereinmanövrierte.

Der Polizist bückte sich unbeholfen, um den Bug des Schiffs zu erwischen. Und so konnte Bobby sehen, wie sein Vater sich mit ernstem Blick umsah. Die Glut seines Blicks traf Bobby. Der Vater sah wieder zu dem Polizisten hin.

Wortlos stellte er den Motor ab, stieg behende aus und befestigte Bug und Heck am Steg. Als er damit fertig war, richtete er sich auf und sagte mit seinem strahlenden Lächeln: »Ich danke Ihnen. Gibt es Ärger?«

»Ein Kind wird vermisst. Alles ist auf den Beinen und sucht nach ihm.«

»Nach wem?«, fragte sein Vater, und wieder durchbohrte sein gefährlich scharfer Blick Bobby. Bobby saß einfach da, auf dem Boden, unter der schwachen Lampe des Stegs, sein Gesicht halbverdeckt vom Schirm seiner Mütze.

»Ein Junge namens Alex Johnson«, antwortete der Polizist.

Das Gesicht seines Vaters verriet nichts. Es sah noch genauso aus wie eine Sekunde zuvor, genauso attraktiv, genauso aufmerksam. »Alex?«, wiederholte sein Vater. »Ein lieber Junge. Ich hoffe, sie finden ihn.« Er ging hinüber zum Bootshaus, um die Plane zu holen, mit der er das Boot über Nacht zudeckte.

»Sie haben ihn heute nicht zufällig gesehen, oder?«, fragte der Polizist.

»Nein«, sagte er, ohne sich umzusehen, und ergriff die Plane.

Der Polizist drehte sich um zu Bobby, als ob er sich plötzlich an ihn erinnerte. »Und du, hast du Alex heute gesehen, mein Junge?« Noch bevor Bobby antworten konnte, wandte sich der Polizist wieder seinem Vater zu. »Ist das Ihr Junge?«

Bobbys Vater war bereits dabei, die Plane gewissenhaft vom Bug zum Heck über die *Chestnut Alley* auszubreiten. »Ja«, sagte er, ohne aufzublicken.

Der Polizist wandte sich wieder an Bobby. »Hast du Alex heute gesehen?«

»Nein. Nein, habe ich nicht«, sagte Bobby. Er sah am Polizisten vorbei. Sein Vater hatte aufgehört, an der Plane zu ziehen. Er kniete auf dem glatten Deck und blickte Bobby direkt an.

Jetzt kehrte die Kälte zurück, und Bobby begann wieder zu zittern. Er presste die Kiefer fest zusammen, damit seine Zähne nicht klapperten.

Der Polizist schnippte seine Zigarette hinaus auf das Wasser. Sie machte einen Lichtbogen wie eine Leuchtrakete. Ohne sich an jemand Bestimmtes zu wenden, sagte er: »Na denn, an die Arbeit.«

Der Polizist ging an Bobby vorbei.

Bobby hörte, wie er langsam die Stufen hochstieg. Einen Augenblick später wagte er es, zum Boot zurückzusehen. Sein Vater kauerte unverändert auf dem Deck. Er hatte sich nicht einen Millimeter bewegt. Er starrte Bobby immer noch an.

21

Walker verließ Weirtown und fuhr zurück zum Sommerhaus der Nuremborskis.
Nietzsche Senior hatte behauptet, das Haus sei 1980 zugenagelt worden. Er hatte sehr sicher geklungen, und Walker hielt ihn für jemanden, der ein Datum nicht so schnell vergaß.
Am 4. Oktober 1979 werde ich gefunden, dachte Walker, und im nächsten Jahr macht der Alte das Haus dicht. Sein Boot liegt jahrein, jahraus im Bootshaus, bis es leckschlägt und sinkt. Er kommt nie wieder hierher. Warum? Weil er die Nase hoch trägt und angeben will?
Der ermordete Junge fiel ihm plötzlich ein, die Eingeweide hingen ihm heraus, aus irgendeinem Grund trieb er auf dem Wasser. Er schüttelte diesen Gedanken ab. Damit hatte er nichts zu tun.
Zwei Kinder. Das hatte ihn überrascht, obwohl es nicht weiter verwunderlich war. Es war normal, dass Leute mehr als ein Kind hatten. Doch ihm war nie in den Sinn gekommen, dass es außer Lenore noch ein Kind geben könnte.
Walker näherte sich dem Haus. Er erkannte das daran, dass sein Herzschlag sich deutlich beschleunigte. Als er es vor sich sah, fuhr er langsamer und blieb dann mitten auf der Straße stehen.
Er bog in die Auffahrt ein, fuhr den Hang hinauf und stellte den Motor ab. Als sein Herz wieder normal schlug, öffnete er die Tür und stieg aus.

Vom Fluss her wehte nun ein anhaltender Wind, rauschte durch das Geäst der Kiefern neben und hinter dem Haus.
Er entschloss sich, hinter das Haus zu gehen. Die Holzveranda, die das Haus an drei Seiten umgab, hörte an der hinteren Hausecke auf. Es gab einen niedrigen Holzrost, der auf der Rückseite des Hauses entlanglief und an beiden Enden Stufen hatte, die zur Veranda führten. Von diesem Rost gingen in der Mauermitte zwei Türen ab, die mit verwittertem Sperrholz verschlagen waren.
Im Garten zwischen den Bäumen stand ein alter Schuppen. Die Tür stand halb offen.
Walker stieg den steinigen Hang zum Schuppen hinauf. Die Zedernschindeln an den Seiten waren so verfault, dass sie sich wölbten. Er stieß die Tür ganz auf und sah hinein. Zwei Werkbänke, der Holzboden und die Dachsparren waren übersät vom Schutt und Abfall vieler Jahre.
Er ging hinein. In dem Schuppen herrschte Totenstille. Nicht einmal den Wind in den Kiefern, die direkt über ihm in den Himmel ragten, konnte er hier drinnen hören.
Plötzlich war Walker zum Umfallen müde. Hier gab es keine Antwort. Keine Antwort, wohin er auch sah. Verzweiflung breitete sich in ihm aus.
Dann trat er auf etwas. Er bückte sich und hob einen Hammer auf, der halbversteckt unter ölverschmierten Lumpen auf dem Boden lag. Der Kopf des Hammers hatte einen rostigen Fleck, und sein Griff war beinahe schwarz von Ölflecken.
Walker hielt ihn in der Hand und drückte ihn so fest, dass er meinte, die Finger würden ihm brechen. Er drehte sich um und ging hinaus. Er rannte den Abhang hinunter, zurück zum Haus, stieg auf den Holzrost und warf sich

gegen die Sperrholzverkleidung einer der beiden Türen. Er prallte zurück, und trotzdem fühlte er sich danach besser.
Noch einmal ging er auf das Holz los, diesmal mit der Klaue des Hammers, die er unter die Holzkante hineintrieb. Rund um einen Nagel, der in den Türrahmen geschlagen war, splitterte das Sperrholz.
Dadurch ermutigt, arbeitete er sich weiter die Holzkante entlang, spaltete das Holz und zog die Nägel heraus. Die dicke Sperrholzplatte gab langsam nach.
Walker warf den Hammer zu Boden, packte mit beiden Händen die Platte an und zog und zerrte daran. Die Platte, an einer Seite noch immer durch verbogene Nägel am Türrahmen befestigt, klappte mit lautem Gekreisch auf und hing jetzt schief herunter.
Nun sah sich Walker einer massiv aussehenden fensterlosen Holztür gegenüber. Sie war mit einem großen Vorhängeschloss und einem rostigen Riegel verschlossen.
Er blickte um sich. Ein kreisförmiges Sammelsurium von Steinen und Felsbrocken markierte die Grenze dessen, was früher einmal ein Hochbeet gewesen war. Er nahm den größten Stein, den er tragen konnte, auf den Arm, rannte auf die Tür zu und schleuderte ihn auf das Schloss.
Die Tür erbebte verheißungsvoll, aber das Schloss hielt stand. Walker hob den Brocken noch einmal hoch, diesmal nach Art der Kugelstoßer, und rannte noch einmal auf die Tür zu. Als der Stein gegen das Schloss krachte, lösten sich die unter dem Riegel verborgenen Schrauben. Die Tür schwang nach innen und knallte mit herzerfrischendem Getöse gegen die Wand.
Im Haus war es dunkel. Die Sonne malte einen hellen

Fleck auf die verblichene Fußmatte vor der offenen Tür. Eine Windjacke und ein Strohhut hingen von den Kleiderhaken an der Wand.

Walker betrat das Haus. Vor sich sah er eine schmale Diele, die sich anscheinend zur Front des Hauses hin verbreiterte. Durch das Oberlicht über der zugenagelten Vordertür fiel Licht schräg in den Raum.

Er lauschte. Das Haus knarrte im Wind. Er spähte in ein Zimmer zu seiner Rechten.

In dieses Zimmer kam mehr Licht. Durch Schlitze zwischen den Brettern, mit denen die Fenster vernagelt waren, und um diese Bretter herum stahl sich Sonnenlicht herein. Ein großer gusseiserner Herd stand am anderen Ende des Raums neben einem kleineren weißen Elektroherd neueren Datums. Ein langer Holztisch mit Stühlen füllte die Mitte des Raums aus. Auf dem Tisch standen eine Teekanne und eine Kaffeekanne, und neben der Spüle standen zwei gespülte Gläser kopfüber zum Trocknen auf einem Geschirrtuch.

Alles in diesem Raum – auch der Raum selbst, wegen des grauen Lichts – erinnerte Walker an eine Szene aus einem Schwarzweißfilm.

Er drückte auf einen Lichtschalter. Nichts geschah. Er ging hinüber zur Spüle und berührte das Geschirrtuch, nur um sich zu vergewissern, dass es nicht feucht war. Es fühlte sich steif und trocken an.

Der Raum gegenüber der Küche war kleiner und hatte einen Kamin. Stöße von Zeitschriften stapelten sich auf Beistelltischen, die Regale waren voller Bücher. An den Wänden hingen Aquarelle von Städten und Seen und wildwachsenden Blumen. Und auch das erinnerte an einen

Schwarzweißfilm. Ohne seine Fantasie groß anzustrengen, sah Walker die vierzehnjährige Lennie ins Zimmer kommen. Sie ließ sich auf das Korbsofa fallen, nahm eine der Zeitschriften zur Hand und blätterte darin.

Er wandte sich ab und ging durch die Diele zur Vorderseite des Hauses.

In einem der beiden vorderen Zimmer war ein Esstisch formell für acht Personen gedeckt. Leere Servierschalen und -schüsseln, angelaufene Silberplatten, Teller und Besteck lagen und standen an ihrem Platz. Saubere, vom Alter vergilbte Leinenservietten lagen hübsch gefaltet neben jedem Gedeck.

Das andere Zimmer sah so aus wie etwas, das Großmutter Devereaux Empfangszimmer genannt hätte. Die Einrichtung war hier zwar formeller als in dem Zimmer ohne Kamin, trotzdem wirkte es angenehm zwanglos, ja richtig sommerlich. Die Dame des Hauses schien das Kunststück vollbracht zu haben, ein gewisses Faible für das Viktorianische und den Wunsch nach Wärme und Gemütlichkeit unter einen Hut zu bringen.

Das war das Zimmer seiner richtigen Großmutter, dachte Walker, Großmutter Nuremborski.

Er schritt das ganze Zimmer ab, ging um die staubigen Tische, die Stühle mit den hohen Lehnen und die Sofas herum, um die Blumenständer aus Korbgeflecht mit ihren längst verdorrten Pflanzen. Spinnweben hingen in schmutzigen Schnüren von der hohen Decke. Spinnweben bedeckten Spiegel und Lampenschirme wie zarte Spitzen.

Namenlose Trauer erfüllte Walker.

Ein Telefon auf einem Beistelltisch erregte seine Aufmerksamkeit. Er hob den Hörer ab und hielt ihn sich ans Ohr. Stille. Ein abgerissenes Stück Zeitungspapier lag neben dem Telefon. Jemand hatte, wie in höchster Eile, eine Nummer daraufgekritzelt. Walker nahm den Fetzen Papier und steckte ihn in die Hemdtasche.

Er stand in der Diele und sah die Treppen zum ersten Stock empor. Wenn seine Eltern im Oktober 1979 hier übernachtet hatten – wenn sie mit ihm hier übernachtet hatten –, wo wäre am ehesten ein Beweis für ihren Besuch zu finden? Dort, wo sie ihre Koffer ausgepackt und ihre persönlichen Sachen untergebracht hatten? In einem Schlafzimmer?

Im ersten Stock war es zwar dunkler als im Erdgeschoss, doch rund um die Bretter, mit denen das Fenster im oberen Flur vernagelt war, fielen dünne Lichtstrahlen herein. Walker tastete sich die Wand entlang und schaute in eines der Schlafzimmer. Das Rollo war heruntergezogen, aber an seinen Rändern leuchtete schwaches Sonnenlicht.

Er tastete sich weiter, in das Zimmer hinein, und zog das Rollo hinauf. In den einfallenden Lichtstreifen wirbelten Staubkörnchen. Durch die Schlitze sah er die kahlen Zweige des Ahorns vor dem Fenster. Der rosa Cadillac parkte noch immer unten. Aber daneben stand jetzt noch ein Wagen.

Walker starrte die schnittige schwarze Silhouette an. Irgendwie kam ihm der Wagen bekannt vor. Mary's Point ... das Auto, das wegfuhr, nachdem Kristas Wagen in Brand geraten war. Der neue Audi.

Rasch wandte sich Walker um und lauschte. Das Haus knarrte noch immer im Wind. Er bemühte sich, ein Knarren vom anderen zu unterscheiden, horchte, ob Schritte über die Treppe auf ihn zukamen. Wenn es nur einen Weg ins Haus hinein gab, dann gab es auch nur einen wieder hinaus.

Sein erster Impuls, der Impuls eines Kindes, war, sich zu verstecken. Aber warum? Warum sollte er sich verstecken? Zorn überwand seine Furcht. Es war eine Erleichterung, Zorn verspüren zu können.

Ohne sich die Mühe zu machen, seine Schritte zu dämpfen, verließ er das Zimmer, kehrte über den Flur zur Treppe zurück und lauschte wieder. Noch immer hörte er nichts anderes als das Rauschen des Windes und das Knarren des Hauses. Er stieg die Treppe hinunter.

Auf halber Höhe konnte er im Dämmerlicht der Diele ein Paar elegante, glänzende Schuhe und scharf gebügelte Hosenfalten ausmachen. Mit jeder Treppenstufe konnte er mehr erkennen. Das Sakko. Die Krawatte. Die runde Nickelbrille. Der Mann, der ihn gestoßen und erzählt hatte, dass er kein Nuremborski sei und nie einer sein würde, stand unter ihm.

Der Riese stand unbeweglich da und starrte zu Walker hoch. Walker blieb auf der Treppe stehen. Er hielt ein paar Stufen Abstand zwischen sich und dem Mann.

»Sie waren in Mary's Point«, sagte Walker, und seine Stimme hallte ein wenig durch das Haus. »Sie haben das Auto meiner Freundin abgefackelt.«

Der Mann verzog keine Miene und rührte sich nicht.

Walkers Muskeln spannten sich an, Adrenalin schoss ihm durch den Körper. Kampf oder Flucht? Wofür würde er sich entscheiden?

Die Sekunden gingen dahin. Walkers Gegenüber unterbrach als erster den Blickkontakt und fing an, sich Staub vom Sakko zu bürsten. Auf einmal wirkte er ein wenig nervös. »Ich hab auch den Brief und das Foto gestohlen«, sagte er. »Nicht gerade mein Hauptaufgabengebiet.«

»Sie haben auch meinen Kater umgebracht«, sagte Walker.

»Mir war nicht klar, dass es Ihrer war.« Er sah zu Walker hoch und lächelte dünn. »Ich dachte, er hätte *Sie* adoptiert.«

Walker blieb, wo er war. »Und was ist dann Ihr Hauptaufgabengebiet?«

»Gute Frage«, antwortete der Mann. »Es wird anscheinend immer größer. Gehört schon fast alles dazu.« Er blickte Walker durchdringend an. Walker schwieg.

»Ich bin Privatsekretär von Mr. Nuremborski. Schon seit Jahren. Ich heiße Chester Simmons. Kommen Sie doch runter, damit wir uns unterhalten können.«

»Worüber?«, fragte Walker. Jetzt erst bemerkte er, dass der Mann eine dünne Ledermappe in der Hand hatte.

»Über Ihr Erbe«, sagte der Mann. »Wir brauchen mehr Licht.«

Er wandte sich um und ging über den Flur in den hinteren Teil des Hauses. »Schauen wir, dass wir's hinter uns bringen.«

Walker kam die letzten paar Stufen herunter und sah zu, wie Simmons in der Küche verschwand. Einen Augenblick später tauchte er mit zwei Stühlen in der Hand wieder auf. Er stellte sie im Flur an eine sonnige Stelle neben der offenen Hintertür.

»So ist's besser«, meinte er.

Langsam ging Walker zu ihm. Der Mann setzte sich auf einen der Stühle. Walker blieb stehen.

»Wenn Sie sich hinsetzen, werde ich Ihnen alles erklären.«

Walker nahm den anderen Stuhl, drehte ihn herum und setzte sich. Auf diese Art konnte er rasch genug aufstehen und mit dem Stuhl in der Hand dem Mann ordentlich eins über den Kopf geben, sollte sich die Notwendigkeit ergeben. »Erklären Sie«, sagte er.

»Zuallererst, ich tue, was Mr. Nuremborski mir aufträgt, aber nicht, weil ich glaube, dass es richtig ist, sondern, offen gestanden, weil ich es mir nicht leisten kann, es nicht zu tun. Ich bin kein Jüngling mehr.«

»Sie haben meine Katze umgebracht«, wiederholte Walker. Er hatte jetzt nur mehr sehr wenig Angst vor dem Mann. Mr. Nuremborskis Sekretär schloss einen Moment die Augen, als hoffe er, dadurch würde alles verschwinden.

»Was ist mit Lennie passiert?«, fragte Walker. »Was ist mit meiner Mutter?«

Der Mann öffnete die Augen und schüttelte den Kopf. »Nein«, sagte er. »Das ist es ja. Sie haben das alles falsch verstanden, obwohl's am Ende egal ist.«

»Was soll das heißen?«

»Ich meine, Lenore Nuremborski ist nicht Ihre Mutter. Sie sind der Sohn von Robert Nuremborski.«

Walker saß einen Augenblick nur da. »Was?«

»Sie sind der Sohn von Robert Nuremborski«, wiederholte der Riese.

Walker stand auf.

»Ich bin Lennies Sohn«, sagte er, und in Windeseile durchforstete er seinen Geist nach den Gründen, warum er ihr Sohn sein musste, versuchte sie zu ordnen, doch er konnte sich auf keinen besinnen. »Ich habe das Foto gesehen. Ich habe den Brief gesehen. Ich habe mit ihrer

besten Freundin gesprochen. Ich habe mit Kim Miller-Best gesprochen!«, schrie er, und seine Stimme hallte durchs Haus.
»Ich weiß«, sagte der Mann.
Walker spürte plötzlich das Verlangen, ihm mit dem Stuhl den Schädel einzuschlagen. Aber statt dessen, quälte er sich weiter, als versuche er, im Wasser zu laufen. »Lenore hatte einen Sohn, ich habe den Brief gelesen.«
»Hatte sie auch. Er heißt Edward William Jenkins und studiert an der Universität in Edinburgh.«
»Sie war fast noch ein Kind, als sie schwanger wurde«, fuhr Walker fort, ein bisschen unsinnig, als könnte nur er ihr Kind sein, und sonst niemand.
»Das stimmt.« Der Mann löste die Lederriemen an seiner Mappe. »Sie und ihr Mann gingen nach Jamaika, dort bekam sie das Baby, und dann zogen sie nach England.« Er blickte Walker durch seine Nickelbrille an. »Sie waren auf dem falschen Dampfer.«
Walker setzte sich wieder hin. Er musste das Ganze langsamer angehen, musste nachdenken.
»Woher wussten Sie, wo ich wohne? Und wo ist mein Foto? Und mein Brief?«
»Auf Mr. Nuremborskis Anordnung habe ich beide vernichtet.« Plötzlich sah der Mann aus, als täte es ihm leid.
»Woher wussten Sie überhaupt, dass es einen Brief und ein Foto zu stehlen gab? Woher wussten Sie, dass ich nach Toronto gegangen bin? Und wenn dieser Mensch mein Vater ist, warum war ich dann ein Fall fürs Jugendamt? Unter Vormundschaft des Staates? Und wenn ich das Kind dieses Menschen bin, warum wurde ich mit drei Jahren dreißig Kilometer von hier ausgesetzt?«

Walker kämpfte mit den Tränen, wie ein dummes kleines Kind.

Er sprach zu laut. Er spürte, wie er zu zittern begann. Das machte ihn wütend, denn er wollte dem Mann nicht zeigen, was in ihm vorging. Außerdem wollte er einen klaren Kopf bewahren.

»Eines Tages tauchte eine Frau hier im Haus auf«, sagte der Mann nun mit sanfterer Stimme. »Sie hatte ein Kind dabei und behauptete, es sei Roberts Sohn und Robert müsse jetzt die Verantwortung für ihn übernehmen. Sie könne sich nicht mehr um ihn kümmern und würde ihn hier bei Robert lassen. Zu ihrem Unglück war auch Jake Nuremborski da. Sie hätten Jake kennen müssen, insbesondere bevor er seine Firma verkaufte. Mit ihm war nicht zu spaßen. Was man von Robert, seinem einzigen Sohn, ganz und gar nicht behaupten konnte. Er war, nun ja, ein Sorgenkind – so haben ihn die Leute in der Firma, darunter auch ich, immer genannt. Was unter anderem auch hieß, dass er trank. Es tut mir leid, aber Sie wollten es ja wissen. Egal, auf jeden Fall war mit dieser Frau auch kein Staat zu machen. Irgendeine Indianerin aus der Gegend, die er in einer Bar aufgegabelt hatte.«

Der Mann hielt inne, aber Walker rührte sich nicht.

»Sie hatte dieses Kind von ihm, und er hatte ihr Geld gegeben, aber jetzt hatte sie die Nase voll von dem Kind und von ihm, und außerdem hatte sie einen neuen Freund. Sie wollte weg von hier. Und das war's auch schon. Aber ganz so einfach war es natürlich nicht. Robert behauptete nämlich, sie lüge und er kenne sie kaum. Er hatte Angst vor seinem Vater, eine Heidenangst. Und so verjagte der Alte die Frau mit ihrem Kind von seinem Grundstück. Er sagte,

wenn sie sich noch einmal blicken ließe, würde er dafür sorgen, dass sie im Gefängnis landete.«
Walker stand auf und lehnte sich an die Wand. Das Haus neigte sich wie ein Schiff mit Schlagseite. Er schloss die Augen.
»Aber, wie Sie selbst am besten wissen, Walker, ist sie nicht einfach weggegangen. An diesem Nachmittag rief sie Robert an und sagte ihm, dass sie sich seines Kindes an einer Straße entledigt hätte. Sie sagte ihm, wo und dass er sich jetzt etwas einfallen lassen müsse, denn sie und ihr Freund würden verschwinden: Ziel unbekannt.«
Walker ging ans andere Ende der Diele und lehnte sich dort, mit dem Rücken zu Simmons, an die Wand.
Der Mann musste ein wenig lauter sprechen, damit Walker ihn hören konnte, aber er blieb auf seinem Stuhl sitzen.
»Jake fragte Robert, was es mit dem Anruf auf sich habe, Robert sagte es ihm, und Jake fragte noch einmal, ob er die Wahrheit gesagt habe, ob der kleine Junge tatsächlich nicht sein Sohn sei. Robert schwor, dass es wahr sei. Jake sagte: ›Vergiss, dass sie überhaupt da war. Lass dich auf nichts ein. Irgend jemand wird dieses Kind schon finden.‹ Er kann sehr hart sein, unser Mr. Nuremborski, wenn er will.«
»Ja«, sagte Walker.
»Robert fing an zu trinken, trank den ganzen Tag weiter und fuhr schließlich los, um Sie zu suchen. Aber er hat Sie nicht gefunden. Entweder hatte sie schon jemand anderer mitgenommen, oder er war so betrunken, dass er nicht mehr genau wusste, wo er suchen sollte. Laut Jake kam er halbirr zurück. Er schrie den Alten an, wahrscheinlich

zum ersten Mal in seinem Leben, und dann torkelte er zum Fluss hinunter. Als es dunkel wurde, begann Jake, sich Sorgen zu machen. Er nahm eine Lampe und machte sich auf die Suche nach ihm.«

Walker hörte, wie der Mann jetzt aufstand.

»Er fand Robert am Fuß einer Klippe neben dem Fluss. Entweder war er gesprungen oder gefallen.«

Walker drehte sich um. Simmons stand neben seinem Stuhl, immer noch neben der offenen Tür, halb in der Sonne, halb im Dämmerlicht der Diele.

»Er ist der Mann im Rollstuhl«, sagte Walker.

»Ja, er ist der Mann im Rollstuhl. Gelähmt, nur seine Hände kann er noch ein bisschen bewegen. Sein Gehirn hat schwer gelitten. Ein Pfleger kümmert sich um ihn. Er ist bei uns, aber nicht bei uns, wenn Sie verstehen, was ich meine.«

Er öffnete die Mappe und zog ein paar Seiten sauber betipptes Papier heraus. Es sah aus, als leuchteten sie in der Sonne.

Walker regte sich nicht. »Wenn mein Großvater Ihnen befohlen hat, bei mir einzubrechen, muss er schon gewusst haben, wer ich bin, bevor ich bei ihm vor der Tür stand. Wie hat er das angestellt?«

»Ja, wie wohl?«, erwiderte Simmons. »Es ist schon Jahre her, da rief mich Ihr Großvater in sein Büro und bat mich um einen persönlichen Gefallen. Ich sollte mich als Journalist ausgeben, der einen Hinweis bekommen hatte, ein ausgesetztes Kind sei an einer Straße in der Nähe von Sudbury gefunden worden. Ich habe mich mit der dortigen Polizei in Verbindung gesetzt und erfahren, dass man Sie der Fürsorge in Sudbury übergeben hatte. Im Laufe der

Jahre habe ich mich mit einer Freundin von Ihnen angefreundet.«
»Mit wem?«
»Mit Heather Duncan.«
Simmons setzte sich wieder und rückte die Mappe und das Papier auf seinen Knien zurecht. »Kommen Sie jetzt bitte und setzen Sie sich. Sozialarbeiter verdienen nicht viel, Walker. Sie müssen an ihre Rente denken.«
Walker blieb, wo er war. »Heather Duncan?«
»Wir bekamen jedes Jahr einen Bericht von ihr. Ich hatte ihr alles erklärt, natürlich ohne Namen zu nennen. Ich gab mich als Anwalt aus. Ich bin ein Mann mit vielen Berufen. Ich erzählte ihr, dass mein Klient sich irgendwie für Sie verantwortlich fühle, weil, nach dem, was sein Sohn an jenem Tag getan hatte, ja doch die Möglichkeit bestünde, dass Sie sein Enkel seien. Aber er hatte gar kein Interesse an einem zweiten Enkel. Einem unehelichen. Trotzdem wollte er Ihnen finanziell unter die Arme greifen können, falls Sie es jemals brauchen sollten. Heather Duncan hat Ihnen einen Gefallen getan.«
Walker kam die Diele zurück. Ihm war schwindlig. »Was hat sie Ihnen erzählt?«
»Alles. Wo Sie in Sudbury wohnten, wie Sie nach Thunder Bay gezogen sind, alles über die Devereaux' in Big River. Sie ist doch immer mit Ihnen in Verbindung geblieben, nicht?«
Walker nickte. Ihm war schlecht.
»Sie hat mir erzählt, dass Sie letztes Jahr nach Sudbury gekommen sind, um Einsicht in Ihre Akte zu nehmen, die mit dem Brief und dem Foto. Und Ihre Adresse in Toronto hat sie von Ihrer Familie in Big River bekommen. Sie

hat sie mir gegeben am Tag, als sie eingezogen sind. Und das war's. Wenn es Sie glücklich macht, die Zahlungen an sie wurden damit eingestellt.«
Es machte ihn nicht glücklich. Heather Duncan, die ihn an sich gedrückt und manchmal sogar wässrige Augen bekommen hatte. Tränen der Schuld, dachte Walker. Sie hatte die ganze Zeit gewusst, wer er war.
»Machen Sie ihr keinen Vorwurf.«
»Nein«, sagte Walker. Er rieb sich das Gesicht. Er wollte einfach nur aufwachen.
Simmons hielt ihm die Seiten entgegen.
»Mr. Nuremborski war und ist nicht an einem neuen Enkel interessiert. Er ist gesundheitlich schwer angeschlagen. Und er möchte auch keine Komplikationen mit seinem Nachlass. Er will seine Ruhe.«
Walker nahm die Papiere und setzte sich wieder. Er schaute auf die oberste Seite. Ein Haufen Wörter und fortlaufend numerierte Sätze.
Der Mann fuhr fort: »Wir haben versucht, Sie von Ihrem Vorhaben abzubringen. Das ist uns, wie man sieht, nicht gelungen. Und wir haben auch bald erkannt, dass die ganze Angelegenheit zusehends verworrener wird. Denn Sie hatten, und das ist ja auch verständlich, eine falsche Vorstellung davon, wer Ihre Eltern sind.«
Walker sah die anderen Seiten durch. Noch mehr Wörter, noch mehr numerierte Sätze. Er konnte sich nicht überwinden, sie zu lesen. Die Seiten zitterten in seiner Hand.
»Ob Sie's glauben oder nicht, irgendwie haben Sie bei dem Alten einen Stein im Brett. Wahrscheinlich, weil sie genauso zielstrebig sind wie er.« Der Sekretär hielt inne und lächelte. »Ich freue mich, dass Sie sich hingesetzt haben.

Mr. Nuremborski ist bereit, Ihnen vierhunderttausend Dollar zu schenken.«
Walker sah ihn an.
»Warum? Weil er will, dass Sie's im Leben zu etwas bringen, und, offen gestanden, weil er nicht will, dass sein Nachlass mit einer Vaterschaftsklage in Zusammenhang gebracht wird. Sie müssen nur dieses Dokument hier unterschreiben. Daraus geht hervor, dass Walker Devereaux ein begabter junger Mann ist, den Mr. Nuremborski kennengelernt hat, den er bewundert und dem er helfen möchte. Und dass Sie, jetzt und in Zukunft, keine weiteren Aussichten oder Ansprüche jeglicher Art haben. Und dann möchte er, dass Sie die Stadt verlassen.«
»Ich verstehe«, sagte Walker.
»Ich habe einen beglaubigten Scheck dabei, der auf Sie ausgestellt ist. Sie müssen nur die einzelnen Seiten paraphieren, hier, und die letzte Seite hier unterschreiben.« Er beugte sich ein wenig vor und zeigte Walker die Stellen, an denen er unterschreiben sollte. »Gott sei Dank müssen wir Sie jetzt nicht mehr auf Schritt und Tritt verfolgen.«
Er zog einen Füller aus einer Lederschleife an der Mappe und reichte ihn Walker.
»Sagen Sie meinem Großvater, dass meine Mutter Lenore Nuremborski heißt«, sagte Walker.
Dem Mann wich die Farbe aus dem Gesicht. »Sie scherzen, oder?«
»Nein.«
Simmons kramte einen Augenblick in der Mappe und hielt Walker dann einen Scheck vor die Nase. Er war beglaubigt. Und Walkers Name stand darauf. Und auch die Summe von vierhunderttausend Dollar.

»Das ist ein unglaublich großzügiges Angebot. Sie haben keinerlei rechtliche Handhabe. Robert kann nichts bezeugen, er vegetiert nur noch dahin. Sie können nicht einmal einen Bluttest erzwingen. Klar?« Dem Mann fielen hinter seiner Brille schier die Augen aus dem Kopf. »Sind Sie wirklich so dumm? Unterschreiben Sie, nehmen Sie das Geld und hauen Sie ab!« Wieder hielt er ihm den Füller hin.

»Nein.«

Der Mann fuhr von seinem Stuhl auf.

Auch Walker stand auf und reichte ihm die Papiere zurück.

Simmons sah ihn wütend an, doch in seinen Augen lag auch Furcht, beinahe Verzweiflung. »Jetzt sind Sie neunzehn. Wenn sie neununddreißig sind, werden Sie sich dafür hassen«, sagte er.

Walker hielt ihm die Papiere weiter hin. Der Mann nahm sie und stopfte sie in die Mappe. Noch einmal hielt er Walker den Scheck vor die Nase. Ein letzter Versuch.

Walker schüttelte den Kopf.

Der Mann stopfte auch den Scheck zurück in die Mappe.

»Was meinen Sie, wie der Brief und das Foto in meine Jackentasche gekommen sind?«, fragte Walker und versuchte dabei, so ruhig wie möglich zu sprechen. »Wo er doch weder an Jake Nuremborski adressiert war noch an Robert. Sondern an Lennie Nuremborski in Jamaika!«

Der Sekretär ging hinaus auf den Holzrost, ins helle Tageslicht. Er wandte sich zu Walker um. Seine Brillengläser reflektierten das Licht, und er sah aus, als wäre er blind.

»Wissen Sie, was Ihr Problem ist?«, sagte er. »Sie sind

doof, und Sie wissen es nicht. Lenore und ihr Mann hatten Jamaika bereits verlassen, als dieser Brief ankam. Also hat ihn die Haushälterin Mr. Nuremborski nach Kanada zurückgeschickt. Er lag hier, zusammen mit dem Foto, auf einem Tisch im Empfangszimmer. Ihre Mutter hat die Sachen geklaut, als sie hier war, und hat sie Ihnen in die Tasche gesteckt, so dass man Sie für einen Nuremborski halten würde, wenn man Sie findet. Und Sie hierher zurückbringt! Verstanden?« Hilflos sah er um sich. »Aber es hat halt nicht geklappt.«
Er wandte sich noch einmal zu Walker, zum Äußersten entschlossen. »Schauen Sie doch in den Spiegel«, sagte er. »Was sehen Sie da? Ein Halbblut. Den Sohn Ihrer Mutter. Himmelherrgott, unterschreiben Sie! Nehmen Sie Ihr Geld!«
Wieder schüttelte Walker den Kopf. Der hat die Hosen gestrichen voll, dachte er. Wegen Jake Nuremborski.
»Robert Nuremborski ist Ihr Vater«, beharrte er. »Sie haben soeben den teuersten Fehler Ihres Lebens gemacht.« Er warf einen letzten Blick auf Walker, dann drehte er sich um und ging.
Walker lauschte, bis er Simmons die Auffahrt hinunterfahren hörte. Das Geräusch des Wagens verklang in der Ferne. Jetzt war wieder nur mehr das Rauschen des Windes zu hören. Und das Knarren des Hauses. Auch Walker wollte gerade gehen, als er noch etwas anderes hörte. Schritte, dessen war er sich absolut sicher. Und sie kamen vom oberen Stock. Direkt über ihm.
So leise er konnte, schlich er zurück in die Diele und sah die Treppe hoch. Zuerst sah er gar nichts. Und dann schälte sich oben an der Treppe ein beinahe konturloses

Gesicht, wie ein Vollmond, aus der Dunkelheit. Es blickte unverwandt auf ihn herunter. Walker blickte zurück, und das Gesicht verschwand.

Walker stieg die Treppe hoch. »Wer ist da?«, sagte er. Er hatte nicht die geringste Ahnung, wer das sein konnte. Jemand, der schon dagewesen war, bevor er selbst eingebrochen war? Jemand, der einen anderen Eingang kannte? Auf halber Höhe blieb Walker stehen. Robert war es nicht. Robert war sein Vater. Robert saß im Rollstuhl. Und es war auch nicht der Mann, der ihn bis jetzt verfolgt hatte. Dieser Mann war soeben weggefahren.

»Wer ist da?«, sagte Walker noch einmal.

Ein unbewohntes Haus war für viele eine unausgesprochene Einladung. Für einen Fremden, der gerade vorbeikam. Für einen Obdachlosen.

»Das ist Privatbesitz«, sagte Walker, und das entbehrte nicht einer gewissen Komik. Keine Antwort kam aus der Dunkelheit über ihm. Sollte der Mann doch tun, was er wollte. Was kümmerte es Walker?

Er wandte sich um und stieg die Treppe wieder hinunter. Als er in Alphonsos Cadillac stieg, war er so müde wie nie zuvor in seinem Leben. Er fuhr rückwärts auf die Straße und machte sich auf den Weg nach Toronto.

Man hatte ihm vierhunderttausend Dollar angeboten, damit er auf Nimmerwiedersehen verschwände. Seine Mutter hatte ihn wie Abfall an einer Straße abgeladen, weil sie einen neuen Freund hatte und Walker im Weg war. Sein Vater war ein Schwächling und ein Trunkenbold. Und ein lebender Leichnam.

Beinahe hätte Walker gelacht. Er spürte, wie ein hysterischer Lachkrampf in seinem Hals aufstieg. Er würgte ihn

ab, aus Angst, dass dieser Krampf andernfalls nie wieder aufhören würde.
»Die Frage ist«, sagte er zu sich selbst, und seine Stimme klang dünn und angestrengt hier im Wagen, »die Frage ist, glaube ich ihm?«
Er quälte sich mit dieser Frage herum, dann gab er auf. Er konnte nicht mehr denken.
Vier endlose Stunden später fuhr er die enge Seitenstraße in Forest Hill entlang zum Haus von Jake Nuremborski. Er musste dringend ins Bett. Er musste ein Jahr lang schlafen. Aber er konnte nicht anders.
Es war ein sonniger Tag Ende Oktober gewesen, doch jetzt stahl sich die Sonne langsam hinter den Bäumen davon und warf einen kalten roten Glanz auf die Mauern und Fenstern der Häuser.
Zuerst sah das Haus der Nuremborskis aus wie immer. Heruntergekommen und überwuchert. Und dann sah er – ganz am Ende der Auffahrt, in eine gelbe karierte Decke gehüllt, in seinem Rollstuhl sitzend, das Gesicht dem Glühen der untergehenden Sonne zugewandt – Robert Nuremborski.
Walker hielt an und stieg aus.
Robert saß da wie die Inspiration zu einem religiösen Gemälde, das Haar von der glühenden Sonne erleuchtet, den Blick leer zum Himmel gerichtet, in rotem Licht, das die Schattierungen seiner Decke wie Feuer aufflammen ließ.
Walker ging zu ihm, aber er rührte sich nicht, schien nicht zu merken, dass sein Sohn bei ihm war.
Sein Sohn? Walker sah dem Mann ins Gesicht. Der Kopf lag auf einer Schulter, in einem seltsamen Winkel aufwärts gewandt. Seine Augen waren geschlossen.

Walker beugte sich über ihn, um ihn besser betrachten zu können. Sein Gesicht war feiner geschnitten als Walkers, zarter, doch die hohen Backenknochen waren da und auch der längliche Unterkiefer hatte etwas Vertrautes. Das Haar war schwarz, aber nicht so kohlrabenschwarz, dass es schon wieder blau war, wie das von Walker. Nun ja, aber die beteiligte Frau war ja auch eine Ureinwohnerin, oder?
Walker wollte etwas sagen, aber er wusste nicht, was. Plötzlich merkte er, dass er neben diesem Mann mit sich im Reinen war. Die ganze fürchterliche Anspannung, der Schmerz und die Verwirrung fielen von ihm ab.
Etwas in der Luft, die ihn hier umgab, war so leise, so tröstlich, so beruhigend, dass es ihm vorkam, als hätte die Welt selbst zu atmen aufgehört.

22

Am nächsten Morgen war die ganze Ferienkolonie in Aufruhr. Alex Johnson war gefunden worden. Die Einzelheiten darüber, wo man ihn gefunden hatte und in welchem Zustand, machten die Runde wie ein Blitz und hatten eine ebensolche Wirkung.
Erwachsene Männer zuckten zurück, als sie davon hörten, sie öffneten den Mund, doch kein Laut kam heraus. Erschütterung malte sich in den Gesichtern der Frauen. Kinder wurden gesucht und in die Häuser zurückgeleitet, als

wären sie plötzlich schwer krank geworden und brauchten Ruhe und Schonung.
Ein paar von den älteren Kindern entwischten, rannten das Ufer auf und ab, zwischen den Häusern hin und her und riefen einander zu. Sie fühlten etwas wie Hysterie, eine elektrische Ladung in ihren Adern, waren durcheinander und aufgeregt und voller Erstaunen.
Und auf einmal begann man miteinander zu reden, als ob alle gleichzeitig die Sprache wiedergefunden hätten – eine Flut von Worten ergoss sich, um etwas Gestaltlosem Gestalt zu geben, etwas Sinnlosem Sinn, um durch Details und Begründung und Spekulation Grenzen um etwas Grenzenloses zu ziehen.
Und als das nichts half, wurden die Männer wütend und scharten sich zusammen. Und die Frauen, ihre Kinder sicher unter ihrer Obhut, gingen in ihre Zimmer und kuschelten sich in ihre Betten. Und alle wussten, dass sich nichts ändern würde, egal was sie taten oder nicht taten, sagten oder nicht sagten. Jemand war in Alex Johnsons Leben getreten und hatte es beendet. Und jemand war auch in ihr Leben getreten.
Bobbys Vater hatte kein Wort gesagt, als Bobby hinter ihm her nach Hause gegangen war. Es war nicht notwendig gewesen. Was es zu sagen gab, hatte er bereits gesagt, als er dem Polizisten geantwortet hatte, er habe Alex nicht gesehen, und nicht widersprochen hatte, als Bobby behauptete, auch er habe Alex nicht gesehen. Sie saßen im selben Boot, Vater und Sohn. Sein Vater würde ihn beschützen, was auch kommen mochte. Er hatte keine Wahl.
Bobby war schlau auf seine Art.

Er wusste, dass sein Vater nichts sagen würde, weil er schreckliche Angst hatte, nicht um Bobby, sondern um sich selbst. Den guten Namen der Familie. Den Betrieb. Das Ansehen. Und noch tiefer als diese Angst ging sein Entsetzen darüber, dass er so ein Kind in die Welt gesetzt hatte, dass seinen glorreichen Lenden etwas wie Bobby entsprungen war.

Und Bobby, der mitten in der Nacht wach in seinem Bett lag, lächelte bei diesem Gedanken, wälzte sich herum und stellte sich vor, er sei ein Troll mit einem großen haarigen Kopf und spitzen Ohren und einem großen Buckel, der ihm zwischen den Schulter hervorwuchs. Er würde unter Brücken und in hohlen Baumstämmen wohnen. Er würde vor sich hin singen, und die Menschen würden seine Stimme für die Stimme des Windes halten. Der Winter würde kommen und die Sümpfe und Wälder mit Eis bedecken, und Bobby würde zwischen den dunklen Bäumen umherschleichen wie ein Schatten, und die Kälte könnte ihm nichts anhaben.

Dann kam Bobby ein anderer Gedanke: Dass sein Vater ihn in seinem Innersten doch liebte. Und je mehr er darüber nachdachte, desto klarer wurde ihm, dass sein Vater ihn tief im Innersten, immer geliebt hatte. Selbst wenn es so ausgesehen hatte, als sei er voller Verachtung und abgrundtiefem Hass.

Bobby stand im Bett und streckte beide Arme aus. Er war kein Troll, er war ein Gott, weil er es wagte, in einem Tempel zu wohnen, hoch über den gewöhnlichen, blökenden Massen mit ihren mickrigen Gedanken und Begierden, ihren mickrigen Tröstungen und Ängsten. Sein Vater hatte sich immer für etwas Außergewöhnliches gehalten, und

jetzt war Bobby sogar noch außergewöhnlicher als sein Vater.
Er stellte sich seinen Vater vor, wie er vor ihm in seinem dunklen Zimmer stand. Sein Vater, wie vom Donner gerührt. Das ist mein Sohn!
Bobby fing an zu weinen. Er wusste nicht, warum. Vielleicht, weil er so glücklich war, dass sein Vater ihn liebte. Vielleicht, weil er so hoch über der Welt stand, dass es ihm angst machte. Vielleicht, weil er, mitten in der Nacht, im Sommerhaus seiner Familie, letztendlich erkannt hatte, dass er völlig allein war.
Tränen strömten ihm übers Gesicht, und er lag da und tat so, als sei er im Fluss, unter Wasser. Sein Vater suchte ihn. Schließlich schlief er ein.
Bei Bobby und seiner Familie schlug der Blitz um zehn Uhr vormittag ein, als Alice Thorgood aus dem Dorfladen in Weirtown vorbeikam, um seiner Mutter mitzuteilen (im Flüsterton, aus Angst, Bobby und seine Schwester könnten die grauenhaften Einzelheiten mitbekommen), was ihr Mann und einige Männer von der freiwilligen Feuerwehr vor einer Stunde im Revier gefunden hatten.
Seine Mutter ging hinüber zu den Johnsons, um ihre Hilfe anzubieten. Seine Schwester hatte Anweisung, im Haus zu bleiben, und Bobby ebenso.
Sein Vater erfuhr die Neuigkeit von seiner Mutter, bevor sie das Haus verließ. Über dem Schlafanzug trug er seinen seidenen Morgenmantel, an den Füßen seine Hausschuhe aus Leder. Er stand gerade in der Küche und sah aus, als habe er kaum geschlafen. Als sie es ihm erzählte, wich die Farbe ein wenig aus seinem Gesicht. Er nickte ein

paar Mal und drückte plötzlich, ganz untypisch für ihn, seine Frau an sich, als müsse er sie trösten. Er hielt sie lange fest.

Als die beiden Polizisten von der Provinzpolizei zu ihnen kamen (keiner der beiden der Dicke vom vergangenen Abend), hatte sein Vater fix und fertig gepackt, um in die Stadt zurückzufahren. Ein Problem im Betrieb war ihm plötzlich eingefallen, er musste noch diesen Nachmittag zurück und nicht erst, wie ursprünglich geplant, in zwei Tagen. Es war fast zwei Uhr.

Alle saßen im Empfangszimmer. Die zwei Polizisten, seine Mutter, sein Vater, seine Schwester und Bobby. Die Polizisten bedauerten zutiefst, dass sie sie jetzt schon belästigen mussten, wo doch alle noch ganz verstört waren, doch es sei am besten, Fragen zu stellen, solange den Menschen die Ereignisse noch frisch im Gedächtnis waren.

Bobbys Eltern nickten, und die Polizisten begannen mit ihren Fragen. Es stellte sich heraus, dass niemand aus Bobbys Familie Alex am Vortag gesehen hatte.

Bobbys Mutter meinte, sie hätte ihn vor zwei Tagen gesehen, aber das wäre natürlich keine Hilfe. Einer der Polizisten, der kleinere, sagte, es könne trotzdem weiterhelfen, und fragte, unter welchen Umständen sie ihn gesehen hatte. Sie sagte, sie glaube, ihn gesehen zu haben, als er leere Limoflaschen nach Weirtown gebracht hatte, um sich das Pfand dafür geben zu lassen. Weiter sagte sie, dass Alex die Angewohnheit hatte, überall aufzutauchen. Alle kannten ihn. Er sei ein sehr unternehmungslustiger kleiner Junge voller Energie gewesen. Dabei fing sie an zu weinen. Seine Schwester wischte sich auch ein paar Tränen weg.

Die Polizisten entschuldigten sich für die Störung und standen auf, um zu gehen. Der größere, ein Riese mit auf Hochglanz polierten schwarzen Schuhen mit dicken Sohlen, sah zu Bobby hinunter und lächelte. Er fragte, was er gestern nachmittag getan habe. Sei er schwimmen gewesen? Oder fischen?
Bobbys Vater war ein wenig abseits von den anderen gesessen, reglos wie eine Statue, und hatte aus dem Fenster gestarrt. Jetzt stand er auf, doch er sah nicht Bobby an, sondern etwa einen halben Meter über ihn hinweg, als ob etwas von außergewöhnlichem Interesse da schwebte, das jeden Moment herunterfallen könnte.
Bobby sagte nein, er sei weder schwimmen noch fischen gewesen. Er habe seinem Vater geholfen, sein Boot zu reparieren, und dann sei er ins Haus zurückgegangen. Ihm sei nicht gut gewesen. Seine Mutter habe gesagt, er solle ins Bett gehen, und das habe er getan.
Der Polizist fragte: »Geht es dir jetzt wieder besser?«
»Ein bisschen«, antwortete Bobby.
Als die Polizisten gegangen waren, lief seine Schwester in ihr Zimmer, um sich dort auszuweinen. Sein Vater folgte Lennie nach oben, doch nicht, um sie zu trösten, sondern um seinen Koffer zu holen. Er machte sich fertig für die Abfahrt. Er wollte nicht zum Abendessen bleiben.
Bobby war hinten in der Diele und beobachtete seine Eltern in der Küche, als sein Vater sagte: »Ich möchte, dass Bobby mich heute abend begleitet.«
Seine Mutter, die an der Spüle stand und geistesabwesend Kartoffeln schälte für den Kartoffelsalat, den es am Abend geben sollte, drehte sich um und starrte ihren Mann an, als hätte er gerade etwas Unglaubliches gesagt.

»Wieso?«, fragt sie. Ihre Stimme klang klein und gepresst.
»Er ist bald sechzehn. Langsam gibt es ein paar Dinge, die er tun kann, nach der Schule und an Samstagen. Botengänge. Soll sich einarbeiten, solange noch Ferien sind. Wird ihm nicht schaden.«
Sie wandte sich wieder ihren Kartoffeln zu. Von seinem Beobachtungsposten neben der Küchentür kam es Bobby vor, als zitterten ihre Hände. Aber sie stellte keine weiteren Fragen. Er wusste, was sie dachte. Sie dachte an den Jungen, dem er an der Militärakademie in Southam fast den Schädel eingeschlagen hatte. Und wenn schon. Er würde mit seinem Vater in die Stadt zurückfahren. Sein Vater hatte sich entschieden, und zwar für Bobby.
»Pack ein paar Sachen zusammen, wir fahren jetzt«, sagte sein Vater. Irgendwie wusste er, dass Bobby dastand und ihn beobachtete, auch wenn er sich kein einziges Mal umgedreht hatte, um ihn anzusehen, ihn den ganzen Tag nicht angesehen hatte.
Bobby hüpfte das Herz im Leibe. Ein Triumphgefühl hatte ihn erfasst.
Er ging nach oben. Es stimmte, dass er anders war als die anderen. Er hatte sich Alex' in so außergewöhnlicher Weise bedient, dass es ihn in Ekstase versetzt hatte. Jetzt liebte er Alex. Alex hatte ihm den Weg gezeigt. Doch den Weg wohin, das hatte er noch nicht so richtig verstanden. Den Weg zum Anderssein? Ein Gott zu sein? Die Götter brachten andauernd Sterbliche um. Er hatte ein Bild von einem Gott gesehen, der neben einem toten Mann hockte, die Hände zu einer Schale geformt, aus dem er trank. Die Schale lief über vom Blut des Toten.
Ein Gott ist den Lenden meines Vaters entsprossen, und

er ist vom Donner gerührt, dachte Bobby. Er hatte etwas Ähnliches einmal gelesen – ein Mann, vom Donner gerührt, stand vor einem Gott. Er liebte die griechischen Göttersagen, die römischen und altnordischen. Die Welt wimmelte nur so von Göttern. Die Menschen konnten sie nur nicht sehen.
Bobby stand oben im Flur und hatte sich ebenfalls für unsichtbar erklärt. *Was sterbliche Augen nicht sehen und sterbliche Herzen nicht ergründen können*. Das war unter einem farbigen Bild von Jakobs Kampf mit dem Engel gestanden. Über ihnen in der sternenklaren Nacht schwebte die goldene Leiter, die in den Himmel führte. Das Bild war in einem Buch gewesen, das ihm einmal ein Verwandter geschenkt hatte. Aber das war so lange her, dass er sich nicht mehr erinnerte. Woran er sich jedoch erinnerte, war das Bild. Stundenlang hatte er es betrachtet.
Ich bin unsichtbar, sagte er sich.
Er blickte zur Tür seiner Schwester. Sie hatte sie nur angelehnt. Er stieß sie auf. Sie war in ihr Bett gekuschelt, lag unter der Decke, das Gesicht von ihm abgewandt. Wahrscheinlich weinte sie noch immer über Alex.
Weine nicht, hätte Bobby beinahe laut gesagt, Alex ist im Himmel. Und er sah Alex vor sich, wie er in einem See im Himmel watete und das perfekte Floß baute. Alle Holzstücke hatten die gleiche Länge und passten zusammen.
In der Überzeugung, unsichtbar zu sein, betrat er das Zimmer. Leise ging er hinüber zu ihrem Bett. Über dem Laken war nur ihr dunkles Haar zu sehen. Jetzt konnte er tun, was er wollte. Er konnte unter ihre Decke schlüpfen, wenn er das wollte. Er konnte ihr ins Ohr flüstern, dass er

ein Gott sei, und sie würde glauben, dass sie träume. Er konnte sich wie ein tiefer Schlaf über sie legen. Er konnte ihr den Atem aussaugen. Er konnte sich zwischen ihre Beine drängen. Sie würde stöhnen und im Traum die Beine um ihn schlingen, sie würden sich umschlungen halten und die Leiter nach oben gleiten.
Seine Schwester hob den Kopf und sah ihn an, als hätte sie die ganze Zeit gewusst, dass er neben ihr stand.
»Was machst du da?«
»Nichts«, sagte er. »Ich fahre weg. Vater nimmt mich mit.«
»Ach so«, sagte sie und legte den Kopf wieder auf das Kissen. Sie wischte sich die Augen ab. Im Dämmerlicht des Zimmers glänzten sie.
Bobby setzte sich auf die Bettkante. Er war noch nie zuvor auf ihrem Bett gesessen. Sie wandte sich ab und kuschelte sich wieder in die Decke.
Nur sein Vater kannte die ganze Wahrheit. Nur sein Vater wusste, dass er ein Gott war.
»Alex ist im Himmel«, sagte er, und diesmal laut.
Sie antwortete nicht.
Langsam, fast unmerklich, streckte er die Hand aus, um ihr Haar zu berühren.

23

Das Telefon läutete neben Walkers Ohr. Seine Augen öffneten sich, doch sein Verstand schlief noch. Benommen schaute er die Wand an. Der Raum war dunkel, von irgendwoher kam das Licht einer Lampe.

Beim vierten Klingeln hob er ab.

»Hmmm«, machte er.

»Schön, dass du wach bist«, erwiderte Krista.

Walker stützte sich auf einen Ellenbogen.

»Ich hab dich ausschlafen lassen. Es ist fast sechs.«

»Hmmm.«

»Ich komm rüber. Ich weiß jetzt, wo diese Nummer herkommt.«

»Was für eine Nummer?«

»Diese Telefonnummer!« Sie klang leicht genervt. Dann legte sie auf.

Sechs, dachte Walker. Mensch.

Er warf die Decke von sich und schwang die Beine über den Rand seines Ausziehsofas. Zu mehr reichte es im Moment nicht.

Wie lang würde sie brauchen, um hierher zu kommen? Nicht lang, wenn sie mit dem Auto fuhr, aber sie hatte noch immer keinen fahrbaren Untersatz. Sie hatte schon einmal erklärt, dass es nicht ratsam war, einen von den Kollegen zu bitten, sie zu ihm zu fahren, wenn sie und Walker nicht bis in alle Ewigkeit aufgezogen werden wollten. Wie also kam sie dann her? Mit der Straßenbahn? Mit einem Taxi von der Konkurrenz? Im Rollstuhl?

Robert Nuremborski war am vergangenen Abend im kalten roten Licht in einem Rollstuhl gesessen. Walker erinnerte sich wieder, was er da empfunden hatte. Tiefer Frieden war über ihn gekommen, seine Erschöpfung war von ihm abgefallen. Es war wie ein Zeichen, dass dieser Mann tatsächlich sein Vater war, als hätten zwei Auren zusammengefunden und wären miteinander verschmolzen.

Nur dass die Ruhe zu ruhig und zu tief geworden war. Walker hatte in Roberts Gesicht gestarrt, und da bekam es allmählich etwas Künstliches, wie ein Konstrukt, wie eine Totenmaske. Walker hatte dagegen ankämpfen müssen, dieses Gesicht abzuheben, um das wahre Gesicht darunter zu sehen. Er war zurückgewichen, die Auffahrt hinunter zu Alphonsos Wagen gehetzt.

Während Joe Smart jeden Quadratmillimeter des Cadillacs unter die Lupe nahm, in der Hoffnung, irgendwo eine Kratzspur zu entdecken oder Schmutz, Brandlöcher, Asche, Krümel, Senf – was auch immer, war Walker zu Ruby hinübergegangen, hatte zwei Kaffee und zwei Donuts mit Honigglasur zum Mitnehmen gekauft und war zurück zur Taxifirma gegangen. Wieder hatte er sich völlig matt gefühlt.

Krista hatte an ihrem Funktisch gesessen. Sie hatte erleichtert gewirkt. »Schön, dass du noch ganz bist«, sagte sie. Und sah dabei so aus, als meinte sie, was sie sagte.

Dadurch ermutigt ging er um die Theke herum und stellte einen Kaffee und einen Donut neben sie. Er hatte nicht vergessen, dass sie ihm plötzlich die kalte Schulter gezeigt, sich kühl und unnahbar gegeben hatte. Aber der Tag war einfach zu lang, und was er dabei in Erfahrung gebracht hatte, zu niederschmetternd gewesen.

Er saß auf der Schreibtischkante und erzählte ihr zwischen den Funkrufen und Telefonaten, dass es der Sekretär von Jake Nuremborski gewesen war, der versucht hatte, ihnen Angst einzujagen, und dass Heather Duncan, seine Beschützerin, die beste und einzige Freundin, die er als Kind gehabt hatte, Jake Nuremborski jahrelang mit Informationen versorgt hatte.

Als er ihr erzählte, dass nicht Lennie seine Mutter war, sondern, zumindest nach Aussagen des Sekretärs, Robert sein Vater, war sie sprachlos.

Als er zu der Sache mit dem Scheck kam, hatte sie ihre Sprache wiedergefunden. »Red kein Blech«, stieß sie hervor.

»Vierhunderttausend, beglaubigt«, wiederholte Walker.

»Mensch! Zeig mal her.«

Er zögerte. »Ich habe ihn nicht genommen.«

Sie starrte zu ihm hoch.

»Weil ich nicht glaube, was er sagt«, erklärte Walker. »Weil die etwas vertuschen wollen. Meiner Mutter ist irgend etwas zugestoßen, und die wollen mich kaufen.«

Krista nickte bedächtig. Ihr schien die Erklärung, die der Sekretär Walker gegeben hatte, ziemlich überzeugend. Aber dies war eindeutig nicht der richtige Zeitpunkt, Walker zu fragen, warum er auf einmal so sicher war, dass Robert Nuremborski nicht sein Vater war. Schließlich hatte er tagelang davon geredet, dass der Mann im Rollstuhl sein Vater sein könnte. Es war wohl besser, ihn nach Hause gehen und sich ausschlafen zu lassen und später weiterzureden.

»Ich habe Robert Nuremborski heute wiedergesehen«, fügte Walker hinzu.

»Und?«
»Und ...« Walker hielt inne. Ein gequälter Ausdruck huschte über sein Gesicht. »Ich weiß nicht.«
Er rutschte vom Schreibtisch herunter, zog den Zeitungsschnipsel, den er im Sommerhaus gefunden hatte, hervor und fragte sie, ob es eine Möglichkeit gäbe, herauszufinden, ob das eine Nummer in Toronto war oder eine im Gebiet French River oder vielleicht aus einer ganz anderen Gegend.
Sie sagte, sie würde ihr Bestes tun.
Walker war zu müde gewesen, um sich zu ihr zu beugen und sie zu küssen. Er hatte nur »danke« gesagt und war gegangen. Seine Beine hatten sich angefühlt, als wären sie gar nicht da.
Und jetzt war es früh am nächsten Tag, Kristas Schicht war vor eineinhalb Stunden zu Ende gegangen, und sie kam mit Neuigkeiten über diese Nummer.
Als sie kam, hatte Walker sich gewaschen und frische Sachen angezogen. Er wartete an der Haustür, den Jackenkragen wegen der Kälte hochgestellt.
Sie hatte sich Nick ausgesucht. Er hielt mit seinem alten Chrysler am Randstein, Krista saß neben ihm. Sie kämpfte sich mit ihren Krücken aus dem Wagen. Walker half Nick, den Rollstuhl aus dem Kofferraum zu hieven.
»Hey, Mann«, sagte Nick.
»Hey, Nick«, sagte Walker. »Kalt, was?«
»Und wie«, sagte Nick mit einem Grinsen so breit wie ganz Äthiopien. Er schlug den Kofferraumdeckel zu. »Vielleicht wird's wärmer«, sagte er.
Walker antwortete nicht.
Nick rief Krista zu, ob er sie auch heute abend bei ihrem

Vater abholen sollte, um sie zur Arbeit zu fahren. Seit ihr Wagen in Rauch aufgegangen war, hatte er sie stets abgeholt und nach Hause gebracht.
Sie sagte: »Wieso nicht?«
»War nur so 'ne Frage«, sagte er. Er stieg wieder ein und fuhr davon.
Krista trug eine lange braune Wildlederjacke über einem dicken blauen Pullover und eine dazu passende blaue Wollmütze, unter der ihr das blonde Haar wirr hervorhing.
Walker fand, sie sah toll aus. Mehr als toll.
Er stellte den Rollstuhl im Hausflur ab und trug sie hoch. Unter der Jacke und dem dicken Pulli konnte er ihren Körper kaum fühlen. Er unterdrückte sein Verlangen, sein Gesicht an ihres zu drücken. Er wusste, dass sich ihre Haut warm und kalt zugleich anfühlen würde.
Er setzte sie ab, sperrte die Tür auf und eilte wieder hinunter, um den Rollstuhl zu holen.
Als er zurückkam, stand sie in der Küche und setzte Kaffeewasser auf. Er betrachtete sie einen Augenblick, ein wenig überrascht, wie sehr ihm dieser Anblick gefiel – Krista in seiner Küche, bei einer so alltäglichen Verrichtung wie Wasserkochen.
»O.K.«, sagte er.
»O.K. was?« Sie streckte sich, um zwei Kaffeebecher aus dem Schrank zu holen. Sie konnte sie gerade noch erreichen.
»Du hast gesagt, du hast herausgefunden, wo diese Telefonnummer herkommt.«
»War gar nicht so schwierig«, sagte sie. »Ich hab sie einfach gewählt. Kein Anschluss mit unserer Vorwahl. Dann

hab ich noch mal gewählt, diesmal mit der Vorwahl für den Raum French River. Da ist sofort jemand rangegangen.«

Sie nahm die Mütze ab und schüttelte ihr langes, zerzaustes Haar. Walker nahm ihre Jacke, hängte sie über einen seiner Küchenstühle und übte sich in Geduld.

»Wer ist rangegangen?«

»Ein Rettungsdienst. Da oben gibt's noch keine Notrufnummer. Man muss selbst beim Rettungsdienst anrufen.«

»Wo war der?«

»In Sudbury.«

Walker setzte sich auf den Stuhl.

»Dann ergibt das Ganze doch einen Sinn«, sagte Krista. »Hat dieser Mann dir nicht erzählt, dass Robert Nuremborski an diesem Abend einen Unfall hatte? Das nächstgelegene Krankenhaus wäre in Sudbury.«

»Das war seine Version«, sagte Walker.

»Klingt aber plausibel, nicht?« Sie nahm den Pulverkaffee. Walker drehte sich eine Zigarette. Er antwortete nicht gleich. Dann sagte er: »Wir wissen nicht, wann sie diese Telefonnummer angerufen haben. Datum steht keines drauf. Vielleicht hatte Robert diesen Unfall an einem anderen Tag, nicht damals, als ich ausgesetzt wurde. Vielleicht war es gar nicht wegen Robert. Vielleicht war's wegen jemand anderem.«

»Wie zum Beispiel?«

»Wie zum Beispiel Lennie. Oder Kyle. Zum Beispiel wegen meiner Mutter oder wegen meinem Vater«, antwortete Walker störrisch.

Krista schickte sich an, etwas zu sagen, überlegte es sich jedoch anders. Sie suchte in einer Schublade nach Löffeln, aber Walker besaß nur einen, und der steckte in einer leeren Bohnendose in der Spüle.

»Ist das dein einziger Löffel?«

»Mhm.«

Sie angelte ihn aus der Dose, als könne sie Pickel davon bekommen, und schrubbte ihn mit einem Geschirrschwamm.

Walker hatte seine Zigarette fertiggedreht. »Kein Mensch wusste, wer ich war, Krista. Kann da oben eine Frau ein Kind haben, und sei es nur eine *nichtsnutzige Indianerin*« – seine Augen loderten auf –, »und kein Mensch weiß was darüber?«

»Sie ist doch weggegangen, Walker. Die Leute würden einfach denken, dass sie es mitgenommen hat, oder?«

»Schon«, meinte Walker, »nur, dass mein Foto in der Gegend in allen Zeitungen war. Irgend jemand hätte mich doch erkannt. Sie haben auch ein Suchplakat gemacht. Das habe ich gesehen, es war in meiner Akte. Sie haben es in allen Postämtern des Bezirks verteilt, in allen Polizeirevieren des Landes, mit einem großen Foto. ›Kennen Sie dieses Kind?‹, stand drauf. Und niemand hat sich gemeldet.«

Der Wasserkessel begann zu pfeifen.

»Er bietet mir vierhunderttausend Dollar an, damit ich verschwinde. Meinst du nicht, dass das ein bisschen viel ist? Meinst du nicht, dass irgendwer eine Heidenangst vor etwas hat? Meinst du nicht, dass die Wahrheit irgendwem – Jake Nuremborski, zum Beispiel – noch viel gefährlicher werden könnte, als er zugibt? Wieso zum Teufel sollte er sich darum scheren, ob er noch einen Enkel hat? Er kann seinen Besitz doch vererben, wem er will. Oder etwa nicht?«

Krista nahm den Wasserkessel vom Herd.
»Ein gesundes, sauberes, gepflegtes Kind.« Walker war richtig in Fahrt gekommen. »Mit neuen Klamotten und neuen Schuhen, mit einer Mutter, die sich zu ihm hinkniete und es liebte und ihm zuflüsterte, sich ganz gut festzuhalten, eine Mutter, die ihrem Kind ein Foto und einen Brief in die Tasche steckt, damit dieses Kind, falls ihr etwas zustößt, identifiziert und gerettet werden kann. Vergiss dieses Lügenmärchen von dem Brief, der irgendwo hingeschickt, zurückgeschickt und dann auf einen Tisch gelegt worden sein soll, damit irgendeine Indianerin ihn sich geistesgegenwärtig schnappt und mir in die Tasche stopft!«
Krista löffelte Kaffee in die Becher und goss das dampfende Wasser darüber. Sie holte eine Milchpackung aus dem Kühlschrank. Sie traute sich nicht, ihn anzusehen, wollte ihm nicht ins Gesicht sehen.
»Wie lange steht die Milch schon im Kühlschrank?«, fragte sie, und noch bevor Walker ihr antworten konnte, schnupperte sie daran. Sie konnte nicht anders.
»Ich glaub, die geht noch«, sagte er und beruhigte sich ein wenig.
Sie riskierte einen Blick auf ihn. Er zündete sich die Zigarette an. Sah ganz normal aus. »Riecht auch nicht schlecht«, sagte sie und lächelte ihn an.
»Meinst du, ich hätte die vierhunderttausend nehmen sollen? Meinst du, ich bin ein Trottel?«, fragte er, das Gesicht vom Rauch verhüllt.
»Natürlich nicht«, erwiderte sie.
Doch sie war sich keineswegs sicher, was sie meinte.
»Es geht um meine Mutter«, sagte er. »Wo sollte ich leben,

wo sollte ich hingehen, wie könnte ich mir selbst je wieder ins Gesicht sehen? Es geht um meine *Mutter*.«

»Ich weiß«, sagte Krista. Sie hielt sich an der Tischkante fest, um das Gleichgewicht nicht zu verlieren, beugte sich hinunter und küsste ihn auf den rauchigen Mund.

Sie wich ein Stück zurück und nahm sein Gesicht zwischen ihre Hände. Ihrer beider Lippen waren einander so nahe, wie sie sein konnten, ohne sich zu küssen. Sie schloss die Augen, so dass ihre langen Wimpern das einzige waren, was Walker von ihr sehen konnte. Er spürte, wie ihre Zunge seine Lippen berührte, sich zwischen seine Lippen schob.

Alles war umständlich, und alles war perfekt. Umständlich war, sie hochzuheben, aber wie sie sich an ihm festhielt und ihn küsste, war perfekt. Ein einziger langer Kuss, den ganzen Weg von der Küche ins Wohnzimmer.

Umständlich war, sie abzusetzen, das idiotische Bett auszuziehen und dabei daran zu denken, warum zum Teufel er es überhaupt zusammengeklappt hatte (weil er gedacht hatte, es wäre doch zu plump, es offen stehen zu lassen), aber wie sie die Laken glattstrich, die ganz verdrückt waren, und das Kissen aufschüttelte, war perfekt.

Und es war perfekt, wie sie auf das Bett krabbelte, das Gesicht von ihrem Haar verdeckt, und auf dem Bauch lag, ihr Gesicht in sein Kissen gedrückt. Da kniete er sich über sie, legte sein Gesicht an ihres, küsste sie zärtlich auf die Wange, die Stirn, das Haar, das Ohr.

Das Telefon läutete.

Krista öffnete die Augen.

»Kümmer dich nicht darum«, sagte Walker.

Es läutete wieder.

»O Gott«, sagte sie und ein langer Seufzer entrang sich ihr.
»Es ist nicht wichtig.«
»Geh ran, Walker.«
Er griff zum Hörer. »Ja?«
»Ist meine Tochter da?«, fragte George Papadopoulos.
»Wer?«
»Na, wer wohl? Krista Papadopoulos.«
»Ah, ja. Einen Moment.« Walker gab sie frei und drückte ihr den Hörer in die Hand.
»Wer ist das?«
»Dein Vater«, flüsterte er.
»Was will denn der?«, flüsterte sie zurück.
Walker zuckte die Achseln.
»Was willst du?«, wiederholte sie, nicht gerade freundlich, in den Hörer hinein.
Walker stand auf, damit sie ungestörter reden konnte, und ging an eines seiner beiden Fenster. Es war erst halb sieben. Langsam kehrte Leben in die Church Street zurück.
»Was?«, sagte Krista, und dann noch einmal: »Was?«, und schließlich, ein wenig ängstlich: »Das soll wohl ein Witz sein?«
O nein, dachte Walker.
»Schon gut«, sagte sie und legte auf. Sie saß auf der Bettkante und schaute zu ihm hinüber. »Es gibt ein Problem.«
»Und zwar?«
»Meine Mutter und mein Vater hatten einen Streit. Was an sich nichts Besonderes ist. Aber sonst rennt immer mein Vater auf und davon. Immer. Aber diesmal glaubt er, dass meine Mutter abgehauen ist.«
»Ach«, sagte Walker und setzte sich neben sie.

»Er ist total aus dem Häuschen. So hab ich ihn noch nie erlebt.«
»Wo hat er meine Nummer her?«
»Wahrscheinlich von Alphonso. Als ich von der Arbeit nicht nach Hause gekommen bin, muss er ihn angerufen haben.«
»Und woher wusste Alphonso, dass du hier bist?«
»Keine Ahnung. Geraten wahrscheinlich. Darum geht's aber gar nicht, Walker. Es geht um meine Mutter!«
»Stimmt«, sagte Walker. »Tut mir leid.«
Sie drückte ihr Gesicht an seine Wange. »Ich sollte heimgehen, Walker.«
»Ja.«
Lange saßen sie da, die Köpfe aneinandergeschmiegt. Schließlich griff Walker zum Telefon und rief ihr ein Taxi. Aber keins von Alphonso.
Ein paar Minuten später verstaute er ihren Rollstuhl im Kofferraum eines Taxis von Diamond. Er schlug den Deckel zu. Krista wartete an der offenen Autotür auf ihn.
Er grinste und ging zu ihr.
»Blöder konnte es nicht kommen«, sagte sie.
Er küsste sie, damit sie es nicht gar zu schwer nahm. Sie fühlte sich noch immer warm an. Richtig heiß sogar.
»Ich wünschte, das Telefon hätte nicht geläutet«, sagte sie.
»Ich auch«, antwortete Walker.
Sie kam mit ihren Lippen ganz nahe an sein Ohr und flüsterte: »Dass du mir das auch ja nicht vergisst!«
»Wie könnte ich das vergessen?«
Als sie weg war, streckte Walker sich auf dem Bett aus. Sein Kissen roch noch immer nach ihrem Parfüm. Er konnte sie beinahe unter sich spüren. Er schloss die Au-

gen. Nicht einmal die Schuhe hatte er ihr ausgezogen. Oder den Pulli. Die Schuhe aufzumachen wäre kein Problem gewesen, aber mit diesem Ungetüm von einem Pullover wäre es schon kniffliger geworden. Beschäftigt mit solchen Überlegungen schlief er ein.
Als er aufwachte, war es fast elf. Sonnenlicht fiel schräg durch die Fenster und wollte ihn glauben machen, draußen wäre es warm. Doch Walker wusste es besser.
Er griff nach seiner Brieftasche und zog eine Visitenkarte hervor, die er im vergangenen Sommer da hineingesteckt hatte. Er setzte sich auf und wählte eine Nummer.
»Guten Tag. Jugendamt Sudbury. Kann ich Ihnen helfen?«
Walker fragte nach Carolyn McEwan. Er wartete einen Augenblick, dann hörte er eine fröhliche Stimme sagen: »Guten Tag, hier Carolyn McEwan.«
»Hi, Carolyn. Hier ist Walker Devereaux. Ich weiß nicht, ob Sie sich noch an mich erinnern, aber ich war letzten Sommer bei Ihnen.«
»Natürlich erinnere ich mich an Sie. Wie geht's Ihnen denn?« Es klang so, als ob es sie wirklich interessierte. Walker hoffte, dass dem tatsächlich so war.
»Gut. Ich war damals auf der Suche nach Informationen über meine leiblichen Eltern, wissen Sie noch?«
»Ja.«
»Ich glaube, ich bin auf eine ganz heiße Spur gestoßen.«
»Wirklich?« Es klang aufrichtig überrascht, doch warum sollte sie nicht überrascht sein? Sie hatte den dürftigen Inhalt seiner Akte gesehen. »Das ist ja wunderbar.«
»Ich brauche ein bisschen Hilfe. Ich weiß, Sie werden mir helfen, wenn Sie können.«

Einen Herzschlag lang zögerte sie. »Natürlich, Walker. Wenn es in meiner Macht steht.«

»Wie viele Krankenhäuser gibt es in Sudbury?«, fragte er.

»Zwei größere. Das Allgemeine und das Katholische. Warum?«

»Haben Sie viel mit denen zu tun, wenn Sie nach leiblichen Eltern suchen und Krankengeschichten bekommen?«

»Nein, wegen solcher Sachen nicht.«

»Ach!« Ein wenig verließ ihn der Mut.

»Hin und wieder gehe ich aber ins Allgemeine wegen einer Adoption. Üblicherweise sind es ganz junge, ledige Frauen, die ihr Kind dafür freigeben. Ich bin die Vermittlerin. Sie übertragen der Fürsorge das Sorgerecht, und ich kümmere mich um die Weitergabe an die Adoptiveltern. Das wird alles im Krankenhaus abgewickelt und eingetragen.«

»Dann kennen Sie also Leute vom Archiv?«

»Ja, natürlich. Aber bedenken Sie, dass Patientenberichte vertraulich sind.«

»Mir geht es nicht um Patientenberichte«, sagte Walker. »Was ich brauche, sind Aufnahmedaten der Notaufnahme von der Nacht des 4. Oktober 1979 oder vielleicht dem Morgen darauf. Nur den Namen einer Person, die in dieser Nacht mit dem Rettungswagen vom French River, aus der Gegend eines Ortes namens Weirtown hergebracht wurde.«

Schweigen am anderen Ende der Leitung. »Es könnte meine Mutter oder mein Vater gewesen sein«, fügte er hinzu.

»Das ist lange her«, sagte Carolyn schließlich.

»Es war an dem Tag, an dem ich neben der Straße gefunden wurde.«

»Wirklich? Nach welchem Namen müsste ich denn fragen?«
»Keine Ahnung. Das versuche ich ja herauszufinden. Ich weiß nur, dass meine Eltern an diesem Tag in einen Unfall verwickelt waren. Irgend etwas ist da passiert.«
»Walker, ich werde sehen, was ich tun kann.«
»Großartig«, sagte er. Er war ihr unendlich dankbar.
»Ich werde Heather sagen, dass Sie angerufen haben ...«
»Nein«, unterbrach er sie hastig. »Mir wäre es lieber, wenn Sie es nicht täten. Ich bin jetzt ganz nahe dran, meine Eltern zu finden. Und ich möchte sie selbst damit überraschen.«
»Ach so. Na, gut«, sagte sie.
Er gab ihr seine Telefonnummer. Dann rief er Kim Miller-Best an. Es war erst elf Uhr vormittags. Er hoffte, sie wäre noch einigermaßen klar im Kopf.
»Hallo?«, antwortete eine Kinderstimme.
»Hi. Ist deine Mama da?«, fragte Walker.
»Nein«, erwiderte das kleine Mädchen.
»Weißt du, wann sie wiederkommt?«
»Sie ist in Urlaub gefahren«, sagte sie in sehr ernstem Ton.
»Wohin?«
»Zu Oma.«
»Zu deiner Oma nach Toronto?«
»Ja.«
»Hast du zwei Omas in Toronto?«, fragte er, um ganz sicherzugehen.
»Nein.«
Walker sah Kim schon durch das Fenster in der Haustür, noch bevor er an der Tür klingelte. Sie saß in der Küche am anderen Ende des Flurs und sprach mit jemandem. Sie

trug einen Hausmantel und sah schmaler aus, als Walker sie in Erinnerung hatte. Als er den Klingelknopf drückte, fuhr sie zusammen.
Kim stand auf und ging über den Flur auf ihn zu. Jetzt konnte er ihre Mutter in der Küche sehen. Sie trug klassisch geschnittene Hosen und eine Bluse und war, im Gegensatz zu ihrer Tochter, perfekt geschminkt und frisiert.
Kim öffnete die Tür.
»Tut mir leid, dass ich Sie schon wieder belästigen muss«, sagte Walker. »Das ist bestimmt das letzte Mal. Ich verspreche es.«
Kim trug das Haar aus dem Gesicht und zur Hälfte in einer Art Knoten aufgesteckt. Sie war überhaupt nicht geschminkt, und ihr Gesicht schimmerte gelblich. Sie sah noch verhärmter und angespannter aus als beim ersten Mal.
»Hast du das Haus am Fluss gefunden?«, fragte sie, ohne die Tür freizugeben und ihn hereinzulassen. Ihre Mutter trat mit besorgtem Blick in den Flur.
»Ja. Danke vielmals.«
»Hat es was genützt?«
»Ja. In gewisser Weise.«
»Hast du was über Lennie herausgefunden?«, fragte sie. Sie fuhr sich mit der Zunge über die Lippen, als wäre ihr Mund zu trocken. Nervös rieb sie mit der einen Hand den Rücken der anderen, hin und her.
»Nein. Eigentlich nicht. Deshalb wollte ich Ihnen noch eine Frage stellen«, erwiderte Walker.
Mrs. Miller trat hinter ihre Tochter und legte ihr die Hand auf die Schulter. »Sie sind doch Walker, nicht wahr?«, fragte sie freundlich.

»Ja. Hallo, Mrs. Miller. Schön, Sie wiederzusehen.«
»Er möchte mich noch was wegen Lennie fragen«, sagte Kim abwesend.
»Das ist jetzt nicht die beste Zeit, Walker«, sagte Mrs. Miller, »Kim geht es heute gar nicht gut. Vielleicht ein andermal.«
»Nein, ist schon in Ordnung«, behauptete Kim und rang sich ein Lächeln ab. »Ist sogar ganz gut. Da hab ich was zu tun. Komm rein, Walker.«
Kim trat zurück. Auch ihre Mutter machte Platz, sah aber wenig erfreut aus.
»Ich nehme an, Kim hat Ihnen meine richtige Geschichte erzählt und dass ich nicht ganz ehrlich zu Ihnen war«, sagte er zu Mrs. Miller, nun da er es bis in die Diele geschafft hatte. »Es tut mir leid.«
»Ach, das ist nicht so wichtig«, sagte Mrs. Miller mit einem besorgten Blick auf ihre Tochter. »Ich kann gut verstehen, dass Sie etwas über Ihre Familie in Erfahrung bringen wollten. Es ist nur so … Sie müssen verstehen, dass Kim Ihnen da nicht mehr weiterhelfen kann. Und was Sie erzählen, nimmt sie auch ziemlich mit. Das mit Lennie, meine ich.« Jetzt sah Mrs. Miller ihn direkt an, und ihre Augen wünschten ihn zur Tür hinaus.
»Ich habe mir nur so meine Gedanken gemacht«, fuhr Walker unbeirrt fort, »über Lennie und Kyle. Ich frage mich, ob Sie sich vielleicht erinnern können, wo genau sie in Jamaika lebten. Wo ich geboren wurde.«
»Meine Güte«, sagte Kim, »das ist so lange her.«
»Aber Sie haben ihr geschrieben«, sagte er voller Hoffnung.
»Die ganze Zeit. Aber ich hab meinen ganzen Kram weg-

geschmissen. Alles. Bevor ich geheiratet habe. So was wie eine Säuberungsaktion. Weißt du noch, Mom?«

»Ja«, sagte Mrs. Miller mit einem leisen Seufzer.

»Es war eben irgendwo in Jamaika. Wo, weiß ich nicht mehr. Wieso?«

»Weil sich dort unten vielleicht jemand an mich erinnert.«

Walker dachte, dass die beiden Frauen ihn sicher für wenig überzeugend hielten, wie er da im Eingang stand und sich an Strohhalme klammerte.

»Das ist eine Ewigkeit her«, sagte Kim. »Alles war streng geheim. Sie durfte mit niemand in Kontakt bleiben. Jake hatte ihr gedroht, sie zu enterben, wenn sie sich nicht daran hielt. Ich habe mich darauf verlassen, dass meine Mutter nicht schnüffelt, habe aber trotzdem all ihre Briefe verbrannt, sobald ich sie gelesen hatte. Kam mir irgendwie romantischer vor.«

»Na gut«, sagte Walker und öffnete die Haustür einen Spalt. »O.K. Ich hoffe, es geht ...«

»Oh«, sagte Kim.

Er hielt inne.

Rasch drehte sie sich zu ihrer Mutter um. »Du hast doch noch meinen alten Schreibtisch, oder? Im Wintergarten?

»In diesem Schreibtisch ist nichts«, antwortete Mrs. Miller entschieden. »Du hast es ja selbst gesagt, du hast alles weggeschmissen.«

»Aber es ist nicht im Schreibtisch, Mom.« Kim schlurfte in ihren Hausschuhen über den Flur. Wieder seufzte Mrs. Miller, diesmal vernehmlich.

In der Küche blieb Kim stehen. »Kommt mit«, sagte sie, nun schon mit lebhafteren Zügen. Anscheinend war sie dankbar, etwas zu tun zu haben.

Mrs. Miller ging ihr nach. Walker schloss die Tür und folgte. Sie gingen durch die Küche und ein kleines Wohnzimmer in den Wintergarten. Dort kniete Kim bereits vor einem kleinen Kunststoffschreibtisch mit zwei Schubladen auf der linken Seite. Sie zog die untere Lade heraus, entfernte ein paar Zeitungsausschnitte und stellte die Schublade auf den Tisch.

»Ich hebe hier nur Kochrezepte auf«, sagte ihre Mutter.

»Nicht *in* der Schublade, Mom.« Kim drehte die Schublade um.

Walker stellte sich auf der einen Seite neben sie, ihre Mutter auf der anderen. Zu dritt starrten sie auf die Unterseite der Lade. Hier, wo niemand es je lesen würde, hatte die vierzehnjährige Kim mit einem Kugelschreiber in kühnen blauen Lettern eingraviert: »Robinson's Place, Three Mile Hill, Reef Island, Jamaika.«

»Da bist du auf die Welt gekommen«, sagte Kim.

Das rote Licht auf Walkers Anrufbeantworter blinkte. Seine Mutter hatte die Idee mit dem Anrufbeantworter gehabt, weil er nie daheim war, wenn sie ihn anrief, und sie deshalb nie wusste, ob er noch am Leben oder schon gestorben sei. Sie hatte ihm einen Scheck dafür geschickt und noch ein bisschen was extra, für Notfälle.

Walker, der gerade von seinem Besuch bei Kim zurückgekommen war, ging hin und drückte die Abspieltaste.

»Hi, Walker, hier ist Carolyn McEwan«, hörte er die klare Stimme. »Eine Freundin im Allgemeinen hat gerade die Unterlagen aus der Notaufnahme durchgeschaut. Hat nur ein paar Minuten gedauert, weil wir ein Datum hatten. Sie hatten recht. In dieser Nacht wurde tatsächlich jemand vom French River hereingebracht. Schweres Schädeltrauma. Er lag ungefähr einen Monat auf der Intensivstation in Sudbury und wurde dann ins Bayview Hospital nach Toronto verlegt. Sein Name ist Robert Nuremborski. Ich hoffe, Sie können was damit anfangen. Halten Sie mich auf dem laufenden. Und Walker, erzählen Sie niemandem, woher Sie das haben. Tschüss.«

Walker setzte sich auf die Kante seines zerwühlten Bettes. Nicht Lennie. Nicht Kyle. Sondern Robert.

Um vier Uhr kam Walker zur Eingangstür von A.P.Taxis herein. Krista war schon da, obwohl sie fast den ganzen Tag damit verbracht hatte, die Wogen zwischen ihrer Mutter und ihrem Vater zu glätten. Sie hatte nur drei Stunden geschlafen und dunkle Ringe unter den Augen.

Als Walker sie so mitgenommen sah, war ihm klar, dass Nick und die anderen Fahrer ihr Aussehen als Zeichen sexueller Erschöpfung auslegen würden. Es würde das Thema des Abends werden.

»Hi«, sagte er.

Am Funktisch saß noch immer Donna in ihrer weiten alten Strickjacke. Krista ging einen Stapel Rechnungen durch. Sie trennte sie in solche, die noch einmal dreißig Tage auf ihre Bezahlung warten konnten, und solche, bei denen sie Alphonso überreden musste, sie gleich zu bezahlen, um gerichtliche Schritte zu vermeiden. Dieses Spiel spielten sie jeden Monat. Alphonso zahlte immer nur im allerletzten Moment. Das war eine eherne Regel, und es gab keine Ausnahme davon.

»Hi«, sagte sie.

Donna, die gerade ein Taschenbuch las und sich die nächste

Zigarette an der vorhergehenden anzündete, drehte sich zu Walker um.

Krista sagte: »Gehen wir auf den Flur. Alphonso hat seinen freien Abend. Wieder einmal.« Sie schwenkte ihren Rollstuhl herum und fuhr an ihm vorbei.

Walker hatte sie nie geschoben. Soweit er wusste, hatte das auch sonst noch niemand getan. Er nahm an, dass man sein Leben riskierte, wenn man es versuchte, auch wenn der Schnee einen halben Meter hoch lag.

Sie stieß sich den Flur entlang, rumpelte die Rampe hinunter und fuhr in Alphonsos Büro. Walker immer hinterdrein.

»Donna ist schrecklich neugierig«, sagte sie. »Wir haben meine Mutter gefunden.«

Walker setzte sich auf die Armlehne von Alphonsos ramponiertem Ledersessel. Er hatte auch Neuigkeiten, aber keine Eile, sie loszuwerden. »Wo?«

»Sie war bei meiner Tante. Die wohnt nur ein paar Blocks weiter, aber Dad hatte richtig Muffensausen.«

»Ist sie zurückgekommen?«

»Schon, aber nur unter der Bedingung, dass Dad und ich nicht mehr soviel streiten.«

»Geht das denn?« Walker lächelte sie an.

»Schwer vorstellbar«, sagte sie und lächelte ebenfalls ein wenig. »Das war schon irgendwie komisch heute, nicht?«

»Was?«

»Das weißt du genau.«

»Ja«, sagte er.

Sie sahen sich lange in die Augen. Dann brach Walker das Schweigen. »Ich habe was über diese Rettungsfahrt herausbekommen.«

»Aha?«

»Ja. Es *war* Robert Nuremborski, den sie an diesem Abend eingeliefert haben.«

»An welchem Abend?«

»An dem Abend, an dem sie mich am Straßenrand gefunden haben. Genau an dem.«

»Tatsächlich? Das passt doch zu der Geschichte, dass Robert dein Vater ist, oder?«

Er starrte auf seine abgetragenen Schuhe. »Ja«, sagte er.

Teilnahmslos und verzagt fuhr Walker die ganze Nacht Taxi. Der strömende Regen machte es ihm auch nicht leichter. Er versuchte, an Reef Island zu denken, versuchte, sich vorzustellen, dass es dort jemanden gab, der seinen Namen wiedererkennen würde. Walker, nicht den Namen, den der Sekretär ihm genannt hatte. Nicht Edward William Jenkins, der in England lebte und in Edinburgh studierte, sondern Walker. Walker ohne Nachnamen.

Während das Lichtermeer der Stadt gegen die Windschutzscheibe brandete, versuchte er sich Strände und Wellen vorzustellen, eine weite Fläche türkisen Wassers, einen unglaublich blauen Himmel. Und einen kleinen Jungen, der dort spielte. Einen Jungen namens Walker. Oder Little Kyle, weil sein Vater Big Kyle war – das hatte Kim gesagt.

Genau in diesem Moment – als wäre der Regen plötzlich festgefroren, als hätten die Autos in dem spärlichen Licht mit quietschenden Bremsen angehalten – erkannte Walker die Wahrheit. Er sah sie direkt vor sich. Nicht Edward William Jenkins. Und auch nicht Little Kyle. Walker hatte die Antwort.

An diesem Morgen dauerte es deutlich länger als sonst, den Rest des Frühstücksclubs bei Ruby loszuwerden. Alle waren in besonders redseliger Stimmung, grinsten Walker und Krista an und bedauerten sie sehr ob der Müdigkeit, die ihnen doch in allen Gliedern stecken musste. Erst die Nachtschicht und dann auch noch die Tagschicht. Doppelschicht fahren und so. Ha, ha.

Schließlich gingen sie doch.

Walker spielte mit einer Streichholzschachtel. Wieder und immer wieder schnipste er sie zwischen seinen Fingern hin und her.

»Was ist los?«, fragte Krista.

»Wieso?«

»Es ist wegen dem, was du über diesen Krankentransport herausgefunden hast, oder?«

»Möglich.«

»Schau, Walker«, sagte sie, »das ist nicht das Ende der Welt. Jetzt weißt du wenigstens, wer dein Vater und deine Mutter waren. Und dass deiner Mutter nie irgendwas Schreckliches passiert ist. Sie ist einfach weggegangen. Das ist doch was, oder?«

Walker sah sie an. In seinen Augen lag echter Schmerz. »Ich glaube, ich bin draufgekommen, warum ich so vernagelt bin. Es liegt auf der Hand, man muss nur hinschauen.«

Bald dreht er durch, dachte sie. »Was denn?«

»Na, denk doch mal nach. Warum wurde Lennie nach Jamaika verbannt? Ist es ein Zufall, dass Lennie nach Toronto zurückfliegt, kurz bevor Roberts Kind, auch drei Jahre alt, ausgesetzt wird? Zwei Kinder, zwei Jungen, beide drei, beide Halbindianer? Merkst du was?«

Krista schob ihren Kopf so nahe an Walkers, dass ihr Haar

sein Gesicht berührte, und hielt seinen Arm mit beiden Händen fest. »Nein«, sagte sie leise.
»Beides ist gelogen!«, zischte er.
Er schaute weg, als brächte er es nicht über sich, mehr zu sagen. »Es gibt nur ein kleines Kind, einen dreijährigen Jungen«, brachte er schließlich hervor. »Ich bin Lennies Sohn. Und ich bin auch Roberts Sohn!«
Krista hielt seinen Arm noch fester umklammert.
»Lennie hat Kim angelogen. Es hat nie einen Freund gegeben. Ihr eigener Bruder war's. Robert war's.«
»Warum wollte sie dann nicht abtreiben, wenn sie von ihrem Bruder schwanger war?«
»Weil sie sich viel zu sehr gefürchtet und geschämt hat, um was zu sagen. Sie war erst vierzehn. Und als sie es nicht mehr verbergen konnte, war es schon zu spät. Also hat sie einen Jungen erfunden, der sie geschwängert hat. Ich glaube nicht, dass Jake Nuremborski die Wahrheit wusste, als er sie zum Kinderkriegen nach Jamaika abgeschoben hat. Die hat er erst später herausgefunden. Vielleicht erst, als ich schon auf der Welt war. Aber irgendwann muss sie's ihm erzählt haben. Oder Robert war's.«
»Woher willst du das wissen?«
»Sie hat Kim geschrieben, dass sie nach Hause kommt und das Inzestkind, das Monster, nach Toronto zurückbringt. Und da ist Jake ausgerastet. Er hat sie umgebracht. Robert hat er fast umgebracht. Mich hat er ausgesetzt.«
Krista war seiner Wange so nahe, dass er ihren Atem fühlte. »Hat er dir deshalb das Geld angeboten? Will er deshalb, dass du für immer verschwindest?«
»Ich bin der lebende Beweis, dass Jake Nuremborski ein Mörder ist«, sagte Walker.

Das passte alles zusammen. Und es ergab auf furchtbare Weise Sinn. Auch Krista erkannte das.
Heather Duncan, die Informantin. Der Sekretär, der sie abschrecken sollte. Die vierhunderttausend Dollar.
Lange saßen sie schweigend da.
»Ich weiß, wo ich die ersten drei Jahre meines Lebens verbracht habe. Kim hat mir am Vormittag die Adresse gegeben«, sagte er. »Als sie mich gefunden haben, wusste ich meinen Namen, Walker. Wenn ich nach Jamaika fliege, kann ich vielleicht beweisen, dass ich das Kind bin, das dort geboren wurde. Immerhin kann ich, verdammt noch mal, vielleicht beweisen, dass ich das Kind bin, das ausgesetzt wurde. Wenn es dort Leute gibt, die sich an einen kleinen Jungen namens Walker erinnern, oder wenn es irgendwo ein Geburtenregister gibt und ich irgendwo als Walker eingetragen bin, kann ich eine Verbindung herstellen zwischen mir und Jamaika und Lennie. Dann kann ich zur Polizei gehen. Die würden mit Jake sprechen. Sie würden einen Bluttest bei Robert anordnen. Sie würden anfangen, nach Lennie zu suchen.«
Krista musste ihn das fragen. Sie holte tief Luft. »Bist du sicher, dass du beweisen willst, dass du das Kind von Bruder und Schwester bist?«
»Ich muss.«
»Ja«, sagte Krista. »Walker, ich hab ein bisschen was gespart. Das kann ich dir geben.«
»Ich möchte, dass du mitkommst.«
Sie sah ihn prüfend an. Jetzt, wo er seine Geschichte losgeworden war, war er anscheinend wieder halbwegs klar im Kopf.
Und es sah aus, als ob er meinte, was er sagte.

Sie dachte an Mary's Point. Sie spürte, wie ihr die Krücken im Sand wegrutschten, spürte, wie ihr die Luft wegblieb, die Lungen brannten. »Du kannst mich dort gar nicht brauchen. Mit mir brauchst du für alles viel länger.«

»Und wie ich dich brauche«, sagte er. »Wir machen das zusammen. Außerdem wird Jake Nuremborski nicht aufgeben, nur weil ich seinen Scheck nicht genommen habe. Aber er ist nicht in Jamaika. Dort sind wir sicher.«

Krista zögerte einen Augenblick. »O.K.«, sagte sie dann.

Sobald Krista aktiv geworden war, ging alles schnell. Sie buchte noch an diesem Nachmittag einen Flug mit fünftägigem Aufenthalt, Abflug in drei Tagen. Walker war sich nicht sicher, ob fünf Tage reichen würden, aber Krista sagte, sie könnten, wenn nötig, den Rückflug verschieben.

Das Haupthindernis war George Papadopoulos, und Krista war sich darüber auch im klaren gewesen. Bei ihrer Mutter genügte es, offen und ehrlich zu sagen, dass sie mit Walker gehen wollte. Alles, was sie sonst noch wissen musste, konnte ihre Mutter an ihrem Gesicht ablesen. Endlich wollte Krista wieder verwundbar sein. Sie liebte diesen Jungen, und sie wollte ihr eigenes Leben leben.

Mit George war es etwas ganz anderes. Zuerst sagte er, so etwas käme überhaupt nicht in Frage, als ob er, und er allein, darüber entscheiden könne. Krista erwiderte, dass ihn das überhaupt nichts anginge und sie ihm nur habe Bescheid sagen wollen. George donnerte, dass ihn das sehr wohl etwas anginge, denn woher, glaube sie wohl, käme das Geld für diese Reise, wenn nicht von dem Treuhandfonds, den er für sie eingerichtet habe. Krista sagte, dass sie das Geld von diesem Fonds nie anrühre, diesen Fonds hasse, mit ihrem eigenen Geld bezahle, und dass sie, wenn ihr das nicht reichen sollte, mit ihrer Kreditkarte zahlen werde. George sagte, sie solle sich doch einmal fragen, warum überhaupt Geld auf ihrem Konto sei. Weil sie ihm keine Miete zahlen müsse, darum. Krista sagte, sie habe ihm schon hundert Mal gesagt, dass sie Miete zahlen werde, Miete zahlen wolle, er habe das aber immer abgelehnt, damit sie ja nicht vergesse, wem sie alles zu verdanken habe. George fragte sie (apropos vergessen), wie er wohl je vergessen solle, dass seine Tochter mit irgendeinem Vollidioten abgehauen sei und sich für ihn ohne Verlobungs-, geschweige denn Ehering, flachlege. Krista sagte, das ginge ihn einen Scheißdreck an und sie werde sich einen Scheißdreck um Vorschriften kümmern, die andere ihr machen wollten. George sagte, sie solle an ihre Mutter denken, was ihre Mutter wohl sagen werde, dass ihre Tochter keine Scham im Leibe habe, dass sie außer Rand und Band geraten und so versessen darauf sei, im Mittelpunkt zu stehen, dass sie mit jedem x-beliebigen auf und davon ging und vor nichts zurückschreckte.

George hatte wieder einmal seine Grenzen überschritten. Doch diesmal war es – sehr zu seinem und auch Kristas Erstaunen – ihre Mutter, die es ihm ins Gesicht sagte. Die ihm sagte, dass sie stolz sei auf Krista, und dass Krista sechsundzwanzig sei und selbst über ihr Leben bestimmen könne, und dass George zum Arzt gehen solle, wenn er schon so krank sei, dass er es nicht ertrage, seine erwachsene Tochter mit einem anderen Mann zu sehen.

George Papadopoulos sagte nichts mehr.
Drei Tage später, morgens um sieben Uhr dreißig, landeten Walker und Krista auf dem Norman Manley International Airport in Kingston, Jamaika.

24

Detective Sergeant Kiss rutschte die steile Uferböschung unter dem westlichen Ende der Gerrard Bridge hinunter. Er war äußerst schlechter Laune.
Erstens waren letzte Nacht die Schmerzen zurückgekehrt, und diesmal waren sie noch schlimmer als sonst.
Sie kamen immer, während er schlief, schlichen sich gewissermaßen an. Sie fingen immer im Gesäß an, machten sich im Becken breit, drückten gegen die Wirbelsäule, strahlten in die Hinterbacken und die Beine aus.
Er war aufgestanden und hatte sich gekrümmt über den Flur ins Bad geschleppt, eine Handvoll Schmerztabletten gekaut und eine halbe Stunde auf dem Klo verbracht. Dann war er in der dunklen Wohnung herumgetappt und hatte sich schließlich auf den Teppich im Wohnzimmer gelegt, die Beine auf dem Sofa.
Krebs. Was sollte es sonst sein?
Jedesmal, wenn die Schmerzen kamen, erschreckten sie ihn zu Tode.
Jedesmal, wenn sie vergingen, beschloss er, sich keine Sorgen zu machen. Er lebte allein. Seine Frau hatte ihn vor

zwanzig Jahren verlassen. Seine beiden Töchter meldeten sich nie.
Er sah das verdammte Ding förmlich vor sich. Zuerst war es klein wie eine Weinbeere. Nistete sich in seinen Eingeweiden ein. Dort gefiel es ihm so gut, dass es weiter anwuchs. Zu einem Apfel. Einer Grapefruit. O Gott.
Etwa um vier Uhr dreißig hatte der Schmerz nachgelassen, war verlodert, verschwunden. Kiss hatte sich das Gesicht mit einem kalten feuchten Waschlappen abgewischt und sich im Spiegel angestarrt. Vielleicht würden die Schmerzen nicht zurückkehren.
Doch sie würden zurückkehren. Kiss war überzeugt, dass er nicht mehr lange zu leben hatte.
Und zweitens hatte er hier überhaupt nichts verloren, dachte er, als er den Weg halb hinunterrannte, halb schlitterte und sich dabei die Schuhe komplett zerkratzte. Er war bei der Mordkommission. Nach dem, was einer seiner Leute ihm am Telefon gesagt hatte, noch bevor er Zeit gehabt hatte, seinen Mantel im Büro aufzuhängen, sah es ihm nicht nach Mord aus. Aber das war auch scheißegal. Denn Staff Inspector Hicks stand unter großem Druck von oberster Stelle, überall zu ermitteln, wo etwas das Zeitliche gesegnet hatte. Das war einmal die Aufgabe des Coroner gewesen. War es noch. Aber irgendein Spaßvogel hatte beschlossen, jeder Todesfall außerhalb eines Krankenhausbettes sollte zunächst einmal als Verbrechen behandelt werden.
Als ob er sonst nichts zu tun hätte. Als ob er nicht jede Menge Fälle hätte, für deren Aufklärung er niemals genügend Zeit und Personal haben würde. Das einzige, worum es ging, war Politik, es ging um den Schein, darum, den

eigenen Arsch zu retten, auf »Freund und Helfer« zu machen oder sonst so einen Krampf. Man sollte sehen, dass etwas getan wird, dass man sich kümmerte, auch wenn einem alles am Arsch vorbeiging.
Kiss war unten angekommen. Er fühlte sich besser. Vor Wut kochen war der einzige Sport, den er trieb. Er war einssiebzig groß und wog genau dreiundsechzig Kilo. Kochen hielt ihn dünn.
Detective Constable Amos Alberni begrüßte ihn. »Tut mir leid, dass ich Sie belästigen muss, Sergeant, aber ich habe mir gedacht, Sie sollten sich das ansehen.«
Alberni kam frisch von der Universität und kannte sich nach Kiss' Einschätzung im Großstadtdschungel ungefähr so gut aus wie ein Feldhase.
Der Inspektor machte sich nicht die Mühe zu antworten. Warum auch? Seine Tage waren gezählt, der Junge da würde ihn um hundert Jahre überleben.
Die beiden gingen auf eine Gruppe von Männern zu, darunter auch ein paar Uniformierte. Die in den Anzügen kannte Kiss alle, auch den Coroner.
Er hörte das Brummen des Morgenverkehrs auf der Brücke über seinem Kopf. Nach Norden und Süden erstreckte sich eine bewaldete Schlucht, in beiden Richtungen von staubigen Pfaden durchzogen. Doch es war nicht gerade der ideale Ort für eine Wanderung im Grünen. Sie waren mitten in der Stadt, Sozialwohnungen auf der einen Seite und das alte Gefängnis auf der anderen.
Im Wald, da sind die Räuber, ging es Kiss durch den Sinn.
Ein Mann hing an einem Strick. Es war ein dicker Mann, deshalb hatte er einen dicken Strick genommen. Eine umgestoßene Holzsteige lag zu seinen noch immer in der

Luft baumelnden Füßen. Er hatte sie hochkant hingestellt, war darauf gestiegen, hatte zu einem Brückenträger hochgelangt, einen festen Knoten um eine Eisenstange gezogen, am anderen Ende einen Schlüpfknoten gebunden, sich die Schlinge über den Kopf gelegt und die Steige weggestoßen. Fall abgeschlossen.
Die Hände des Mannes waren weder gefesselt noch sonst irgendwie festgehalten. Sie sahen weich und sauber aus. Kein Klebeband bedeckte seinen Mund, kein Knebel steckte darin. Der Mund war in einer Grimasse festgefroren, als ob der Mann versucht habe, mit den Zähnen einen besonders widerspenstigen Korken aus einer Weinflasche zu ziehen. Das Gesicht wies keine Spuren eines Kampfes auf, keine Schnitte, keine Blutergüsse. Es war ausdruckslos und sehr grau. Nur die Knollennase hatte sich ein wenig Farbe bewahrt, als stecke noch Leben in ihr.
Es gab keinen Anhaltspunkt für einen Unfalltod. Es sei denn, man bezeichnete die Lebensumstände des Mannes, die ihn zu so einer einsamen und verzweifelten Tat getrieben hatten, als Unfall. Absolut nichts Außergewöhnliches. Nur einer von den vielen Selbstmorden, die in großen Städten, in kleinen Städten und sogar auf dem Land vorkamen.
Nur dass der Mann nackt war.
Wie ein großes, weißes Stück Fleisch hing er da, zum Räuchern an der Luft, zum Räuchern in Licht und Schatten. Der weiße Bauch war riesig und aufgetrieben. Die Beine waren überraschend dünn, die Knie waren knochig und erregten einen bei Kiss seltenen Anflug von Mitleid. Es waren die Knie eines alten Mannes, wie seine eigenen. Sie schlugen sich ihm aufs Gemüt.

Kiss bemerkte Uringeruch. Die Genitalien des Mannes sahen noch feucht aus. Eine dünne Kotspur war ihm das halbe linke Bein hinabgelaufen.
»Sie haben ihn ausgezogen«, sagte Kiss, ohne sich an jemand Bestimmtes zu wenden und ohne dabei die Betrachtung der Leiche zu unterbrechen. »Die Obdachlosen, die hier unten hausen. Trug wahrscheinlich Anzug, Hemd, Krawatte, gute Lederschuhe. Die Schweine haben alles mitgenommen. Seine angeschissene Unterwäsche finden wir sicher im Umkreis von zehn Metern. So einen Notstand hat niemand.«
»Wir haben sie schon gefunden«, erwiderte Detective Alberni. Er hielt einen Plastikbeutel hoch.
»Der Mann hat Selbstmord begangen, ein paar von diesen abartigen Pennern haben ihn gefunden und ausgezogen. Das ist alles«, wiederholte Kiss.
Alberni war nähergekommen, den Plastikbeutel noch immer in der Hand.
»Bleiben Sie mir bloß vom Leib damit«, sagte Kiss.
»Nein, Sergeant, das ist nicht seine Unterwäsche, sondern etwas anderes.«
Er gab Kiss den Beutel. Kiss hielt ihn ins Sonnenlicht.
Durch das Plastik sah er eine Brille. Eines der Gläser war zerbrochen, und ein paar Scherben waren aufgesammelt und mit in den Beutel getan worden. Das runde Metallgestell war völlig verbogen und ebenfalls zerbrochen.

25

Von einer sehr jungen, sehr schönen Frau im jamaikanischen Fremdenverkehrsbüro in Toronto hatte Walker erfahren, dass Reef Island nur etwa achtzig Kilometer von Kingston entfernt vor der Südküste lag. (Sie selbst hatte nie davon gehört und musste erst danach suchen, zuerst im Computer und dann, als sie da nicht fündig wurde, in einem Buch.) Three Mile Hill war offenbar sowohl der Name des markantesten geographischen Punktes der Insel als auch ihrer einzigen Stadt. Es gab keine Festlandverbindung zur Insel, sie war nur mit einem privaten Fährdienst zu erreichen, dessen Fahrplan jedoch nicht im Buch stand.

In der Taxizentrale hatten Walker und Krista ihre Jamaika-Karte und den Weg von Kingston nach Reef Island eingehend studiert. Es schien nicht allzu schwierig, dorthin zu gelangen. Sie rechneten mit einer Stunde, um aus Kingston herauszukommen. Eine weitere Stunde würden sie wahrscheinlich für die achtzig Kilometer brauchen. Also würden sie spätestens um zehn Uhr vormittags in Joy's Grove ankommen, der Stadt, die der Insel gegenüberlag. Zeit genug, um auf Reef Island eine Unterkunft zu finden, falls es dort überhaupt eine gab.

Womit sie sich in der ersten Nacht auf der Insel die Zeit vertreiben sollten, darüber hatten sie überhaupt nicht gesprochen. Aber die Frage war die vergangenen drei Tage die ganze Zeit zwischen ihnen in der Luft gehangen.

Roger Dumont, ihr Taxifahrer, fuhr um genau zwanzig

nach zehn in einer Staubwolke an der Anlegestelle der Fähre in Joy's Grove vor.
Walker und Krista entstiegen dem klimatisierten Taxi in einen sengend heißen Morgen.
Eine Schar von Jungen, alle in der Uniform einer Privatschule, lungerten am Kai herum. Noch mehr Jungen kamen dazu, einige in Autos mit ihren Familien, zwei andere in Autos mit Chauffeur. Es gab sie in allen Schattierungen und Größen – von ganz klein bis ganz groß, von weiß über goldbraun bis tiefschwarz.
»Sie haben Glück«, sagte Roger, »die wollen alle zur Schule rüber. Die Fähre ist bestellt.«
Zehn Minuten später verkündete ein Junge, der auf einem Pfahl stand, dass die Fähre auf dem Weg sei. Und eine Minute später konnten auch Walker und Krista sie sehen, einen schwarzen Käfer auf einer glitzernden blauen Fläche.
Walker betrachtete sie unter einer Sonnenbrille und einem weißen Strohhut hervor, die er beide an einem Kiosk auf dem Flughafen erstanden hatte. Schon um halb acht Uhr morgens hatten er und Krista sich auf dem kurzen Stück vom Flugzeug zum einigermaßen kühlen Hauptterminal in der sengenden Hitze des Asphalts wie im Backofen gefühlt. Auch Krista hatte sich einen Strohhut gekauft. Ihrer hatte eine breite Krempe und ein lila Band. Außerdem hatte sie noch Sonnenmilch gekauft. Zwei Flaschen mit dem höchsten Lichtschutzfaktor, den sie finden konnte.
Von der Fähre, die sich langsam in ein kleines, vom Rost ganz rotes Eisenschiff verwandelte, ließ Walker immer wieder den Blick hin zum grünen Rücken von Reef Island schweifen. Dunstschleier stiegen von der Insel auf wie Feenflügel und lösten sich in Luft auf.

Das Schiff, mit seinem hohen rostverkrusteten Rumpf, lief heftig spritzend rückwärts in einen leeren Liegeplatz an der Anlegestelle ein. Roger steckte Walker eine handgeschriebene Karte in die Tasche und schrie ihm über den Motorenlärm hinweg zu: »Wenn ihr zurückwollt, ruft diese Nummer an. Dann hol ich euch ab. Gar kein Problem.«

Walker nickte, und mit Rogers Hilfe schafften sie ihr Gepäck und Kristas Rollstuhl an Bord, obwohl neben ihnen zwei vollbeladene Lastwagen die Rampe hochrumpelten. Die Schüler strömten an ihnen vorbei, Hafenarbeiter schrien und fluchten, das Schiffshorn dröhnte, und der Kapitän sah grimmig vom Steuerhaus herunter. Schließlich gab er Befehl zum Ablegen, und von irgendwo aus der Tiefe antwortete ein müder alter Motor mit Ächzen und Hämmern. Der Propeller brachte das Wasser zum Schäumen. Die Fähre entfernte sich langsam von der Anlegestelle, schwenkte ihr rundes Vorderteil hinaus ins Meer, erzitterte und folgte ergeben ihrer Bestimmung, wieder Kurs auf Reef Island zu nehmen.

Krista and Walker flüchteten sich sofort in die Kabine, um der Sonne zu entgehen. Krista ließ sich auf einer Holzbank nieder, und Walker kaufte einem Jungen im zerrissenen T-Shirt, der hinter einem winzigen Tresen stand, eine Flasche kaltes jamaikanisches Bier ab. Krista wollte nichts, weder kalt noch warm.

Walker trank sein Bier und dachte daran, dass er diese Überfahrt schon einmal gemacht hatte, wahrscheinlich sogar auf derselben Fähre. Er sah Lennie beinahe vor sich, vierzehn oder fünfzehn Jahre alt, wie sie neben ihrer Mutter saß, vielleicht genau da, wo Krista jetzt saß. Lennie

mit den dunklen Haaren, schwanger von ihrem eigenen Bruder.
Er sah zu Krista hinüber. Sie hatte ihr Bargeld mit ihm geteilt, ihm genau die Hälfte gegeben. Damit er sich nicht wie ein Gigolo vorkam. So hatte sie es formuliert. Er hatte ein paar jamaikanische Dollarscheine, aber hauptsächlich amerikanische Zehner und Zwanziger.
Kaum waren sie die Holzrampe heruntergekommen und hatten Reef Island betreten – Walker war zweimal gegangen, um Kristas zwei Koffer, ihre Reisetasche, seine Sporttasche und ihren Rollstuhl zu holen –, stürzten sich drei wüst aussehende Männer, zwei Frauen und etliche Kinder auf sie.
Die Schüler der Privatschule kletterten in einen wartenden Bus und machten dabei so viel Spektakel, wie sie nur konnten. Die beiden Lastwagen donnerten davon. Die Männer, die Frauen und der Kindertrupp umringten Krista und Walker, redeten alle auf einmal und priesen mit leidenschaftlichen Gesten die Vorzüge und Standorte der hiesigen Touristenunterkünfte an. Jeder hatte seine eigenen Vorschläge. Diese Kakophonie spitzte sich immer mehr zu einem Streit zu und dann zu einem richtigen Gerangel, als die Kontrahenten sich um das Gepäck zu balgen begannen.
Krista sah einen steilen Hang hinauf und entdeckte ein cremefarbenes Gebäude mit kleinen Balkons, das den Hafen überblickte. Es war kaum zu übersehen, mit seinen zwei Stockwerken beherrschte es das Dorf.
»Was ist das?«, fragte sie. Alle hielten inne, um zu sehen, wohin sie zeigte.
»Sam's Inn, Missus«, sagte ein Junge. »Ich bring Sie hin.«

Und flinker als irgendein anderer in der Gruppe hatte er sich Kristas größeren Koffer geschnappt und war damit losmarschiert. Die anderen Kinder rissen sich um das restliche Gepäck. Sie wieselten den Hang hinauf und ließen die Erwachsenen hinter sich.
Krista taxierte die Steigung hinauf zur Hauptstraße und klappte dann ihren Rollstuhl auseinander. Die drei Männer und zwei Frauen beobachteten sie düsteren Blicks.
Sie reichte Walker die Krücken. »Du wirst mich schieben müssen«, sagte sie und ließ sich langsam in den Rollstuhl sinken.
Die holprigsten Stellen auf der unbefestigten Straße umfahrend, schob er sie bergauf. Er kam sich komisch vor, als wäre er ihr Pfleger. Jetzt verstand er, warum sie immer abgelehnt hatte, sich schieben zu lassen.
Sams's Inn gehörte Sam Weiss, einem massigen Deutschen mittleren Alters mit beginnender Glatze. Mit lauter, bellender Stimme rief er einen Mann aus dem leeren Speisesaal herbei. Er stellte ihn als Tom Tait, seinen Portier, vor. Tom war alt, hatte sehnige Arme und ging gebeugt. Weiss trug ihm auf, den Kindern das Gepäck abzunehmen.
Walker verteilte jamaikanische Dollar. Die Kinder lachten, als sie das Geld in ihrer Hand befühlten, und rannten wieder hinaus in den strahlenden Sonnenschein und die Straße hinunter.
Das Zimmer, das Weiss ihnen geben wollte, lag im zweiten Stock, aber es gab keinen Fahrstuhl.
»Haben Sie ein Zimmer im Erdgeschoß?«, fragte Krista.
Er sah sie erstaunt an. »Hier gibt es keine Zimmer, nur die Bar und den Speisesaal. Ich kann Ihnen ein Zimmer im ersten Stock geben, aber das geht zur Straße hinaus. Ich

habe Dauergäste hier«, erklärte er. Dabei beugte er sich über den Empfangstisch nach vorn und sah zu ihr hinunter. »Wir sind halb Apartmenthaus, halb Hotel.«
Walker beugte sich zu Krista und hob sie hoch. »Zweiter Stock geht in Ordnung«, sagte er. »Den Schlüssel, bitte.«
Ihr Zimmer war klein, aber sauber. Ein Doppelbett stand darin, eine Kommode aus demselben hellen Holz und zwei Stühle aus Bambus.
Krista legte sich aufs Bett. Sie zuckte zusammen, als sie die Beine ausstreckte. »Geh lieber und hilf dem Alten mit unseren Sachen, bevor er sich damit umbringt«, sagte sie.
Tom kam Walker auf der Treppe entgegen. Ohne sichtbare Anstrengung trug er beide Koffer, die Sporttasche und Kristas Reisetasche hatte er sich um den Hals gehängt. Walker duckte sich an ihm vorbei und holte den Rollstuhl und die Krücken aus der Empfangshalle.
Als er wieder im zweiten Stock angelangt war, kam Tom ihm bereits auf dem engen Flur entgegen.
»Sind Sie schon lang hier?«, fragte Walker ihn, gab ihm zwanzig jamaikanische Dollar und lehnte sich an die Wand.
»Wo?«, fragte Tom zurück. Er hatte große, rotgeränderte Augen.
»Auf Reef Island.«
»Mein ganzes Leben.«
»Kennen Sie ein Haus, das Robinson's Place heißt?«
»Weg.«
»Was meinen Sie damit?«
»Nicht mehr da.« Bedächtig rieb er sich die Nase. »An die Jungenschule gegangen.«
»An die Jungenschule?«

»Ja, Sir. Die Jungenschule. Früher war's mal ein Wohnhaus, jetzt nicht mehr. Jetzt ist's eine Schule für Jungen. Drei, vier Gebäude sind noch an das alte Haus angebaut worden.«

»Aber ich nehme an, Sie kannten es schon, als es noch ein Wohnhaus war. Als da noch eine Familie lebte.«

»Ganz richtig. Drei Kilometer die Straße rauf.«

»Kannten Sie die Leute?«

»Ich kenne alle, früher oder später. Auch die Reichen. Und alle anderen. Mit der Hälfte bin ich verwandt.«

»Kannten Sie eine Familie Nuremborski, die in Robinson's Place gewohnt hat?«

»Mmm.« Der Alte dachte eine Weile nach. »Wie war der Name noch mal?«

»Nuremborski. Eine Frau. Und ihre Tochter, ungefähr fünfzehn. Und ein kleiner Junge.«

»Ah.« Jetzt kam Leben in Toms Gesicht. »Ja, Sir. Ich hab da mal einen Graben gemacht, für ein Rohr. Nuremborski.« Jetzt erinnerte er sich deutlich an etwas. »Er hat gesagt, nächstes Mal lässt er einen Hund das machen. Der würde schneller graben.« Der Alte kicherte.

»Was ist daran lustig?«

»Ich hab ihm die Schaufel in die Hand gedrückt. Hab gesagt, na gut, dann graben Sie halt. Sie hätten sein Gesicht sehen sollen. Ich seh's noch heute vor mir.« Er grinste und stieg die Treppe hinunter. »Hab nicht einen Tag länger dort gearbeitet.«

»Erinnern Sie sich noch an seine Frau und seine Tochter?«, rief Walker ihm nach.

»Da waren immer wieder Leute. Ein Kommen und Gehen. Aber an ihn kann ich mich noch erinnern.« Noch

einmal kicherte Tom, dann verschwand er um eine Biegung der Treppe.
Als Walker ins Zimmer zurückkam, hatte Krista es irgendwie bis ins Bad geschafft und holte gerade Tabletten heraus.
»Geht's dir nicht gut?«
»Doch, doch«, sagte sie. »Mir tut nur manchmal die Hüfte so weh. Wie willst du jetzt also weitermachen?«
»Jemand suchen, der sich an mich erinnert. Vielleicht in der Stadt. Oder vielleicht lebt noch wer in der Nähe von Robinson's Place. Es sind nur drei Kilometer die Straße hinauf.«
»Geh du und schau, dass du ein Fahrzeug auftreibst«, sagte sie. »Ich leg mich inzwischen ein bisschen hin, O.K.?«
Sie nahm ihm die Krücken ab, schwang sich zurück zum Bett, kroch hinauf und legte sich ein Kissen zurecht.
»Ist wirklich alles in Ordnung?«
»Ja.«
Walker schlüpfte aus dem Zimmer und schloss leise die Tür.
Tom deckte im Speisesaal die Tische. Durch eine Doppeltür am anderen Ende des Saals drangen Küchendüfte zu Walker. Es war fast Mittag, aber Gäste waren keine zu sehen.
Er ging in den Speisesaal und fragte, ob es eine Möglichkeit gäbe, zur Schule hinaufzufahren. »Irgendwie müssen die Leute auf der Insel doch herumkommen, oder?«
»Ja, sicher«, bestätigte Tom. »Hinten auf Simons Laster. Und die Reichen fahren meistens mit Andys Minibus hinauf zu ihren Häusern.«
»Wo ist Andy?«

»Überall. Aber wahrscheinlich eher nicht.«
»Soll heißen?«
Der alte Mann ging um den nächsten Tisch herum, zog ein Messer, dann eine Gabel und dann einen Löffel aus dem Besteck, das er in der Hand hielt, und legte sorgfältig eins nach dem anderen auf den Tisch.
»Um diese Zeit ist er wahrscheinlich zu Hause.«
»Wo ist zu Hause?«
»Na dort, wo der Minibus steht.« Der Alte hob den Kopf und sah Walker an. Offensichtlich wollte er ihn ein wenig aufziehen. »Ein Stück weiter oben an der Straße«, sagte er.
Als Walker wieder ins Zimmer kam, schlief Krista. Er schob die Glastür zu dem winzigen Balkon auf, ging hinaus und zog die Tür leise wieder zu. Ihm blieben nur viereinhalb Tage, jemanden zu finden, der etwas wusste, und Krista schlief.
Er sah sich um. Der Balkon bot nicht einmal Platz für einen Stuhl. Er steckte einen Fuß in das schmiedeeiserne Balkongitter und drehte sich eine Zigarette. Die Hitze, die ihm von der Mauer entgegenschlug, würde er vielleicht fünf Minuten aushalten. Er steckte die Zigarette in den Mund, fischte eine Packung Streichhölzer aus der Tasche und riss eines an. Schon tropfte ihm der Schweiß von der Stirn.
Krista öffnete die Glastür. »Jetzt geht's mir schon besser«, verkündete sie.
Es stellte sich heraus, dass Andys Minibus kaputt war. Aber Andy, ein magerer Schwarzer im Muskelshirt und mit einem blauen Glasauge (das er wahrscheinlich billig erstanden hatte, wie Walker vermutete), hatte einen uralten Toyota-Kleinlaster, den er tageweise vermieten würde.

Walker und Andy wurden handelseinig, und Walker holperte die Straße in dem winzigen, schlammbespritzten Laster zurück zum Hotel, wo Krista draußen auf ihn wartete.
»Hübsch«, sagte sie.
»Na ja, so sind wir wenigstens allein«, stellte Walker fest und half ihr hinauf ins Führerhaus.
»Wie Sie meinen.« Während sie geschlafen hatte, hatten die Tabletten zu wirken begonnen. Die Schmerzen in der Hüfte hatten nachgelassen.
Walker fuhr bis zum Kai und von dort auf einer unbefestigten Straße einen sanften Hügel hinauf. Nach knapp einem Kilometer verengte sich die Straße und ging auf einer Ebene Richtung Westen weiter. Immer wieder erhaschten sie zwischen den Bäumen hindurch einen Blick auf das Meer tief unter ihnen.
Über ihnen und an den steilen Hängen unter ihnen klebten Holzhütten und bunt bemalte Häuser aus Beton. Frauen arbeiteten in kleinen Gärten, ein Mann baute ein neues Dach, Kinder winkten.
Allmählich kamen sie an ansehnlicheren Einfahrten vorbei. Die waren richtig ausgebaut und befestigt und führten wahrscheinlich zu den Winterhäusern der »Reichen«. Dann fiel die Straße jäh ab, und die Bäume wichen zurück. Ein großes Plateau öffnete sich vor ihnen, eine breite Schulter auf dem Three Mile Hill.
Auf einem großen, ebenen Feld spielten ein paar weißgekleidete Jungen Cricket. Ein schmales Gässchen zweigte von der Straße ab und führte zwischen zwei Steinpfeilern hindurch, auf denen ein bemaltes Holzschild verkündete: *The Christian Way School.*

Walker fuhr unter dem Schild durch, vorbei an den Jungen und dem Cricketfeld (saftig grün dank der Rasensprenger, die selbst jetzt während des Spiels ihre Wassergarben in weiten Bögen von sich warfen) auf eine Gruppe von Gebäuden am Rand des Plateaus zu.

Die nächstgelegenen Gebäude – niedrig und offensichtlich neu, aus Brettern und weißem Gips erbaut – waren von mächtigen Eichen umstanden. Weiter weg, am Rand des Plateaus, stand eine Art Villa. Sie war anscheinend aus Kalkstein, weiß gestrichen und hatte einen Blumengarten an der Vorderseite. Das musste Robinson's Place sein, obwohl es schon längst keinen Robinson – wahrscheinlich der ursprüngliche Besitzer, oder vielleicht der Erbauer – mehr gab. Das Haus war etwa siebzig Jahre alt.

Walker hielt vor der Villa an und betrachtete sie eine Weile eingehend. Er hatte gehofft, er würde sie wiedererkennen.

»Es ist, als ob ich das erste Mal hier stehe«, sagte er.

»Dreijährige erinnern sich nicht an besonders viel«, erwiderte Krista. Sie hatte ihm schon einmal gesagt, dass sie sich an nichts erinnerte aus der Zeit, als sie drei war, doch das stimmte nicht. Sie erinnerte sich sehr wohl an ihre Metallprothesen, glänzend und kalt auf ihrer Haut. Erinnerte sich daran, wie sie versucht hatte, damit das Gleichgewicht zu halten, erinnerte sich, wie sie hingefallen war.

Ein dezentes Schild vor dem Haus verkündete, dass es die Büros und die Wohnung des Direktors der *Christian Way School* beherbergte.

Krista ließ Walker allein ins Haus gehen. Sie wollte nicht zusehen, wie er darin herumirrte auf der Suche nach Erinnerungen, die er nicht hatte. Außerdem war sie sicher, dass niemand an der Schule darüber Bescheid wusste, wer vor sechzehn Jahren hier gewohnt hatte. Bestimmt gab es nur Lehrer und Verwaltungsangestellte, und die waren alle neu.

Wind kam vom Meer herüber. Es war vermutlich die heißeste Zeit des Tages, aber die Hitze schien hier nicht so feucht und unerträglich wie unten im Dorf.

Kristas Hüfte hatte die kurze Fahrt im Laster ganz gut überstanden. Das wunde Gefühl war zwar noch da, begnügte sich im Moment jedoch damit, nur gelegentlich einen Aufklärungstrupp in ihre rechte Seite auszusenden. Aber Krista hatte das Bedürfnis, sich die Beine zu vertreten, und deshalb schwang sie sich, während Walker den weißen Schotterweg zum Haus ging, auf einem anderen Weg vor bis zur Kante des Plateaus.

Eine Reihe ausgetretener Pfade führte durch das üppige Grün zum Meer hinunter. Robinson's Place lag ziemlich hoch oben, trotzdem konnte Krista die träge an den Strand rollenden langgezogenen, blauen Wogen erkennen.

Wunderschön, dachte sie.

Als Walker aus dem Haus kam, war Krista nirgends zu sehen. Viel Glück hatte er nicht gehabt. Der Direktor hatte frühestens um vier für ihn Zeit. Seine Sekretärin wusste gar nichts über die Familie, der Robinson's Place früher gehört hatte. Sie war erst seit zwei Jahren an der Schule, und außerdem kam sie aus Philadelphia. Sie hatte auch keine große Hoffnung, dass der Direktor etwas wissen würde. Er war zwar schon mehr als zehn Jahre hier, aber er war in Montego Bay geboren und aufgewachsen und hatte in England seine Ausbildung gemacht.

Nichts im Inneren des Hauses war Walker vertraut vorgekommen. Entweder war er nie hier oder tatsächlich, wie Krista gemeint hatte, zu klein gewesen, um sich zu erinnern. Sein Gedächtnis hatte sich verschlossen, er konnte nicht weiter zurückdenken als bis zu dem Drahtzaun, dem Geräusch der vorüberbrausenden Autos, dem rotgesichtigen Mann, der plötzlich aus der Dämmerung getreten war.

Er sah sich um. Krista saß nicht im Wagen. Sie spazierte nicht im Garten herum und stand auch nicht an der Plateaukante. Er fühlte Panik in sich aufsteigen und war schon drauf und dran, zum Abhang hinüberzurennen und hinunterzuschauen, als er sie entdeckte. Etwa auf halber Strecke zwischen dem Haus und dem Cricketfeld hockte sie auf einer Bank, die um eine riesige Eiche herumgebaut war, und unterhielt sich mit einem Schwarzen in grüner Arbeitskleidung.

»Walker«, verkündete sie triumphierend, als er bei ihr angekommen war, »das ist Jamie O'Riley. Er kannte deine Großmutter. Er hat sie alle gekannt.«

Etwas durchzuckte Walker wie ein elektrischer Schlag. Er setzte sich auf der anderen Seite neben den Mann. Aus der Nähe sah der Mann jünger aus als vorher.

»Sie kannten meine Mutter?«

Der Mann zuckte die Achseln. »Ein bisschen.«

Walker schätzte ihn um die Dreißig. Schlank, beinahe dürr, mit einem attraktiven, wachen Gesicht.

»Sie war älter als ich«, fuhr Jamie fort und fügte mit einem warmen Lächeln hinzu: »Sie hat uns sehr beeindruckt.«

»Warum denn?«, fragte Walker und verkrampfte sich ein wenig. Wieviel wussten die Leute hier über sie? Über Robert?

»Weil sie schwanger war und dabei noch so jung. Für eine Weiße.«
»Und ihren Mann?«, fragte Walker. Er merkte, wie Krista ihn jetzt ansah.
»Nein. Ich hab's der jungen Dame schon gesagt, an ihren Mann erinnere ich mich nicht. Aber wie das Baby gekommen ist, daran kann ich mich noch erinnern. Miss Emile hat sich darum gekümmert.«
»Wer ist Miss Emile?«
Bei dieser Frage zog Jamie eine Zigarette aus der Hemdtasche, sah prüfend zur Villa hinüber und zündete sie sich an.
»Meine alte Oma«, erwiderte er.
Walker riskierte die große Frage. »Wie hieß das Baby?«
»Na ja«, sagte Jamie, »es war ein Junge, das weiß ich noch. Sie wollen wissen, ob ich den Namen noch weiß, ob Sie's waren?«
Walker sah zu Krista hinüber. Wieviel hatte sie ihm erzählt?
»So ist es«, sagte er.
»Das hat mich nicht so interessiert. Ich war erst elf.« Er sah Walker an, als müsse er sich dafür entschuldigen.
»Aber Ihre Großmutter weiß es bestimmt noch«, sagte Walker.
»Miss Emile ist dreiundneunzig. Könnte sein. Ich hab der jungen Dame schon gesagt, dass ich Sie zu ihr bringen werde. Aber ich würde mir keine allzu großen Hoffnungen machen. Miss Emile war krank.«
»Was ist mit Ihrer Mutter oder sonst jemand?«, wollte Walker wissen.
»Meine Mutter ist tot. Mein Vater lebt irgendwo in Ame-

rika. Miss Emile hat uns aufgezogen. Miss Emile, das ist meine Mutter.«
Walker nickte. Er hatte verstanden – entweder die alte Frau oder keiner. »Ich wäre Ihnen wirklich dankbar, wenn Sie mich zu Miss Emile bringen würden.«
Jamie sah ihn eingehend an, blickte hinüber zur Villa und lächelte wieder sein warmes Lächeln. »Klar bring ich Sie hin«, sagte er.
Walker und Krista kehrten ins Hotel zurück und bestellten ein spätes Mittagessen oder auch ein frühes Abendessen. Sie saßen allein im Speisesaal.
Als sie in ihr Zimmer kamen, stellten sie fest, dass es dort um etliche Grad heißer war als in der Sonne. Aus einer kleiner Öffnung über der Tür wehte zwar ein kühles Lüftchen, aber es war nicht sehr weise gewesen, vorhin beim Gehen die zwei Ventilatoren auszuschalten. Walker schaltete sie wieder ein, und Krista legte sich hin.
Walker drehte den Wasserhahn im Bad auf und spritzte sich kaltes Wasser ins Gesicht. Er tränkte ein Handtuch mit Wasser, drückte es aus und nahm es mit hinüber, damit Krista sich die Stirn kühlen konnte. Als er sich neben ihr ausstreckte, schien sie schon eingeschlafen zu sein. »Magst du ein kaltes Handtuch? Ich hab eins da«, flüsterte er.
»Nein, danke«, murmelte sie. Sie war tatsächlich schon am Einschlafen.
Um halb sieben wachte Krista auf. Im Zimmer war es ein wenig kühler. Walker schlief neben ihr, sein Gesicht sah aus wie das eines kleinen Jungen, das Haar fiel ihm über die Augen.
Sie kuschelte sich enger an ihn und betrachtete ihn. Sie

studierte sein Gesicht, die dunkle Haut, die hervorstehenden Backenknochen, das Kinn. Sie hatte bereits entschieden, dass er allein zu Miss Emile gehen sollte. Sie konnte ihn ohnehin nicht vor dem beschützen, was ihn erwartete. Inzest? Sie versuchte, den Gedanken zu verscheuchen. Nichts würde sich ändern. Gar nichts.

Ungefähr viertel vor sieben berührte sie die Spitze seiner schiefen Nase mit der Fingerspitze und drückte. Er schlug die Augen auf.

»Mach dich fertig. Zeit für Jamie«, sagte sie.

Jamie fuhr geräuschvoll auf einem alten Motorrad vor Sam's Inn vor und vollführte ein dramatisches Bremsmanöver.

»Wo ist der Laster?«, fragte er, als Walker sich von der Bank erhob, auf der er gewartet hatte.

»Ich hab ihn Andy zurückgebracht. Krista lässt ausrichten, es tut ihr leid, aber sie ist wirklich müde. Vielleicht kann sie Miss Emile ja noch einmal besuchen, bevor wir abfahren.« Er schwang sich auf den Sitz hinter Jamie.

»Klar, dass sie müde ist«, sagte Jamie.

Er stieg ein paarmal aufs Gas, um Walker zu signalisieren, er solle sich festhalten, schwenkte in die Straßenmitte und preschte durch das Dorf. Die Kurve am Kai nahm er mit halber Geschwindigkeit und düste dann die lange, sich sanft den Three Mile Hill hochschlängelnde Straße weiter. Vor ihnen ging die Sonne allmählich unter, sie war schon halb versunken und leuchtete rot hinter den Bäumen auf der Kuppe von Three Mile Hill. Lange Schatten zogen über ihnen hinweg, die noch immer heiße Luft strömte vorbei, der Motor brummte.

Jamie hatte sein Arbeitshemd gegen ein frisches weißes T-Shirt eingetauscht, aber die Arbeitshosen und -schuhe trug er noch. Das Haar hatte er sich fest an den Schädel geklatscht, Walkers Haar dagegen flatterte in alle Richtungen. Sie lehnten sich in den Wind und legten sich flach in die Kurven.

Jamie drosselte den Motor und fuhr unmittelbar vor dem Plateau und der Christian Way School von der Straße ab. Sie fielen beinahe einen steilen Abhang hinunter, folgten einem kaum sichtbaren Pfad zwischen den Bäumen.

»Abkürzung«, brüllte Jamie nach hinten zu Walker.

Er bog im rechten Winkel ab und steuerte das Motorrad über kleine Buckel und Senken tiefer in die Wälder hinein. Die Bäume schlossen sich über ihren Köpfen. Dunstiges Grau stieg allmählich von der Erde auf, und ein feuchter, beißender Geruch lag in der Luft. Minuten später knatterten sie auf eine Lichtung.

Jamie verlangsamte das Tempo und fuhr auf eine winzige Hütte zu. Mit einer Drehung hielt er davor an. Walker stieg ab.

»Tolle Fahrt«, sagte er.

Jamie grinste und bockte die Maschine sorgfältig auf. »Hier hat Miss Emile früher gewohnt. Hier ist sie aufgewachsen. Sie hat ein hübsches Haus näher bei der Schule. Aber sie ist zum Sterben hierher zurückgekommen.«

Walker nickte. Sein Kopf fühlte sich an, als führe er noch immer bergauf und bergab.

Jamie stieg die wackeligen Holzstufen hoch und stieß die Tür auf. Ein etwa zwölfjähriges Mädchen erschien im Eingang. Er zauste ihr sanft das Haar und verschwand im Haus.

Walker ging zur Treppe.
»Hi«, sagte das Mädchen. Es schien nicht besonders überrascht, dass dieser Fremde hier so aus dem Wald auftauchte.
»Hi.« Walker sah an ihr vorbei in den dunklen Raum. Rot flackerte ein Feuer in einem alten gusseisernen Ofen. Büschel von etwas, das wie Gräser und Kräuter und Maiskolben aussah, hingen von den Deckenbalken.
Jamie tauchte wieder auf. »Kommen Sie rein«, sagte er. »Miss Emile kann Besuch empfangen.«
Walker ging an dem Mädchen vorbei in die dunkle Hütte. Obwohl das Feuer im Ofen prasselte, kam es Walker hier drinnen deutlich kühler vor als draußen. Die Luft war von dem scharfen Geruch der trocknenden Pflanzen erfüllt. Er duckte sich unter ihnen durch und folgte Jamie zu einer Art Alkoven.
Im Inneren des Alkovens konnte Walker ein großes Eisenbett ausmachen, das den Großteil des Raums einnahm. Darauf lag eine voluminöse handgestickte Bettdecke in erstaunlich leuchtenden Farben – orangefarbene Monde und violette Himmel, weiße Sterne und gelbe Sonnen. Beim Näherkommen erkannte er als winzige Erhebung unter der Decke einen menschlichen Körper und darüber, auf zwei Kissen gebettet, ein altes Gesicht. Es ähnelte mehr einer alten Mumie als einem lebendigen menschlichen Wesen. Abgesehen von den Augen. Die Augen glänzten im Licht etlicher Kerzen auf einem Tisch neben dem Bett.
»Miss Emile«, sagte Jamie, »das ist Lennies Baby.«
Nichts regte sich in ihrem Gesicht, doch die Augen der Alten blickten fest in Walkers Augen. Ihm war kalt.

»Du erinnerst dich doch an Lennie?« Jamie versuchte, ihrem Gedächtnis etwas zu entlocken. »Und an ihre Mutter, Sarah? Weißt du noch, wie Sarah gestorben ist, noch bevor das Baby zur Welt kam? Du hast dich um Lennies Baby gekümmert, bis sie wegfuhr.«
Walker wünschte, eine ihrer Hände läge auf der Decke. Er wollte sie nehmen, festhalten. Er wollte sich neben das Bett knien und der alten Frau ins Gesicht sehen. Denn sie hatte ihn gebadet und gefüttert, gewiegt und geküsst und in den Schlaf gesungen.
Das war Nana. Wieder und immer wieder hatte Walker nach Nana gerufen. Das hatte in einem der ersten Berichte gestanden, die er in seiner Akte gefunden hatte.
Aber er konnte nichts in ihrem verschrumpelten Gesicht wiedererkennen. Und nach ihrem Blick zu urteilen, erkannte sie ihn auch nicht mehr.
»Wie hat Lennies Baby geheißen?«, fragte Jamie sie leise. »Wie hast du das Baby genannt? Wie war sein Name?«
Die Alte öffnete den Mund, doch anstelle eines Namens kam ein Laut aus der Tiefe ihres Körpers wie ein fernes Klagen. Sie wiederholte ihn, und dieses Mal hörte Walker klar und deutlich, was sie sagte. »Gebrochenes Kind.«
Jamie warf Walker einen Blick zu und lächelte, aber er sah ein wenig ängstlich aus. Er wandte sich wieder an die alte Frau. »Was meinst du damit, Miss Emile?«
»Spross des Kalbes«, sagte sie. Sie streckte einen Arm aus, knorrig und hart wie ein alter Stock, und zeigte mit dem Finger nicht auf Walker, sondern neben ihn. »Ruheloses Kalb«, sagte sie.
»Nein, das stimmt nicht, Miss Emile«, sagte Jamie mit

einem Anflug von Angst in der Stimme. »Zuerst hört man es. Zuerst hört man seine Ketten.«
Sie beachtete ihn gar nicht und griff nach Walkers Hand. Walker beugte sich zu ihr.
Jetzt war ihm mehr als kalt, er hatte ein Gefühl, als ob er langsam in eiskaltes Wasser eintauche. Er fing an zu zittern.
Er kam sich lächerlich vor, weil sie sehen konnten, dass er zitterte. Er fühlte sich hilflos.
Er reichte ihr die Hand, und sie schloss ihre Finger darum. Ihr Mund öffnete sich wie der Eingang zu einer Höhle.
Zweimal, damit er es ja nicht überhöre, flüsterte sie: »Lauf. *Lauf.*«

26

1976

Bobby schlich sich in das Schlafzimmer, das sein Vater jetzt benutzte. Es lag nicht im selben Flügel des Hauses wie das Zimmer, das seine Mutter bewohnte, weil sie im Sterben lag.
Sein Vater brachte es kaum über sich, ihr in das abgezehrte Gesicht mit den brennenden Augen zu blicken, geschweige denn, in einem Bett mit ihr zu schlafen. Das Haar war ihr vollständig ausgefallen. Normalerweise trug sie eine

Art weißen Turban, aber Bobby hatte sie einmal gesehen, wie sie vor der Frisierkommode in ihrem Zimmer gesessen war, und ihr Kopf war völlig kahl gewesen.
Anfangs hatten sie in einem Hotel in der Nähe des Krankenhauses gewohnt und sie zweimal täglich besucht. Sein Vater hatte gewollt, dass sie nach Toronto zurückflöge, wo sie besser betreut werden konnte, doch sie hatte sich geweigert. Sie wollte auch nicht mehr in dem Krankenhaus in Kingston bleiben, sie wollte zurück in das Haus auf Reef Island, und so mussten alle hierher zurückkehren.
Bobby langte in einen der Koffer seines Vaters und zog eine Flasche besten alten Whiskys heraus. Sein Vater versteckte sie nicht, es war nur die Flasche, die er bei der Hand haben wollte, sollte ihn nachts das Bedürfnis nach einem Gläschen überkommen. Es gab noch mehr Flaschen von diesem Whisky im Haus verteilt, und Bobby hatte schon von jeder einzelnen getrunken.
Er schraubte den Verschluss ab und trank direkt aus der halbleeren Flasche. Er ließ sich Zeit, trank fünf tiefe, brennende Schlucke. Dann zog er ein Fläschchen Leitungswasser aus der Tasche, füllte die Whiskyflasche damit nach und stellte sie wieder an genau dieselbe Stelle im Koffer zurück.
Er war ein wenig in der Klemme. Zu Hause hatte er ein Abkommen mit einem älteren Laufburschen in der Firma seines Vaters. Der kaufte ihm gegen ein kleines Entgelt eine neue Flasche, wann immer er eine brauchte.
Und er brauchte immer öfter eine. Er trank gerne. Wenn er trank, war er nicht so unruhig. Er war glücklich und konnte gut schlafen. Die besten Tage waren die, an denen

er es schaffte, den ganzen Tag in einem leichten Dauerrausch zuzubringen.
Doch hier, weit weg von seinem Komplizen, war er gezwungen, den Whisky seines Vaters zu stark zu verdünnen. Bald würde er eine ganze Flasche stehlen müssen, und wenn das herauskam – und es würde herauskommen –, dann musste er die Schuld auf die Haushaltshilfe schieben. »Das sind alles Diebe, Vater.«
Sein Vater würde ihm nicht glauben, aber darum ging es nicht. Es ging um das Spiel, das sie spielen mussten. Bobby musste so tun, als sei er unschuldig, und sein Vater musste so tun, als glaube er daran. Dieses Spiel spielten sie nun schon seit zwei Jahren.
Bobby schlich wieder aus dem Zimmer, ging zur Glastür am Ende des Flurs, stieß sie auf und ging in den Vorgarten. Draußen hatte es zehn Grad mehr als drinnen, wo die Klimaanlage surrte, aber er merkte es eigentlich kaum. Nun brannte der Whisky nicht mehr in der Magengrube, sondern schoss ihm wie lauter kleine Freudenfeuer durch die Adern. Die Außentemperatur fühlte sich kühler an als er selbst.
Ziellos wanderte er durch den blühenden Garten. Düfte der verschiedensten Art erfüllten die Luft. Er fühlte sich angenehm leicht und nur ein ganz klein wenig schwindlig. Zufriedenheit pulsierte durch seinen Körper.
Er wusste, dass dieser Zustand nicht einmal eine Stunde anhalten würde. Stück für Stück würden Nervosität und Ruhelosigkeit wieder von ihm Besitz ergreifen, würde er wieder allen und allem fremd werden.
Lennie saß im Schatten einer Eiche und las. Sie sah aus wie Humpty Dumpty. Das Baby konnte jetzt jeden Tag

kommen. Es war ein Wettlauf zwischen Leben und Tod. Wer von den beiden würde das Haus als erstes erreichen? Der Tod, dachte Bobby.

Er ging zu ihr. »Wir werden bald abreisen«, sagte er.

»Was soll das heißen?«

»Du hast mich genau verstanden«, antwortete er und blies sich ein wenig auf, in dem Versuch, Bedeutung zu erlangen.

Sie wandte sich ab. Sie wollte ihn nicht ansehen. Er stand neben ihr, über ihr. Sie hat Angst hochzusehen, dachte er. Er berührte ihr Haar.

»Nicht«, sagte sie.

Bobby ging zurück ins Haus. Schweiß lief ihm übers Gesicht, er musste zurück ins klimatisierte Haus. Er beschloss, in sein Zimmer zu gehen, sich hinzulegen und sich nicht zu rühren. Auf diese Weise würde die Wirkung des Alkohols länger anhalten.

Er lag auf dem Rücken auf seinem Bett und dachte an seine Mutter. Sie lag im Sterben – was bedeutete ihm das? Nicht viel, soweit er es beurteilen konnte. Sie hatte ihn in den Arm genommen, ihm vorgelesen, Kleider gekauft, viel Theater um ihn gemacht, aber das war schon lange her. Und ihre Aufmerksamkeit hatte ihn sowieso immer nur frustriert. Sie lag wie ein Schatten über seinem Gesicht. Sie war die Tür, die ihn von seinem Vater trennte.

In den vergangenen beiden Jahren hatte sie sich zurückgezogen und Jake das Feld überlassen. Er hatte Bobby aus der alternativen Schule herausgenommen und in eine kleine Privatschule gesteckt, die sich in einem Bürogebäude befand. Das Personal hatte strikte Anweisung, dass Bobby die Klassenräume nicht verlassen durfte, von dem

Moment an, wo er gebracht wurde, bis zu dem Moment, wo ihn jemand abholte. Manchmal brachte ihn sein Vater morgens selbst. Das gefiel Bobby. Am Nachmittag holte ihn ziemlich oft ein Schleimer aus dem Büro seines Vaters ab, eine fette, ehrgeizige Maus mit Nickelbrille und einem vielsagenden Ausdruck auf seinem nichtssagenden Gesicht. Das gefiel Bobby auch, aber anders.
Diese arschkriecherische Maus lieferte ihn entweder bei seinem Vater im Büro ab oder im Sportclub, wo sein Vater sich fit hielt, indem er wie wild einen Ball quer über den Platz drosch. Bobby beobachtete gerne durch das große Fenster, wie sein wütender Vater mal hierhin raste und mal dorthin.
Sein Vater nahm Bobby mit zu Besprechungen in Restaurants. Er nahm ihn auf Geschäftsreisen mit, wo mindestens einer seiner Angestellten Bobby stets begleitete. Die Leute begannen darüber zu reden, wie wunderbar es war, dass sich ein Mann, so beschäftigt und so mächtig wie Bobbys Vater, so viel Zeit für seinen Sohn nahm. Das sagten sie auch zu Bobby.
Bobby wusste, was sie wirklich meinten – nämlich wie wunderbar es war, dass ein Vater seinen nicht sehr intelligenten, vielleicht sogar zurückgebliebenen Sohn überallhin mitnahm und sich seiner nicht schämte. Denn Bobby passte nicht zu den anderen, er sprach nicht laut, sprach meistens gar nicht, war mit seinen Gedanken meilenweit entfernt. Er wusste, dass er für seinen Vater eine einzige Blamage war, aber trotzdem hatten sie ein gemeinsames Geheimnis. Sein Vater sah das Licht, das in Bobby war, und in Furcht und Schauder behielt sein Vater ihn im Auge.

Er dachte an Alex. Alex drehte sich in der Luft. Alex tanzte zwischen den Wolken. Alex wuchsen große schneeweiße Flügel aus den Schultern.
Bobby konnte ihn dort sehen, wo früher die Decke seines Zimmers gewesen war, wie er über ihm schwebte und auf ihn herunterblickte.
Bobby schloss die Augen und versuchte, an etwas anderes zu denken. Er dachte an seine Schwester mit ihrem großen Bauch, wie sie unter der Eiche saß. Er sah sie auch deutlich vor sich. Unverwandt blickte sie jetzt zu ihm hoch, sie wollte ihn. Er rückte näher an sie heran und schob seine Hand in ihre Bluse. Ihre Brüste fühlten sich weich an und warm von Milch.
Er öffnete die Augen. Alex war weg. Seine Schwester war weg.
Von irgendwo draußen kam ein gedämpftes schabendes Geräusch, dann ein gleichförmiges Klopfen. Bobby stand auf, ging ans Fenster und zog den Vorhang zurück. Im Gemüsegarten harkte ein Junge. Es war der Sohn oder Enkel der Alten, die eigentlich seiner sterbenden Mutter helfen sollte. Aber es sah nicht so aus, als ob sie auch nur einen Finger rührte.
Bobby sah dem Jungen zu, wie er den trockenen Boden mit der Hacke bearbeitete. Er schwang sie nach unten und zog sie zu sich heran. Dabei riss er rote Erde und Unkraut heraus. Er trat einen Schritt zurück und hieb die Hacke erneut in die Erde. Auf diese Art arbeitete er sich die Furche mit den Pfeffersträuchern entlang bis zu Bobbys Fenster. Alles, was der Junge anhatte, waren alte Khakishorts. Seine Haut war fast blau, so schwarz war sie. Bobby konnte jeden einzelnen Wirbel seiner Wirbelsäule erkennen. Er

sah das Spiel der jungen Muskeln unter den Schultern des Jungen. Sein Hals war schlank und zart.
Bobby war hypnotisiert, gefangen von der Lust am Schauen. Er drückte sein Gesicht an die kühle Fensterscheibe und schloss die Augen.

27

Eine ältere Frau mit einer großen Stofftasche voller Lebensmittel kam den staubigen Pfad zu Miss Emiles Haus herauf. Jamie und Walker saßen zusammen auf einer grobgezimmerten Bank auf der Veranda. Die Frau nickte ihnen zu, als hätte sie erwartet, sie hier zu sehen, und ging ins Haus.
Die beiden Männer saßen schweigend da und rauchten. Schließlich fragte Walker: »Was hat Miss Emile denn gesehen?«
»Miss Emile ist alt, sie ist schon über neunzig«, sagte Jamie. Er lächelte und tippte sich an den Kopf, als hätte Miss Emile sie nicht mehr alle, aber er war nicht sehr überzeugend. »Beachten Sie sie gar nicht.«
Aber Walker ließ sich nicht so leicht abwimmeln. »Was ist das Ruhelose Kalb, Jamie?«
Jamie betrachtete eine Minute lang nur seine Schuhe. »Auf dieser Insel gibt es zwei Welten. Die der Christen, wie an der Schule, wo ich arbeite, und die der Geister. Miss Emile weiß so manches, sie sieht manches.«

»Wie zum Beispiel?«
»Sie sieht, was da ist«, erwiderte Jamie. »Wenn sie das Ruhelose Kalb sieht, dann ist es auch da. Vielleicht hat es still dagestanden, denn man sagt, es trägt Ketten, wie früher die Sklaven. Deshalb kann man es hören.«
Jamie warf einen Blick auf Walker, um zu sehen, ob er ungläubig, spöttisch oder amüsiert reagierte. Oder alles auf einmal. Aber Walker schaute ihn nur starr an.
»Warum sollte es neben mir stehen?«
»Es sucht sich Seelen heraus«, sagte Jamie. Er lächelte Walker zu. »Man nennt das Aberglaube.«
»Glauben Sie daran?«
Einen Augenblick saß Jamie regungslos da. Er schnippte seine Zigarette in die sich ankündigende Dunkelheit. Sie prallte von der festgestampften Erde vor der Veranda ab und rollte ein Stück, bis sie liegenblieb.
Walker interpretierte Jamies Schweigen als »Ja«. »Das heißt also, es sucht sich die Seelen heraus, die sterben müssen?«
»Nein«, sagte Jamie und sah unbehaglich drein. »Nicht wirklich sterben. Es sucht Seelen für die Untoten heraus. Die Untoten brauchen lebende Seelen.«
Walker fühlte sich, als balancierte er am Rand eines sehr tiefen Loches. »Ein gebrochenes Kind. Kann das ein Kind sein, das aus einem Inzest stammt, von Bruder und Schwester, etwas in der Art?« Seine Worte hingen scharf in der Luft, wie Glasscherben.
»Gebrochenes Kind, das ist mir neu.« Jamie zuckte die Achseln. »Ich weiß es nicht.«
Walker gab nicht auf. »Lennies Baby, ist es hier auf dieser Insel zur Welt gekommen?«

»In Joy's Grove«, antwortete Jamie. »Bei Dr. Joshua Green. Alle hier mochten den alten Dr. Joshua Green, sogar Miss Emile. Trotzdem hat sie gesagt, sie hätte Lennies Baby genausogut hier auf die Welt bringen können. Sie hat Tausende geholt.«
»War das Baby gesund?«
Jamie lächelte. »Sie waren nicht gebrochen, wenn Sie das meinen. Wenn Sie es überhaupt waren.«
»Genau. Wenn ich es überhaupt war.«
Jamies Gesicht erhellte sich. »Vielleicht haben die drüben in der Klinik noch das Geburtenregister. Vielleicht steht da der Name Walker drin.«
»Gute Idee. Ich werde das überprüfen, wenn wir zurückfahren«, sagte Walker. Die Dunkelheit war rasch gekommen. Er konnte kaum mehr die Umrisse der einzelnen Bäume ausmachen, die die Lichtung umstanden. »Als Sie mit Miss Emile gesprochen haben, war da die Rede davon, dass Lennies Mutter gestorben ist?«
»Ungefähr eine Woche, bevor das Baby kam. Sie sollte eigentlich zurück ins Krankenhaus nach Kingston, aber eines Nachts, bevor sie sie hinbringen konnten, ist sie einfach gestorben. Miss Emile sagte, so wäre es am besten, weil sie so gern hier war. Sie wurde hier begraben.«
»Wo?«
»In St. Thomas. Da ist sie immer zum Beten hingegangen.« Jetzt stand Jamie auf. Er wollte gehen.
Walker blieb noch einen Augenblick sitzen. Eine Frage hatte er noch. »Sie haben gesagt, das Ruhelose Kalb sucht sich die Menschen aus. Wie verliert ein Mensch seine Seele?«
Jamie verließ die Veranda, als hätte er die Frage nicht ge-

hört. Er schwang ein Bein über sein Motorrad und spielte mit den Gängen herum.
Walker stand auf und folgte ihm.
Jamie schien nicht gewillt, noch etwas zu sagen, aber Walker war sich nicht im klaren, ob aus Furcht vor der Geisterwelt oder weil er nicht wie ein altes Weib dastehen wollte. Er schaute Walker nicht an, doch als er sprach, klang es wie eine Warnung.
»Das Ruhelose Kalb sucht dich aus, und jemand steigt aus seinem Grab. Der fesselt dich und schlitzt dich auf. Dann holt er deine Seele heraus«, sagte Jamie.
Die Überzeugung, mit der er sprach, ließ keinen Raum für Zweifel.

Krista saß vor Sam's Inn in der Dunkelheit und wartete auf Walker, als Jamie vorfuhr und ihn absetzte.
»Wie bist du denn heruntergekommen?«, fragte Walker.
»Ich hatte keine Lust, den ganzen Abend auf dem Zimmer zu hocken. Tom Tait.«
»Tom Tait?« Er setzte sich neben sie.
»Der alte Mann, der uns die Koffer hochgetragen hat. Ich hab in der Rezeption angerufen, und er ist raufgekommen. Ich habe ihn gebeten, mir zu helfen.«
»Hat er dich auf den Arm genommen und getragen?«
»Mhm.«
»Hast du dich sicher gefühlt?«
»Mhm. Bist du eifersüchtig?« Sie nahm seine Hand, zog sie entschlossen auf ihren Schoß und hielt sie dort mit beiden Händen fest. Sie fühlten sich unglaublich warm an und weich. Wie ihr Schoß.
»Was hat Miss Emile gesagt?«, fragte sie ihn schließlich.

»Sie hat gesagt, sie kennt mich nicht.«
»Aber damit hast du ja auch nicht gerechnet, nach so langer Zeit.«
»Nein.«
»Hat sie sich an den Namen des Babys erinnert?«
»Nein. Sie ist über neunzig. Sie ist senil. Komm, gehen wir was trinken«, sagte Walker rasch. »Machen wir einen drauf. Tom Tait kann uns ja beide hinauftragen.«
Die Bar füllte sich langsam mit Dorfbewohnern und Dauergästen, die, aus welchem Grund auch immer, auf Reef Island gestrandet waren.
Sam Weiss, noch immer in Khakishorts, zu denen er jetzt, mit mehr Stolz als Stilsicherheit, einen Elbsegler trug, setzte sich mit großem Getue ans Klavier. Er begann seine Darbietung mit »Lili Marleen«. Er klimperte und summte dazu. Einmal, und dann noch einmal, wieder und wieder. Offenbar war dies das einzige Stück, das er beherrschte.
Mit ihren Gläsern in der Hand kamen die Leute an Walkers und Kristas Tisch. Schließlich waren sie zu zehnt, alle freundlich, alle begierig, soviel wie möglich über die beiden zu erfahren.
Woher kamen sie? Wie lange blieben sie? Wie in aller Welt hatte es sie ausgerechnet nach Reef Island verschlagen? Was hatten sie hier vor?
Eine Italienerin unbestimmbaren Alters mit dunklem, gramerfülltem Gesicht, leuchtend rotem Lippenstift und überraschend volltönender, klingender Stimme fragte, ob sie auf Hochzeitsreise seien. Gespannt beugten sich alle ein wenig vor.
Wir sind doch bestimmt nicht das erste junge Liebespaar, das sie zu Gesicht bekommen, egal ob Hochzeitsreisende

oder nicht, dachte Walker. Er hatte das Gefühl, dass der Hauptgrund für ihr Interesse eher bei Krista zu suchen war, ihrer furchtbar verdrehten Hüfte und ihren Aluminiumkrücken. Und dann konnte die kleine Gruppe an ihrem Tisch ja nicht einmal sicher sein, dass sie überhaupt ein Liebespaar waren. Vielleicht waren sie nur Freunde. Oder Geschwister, die einander herzlich zugetan waren. Es war eine kühne Frage, die die Italienerin da gestellt hatte. Walker war sicher, dass alle ihren Mut zu schätzen wussten.

»Ich hab bei Walkers Mutter um seine Hand angehalten, aber sie meinte, er sei noch zu jung«, erklärte Krista. »Im Moment üben wir noch.« Sie lächelte die Italienerin liebenswürdig an, als wolle sie damit zum Ausdruck bringen, dass diese auf eine direkte und arglose Frage eine ebensolche Antwort erhalten habe.

Alle lachten, auch Walker, obwohl ihn die Anspielung auf sein jugendliches Alter ein wenig irritierte. Er lehnte sich zurück, gab Tom Tait (der offensichtlich neben allem anderen auch bediente) mit den Augen ein Zeichen und bestellte eine Runde für alle.

»Walker ist wohlhabend und unabhängig«, sagte Krista.

Um Mitternacht trug er sie in ihr Zimmer hinauf. Er hatte nur vier Cola-Rum getrunken und stellte sich deshalb nicht allzu ungeschickt an. Er knallte ihr den Kopf nur einmal gegen die Wand – und auch das war mehr ein Streifen als ein Knallen.

Das war der Augenblick, über den sie nicht gesprochen hatten. Und diesmal bestand auch keine Chance, dass ihnen George Papadopoulos dazwischenfunkte.

Krista betrachtete sich im Badezimmerspiegel. Die drei

Drinks hatten ihr auch nicht unbedingt gut getan. Sie rieb sich die Tränensäcke, sie sahen riesig aus. Sie verabscheute ihre Nase. Das Kinn war zu breit. Sie ließ das Wasser laufen, damit Walker glauben sollte, sie sei beschäftigt, doch sie stand nur da und starrte sich im Spiegel an.

Als sie herauskam, saß Walker, nur mit seinen Jeans bekleidet, im Schneidersitz auf dem Bett und drehte sich schon wieder eine Zigarette.

»Du machst alles mit deinem Tabak voll«, sagte sie und wünschte sofort, sie hätte es nicht getan. Es klang nicht sehr romantisch.

Er hielt inne und lächelte sie an. Er sah müde aus. Nein, dachte sie, erschöpft sieht er aus.

»Ich versuche, mich wieder an meinen Körper zu gewöhnen.« Er drehte weiter seine Zigarette. »Robert und Lennie, weißt du?«

Krista lehnte die Krücken an die Wand und setzte sich auf die Bettkante. Sie streichelte sein Knie. »Du solltest mal meine Eltern sehen, die sind auch nicht gerade ein Traum.«

Walker lachte. Er legte die unfertige Zigarette auf den Nachttisch, und der Tabak fiel heraus. Er berührte ihr Gesicht. »Ich bin froh, dass du bei mir bist.«

»Ich auch«, sagte sie. Sie meinte, Tränen in seinen Augen zu sehen. Sie war bestürzt. Sie umfasste sein Gesicht mit beiden Händen.

Walker kniete sich hin und zog sie an sich. Er küsste sie, und sie küsste ihn wieder.

Für Krista war es immer ein Akt besonderer Tapferkeit gewesen oder das Ergebnis eines vorsätzlichen Besäufnisses, wenn sie, egal in welcher Situation, mit einem Mann zusammen war. Bei Walker war es anders. Natürlich hatte der Gedanke sie gequält, wie es sein würde, sich vor ihm auszuziehen – die eine Hüfte eingedellt, wo sie rund sein sollte, das rechte Bein leicht verkümmert, Narbengewebe quer über dem Gesäß, endlose Nähte die Beine entlang, wie die Zeichen eines Initiationsrituals irgendeines obskuren Stammes. Doch sie hatte sich unnötig gequält.

Er war einfach da, mit seinen dunklen Augen, seinem sehnigen Körper. Er strich über sie hinweg, war überall zugleich, war wie ein plötzlicher Sturm. Sie fielen in die Dunkelheit, waren blind, mit drängender Zärtlichkeit flogen seine Hände über ihren Körper, er kam zu ihr, und sie war ganz und gar die Königin der Liebe, die Königin der Leidenschaft.

Und als es vorbei war, zeichnete Walker nicht die Linien ihrer Narben nach, er küsste sie auch nicht, um seine philanthropische Gesinnung unter Beweis zu stellen, wie das ein anderer Mann einmal getan hatte. Er umhüllte einfach ihr ganzes Sein mit seinen Armen und Beinen, der Wärme seines Bauchs und seiner Brust. Und seine Hand, die wanderte, wohin es ihr gefiel. Er biss sie in die Nasenspitze. Wieder suchte seine Zunge ihre Zunge. Und wieder war er überall.

Andy, der freundliche Mann mit dem Bus, stand am nächsten Morgen in seinem Vorgarten und reparierte sein dienstunfähiges Vehikel.

Als Walker zu ihm kam, hielt er gerade einen Vergaser in den ölverschmierten Händen und funkelte ihn zornig an, als hätte der ihn persönlich beleidigt und würde gleich über den Zaun beim Nachbarn landen.

»Ich würde gern noch mal Ihren Laster mieten«, sagte Walker. Beim Frühstück hatten er und Krista beschlossen, zur St.-Thomas-Kirche zu fahren. Tom Tait hatte ihnen erklärt, wie sie zu fahren hätten. »Ich brauche ihn nur am Vormittag. Wie hoch ist der Preis für den halben Tag?«

»Es gibt keinen Preis für den halben Tag«, sagte Andy.

»Aber ich brauche ihn nur eine Stunde oder so. Wir fahren nur hinauf nach St. Thomas.«

»Es gibt keinen Preis für den halben Tag«, wiederholte Andy stur und sah Walker mit dem einen guten Auge unverwandt an.

»Sollte es aber«, sagte Walker störrisch.

»O.K.«, antwortete Andy. »Sie haben gewonnen. Ich mache Ihnen einen Preis für den halben Tag.«

»Sehr gut«, sagte Walker. »Wieviel?«

»Den gleichen wie für den ganzen Tag.«

Einen Augenblick starrte Walker ihn nur an. »In Ordnung«, sagte er dann.

Er half Krista beim Einsteigen. Er dachte, dass sie schöner als je zuvor aussah. Sie hatten sich den ganzen Morgen angelächelt, waren sich ein bisschen blöd vorgekommen und irgendwie auch ein bisschen fremd.

Die Kirche lag genau in der entgegengesetzten Richtung von Robinson's Place. Die Straße führte hinunter ans Meer, an einigen Fischerbooten vorbei, die nach der morgendlichen Ausfahrt schon wieder im sicheren Hafen lagen, vorbei an verwitterten Lagerschuppen und Gerüsten, die aussahen wie riesige hölzerne Schaufelräder. Darauf hingen Netze und Ausrüstung zum Trocknen. Bald verengte die Straße sich zu einer Fahrspur und führte immer steiler am Rand einer Klippe empor, bis der alte Laster fast auf dem Heck stand. Walker musste in den ersten Gang herunterschalten. Das einzige, was sie durch die Windschutzscheibe sehen konnten, war ein riesiger blauer Himmel und hoch oben dahintreibende weiße Wolken. Es sah so aus, als würden sie, sollte die Straße noch steiler werden, entweder rückwärtsrutschen oder sich nach hinten überschlagen.

Krista hielt sich mit einer Hand am Türgriff und mit der anderen an Walkers Bein fest. Als sie den Gipfel erreicht hatten, senkte sich das staubige Vorderteil des Wagens langsam wieder. Tief unten erstreckte sich das offene Meer, weißgetupft von fliegenden Möwen. Richtung Westen sicherte, soweit sie sehen konnten, eine Reihe von Klippen die Insel. Ganz oben auf ihrer Klippe bildete die Straße einen großen Kreis und führte dann, als hätte sie resigniert, den Abhang wieder hinunter.

Walker fuhr im Kreis. An der vom Rand der Klippe am weitesten entfernten Stelle stand eine kleine Holzkirche. Walker hielt an.

Die Kirche war frisch gestrichen und strahlte blendend weiß in der Sonne. Neben der blauen Tür war ein schmales Buntglasfenster in die Wand eingelassen.

Walker stieg aus und half Krista aus dem Wagen.

Die Kirche wirkte einladend, vielleicht wegen des starken Kontrasts zu ihrer Umgebung. Inmitten der gewaltigen Felsmasse mit jenem kurzen harten Gras, das sich in der Dauerbrise an sein ständig gefährdetes Leben klammerte, dem weiten Ozean darunter und dem unendlich weiten Himmel darüber stand dieses winzige Pünktchen, diese zerbrechliche Zuflucht.

Sie öffneten das Tor und gingen den kurzen Weg zu den

ausgetretenen Holzstufen. Es war Donnerstag vormittag, und kein Mensch war in der Nähe. Sie gingen den Weg um das Gebäude herum nach hinten. Sie suchten nach dem Friedhof, den es laut Jamie hier geben sollte.

Walker wollte dieser verlorenen Großmutter seine Ehrerbietung erweisen. Er wusste nicht genau, warum. Vielleicht, weil er das Gefühl hatte, dass er seiner Familie nie wieder so nahekommen würde.

Sie gingen nebeneinander, Walker langsam, Krista auf ihren Krücken schwingend. Sie fühlten die Wärme der Sonne, die von den Wänden der Kirche abstrahlte, atmeten den Duft der Wildblumen ein, die, zart wie ihre nördlichen Schwestern, stellenweise in kleinen Grüppchen wuchsen.

Walker empfand den Wind beinahe als kühl, doch als er Krista ansah, entdeckte er Schweißperlen auf ihrem Nasenrücken.

»Ich seh keinen Friedhof«, sagte sie.

Sie standen hinter der Kirche. Das Terrain fiel sanft ab, hin zu einem Gehölz in einem tiefeingeschnittenen Tal unter ihnen.

»Um in diesen Felsen Löcher zu machen, da braucht man schon Dynamit«, meinte sie. »Bist du sicher, dass wir hier richtig sind?«

»Ich bin sicher«, antwortete Walker. »Gehen wir weiter.«

Der Pfad bog von der Kirche ab, durch kniehohes Gras, hinunter zu den Bäumen. Krista ließ den Blick einen Moment über den steilen Abhang gleiten. »O.K.«, sagte sie dann.

Walker ging hinter ihr her. Ihr blondes Haar tanzte vor ihm. Ihr Genick rötete sich von der Sonne oder von der

Anstrengung. Das lange Gras wickelte sich um ihre Krücken, zog daran. Mit Krücken war es genauso schwierig, bergab zu gehen wie bergauf: Jeder Schritt war zu lang, die Krücken immer zu kurz. Walker dachte, sie könnte jeden Augenblick aufs Gesicht fallen.

»Da ist er«, sagte er.

Sie hob den Blick, den sie in grimmiger Konzentration fest auf den Weg gerichtet hatte. »Wo?«

Er musste nicht antworten. Der Friedhof lag deutlich sichtbar unter ihnen. Er war erstaunlich groß und von einem frischgestrichenen Lattenzaun umgeben. Darunter stand schweigend und wachsam der Wald, und die nächstgelegenen Bäume streckten ihre langen, schweren Äste über den weißen Zaun.

Sie gingen das letzte Stück hinunter und traten durch das offene Tor hinein. Es gab eine Mischung von hölzernen Grabkreuzen und grobkörnigen Grabsteinen. Vereinzelt standen da auch welche aus rosa oder schwarzem Granit.

Walker wusste genug über Jake Nuremborski, um zu wissen, wonach er suchen musste. Dem größten, dem imposantesten Stein auf dem ganzen Friedhof.

Am Rand des Friedhofs, nahe am Zaun, ragte im Schatten eines hohen Kapokbaums ein korallenfarbener Granitpfeiler vier Meter hoch in die Luft.

Der Grabstein stand ganz für sich und sah verlassen aus. Walker ging hinüber, kniete sich hin und las ohne jede Überraschung: »In liebendem Angedenken an Sarah Clair Nuremborski, geb. Harper, geliebte Gattin von Jacob Ivan, geb. April 1936, gest. März 1976.«

Krista trat neben ihn und las die Inschrift laut vor. Trauer überfiel Walker, schwer und mächtig.

»Hallo«, sagte eine Stimme irgendwo über seinem Kopf. Sie klang so tief und dröhnend, dass Walker schon glaubte, Stimmen zu hören. Aber Krista drehte sich herum.

Ein hochgewachsener, dürrer Mann stand hinter ihnen. Er trug einen schwarzen Anzug, einen schwarzen Filzhut und den blütenweißen Kragen eines Geistlichen. Sein Gesicht war so schwarz wie sein Anzug und so lang und dünn wie eine Handkante. Er stand inmitten der Grabsteine, reglos und entschlossen wie sie. Er hätte eine Statue sein können, mit dem Grün des Berges und dem Blau des Himmels als Hintergrund.

»Guten Tag, Hochwürden«, sagte Walker automatisch und erinnerte sich einen winzigen Augenblick zu spät, dass die Kirche eine anglikanische war und er auf einem anglikanischen Friedhof kniete.

»Hallo«, sagte Krista. »Wir schauen uns nur um.«

Ach ja?, dachte Walker. Nur schauen, nicht kaufen?

»Eine Verwandte?«, fragte der Geistliche schließlich und deutete mit dem Kopf auf den korallenfarbenen Grabstein. Wieder ließ er seinen Bass erdröhnen, ohne jede geistliche Großspurigkeit, doch wie aus der tiefsten Tiefe des Ozeans.

Walker wusste nicht, was er darauf sagen sollte. Er versuchte, Zeit zu gewinnen, und erhob sich langsam. Noch immer überragte ihn der Geistliche, obwohl er zwei Grabreihen entfernt stand.

»Wir wissen es nicht genau«, sagte Krista. Sie ging auf den Mann zu.

Er warf einen Blick auf ihre Krücken, ihre verbogene Hüfte – seine Augen zuckten nur kurz hinunter. Dann schaute er ihr wieder ins Gesicht.

»Vielleicht können Sie uns helfen. Wir wissen eigentlich nicht weiter.«
»Sie wissen nicht, wo Sie sind?«
»Doch, doch. Wo wir sind, wissen wir. Aber nicht, wie's weitergehen soll. Stimmt's, Walker.«
Krista hatte etwas an dieser strengen Persönlichkeit erspürt, das Walker entgangen war. Es war weder Heiligkeit noch Gnade oder ein anderes dieser großen Worte, sondern einfach nur Güte. Der Mann, der hier vor ihr stand, war schlicht keiner Tat fähig, die nicht anständig, taktvoll und gütig war.
»Walker ist auf der Suche nach seinen Eltern«, sagte sie. »Er glaubt, dass Sarah Nuremborski seine Großmutter ist, ist sich aber nicht sicher.«
Der Geistliche blickte wieder auf Walker, betrachtete ihn jetzt eingehender, fast so, als rechne er damit, ihn wiederzuerkennen. »Mrs. Nuremborski war eine wunderbare Frau«, sagte er – als wolle er sie in Schutz nehmen, dachte Walker. »Ich habe sie viele Jahre gekannt.«
Er sah sich um nach einem geeigneten Grabstein, um sich hinzusetzen, fand einen und ließ sich mit seinen zwei Metern steif darauf nieder. »Dreißig Jahre werden es jetzt sein, dass sie zum ersten Mal hierherkam. Sie liebte diese Insel. Sie sagte, sie habe sich vom ersten Augenblick an zu Hause gefühlt. Ganz anders als ihr Mann. Ich habe ihn als einen von diesen Herren in Erinnerung, die etwas voller Begeisterung kaufen, und wenn es dann nicht ihre Gelüste stillt, so wie sie es sich vorgestellt haben, dann verlieren sie die Geduld und ziehen weiter. Unsere kleine Insel ist mit einer ganzen Reihe solcher Leute gesegnet, die von weither zu uns kommen. Aber Mrs. Nuremborski kam immer

wieder, ganz selten mit ihrem Mann, meistens mit den Kindern. Weihnachten. Ostern. Manchmal blieb sie einen ganzen Monat. Sie fühlte sich zu Hause. Auch in unserer Kirche. Und ich bin sicher, auch hier fühlt sie sich zu Hause.«

Er schob sich den Hut ein wenig aus der Stirn, vielleicht zur Kühlung, vielleicht aber auch als geheimes Zeichen für Mrs. Nuremborski unter ihrem rosa Stein.

»Dann kannten Sie also auch ihre Tochter? Lenore?«, fragte Krista.

Der Mann sah sie an, als hätte er diese Frage bereits erwartet. Nun schien er ein wenig traurig. »Ja«, sagte er, »ein wunderschönes kleines Mädchen. Sie kamen gemeinsam zur Kirche, Mutter und Tochter. Manchmal kam Mrs. Nuremborski einfach nur zum Beten her. Damals war die Tür nie verschlossen. Manchmal kam ich her, um dies und das zu erledigen, und sie saß allein in der Kirche, tief ins Gebet versunken. Sie betete allein und machte keine öffentliche Veranstaltung daraus.«

»Kannten Sie Lenores Bruder, Robert?«, fragte Walker und ließ dabei das Gesicht des Geistlichen nicht aus den Augen.

»Nicht so gut, nein. Nicht so gut«, antwortete dieser, sein Gesicht so unergründlich wie die Grabsteine hinter ihm.

»Haben Sie Lenore auch später noch gesehen, als sie schon größer war?«, fragte Krista liebenswürdig. »Sie brachte doch ein Kind hier zur Welt?«

Der Seelsorger nahm den Hut ab. Oberhalb der Schläfen war sein graues Haar einer glänzenden schwarzen Glatze gewichen. Er drehte die Hutkrempe in der Hand, fuhr das Band mit dem Finger nach. Er sah Walker an, als wüsste er, worauf sie mit diesen Fragen hinauswollten. »Ich habe sie getraut«, sagte er.

Walker starrte ihn einen Augenblick an. Krista ebenso.

»Was haben Sie?«, fragte er.

»Das ist unmöglich«, sagte Krista.

»Doch. Im geheimen. Kurz nachdem sie angekommen sind.« Er blickte wieder auf Sarah Nuremborskis Grab, diesmal ein wenig unschlüssig. »Ich bin sicher, dass das jetzt kein Geheimnis mehr ist.«

Krista kam näher, aber Walker blieb, wo er war. Am liebsten hätte er nicht mehr geatmet, damit er diese große schwarze Erscheinung nicht etwa verscheuchte.

»Warum im geheimen?«, fragte Krista.

»Wegen Mrs. Nuremborskis Mann. Anscheinend war der junge Mann nicht ganz nach seinem Geschmack.« Er sah von Walker wieder zu Krista. »Aber Lenore bekam ein Kind, und Mrs. Nuremborski wusste, dass die beiden sich liebten und auch weiter lieben würden, und so habe ich sie eines Morgens getraut. Vor Gott und vor Mrs. Nuremborski, aber vor niemandem sonst.«

»Mit wem?«, fragte Walker mit bebender Stimme. »Wen hat sie geheiratet?«

»Na, ihren Freund natürlich«, antwortete der Geistliche, und ein Hauch von Besorgnis zeichnete sich auf seinem Gesicht ab, als ob Walker auch irgendwie geistlichen Beistand benötige. »Kommen Sie, ich zeig's Ihnen.«

Damit stieß er sich vom Grabstein ab und ging über den Friedhof zum Tor. Entschlossen stieg er den Hang zur Kirche hinauf.

Krista und Walker folgten ihm. Sie sprachen kein Wort. Wagten kaum, sich anzusehen.

Krista bemühte sich, schnell voranzukommen, aber bergauf war Schwerarbeit. Walker ging langsam hinter ihr her. Er wusste, wenn er sie überholte, würde er nicht an sich halten können und dem davoneilenden Seelsorger hinterherrennen. Er überholte nicht. Und er hob sie auch nicht auf und rannte mit ihr im Arm. Er sah nur zu, wie sie sich hochquälte. Es brachte ihn fast um den Verstand.

Schließlich kamen sie oben an. Kristas Gesicht und Haar waren tropfnass, als wäre sie gerade schwimmen gewesen. Der Geistliche war nirgends zu sehen, aber die Hintertür der Kirche stand offen.

Sie eilten darauf zu und traten ein. Im Inneren der Kirche war es dunkel und kühl, aber sie konnten nichts sehen. Irgendwo vor ihnen hörten sie ein Schlurfen, dann schlug eine Tür zu und ein Deckenlicht ging an.

Sie standen in einem leicht nach Moder riechenden Lagerraum. Der Geistliche – fast so hoch wie der Raum und nun mit Brille – stoppte die baumelnde Glühlampe mit seiner langen, knochigen Hand. Wortlos sah er auf einem Holzbrett nach und zog mehrere große, ledergebundene Bücher hervor.

Mit feierlicher Miene legte er sie auf einen Tisch und wählte eines aus. Auf einem vergilbten Schild stand säuberlich mit blauer Tinte geschrieben: »1970–1979«. Er blies den Staub weg und begann, vorsichtig in dem Buch zu blättern.

Walker und Krista standen ein wenig abseits, wachsam, als würden sie gleich Zeugen eines schrecklichen Unfalls.

Der Geistliche wendete jede Seite einzeln und kräuselte dabei in höchster Konzentration die Lippen. Endlich kam er zu einer Seite, die sein Gefallen fand. Er wandte sich

ein wenig den beiden zu, drückte einen bemerkenswert langen Finger auf das Papier und sagte: »Die Nurembors-ki-Hochzeit.«
Walker trat zum Tisch und blickte auf die aufgeschlagene Seite hinunter. Er sah Zeichnungen von kleinen geflügelten rosa Liebesgöttern. Sie bildeten eine Art Kranz, und ihre Schamteile waren von gezielt drapierten flatternden blauen Fähnchen bedeckt. Alle bliesen Posaune. In der Mitte standen ein paar Zeilen in schwarzer gotischer Schrift und darunter ein paar Unterschriften in derselben blauen Tinte wie das Schild auf dem Umschlag.
Krista trat zu ihm. Er fühlte ihre Nähe. Gemeinsam lasen sie leise: »Heute, am 21. Oktober im Jahre des Herrn tausendneunhundertundfünfundsiebzig, ist Lenore Janet Nuremborski in den heiligen Stand der Ehe getreten mit Kyle Walker Tennu.«
Krista rang nach Luft und hielt sich die Hand vor den Mund.
Walker starrte die Seite einfach nur an. Seine Augen fingen an zu brennen.
»Du bist nach deinem Vater benannt«, sagte Krista. »Siehst du? Kyle Walker Tennu.«
Als ob Walker es nicht mit eigenen Augen gesehen hätte, als ob diese Augen nicht soeben ein Loch in diese Seite brannten.
Als ob sein Herz nicht seine Brust sprengte.
»Siehst du?«, fuhr sie fort. »Lennie hat Kim die Wahrheit gesagt. Die ganze Wahrheit. Du bist Lennies Sohn. Und du bist auch Kyles Sohn.«
Walker deutete auf eine Zeile weiter unten, wo Lenore und Kyle ihre Staatsangehörigkeit eingetragen hatten.

Neben ihren Namen hatte Lenore »kanadisch« geschrieben. Neben Kyles Namen stand: »Volk der Cree«.
Der Geistliche sah, wo Walker hinzeigte. »Ja«, sagte er. »Das habe ich erst später gesehen. Ich habe es nie erwähnt, weil ich es nicht für relevant hielt.«
»Damit hat er eine politische Erklärung abgegeben, mein Vater«, sagte Walker, und er dachte: mein Vater. Mein Vater.
»Das war ein Teil des Problems, wissen Sie. Zumindest in Mr. Nuremborskis Augen«, sagte der Geistliche. »Dass Ihr Vater Indianerblut in den Adern hatte. Diese Schande ertrug Mr. Nuremborski nicht.«
»Mhm«, machte Walker. Er rieb sich die Augen. Seine Wangen waren nass. Er wollte schreien, so laut er nur konnte. Irgendwas. Er wusste nur nicht, was. Ja! Ja! Ja!
»Walker«, sagte Krista leise, fast wie zu sich selbst, »du bist ein jamaikanischer Indianer.«
Wie betäubt ging Walker zurück zum Wagen. Er vergaß, Krista hineinzuhelfen, er schlug einfach die Tür zu und blieb hinter dem Lenkrad sitzen. Sie musste es allein schaffen, und sie schaffte es.
Einen Augenblick saß sie einfach nur neben ihm.
»Hallo«, sagte sie dann.
Walker starrte über das öde, windgepeitschte Gras hinweg auf den Rand der Klippe und den Himmel darüber.
»Walker Tennu«, sagte sie.
Walker nickte. Dann sagte er: »Jake Nuremborski hat auch meinen Vater umgebracht.«

28

1980

Als Bobby die Augen aufschlug, sah er Seetang, Korallenstücke und ein buntes Defilee kleiner Schleierschwänze. Und rundherum war alles blau.
Vielleicht war er ertrunken. Er fühlte seinen Körper um sich herum, leicht wie ein Blatt, aber sehen konnte er ihn nicht.
Ein Unfall war passiert. Irgendwoher kam das Blubbern von Wasser und auch das Murmeln seines Blutes. Er konnte es nicht sehen, aber er fühlte es, ein leises, schwammiges Lied.
Ein Gesicht verdrängte das Blau.
Das runde Gesicht eines jungen Mannes, ohne Augenbrauen, fast konturlos, die kleinen Augen bar jeder Farbe, der winzige Mund fest zusammengepresst vor lauter Konzentration. War das Gott?
Bobby schaute durch die unbeweglichen, kristallenen Linsen seiner eigenen Augen zu ihm hoch. Und das Gesicht des Mannes kam zu ihm herab, und er fühlte, wie sich die Lippen des Mannes sanft auf seine Lippen pressten; seine Augen, direkt über denen von Bobby, waren halb geschlossen. Er brummte, summte wie tausend Bienen in Bobbys Hals hinein. Und dann ging er.
Bobby drehte den Kopf vorsichtig, kaum merklich, zur Seite. Jetzt fühlte er auch seinen Kopf. Er spürte, dass er auf etwas Flachem, Hartem ruhte.

Der Mann war ganz in Weiß – weißes T-Shirt, weiße Hosen, weiße Laufschuhe. Er stand vor einer Ablage voller Medikamente. Er füllte eine Spritze.
Ein Unfall ist passiert, dachte Bobby noch einmal, irgendein Unfall. Eine undeutliche Erinnerung flatterte am Rand seines Bewusstseins, doch er konnte sie nicht sehen. Er konnte sie nicht erkennen.
Wer bin ich?
Diese Frage beschäftigte ihn, während der Mann die Spritze fertigmachte, sich hinsetzte und seinen eigenen Arm mit einem Gummiriemen abband. Mit einem vernehmlichen Seufzer drückte er sich die Nadel in die Vene.
Ich bin Robert Nuremborski, dachte Bobby, und ich wurde vor dem Ertrinken errettet, weil ich ein Gott bin. Ich bin einer von ihnen.
Der Mann stöhnte. Er schloss die Augen und sank in den Sessel zurück.
Bobby beobachtete ihn mit Augen, die sich nie bewegten und nie schlossen, blinde Augen, die seinem Pfleger in den vielen Monaten nur allzu vertraut geworden waren. Nur dass sie jetzt sehen konnten.
Der Pfleger stand auf und legte die Spritze auf einen weißen Porzellantisch. Er drehte sich um und sah Bobby an. Ein kleines Fragezeichen huschte über sein Gesicht: Es schien, als habe sich Bobbys Kopf ein wenig zur Seite gedreht. Der Gedanke bereitete dem Pfleger nicht lange Kopfzerbrechen. Er starrte seinen Patienten weiter an, doch jetzt mit seliger Trägheit. Sein winziger Mund presste sich erneut zusammen. Er zog sich das T-Shirt langsam über den Kopf.
Bobby konnte einen weißen Schmerbauch sehen.

Er sank wieder zurück – so müde, ganz und gar bereit, unter seine kristallenen Augen zurückzusinken, abzutauchen, tiefer und immer tiefer.

29

Mit einem dumpfen Schlag kam der Sand Walkers Gesicht entgegen. Er war noch warm, obwohl die Sonne bereits untergegangen war und der Himmel am Horizont von rosé zu tief violett gewechselt hatte.
Jamie half Walker wieder auf die Beine. Jamie war angetrunken. Walker war blau wie tausend Veilchen.
Jamie führte Walker ans Wasser, wo die schweren Brecher herankrachten. Zusammen knieten sie in der Brandung. Walker spürte, wie ihm das Wasser den Sand unter den Knien wegspülte, und er schwankte gefährlich. Jamie schöpfte mit seinen Händen Wasser und schleuderte es Walker ins Gesicht. Es kam ihm heiß vor, wie aus einer heißen Quelle. Walker spritzte Jamie Wasser ins Gesicht und fiel dann auf die Seite. Die nächste Brandungswelle schlug über seinem Kopf zusammen. Jamie hob ihn auf und stellte ihn lachend auf die Beine.
»Geht's jetzt besser?«, fragte er.
»Ja«, erwiderte Walker.
Sie gingen den Strand entlang, einer den Arm um die Schultern des anderen gelegt. In einiger Entfernung sah Walker den schilfgedeckten Unterstand, wo ein paar von

Jamies Freunden aus einer kleiner Siedlung am Strand unterhalb von Robinson's Place Fisch und Huhn mariniert und über glühenden Kohlen gegart hatten. Alle hatten Rumbowle und jamaikanisches Bier getrunken und ungeheure Mengen Gras geraucht. Irgend jemand spielte Gitarre. Einige sangen.

Walker sah Kristas blondes Haar im Schein des Feuers leuchten. Sie saß an einem Picknicktisch und sang mit. Es machte ihr sichtlich Spaß. Walker war froh, dass sie sich amüsierte.

Vorsichtig setzte er sich in den Sand und lehnte sich an ein großes Stück Holz. Jamie ließ sich neben ihm in den Sand fallen.

»Schön ist es hier«, artikulierte Walker. Seine Zunge fühlte sich an wie gelähmt.

»Das ist unser Zuhause«, sagte Jamie.

»Danke für all das.«

»Gern geschehen.«

»Krista und ich wollen aber trotzdem die Hälfte zahlen.«

»Du hast eine Flasche mitgebracht und einen Karton Bier. Du bist in Ordnung«, sagte Jamie. »Alle freuen sich, dass du endlich nach Hause gekommen bist. Walker Kyle Tennu.«

Am Vormittag hatten sie Jamie besucht und ihm die gute Nachricht überbracht. Am Abend hatte Jamie die Party bereits organisiert.

»Ich möchte Miss Emile noch einmal besuchen«, sagte Walker.

»Klar. Wenn du möchtest.«

»Weil ich hier geboren wurde.«

Walker drehte sich so, dass er Jamie ansehen konnte.

»Glaubst du, dass Miss Emiles Worte dadurch wahrer werden?«
»Miss Emiles Worte sind immer wahr«, gab Jamie zurück, »so oder so.«
»Wann kommen die also normalerweise und holen deine Seele?«
Ein missbilligender Ausdruck trat in Jamies Gesicht.
»Nach Mitternacht? Während du schläfst? Oder ist es egal?«
»Du glaubst nicht daran?«, sagte Jamie.
»Na ja, ich hatte gehofft, sie hätte es im übertragenen Sinn gemeint«, antwortete Walker. Gar nicht schlecht für jemanden, der so zugedröhnt ist, dachte er. Ü-ber-tra-genen, wieviele Silben waren das?
»Manchmal passiert was, manchmal nicht«, sagte Jamie. »Kommt auf den Zirkel an. Wer wen ruft. Wer tanzt, wer betet und wer die Zaubersprüche sagt. Auf das Opfer und das Blut, und dass im richtigen Moment alles stimmt.« Er rappelte sich wieder hoch, schwankte ein wenig und sah auf Walker hinunter. »Aber es ist alles wahr. Ich zeig's dir.« Er streckte Walker die Hand entgegen, Walker ergriff sie, und Jamie zog ihn hoch. Dann lief er quer über den Strand auf den dunklen Felsen zu, der vor ihnen aufragte.
Walker sah wieder hinüber zu Krista. Jemand hatte ein Transistorradio aufgedreht, Reggae-Musik lag in der Luft. Der Junge mit der Gitarre spielte mit. Alles war auf den Beinen und wiegte sich und schlurfte hin und her und tanzte im Schein des Feuers. Krista saß bei zwei anderen Frauen, besorgte den Hintergrundchor und sah rundherum glücklich aus, schwebte auf Wolke Sieben.

Walker trabte hinter Jamie her, holte ihn ein. Langsam ließ die Wirkung von Alkohol und Gras nach. Er konnte schon fast wieder seine Beine unter sich spüren, Muskeln und Knochen. Das war ein gutes Zeichen.
»Wo gehen wir hin?«, fragte er, während er im Sand vorwärtsstolperte.
»Du solltest Miss Emile sehr ernst nehmen«, kam die Antwort.
Sie kamen zu einer dichten Baumreihe, die den Felsen über ihnen absperrte. Walker konnte einen ausgetretenen Pfad erkennen, der durch das Unterholz in den Wald hineinführte.
Ein letztes Fünkchen Licht zog einen blutroten Streifen vom Horizont bis über ihre Köpfe. Langsam kam vom Meer her Wind auf. Walker bildete sich ein, weiter unten im Süden eine dunklere Masse am Himmel zu sehen, etwas, das herunterfiel.
Jamie war zwischen den Bäumen verschwunden, also folgte Walker ihm. Sie gingen durch den düsteren Wald. Allmählich begann der Weg anzusteigen.
»Die Schule liegt direkt über uns«, sagte Jamie. »Aber es war, bevor die Schule da war. Als es noch Robinson's Place war.«
»Was war da? Wo gehen wir hin?«
Statt zu antworten, ging Jamie noch ein paar Schritte den Pfad hinauf, bis sie zu einer Lichtung kamen. Hier war es heller. Walker konnte Jamie deutlich erkennen, als der stehen blieb und sich zu ihm umwandte.
»Sie hatten einen Zirkel abgehalten«, sagte Jamie, »in der Nacht davor. Sie hatten Jeffrey Cole herbeigerufen, der war bei einem Sturz ums Leben gekommen und seit zwei

Monaten unter der Erde. Ich wusste nichts davon. Miss Emile auch nicht, sonst hätte sie mich gewarnt. Ich war auf dem Heimweg, hier, diesen Hang herunter. Ich war ungefähr hier.« Er zeigte auf die andere Seite der Lichtung. »Es war mitten in der Nacht, und den ganzen Weg hinunter hörte ich ihn kommen. Er wimmerte. Auf einmal war er vor mir.«

Walker sah, wie Jamie zu schwitzen begann, sein Gesicht glänzte in dem rasch schwindenden Licht. Windböen wirbelten durch die Luft und bliesen über sie hinweg. Jamie sah um sich, als erwarte er, dass Jeffrey Cole aus dem Unterholz hervorbräche, mit weißen Knochen, von denen sich das Fleisch löste.

»Ich habe versucht, ihn zu sehen«, sagte Jamie. »Der Mond war hinter den Wolken, aber immer wieder kam er hervor und machte alles hell. Er hat mich von hinten angegriffen.«

Jamie drehte sich um. Schweißflecken zeigten sich auf seinem Hemd, und er zitterte. Der Wind fühlte sich kalt an. Die Luft roch nach Salz.

»Mit der Kraft der Untoten schlug er auf mich ein!«

Er knöpfte sein Hemd auf und trat ganz nahe an Walker heran. Er hielt das Hemd offen.

Walker schaute von Jamies Gesicht auf Jamies Brust. Die einzelnen Rippen zeichneten sich deutlich unter der Haut ab. Er schaute hinunter auf den Bauch und sah, was Jamie ihm zeigen wollte.

Eine Narbe, erhaben und gezackt, schwach rosa auf der schwarzen Haut, verlief vom Brustbein bis kurz vor die Gürtellinie.

»Er hat mich gefesselt«, fuhr Jamie fort. »Als ich die Augen wieder aufmachte, hing ich an einem Baum. Blut tropfte mir übers Gesicht, von da, wo mich sein Schlag getroffen hat. Und ich konnte etwas sehen. Ich sah diese dunkle Figur vor mir. Ich hörte sie atmen. Wimmern. Und von irgendwoher kamen Schmerzen. Ich schaute hinunter, und da hing eine Schlinge von meinem Darm heraus, wie eine Schlange, die aus mir herauskriecht. Ich habe geschrien.«

Er blieb stehen und sah sich rasch um, als habe er etwas gehört. Etwas anderes als das Rauschen des Windes, das sich jetzt zu einem Heulen verstärkte und durch die Baumwipfel fegte.

»Frank Shine kam mit einem Mädchen den Weg herauf. Sie hörten mich und rannten herbei. Das Ding verschwand.«

Jamie sah hinauf in die Bäume. Sie peitschten im Wind. »Jeffrey Cole wollte mir die Seele rauben, verstehst du?« Er streckte die Hand aus und umklammerte Walkers Gesicht fest, damit Walker, so zugedröhnt er auch sein mochte, ihm auch wirklich zuhörte und verstand, was er sagte. »Wenn Miss Emile einer Seele sagt, sie soll flüchten, dann glaub ihr«, sagte er.

Walker nickte. Jamie ließ sein Gesicht los. Er hatte es ihm gezeigt und er hatte ihn gewarnt, mehr konnte er nicht tun.

Jamie wandte sich zum Gehen, aber Walker packte ihn an der Schulter. Er musste gegen das Heulen des Windes anbrüllen.

»Du hast gesagt, damals war es noch Robinson's Place. Wer hat da gewohnt?«

Jamie sah ihn ein wenig überrascht an. Wieso war das

wichtig? »Es war gleich nachdem Mrs. Nuremborski gestorben ist«, brüllte er zurück.

»Wer war in dieser Nacht im Haus?«

»Der Alte. Er war noch da. Miss Emile war bei der Tochter, weil's jeden Moment losgehen konnte.«

»Und mein Vater?«, fragte Walker.

»Nein, an den kann ich mich noch immer nicht erinnern. Er muss weggewesen sein. Ich war da, weil ich das Wassertaxi holen sollte, wenn das Baby käme. Drum war ich so spät noch auf. Aber es war noch nicht soweit, und da hat Miss Emile mich heimgeschickt.«

»Es war also der Alte da, meine Mutter und Miss Emile und du.«

»Und der Bruder, dein Onkel«, rief Jamie. »Er war auch da.«

Walker ließ Jamie los. Er stand in der heulenden Dunkelheit, als ob er sich über etwas klarwerden musste.

Dann prasselte der Regen herunter, durchnässte sie bis auf die Haut, zerstach ihnen das Gesicht.

»Los, komm«, brüllte Jamie. Walker folgte ihm. Er kam sich vor, als renne er unter Wasser. Der letzte Rest Licht war verglommen, und nichts als tintenschwarze Dunkelheit umgab ihn. Der Regen brauste wie ein Sturzbach auf ihn herab, Äste flogen ihm um die Ohren, Blätter klatschten ihm ins Gesicht, Bäume krachten zu Boden.

Walker rutschte aus, fiel in den Schlamm, rappelte sich wieder auf und rannte direkt in einen Baum, der gerade erst auf den Weg gestürzt war. Wieder fiel er hin, weil er sich in Schlingpflanzen und Ästen verfangen hatte. Regenwasser stürzte über ihm den Abhang hinunter und schwemmte ihn mit.

Walker versuchte, um die umgestürzten Bäume herumzurobben, rutschte aber nur weiter den Hang hinunter. Alles wurde hinuntergeschwemmt. Er rannte gegen den mächtigen Stamm einer Pappel, kroch auf die windabgewandte Seite und zwängte sich zwischen die Wurzeln. Er lag da, das Gesicht in den Boden gedrückt, und wartete darauf, dass der Sturm nachließ oder der Regen ihn davonspülte oder ein herabfallender Ast ihn erschlug. Er spürte das Vibrieren des Baumes über ihm.
Beinahe so rasch wie er aufgekommen war, verebbte der Sturm, verhallte zu einem stoßweisen Klagen in den Bäumen, zu einem Ächzen, schließlich zu einem Murmeln. Auf allen Seiten hörte Walker das Tosen herabstürzenden Wassers.
Eines wusste er sicher: Zugedröhnt war er nicht mehr. Seine Sinne waren hellwach, jeder einzelne Nerv zuckte, lag bloß. Er bemühte sich, ruhiger zu atmen, seinen Herzschlag zu verlangsamen. Plötzlich fiel ihm Krista ein. Beunruhigt fragte er sich, was aus ihr geworden war. Doch sie hatten vom Strand aus den Sturm bestimmt heraufziehen sehen, hatten Zeit gehabt, ihr zu helfen. Bestimmt saß sie wohlbehalten und trocken in einem der Häuser.
Er drehte sich um, lehnte sich an den Baum und wartete auf Jamie, der sicher nach ihm suchen würde. Und er dachte an das Sommerhaus der Nuremborskis am French River und an die Geschichte von dem kleinen Jungen, dem, an einem Baum aufgehängt, der Bauch aufgeschlitzt worden war, so dass ihm die Gedärme heraushingen.
Dann hörte Walker ein Geräusch.
Es klang sehr nahe, als käme es von der anderen Seite des

Baumes. Ein Kratzen. Was es auch war, Jamie war es nicht, dessen war sich Walker sicher. Es war zu nahe und zu sehr darum bemüht, nicht gehört zu werden.

Walker machte sich vorsichtig davon, drehte sich zur Seite und rutschte den Hang hinunter. Er war erst ein, zwei Meter weit gekommen, da sah er etwas Dunkles, dunkler als die Dunkelheit um ihn herum, vor ihm vorüberstreichen.

Walker bohrte seine Absätze in den Boden und stand langsam auf. Jetzt konnte er ein Gesicht ausmachen, geisterhaft, rund wie der Mond. Es sah gespenstisch aus und hatte gleichzeitig etwas Vertrautes. Dann verschwand es.

Walker ging quer über den Hang, blieb stehen, um zu lauschen. Anfangs hörte er nichts als das Rauschen des Wassers. Irgendwo in den Büschen über sich hörte er ein Rascheln. Und dann fiel ihm ein, wo er dieses Gesicht schon einmal gesehen hatte.

Walker rannte, strauchelte über Wurzeln und Schlingpflanzen den schlammigen Hang hinauf. Er sah eine dunkle Gestalt über sich, jemanden, der sich auf Händen und Füßen bergauf kämpfte.

Walker stürzte sich auf ihn. Der Mann wand sich, trat nach Walker und fiel auf den Rücken. Auch Walker rutschte aus.

Der Mann packte Walker an den Haaren, und sein Gesicht, flach und öde wie ein toter Planet, näherte sich dem von Walker und rammte mit aller Kraft seine ohnehin schon schiefe Nase. Ein rasender Schmerz durchbohrte Walker, doch er hielt stur das Hemd seines Gegners fest.

Einer über den anderen kullernd schlitterten sie mit der

übrigen in Bewegung geratenen Masse kopfüber den Hang hinunter. Plötzlich fuhr der Mann hoch und schleuderte Walker, der halb auf ihm lag, weiter den Berg hinunter. Walker rollte herum, kam auf die Knie und hielt sich die Hände schützend vors Gesicht. Doch der andere setzte ihm nicht nach. Walker wartete. Nichts. Nichts als das Geräusch des Wassers, das sich langsam zurückzog, einige letzte Regenböen und undurchdringliche Finsternis.

Walker rang nach Atem. Er berührte seine Nase, fühlte etwas Feuchtes, kostete es. Es schmeckte nach Blut. Seine Schulter schmerzte. Er hatte sie sich irgendwie verrenkt. Er wartete noch eine Weile. Noch immer nichts.

Langsam rutschte er die steile Böschung hinunter, dann stapfte er den restlichen Hang bergab.

Noch bevor er es sehen konnte, hörte er das Meer. Schwere Brecher rollten heran, krachten an den Strand, zogen sich zischend und dröhnend wieder zurück. Er durchbrach die letzte Baumreihe und stolperte hinaus auf den Strand. Seine Schulter brannte. Doch das Blut tröpfelte nur mehr aus der Nase, und obwohl sie wehtat, schien sie nicht gebrochen zu sein. Er setzte sich vorsichtig in den nassen Sand und sah sich um.

In einiger Entfernung sah er, wie eine in der Dunkelheit schwebende Schneewächte, die weiße Linie der Brandung. Ein Licht hüpfte die Baumreihe entlang. Jemand rief seinen Namen.

Er rief zurück: »Hier drüben! Hier bin ich!« Das Licht schwenkte näher, begleitet von einem Chor von Stimmen, dann fand es ihn, im Sand kniend, als hätte ihn die Brandung angespült.

»Mensch, wo warst du denn?«, sagte Jamie und rannte zu ihm. »Alles in Ordnung mit dir?«
»Mhm«, machte Walker, doch er verzog das Gesicht, als Jamie und die anderen ihm aufhalfen. »Ich habe mir die Schulter verletzt und die Nase angeschlagen.«
»Ich dachte, du wärst hinter mir. Hab dich gesucht, aber ich konnte überhaupt nichts sehen, ein umgefallener Baum war im Weg«, erklärte Jamie. Ihm war schrecklich zumute, irgendwie hatte er das Gefühl, Walker im Stich gelassen zu haben. »Ich bin gelaufen und hab Hilfe geholt.«
»Das seh ich«, bemerkte Walker.
Krista war trocken und in Sicherheit und sogar fast wieder nüchtern. Sie wartete in einem der Häuser an der unbefestigten Straße. Als Walker hereinkam und sie ihn so sah, mit zerrissenen Kleidern, das Gesicht zerkratzt und blutig, über und über mit Schlamm bedeckt, erhob sie sich von einer Bank neben dem Feuer und küsste ihm das ganze Gesicht.
Alle machten »Ahhh«.
Dann wich sie zurück, musterte ihn von oben bis unten und sagte: »Schmeißt ihn wieder rein.«

Einer der Männer, der ohnehin in ihre Richtung musste, fuhr Krista und Walker in ihrem geliehenen Laster zurück zum Hotel. Trotz zwei heißer Rum-Butter-Cocktails waren Walkers Nacken und Schulter ganz steif geworden, sein Kopf um fünfundvierzig Grad geneigt. Er wollte nicht fahren.
Als sie ins Hotel kamen, saß Tom Tait in der leeren Lobby und las Zeitung. Er sah auf zu Krista, die auf ihren Krü-

cken hereinschwankte, noch immer ein bisschen high. In ihrem Gefolge ihr Freund, schlamm- und blutbespritzt (das Gesicht hatte er sich zwar gewaschen, aber sein Hemd war noch immer voll Blut), den Kopf schiefgelegt, als hätte er sich gerade eine Ohrfeige eingehandelt.
»Hi, Tom«, sagte Krista mit verschwommenem Lächeln.
Tom nickte.
»Tom«, murmelte Walker.
»Mmm«, sagte Tom.
Trotz beträchtlicher Schmerzen schaffte Walker es, Krista die Treppe hochzutragen. Kam gar nicht in Frage, das Tom zu überlassen. Im Zimmer bestand Krista darauf, ihn auszuziehen. Die Art, wie sie ihm Schuhe und Jeans auszog, entbehrte nicht einer gewissen Erotik. Sie durfte ihm sogar die nasse Unterwäsche ausziehen, während er sich zurücklehnte und sie angrinste.
Und das Ganze wäre auch sehr erotisch gewesen, wenn ihm die Schulter nicht so grauenhaft weh getan hätte. Es war für beide unübersehbar, dass Walkers Körper sich nur einer Sache auf einmal widmen konnte.
Krista ließ ihm ein heißes Bad einlaufen und bestand darauf, dass er sich in die Wanne legte. Er taumelte ins Bad und ließ sich in das dampfende Wasser sinken. Sie kam herein, setzte sich auf den Toilettensitz und sagte, er solle sich die Schulter röntgen lassen.
»Wo?«
»In Joy's Grove, wenn wir nach deiner Geburtsurkunde fragen.«
»Da ist nichts. Das spüre ich. Alles bestens«, sagte er.
»Ich hatte Angst«, erzählte sie ihm.
»Wirklich? Mir geht's gut.«

Krista nickte. Vom Wasserdampf war ihr Haar feucht geworden, und einzelne Locken klebten ihr an Stirn und Wangen. Ihre Gesichtszüge waren vom Alkohol und dem starken jamaikanischen Hasch noch immer ein wenig verwischt. Sie ließ sich neben der Wanne zu Boden sinken, langte ins Wasser und bespritzte Walkers Brust.

»Ich würde dich küssen, wenn ich den Kopf bewegen könnte«, sagte er.

Sie kam auf die Knie, langsam und ungeschickt, und beugte sich über den Wannenrand. Sie küssten sich.

»Ich habe mich mit jemand geprügelt.« Walker hatte sich entschlossen, ihr davon zu erzählen. Sie musste alles wissen. Das war nur recht und billig.

Aus ihrem Gesicht schwand jede Regung. »Was meinst du damit?«

Als er von der Narbe erzählte, die Jamie ihm gezeigt hatte, setzte sie sich wieder auf den Toilettensitz und fing an, Klopapier von der Rolle zu zupfen.

Dann erzählte er von dem Mann, mit dem er sich geprügelt hatte. Es war derselbe Mann, den er im Sommerhaus der Nuremborskis oben an der Treppe gesehen hatte und von dem er sich selbst hatte einreden wollen, dass es nur ein Obdachloser war. Er stand jedoch offenbar genauso in Jake Nuremborskis Sold wie der Sekretär – war vielleicht Jakes zweite Verteidigungslinie, vielleicht seine letzte, letale. Bei dieser Beschreibung schloss Krista die Augen, als wünsche sie sich an einen anderen Ort.

Als er ihr von dem ermordeten Jungen erzählte, der in der Nähe des Nuremborskischen Sommerhauses an einem Baum hängend gefunden wurde, stützte sie sich auf das Waschbecken und stand auf. Die Klopapierrolle

fiel zu Boden. Sie öffnete die Badezimmertür und ging hinaus.
»Er hat nicht nur meine Mutter und meinen Vater auf dem Gewissen«, rief Walker ihr nach. »Jake Nuremborski ist ein Serienmörder.«

30

1985

Bobby saß auf dem Rücksitz der silbernen Limousine und sah durch die getönte Scheibe hinaus.
Auf der anderen Straßenseite war eine lange Fensterfront. Alle Fenster waren beleuchtet und boten ihm Einblick in einen großen Raum, in dem etwa ein Dutzend Männer und Frauen in bunten Shorts und Gymnastikanzügen, mit Handtüchern um die Schultern und Laufschuhen an den Füßen auf Fahrradtrainern, Laufbändern und verschiedenen Kraftgeräten trainierten.
Einige hörten Walkman und waren wie in Trance. Andere, schweißbedeckt, betrieben ihr Training mit äußerster Verbissenheit. Wieder andere plauderten und nutzten das Training für mehr oder weniger zufällige Flirts.
Bobby zog die karierte Wolldecke enger um sich. Seine blasse Hand zitterte, als hätte er Parkinson.
Wie selbstzufrieden sie alle aussahen, wenn sie sich in den Spiegeln betrachteten, die alle Wände bedeckten. Ein

Schmollmündchen hier, ein männlich in den Nacken geworfener Kopf da – wie anbetungswürdig sie alle waren, wie außergewöhnlich.

Bobbys dünnes Blut geriet ein wenig in Wallung. Die Ehrgeizigen und die Charmanten, die Erfolgreichen, die Treiber und die Macher, dachte er. Er war hingerissen von ihnen. Er hatte es sich angewöhnt, jede Nacht mindestens eine Stunde hier zu sitzen und zuzuschauen.

Bobby saß allein auf dem Rücksitz. Sein Pfleger saß auf dem Fahrersitz und trug die blaue Chauffeursmütze, die er sich auf Bobbys Anordnung hatte aufsetzen müssen. Ab und zu schaltete er den Motor ein und ließ die Heizung laufen. Vielleicht war ihm langweilig. Es war nicht leicht zu erkennen, denn er war ein Junkie. Seine Augen waren entweder voll Verlangen nach dem nächsten Schuss oder tot, und mit seinen Gedanken war er stets woanders.

Der Pfleger war Bobbys Geschöpf, sein Gefährte, sein Diener, und zwar schon seit geraumer Zeit. Heute abend hatte ihn sein Geschöpf wieder ein wenig herumgefahren. Anfangs war das einmal in der Woche vorgekommen, dann zwei- oder dreimal, doch jetzt war es schon beinahe zur allabendlichen Routine geworden.

Sie fuhren und fuhren. Vorbei an Prostituierten, Transvestiten, Strichjungen, alle an ihren jeweiligen Ecken, alle auf getrennten Pfaden, wie rivalisierende Stämme. Gelegentlich befahl Bobby dem Pfleger, langsamer zu fahren, damit er sie sich genauer ansehen konnte. Manchmal leuchteten ihre bemalten oder geisterhaften Gesichtszüge auf in der Hoffnung, der Wagen würde anhalten. Dann könnten sie ihre Spielchen spielen. Aber der Wagen hielt nie an. Bobby nahm nie jemanden mit. Niemals. Niemand versetzte seine Phantasie, geschweige denn sein Blut, so in Aufruhr wie die vollkommenen jungen Männer und die prächtigen jungen Frauen, die ihre Reize hinter der Fensterfront zur Schau stellten, ihre knackigen kleinen Hinterteile, schwellenden Genitalien, kecken Brüste. Sie waren wie Mäuse in einem glänzenden Glaskäfig. Eifrig darauf bedacht voranzukommen.

Bobbys Vater war vor einigen Monaten völlig außer sich geraten. Wutschnaubend hatte er mit all seinen Nasenschläuchen am Wagen gestanden und den Pfleger dafür gescholten, dass er Benzin für jemanden verschwendete, der nicht hören und nicht sehen konnte, ja nicht einmal wusste, wo er war.

Doch zum Glück hatte Dr. Stanton gesagt, dass die Fahrten keinen Schaden anrichteten und auf irgendwelchen dunklen, unerforschlichen Wegen vielleicht sogar etwas Gutes bewirken könnten. Denn immerhin waren sie eine Anregung, und das war schon einmal etwas Gutes.

Der Pfleger hatte Bobbys Vater die Worte des Arztes weitergegeben.

Sein Vater hatte den Arzt einen unfähigen, raffgierigen, lächerlichen Quacksalber genannt, der nur deshalb jeden zweiten Tag auf fünf Minuten vorbeikam, damit er der staatlichen Krankenkasse den Höchstsatz an Gebühren in Rechnung stellen konnte. Bobbys Vater war zwar körperlich und geistig ein Wrack, aber seinen Raubtierinstinkt hatte er sich bewahrt. Und es stimmte, Dr. Stanton war ein Raffzahn.

Der Arzt stellte auch gerne Rezepte für Morphium aus. Nach Angaben seines Pflegers wurde Bobby immer unruhiger, deshalb erhöhte Dr. Stanton seine Dosis ständig.

In Wahrheit hatte Bobby unter der Betreuung seines Pflegers niemals Morphium bekommen, nicht einmal ganz am Anfang, als sein Vater den Anbau hinten am Haus hatte errichten und sich diesen seltsamen jungen Mann mit dem leeren Gesicht von einer Agentur hatte vermitteln lassen.

Falls Bobby Entzugserscheinungen gehabt haben sollte, weil er während seines Krankenhausaufenthalts Morphium bekommen hatte, konnte er sich jedenfalls nicht mehr daran erinnern. Vielleicht hatte er ja welche gehabt, sich in Krämpfen gewunden, stöhnend, mit Schaum vor dem Mund. Wenn ja, hatte sein Pfleger jedenfalls nichts dagegen unternommen. Monatelang war Bobby nicht richtig bei Bewusstsein gewesen. Nach drei Wochen war er zwar bereits stabil genug gewesen, um ohne das Beatmungsgerät auszukommen, doch in seinem Penis steckte ein Katheter und an der Hüfte trug er einen Kolostomiebeutel.

Und dann war er aufgewacht. Das war vor fünf Jahren gewesen. Und fünf Jahre lang war es der Pfleger gewesen, der das Morphium genommen und sich auch die übrigen Medikamente einverleibt hatte, die Dr. Stanton verschrieb. Bobby hatte es ihm erlaubt. Das war Teil ihrer Abmachung. Bobby brauchte keine Medikamente, weil ihn die Götter wieder zurückberufen hatten. Weil er aus seinem blauen Grab auferstanden war.

Während dieser ersten Monate, in denen Bobbys Bewusstsein immer wieder aufflackerte wie ein unruhiges Licht, erwachte er manchmal davon, dass der Pfleger seinen Kopf hielt und ihm, zärtlich wie eine Mutter, übers Haar strich. Oder dass der Pfleger im Nebenraum schnarchte. Oder dass der Pfleger neue Fische für seine

Aquarien mitbrachte und jeden einzelnen begurrte, als wäre er sein Kind. Der Pfleger fühlte sich bei Bobby offensichtlich wie zu Hause.
Und sobald der Pfleger weg war, begann Bobby zu trainieren. Den Kopf zu bewegen. Die Finger. Eine Stimme zu finden, indem er Geräusche aus seiner Kehle herauspresste, einen leisen Ton, ein schwaches Miauen.
Eines Tages, spätabends, waren Bobbys Lebensgeister davon erwacht, dass warmes Wasser über seine Brust und seitlich hinunterlief. Da füllte sich sein Herz mit Hoffnung. Er spürte das Wasser. Er ertappte sich dabei, wie er vor Freude beinahe geblinzelt, seinen Blick scharfgestellt hätte. Der Pfleger merkte nichts. Er zerrte an Bobbys Taille, und Bobby spürte, wie etwas langsam aus seinem Inneren rutschte.
Der Pfleger ging weg. Bobby starrte weiterhin blind auf das Deckenlicht. Er hörte ein lautes Platschen von der anderen Seite des Zimmers, dann die Toilettenspülung.
Bobby war müde. Wieder tauchte er unter die kristallenen Linsen seiner Augen ab.
Wieder fühlte er die Hände des Pflegers. Seifig und warm glitten sie über seinen Körper, riefen ihn zurück. Das war angenehm.
Er fühlte, wie der Pfleger einen Arm unter seinen Körper schob und ihn sanft auf den Bauch drehte, so dass sein Gesicht ganz nass wurde und er die Gummimatte unter sich riechen konnte.
Er fühlte, wie der Pfleger ihm mit einem Schwamm die Beine, die Füße und zwischen den Zehen abrieb. Überall floss Wasser, und der Pfleger summte laut, wie eine irre Waschfrau, der die Arbeit Spaß machte.

Bobby rutschte, wie ein in der Fischfabrik gestrandeter Fisch, auf dem nassen Tisch hin und her. Er fühlte, wie der Pfleger seine schlaffen, verschrumpelten Hinterbacken einseifte, und jetzt fühlte er etwas, das wärmer war als das Wasser. Es flutschte herum, stupste, presste und dann, plötzlich und schmerzhaft, drang es ein.
Ein krampfartiger Schmerz durchfuhr seinen Rücken. Er hob seinen Kopf und zischte so laut, dass es wie ein Schrei klang. Und dann fiel er, rutschte unaufhaltsam vom Tisch auf den Boden. Sein Kopf war zwischen den Beinstützen eingekeilt. Arme und Beine baumelten hinunter wie Weichgummi. Er hing da, leblos wie eine Leiche.
Der Pfleger war zurückgewichen, den Mund vor Schreck weit offen. In seinen winzigen Äuglein spiegelte sich das blanke Entsetzen. Sein nasser Schwanz ragte ihm blind aus der Hose, steif und starr und lächerlich vor sich hin wippend.
»Nein, o nein«, stöhnte der Pfleger und stopfte ihn sich voller Hektik wieder in die Hose.
O nein, was? O nein, wach nicht auf? Bobby war sich nicht sicher, was sein Pfleger damit meinte. Aber der murmelte nur immer wieder: »Nein, o nein.«
Und wie er so hilflos dalag, nackt und nass wie am Tag seiner Geburt, wusste Bobby, dass sein Pfleger ihm das büßen würde. Er hatte die Macht. Er war von den Göttern gesandt. Er war das Dunkel und das Licht. Er war unsterblich.
Bobby öffnete den Mund. »Hallo«, sagte er.

31

Als Walker aus der Badewanne gestiegen war, klemmte er auf Kristas Verlangen einen Stuhl unter die Klinke der Tür zum Flur und verriegelte die Balkontür. Dann setzte er sich, in ein Handtuch gewickelt und einen heißen Waschlappen auf die verletzte Schulter gepresst, auf den anderen Stuhl und überlegte, woher der Mann im Wald gewusst hatte, dass sie nach Jamaika fliegen würden.

»Na, weil er dir gefolgt ist und du dumm genug warst, ins jamaikanische Fremdenverkehrsbüro zu gehen«, sagte sie. Sie saß auf dem Bett.

Walker glaubte sich zu erinnern, dass die Idee mit dem jamaikanischen Fremdenverkehrsbüro von ihr gekommen war, aber dies schien ihm nicht der richtige Zeitpunkt, auf dieses Thema näher einzugehen.

»Jake Nuremborski konnte ihm genau sagen, wo wir hin wollten«, sagte Walker. »Er musste nicht dasselbe Flugzeug nehmen und uns hinterherrennen. Er brauchte nur nach Reef Island zu fahren, sich irgendwo im Dorf eine Bleibe zu suchen und auf uns zu warten.«

»Halt den Mund.« Krista legte sich hin und zog sich ein Kissen über das Gesicht. »Die werden uns umbringen«, sagte sie mit erstickter Stimme

Walker kroch aufs Bett und streckte sich neben ihr aus.

»Ich will nach Hause«, fügte sie hinzu.

Er stand auf und schaltete das Licht aus. Dann kehrte er ins Bett zurück und legte vorsichtig, weil seine Schulter noch immer höllisch schmerzte, den Arm um sie.

Ihr Kopf kam unter dem Kissen hervor, und sie legte ihn auf Walkers Brust. Sie sagte nichts mehr. Sie lauschte nur auf jedes Geräusch auf dem Flur und jeden Ton hinter den dunklen Fenstern. Es war zwei Uhr morgens, als sie endlich einschlief.

Walker war noch immer wach. Er sah auf ihr Gesicht hinunter. Jäh und grimmig meldete sich sein Beschützerinstinkt. Wenn irgend jemand versuchen sollte, ihr weh zu tun ... weiter musste er nicht denken. Er fühlte das Adrenalin bereits durch seine Adern jagen.

Auch er bemühte sich einzuschlafen. Er dachte an Kyle Walker Tennu, der im Sturm zur See fuhr. Er dachte an Lennie Nuremborski, die zu jung war und dunkles Haar hatte und immer wegsah.

Sie sind tot, sagte sich Walker. Eine andere Erklärung gab es nicht. Sie waren tot.

Am Nachmittag des nächsten Tages waren Krista und Walker wieder am Norman Manley International Airport in Kingston und versuchten, Tickets für den Abendflug nach Toronto zu bekommen.

Man teilte ihnen mit, dass es keine Plätze mehr gebe, aber dass sie, wenn sie das wünschten, das Flugzeug am nächsten Morgen nehmen könnten.

Der Mondgesichtige war nirgends zu sehen.

»Ja«, sagten alle beide.

Abwechselnd schlief der eine auf einer der Plastikbänke im Wartesaal und der andere behielt die Glastüren im Auge. Der Mondgesichtige ließ sich nicht blicken.

Am darauffolgenden Tag um zwei Uhr Nachmittag waren sie wieder in Toronto. Trotz der Pullover und Jacken, die sie aus dem Gepäck hervorgekramt hatten, ging ihnen die Kälte draußen vor dem Terminal durch Mark und Bein. Sie packten sich und ihre Siebensachen in einen Bus, der sie in die Stadt brachte. Sie wollten direkt zur Polizei. Wo sonst hätten sie hingehen sollen?

In dem Wartesaal in Jamaika und während des Fluges hatten sie die Köpfe zusammengesteckt und im Flüsterton alles wieder und wieder durchgekaut, geprobt. Doch ob sie genügend Beweise hatten, ob man ihnen bei der Polizei überhaupt zuhören würde, das wussten sie nicht.

Als wäre er plötzlich zum Juristen geworden, hatte Walker immer wieder darauf gepocht, dass sie nichts in der Hand hatten. »Der Brief von Kim an Lennie, das Foto. Und der Vertrag von Jake Nuremborski, mit dem er mich kaufen wollte. Alles futsch.«

»Aber du hast Kim«, hatte Krista gesagt. »Sie wird der Polizei sagen, dass Lennie und Kyle vorhatten, nach Toronto zurückzukommen, und sie sind ja auch zurückgekommen, weil du bist, wer du sagst. Das können wir jetzt beweisen.«

Bevor sie zum Flughafen nach Kingston gefahren waren, hatten sie Roger Dumont, ihren Taxifahrer, gebeten, sie zum Joshua Green Memorial Hospital in Joy's Grove zu bringen. Walker war an den Empfang gegangen und hatte sich als Sohn von Kyle und Lennie Tennu zu erkennen gegeben. Wenn sie jemanden brauchten, der seine Angaben bestätigte, sollten sie Reverend Charles Bryant von der St.-Thomas-Kirche anrufen. Er hatte gefragt, ob er Kopien von seiner Geburtsurkunde haben könne, die er für die Ausreise benötigte.

Die Krankenhausangestellte, eine ältere Frau in makellos

weißer Tracht, hatte aufgesehen und gesagt: »Reverend Chuck ist ein Cousin mütterlicherseits. Er ist auch nicht besser als wir.«

Vom Wahrheitsgehalt ihrer eigenen Aussage offenbar eher befriedigt als von Walkers, hatte sie sich auf die Suche nach seinen Unterlagen gemacht. Er war mit je zwei Fotokopien zweier Dokumente abgezogen. Eines beurkundete die Geburt eines drei Kilo schweren Jungen am 13. März 1976, bezeichnet als Baby Tennu, und das andere die Entlassung Lennies und ihres Babys Walker Abel Tennu drei Tage später.

Krista hatte einen Satz Kopien in einem kleinen Reißverschlussfach ihrer Umhängetasche in Sicherheitsverwahrung genommen. Walker hatte sich nicht davon abbringen lassen, die beiden anderen Blätter zusammenzufalten und zu seinem Tabak und seinem Zigarettenpapier in die Hemdtasche zu stecken.

Kristas Vorhaltungen, dass dies wohl der dümmste Platz auf Erden sei, kümmerten ihn nicht. Er wollte sie fühlen, hier in seinem Hemd, denn so wusste er, wo sie waren. Außerdem, aber das sagte er Krista nicht, bereitete ihm allein dieses Gefühl, dieses minimale Gewicht an seiner Brust, unendliche Befriedigung. Er existierte auf dieser Welt. Und es war eine Existenz, wie er sie nie zuvor gekannt hatte.

Auf der Fahrt in die Stadt ging er im Kopf wieder und immer wieder die Liste unzusammenhängender, aber – zumindest für ihn – überzeugender Beweise durch, die die Polizei hoffentlich zum Handeln veranlassen würden. Manchmal erschienen ihm die Informationen elektrisierend, dann wieder ohne jede Substanz. Einmal sah er

Polizisten vor sich, die sich um ihn drängten und gebannt seinen Worten lauschten. Dann wieder stellte er sich vor, wie sie ihn hinausschmissen. Oder ihn in die Psychiatrie einlieferten.

Beim Royal York Hotel stiegen sie aus und riefen, beladen mit ihrem gesamten Gepäck, ein Taxi heran (keines von A.P. Taxis, das fehlte gerade noch, dass Alphonso Piattelli ihnen mit der Polizei behilflich war) und fuhren ein paar Blocks Richtung Norden zum Polizeipräsidium.

Sie stießen eine schwere Glastür auf und standen in einem großen Foyer. Eine honigblonde Polizeibeamtin saß hinter einem breiten Empfangsschalter. Walker, noch immer den weißen Strohhut auf dem Kopf, trat auf sie zu. Krista blieb zurück und passte auf das Gepäck auf. Sie hatten ausgemacht, dass er mit dem Detail anfangen sollte, das ihnen nach ihrer beider Meinung sofortige Aufmerksamkeit sichern würde.

»Ich weiß, wer vor zwanzig Jahren einen kleinen Jungen in der Nähe eines Ortes namens Weirtown am French River umgebracht hat«, sagte er.

Sie fixierte ihn mit einem Paar wunderschöner, jedoch ausdrucksloser, brauner Augen.

»Der French River liegt nicht in unserem Zuständigkeitsbereich«, sagte sie. »Das wäre ein Fall für die Polizei der Provinz Ontario.«

»Und wenn der Mörder in Toronto lebt?«, fragte Walker.

»Darauf kommt es nicht an, Sir. Für die Ermittlungen wäre trotzdem die OPP zuständig. Ich kann Ihnen die Telefonnummer geben, wenn Sie möchten.«

»Aber was ist, wenn ich bedroht werde? Wenn dieser Kerl vorhat, mich und meine Freundin umzubringen, die

übrigens dort drüben sitzt« – er deutete auf Krista in ihrem Rollstuhl – »und übrigens Bürgerin von Toronto ist, genau wie ich und auch dieser Typ, wenn dieser Kerl droht, uns beide umzubringen, womöglich genau jetzt, genau in dieser Stadt, genau in diesem Moment?« Walker wollte nicht hysterisch klingen, aber er hatte irgendwie das Gefühl, nicht weiterzukommen.
Die Frau sah ihn prüfend an. Ihre braunen Augen, so schön sie auch sein mochten, waren eindeutig Polizistenaugen. Sie prüften seine Glaubwürdigkeit ... oder deren Fehlen, und seinen Geisteszustand.
»Setzen Sie sich doch bitte«, sagte sie schließlich. »Es kommt gleich jemand, mit dem Sie sprechen können.«
»Gut«, sagte er und ging zurück zu Krista. »Sie werden mit uns sprechen.«
Krista nickte. Klein sah sie aus, wie sie so dasaß, und hilflos. Walker fragte sich, wo ihre Courage geblieben war, ihre Energie. Sie wirkte ängstlich und müde. Sie sah aus, als wollte sie heim zu ihrem Vater.
Detective Thomas Lee kam herunter, um sie zu begrüßen, und sie fuhren im Fahrstuhl mit ihm in den dritten Stock. Er war tadellos gekleidet, tiefblauer Anzug, leuchtende Krawatte, glänzende Schuhe und ein hellblaues Hemd. Sein pechschwarzes Haar war glatt nach hinten gekämmt. Er war etwa fünfunddreißig, relativ groß und gutaussehend. Er war höflich und sprach mit leiser Stimme. Er wirkte gelangweilt.
Walker hatte auf einen abgebrühten, grauhaarigen Kriminalbeamten gehofft, der aufmerksam zuhören würde und sofort Feuer und Flamme wäre. Vielleicht sogar richtig sauer wurde. Detective Lee sah aus, als solle er eigentlich

Investmentfonds verkaufen oder einen Vortrag über günstige Immobilien im Fernen Osten halten. Walker spürte, wie seine ganze mühsam zusammengekratzte Zuversicht sich in nichts auflöste. Er bemühte sich, seine Liste abzurufen, seine Verkaufsargumente sozusagen, aber in seinem Kopf herrschte das totale Durcheinander. Er konnte nur mehr an den Friedhof hinter der Kirche denken, die Grabreihen und den großen Kapokbaum, der seine Äste über den weißen Lattenzaun gestreckt hatte. Alles andere war weg.

Detective Lee führte sie in ein freundliches Besprechungszimmer mit einem Sofa, einem Couchtisch und Polstersesseln.

Krista beschloss, in ihrem Rollstuhl sitzen zu bleiben. Ihre Hüfte schmerzte, und das bisschen Energie, Konzentration und Überzeugungskraft, das ihr noch geblieben war, wollte sie sich aufheben.

Sie sah zu Walker hoch. Auch er sah erschöpft aus, und wegen seiner steifen Schulter bewegte er sich seltsam. Und warum hatte er eigentlich noch immer diesen idiotischen Hut auf? Wer sollte ihn damit ernst nehmen? Warum hatte sie daran nicht gedacht?

»Nimm doch den Hut ab«, sagte sie.

»Warum?«

»Weil.«

»Setzen Sie sich, bitte«, sagte Detective Lee. Als er seinen Schnitzer bemerkte, errötete er ein wenig und zog einen der Stühle weg, damit Krista den Rollstuhl näher an den Couchtisch schieben konnte. Walker nahm seinen Hut ab und setzte sich neben sie.

Auf dem Tisch lagen ein Ordner, ein Notizblock und

Stifte. Walker las das Schild auf dem Ordner: »Standardformulare«.

»So«, sagte Detective Lee, schloss die Tür und setzte sich ihnen gegenüber. »Ich habe gehört, Sie haben Informationen für uns.«

Krista war schon dabei, das Reißverschlussfach in ihrer Tasche zu öffnen, in dem sie die Kopien von Walkers Krankenhausunterlagen versteckt hatte.

»Genau«, antwortete Walker.

Das Ganze hatte etwas Unwirkliches für ihn. Er und Krista erzählten alles von Anfang an, von dem Moment, als der dreijährige Walker an einer Straße ausgesetzt wurde. Detective Lee nickte und wirkte aufmerksam, doch er stellte keine Fragen, ließ kein Tonband mitlaufen und machte sich auch keine Notizen.

Es war, als befänden sich Walker und Krista in einer Welt voller Panik und Mord, und Detective Lee in einer anderen. Als ob er, wenn sie mit ihrer Geschichte zu Ende waren, aufblicken und antworten würde: »Wie bitte? Ich war gerade nicht bei der Sache.« Als ob ihn nur interessierte, *wie* sie etwas sagten, nicht, *was* sie sagten. Als ob die Botschaft, die sie zu übermitteln versuchten, ganz und gar nebensächlich wäre.

Der Beamte verzog keine Miene, während Walker sich weiter mit seiner Geschichte herumplagte, dann und wann sekundiert von Krista. Als Walker den Namen Jake Nuremborski erwähnte, runzelte der Mann die Stirn. Mehr nicht.

Als Walker über Jakes Sekretär berichtete, stellte Lee die allererste Frage. Kannte Walker den Namen des Sekretärs?

»Nein«, sagte Walker. »Ich kann mich nicht erinnern.«
»Hätte mich nur interessiert.« Der Polizist verfiel wieder in sein Halbkoma.
Walker stotterte sich voran und kam schließlich zu der Episode mit dem Jungen am Baum und Jamie, der auch an einem Baum gehangen hatte. Und den Gedärmen, die beiden herausgehangen hatten.
»Wie bitte?«, fragte Lee.
Walker wiederholte, was er gesagt hatte.
»Entschuldigen Sie mich einen Augenblick.« Lee stand rasch auf und verließ den Raum.
Walker drehte sich zu Krista. »Ich glaube, jetzt kommen wir endlich weiter.«
»Ich nicht. Ich glaube, wir sollten uns in Schutzhaft nehmen lassen.«
Walker brauchte dringend eine Zigarette.
Er zog seinen Tabakbeutel hervor und fing an, sich eine zu drehen.
»Du kannst doch hier nicht rauchen.« Krista sah aus, als bekäme sie gleich Kopfschmerzen.
Als Detective Lee zurückkam, war ein kleiner, gedrungener Mann in einem zerknautschten grauen Anzug bei ihm. Mit seinem groben, wettergegerbten Gesicht sah er aus wie ein Exboxer oder Jockey im Ruhestand.
»Das ist Detective Sergeant Wilfred Kiss«, sagte Lee. »Krista Papadopoulos, Walker Devereaux.«
Als er die Honneurs gemacht hatte, setzte sich Lee in einen etwas abseits stehenden Sessel, und Kiss nahm in dem Sessel gegenüber von Krista und Walker Platz.
»Würde es Ihnen etwas ausmachen, Ihre Geschichte noch einmal zu erzählen«, sagte Kiss ohne auch nur die Andeu-

tung einer Frage oder eines Lächelns in seinem ledrigen Gesicht.
Walker kannte solche Gesichter von klein auf. Es waren die Gesichter von Männern, die den Großteil ihrer Zeit im Freien verbrachten. Gerard Devereaux bekam auch langsam so ein Gesicht. Aber Walker konnte sich nicht richtig vorstellen, wie ein Polizist in einer Großstadt zu einer solchen Haut kam: von Wind und Wetter gezeichnet, abgeschmirgelt wie Treibholz.
Detective Lee stellte einen kleinen Kassettenrekorder auf den Tisch und drückte die Aufnahmetaste.
»Für unsere Aufzeichnungen«, sagte Sergeant Kiss. Und dann lächelte er. Seine schwarzen Augen leuchteten auf, doch seine Miene verzog sich keinen Millimeter.
Walker und Krista erzählten alles noch einmal. Kiss hörte ihnen zu, daran bestand kein Zweifel. Eine starke Zentrifugalkraft ging von ihm aus, er war wie ein schwarzes Loch.
Als sie fertig waren, sagte er: »Ist Ihnen jemals in den Sinn gekommen, dass Ihre Eltern vielleicht einfach weggegangen sind? Menschen tun seltsame Dinge, manchmal genau das Gegenteil von dem, was man eigentlich erwarten würde.«
»Nein, das ist mir nie in den Sinn gekommen«, antwortete Walker.
Er hatte seine Geschichte jetzt schon zweimal erzählt. Er fühlte, wie ihm der Kamm schwoll, doch er wusste, dass er sich beherrschen musste.
»Und Sie haben natürlich auch keine Ahnung, wie Ihre Eltern so waren. Vielleicht waren sie ja ein bisschen durchgeknallt.«

Er will mich auf die Palme bringen, dachte Walker. Er will mich testen, aber wofür? Was will er hören?

»Vielleicht hatte Ihr Großvater sie längst abgeschrieben, wollte nur dafür sorgen, dass Sie ihm von der Pelle bleiben. Vielleicht haben Sie sich ja geirrt, und der Mann im Sommerhaus und der in Jamaika sind gar nicht ein und dieselbe Person. Vielleicht war der Typ in Jamaika nur ein Spinner aus dem Dorf.«

Walker sah zu Krista hinüber. Ihre Augen funkelten Kiss an.

Kiss lehnte sich zurück, als sei ihre Geschichte einfach zuviel für ihn, und schloss die Augen.

Walker und Krista und Detective Lee saßen da und warteten. Lange. Bis Krista es nicht mehr aushielt. »Hören Sie, wir sind in Gefahr«, sagte sie. »Was werden Sie also unternehmen?« Ihr Kinn war energisch, doch es bebte.

Kiss schlug die Augen wieder auf. Kein Leuchten war jetzt in ihnen, trüb und verhangen sahen sie aus, wie tot. »Ich bin sicher, dass das nicht stimmt«, sagte er zu ihr, in seiner Stimme lag ein Hauch von Verachtung. Er wandte sich an Walker. »Was, glauben Sie, ist mit Ihren Eltern geschehen?«

»Jemand hat sie umgebracht«, antwortete Walker. »Ich glaube, dass Sie die Leichen irgendwo unter dem Sommerhaus der Nuremborskis finden werden. Oder ganz nah dran. Er hat das Haus verbarrikadiert, bald nachdem ich gefunden wurde, und er hat es nie verkauft.«

»Sie glauben also, Ihr Großvater hat Ihre Eltern ermordet?«

»Ja.«

»Motiv?«

»Mein Vater war ein Cree. Ein halber Cree zumindest. Mein Großvater hasste ihn. Und meine Mutter hat ihn gegen den Willen meines Großvaters geheiratet. Und sie wollten nach Toronto zurückkehren. Das wäre eine Demütigung für ihn gewesen.«

»Und deshalb hat er sie beide umgebracht?«

»Ja.«

»Das ist es, was Sie glauben?«

»Ja!«

Kiss sah Walker noch eine Weile an. Dann sagte er: »Möglich ist alles.«

Mit einer Miene, die beinahe Ekel ausdrückte, stand er auf und ging zur Tür. Unmittelbar bevor er hinausging, blieb er jedoch stehen und drehte sich zu ihnen um. »Danke«, sagte er und verließ das Zimmer.

»Was ist mit Schutzhaft?«, fragte Krista mit einer Stimme, die Walker sehr dünn vorkam.

Detective Lee schüttelte den Kopf. Er begleitete sie zurück in die Eingangshalle. Sie holten ihr Gepäck hinter dem Empfangsschalter hervor, wo die Honigblonde es gehütet hatte.

»Hier ist meine Karte«, sagte Lee und reichte sie Krista. Vielleicht als Wiedergutmachung für die Aufforderung, sich hinzusetzen, oder weil Kiss so kurz angebunden mit ihr gewesen war. »Wenn es noch etwas gibt, können Sie diese Nummer anrufen. Wenn ich nicht da bin, hinterlassen Sie eine Nachricht.«

Krista sah zu ihm hoch. Es war kein freundlicher Blick.

Sie verließen das Gebäude und gingen die College Street entlang. Walker trug ihre Koffer und seine Sporttasche,

und Krista schob sich im Rollstuhl voran, die Krücken waren hinten befestigt, ihre Umhängetasche und ihre Reisetasche hatte sie auf dem Schoß.
Als er stehen blieb, um sich eine Zigarette anzuzünden, sah er ihr zu, wie sie einem Lieferwagen auswich, der halb auf dem Gehsteig parkte, und über ein Kanalgitter rumpelte.
Was macht sie eigentlich, wenn es schneit?, fragte er sich. Er sah sie vor sich, wie sie an ihren steckengebliebenen Rädern drehte, der Schnee auf sie herabfiel, sie zudeckte, in einen weißen Schemen verwandelte.
Walker war enttäuscht. Alles widerte ihn an. Die Polizisten hatten sie nicht ernst genommen. Nichts hatte sich geändert.
Kurz vor der Yonge Street kamen sie an einem Restaurant vorüber. Krista wollte hineingehen. Sie wollte reden.
Die meisten Tische hatten festgeschraubte Bänke, aber hinten im Lokal gab es ein paar mit Stühlen, die man wegstellen konnte, um für einen Rollstuhl Platz zu machen. Krista rollte nach hinten, Walker folgte ihr mit dem Gepäck.
Langsam trank sie ihren Kaffee. Walker machte sich über seine Pommes mit Sauce her und trank Bier. Sie sah zu, wie er die Ketchup-Flasche nahm, Ketchup über die Sauce schüttete und alles vermischte.
»Da wird einem ja schlecht«, sagte sie.
»Magst du was?« Er grinste sie an. Er hatte wieder seinen idiotischen Strohhut auf.
»Was wirst du jetzt machen?«, fragte sie. »Die wissen garantiert, dass wir bei der Polizei waren.« Sie sah sich mißtrauisch um.

»Vielleicht denken sie ja, dass es jetzt zu spät ist, weil wir schon bei der Polizei waren«, sagte er.
»Ja, weil wir grad mal eine Stunde drinnen waren«, entgegnete sie. »Die werden denken, dass uns diesmal kein Mensch zugehört hat. Aber vielleicht das nächste Mal. Vielleicht denken sie, dass es Zeit für einen kleinen Unfall wäre!«
Krista stiegen die Tränen in die Augen. »Wollen wir zusammenziehen?«
Walker starrte sie an.
»Die wissen, wo du wohnst«, fuhr sie fort. »Wahrscheinlich wissen sie auch, wo ich wohne, und sie wissen, wo wir arbeiten. Aber wir könnten uns eine andere Wohnung suchen. Und eine andere Arbeit. Mein Vater kann mir überall einen Job besorgen. Und dir auch, Walker. Wir könnten einfach verschwinden.«
Walker nickte. Behutsam tastete er nach seinem Tabakbeutel und drehte sich eine Zigarette. Er spürte Kristas Augen auf sich.
»War nur so eine Idee«, sagte sie.
»Ich will, dass wir zusammenziehen«, sagte Walker, und das war nicht gelogen. »Ich wollte dich auch fragen«, fügte er hinzu, und das war gelogen. Er hatte niemals ernstlich darüber nachgedacht. »Aber das mit dem Verschwinden gefällt mir nicht.«
»Aber genau darum geht es.«
»Ich laufe vor niemandem davon.«
Du meine Güte, dachte Krista.
»Ich muss Jake Nuremborski kriegen. Und das weißt du auch. Für meine Eltern. Ich gebe nicht auf.«
Sie legte den Kopf auf den Tisch – ob aus Verzweiflung

oder Erschöpfung, wusste er nicht. Er strich ihr eine Weile übers Haar. Langsam fragte er sich, wie lange sie in dieser Stellung verharren wollte, da sah sie ihn an.
»Suchen wir uns eine Wohnung«, sagte sie. »Das ist auf jeden Fall das wichtigste. Alles andere ist Verhandlungssache.«
»Nein, eben nicht.«
Sie sah weg. Es hatte keinen Sinn, mit ihm zu diskutieren. Außerdem hatte er recht. Wie könnte es anders sein? Lennie und Kyle – sie waren keine Verhandlungssache.
»Außerdem«, sagte er, »hat verstecken keinen Sinn. Wenn die wissen, wo du wohnst, dann wissen sie auch, wo deine Eltern wohnen. Du könntest sie nicht einmal besuchen, weil die vielleicht das Haus beobachten. Und vielleicht drohen sie, deinen Eltern etwas anzutun, um uns aufzuscheuchen. Es würde nicht funktionieren.«
»Oh«, sagte Krista.
Als sie mit dem Essen fertig waren und Krista gezahlt hatte, riefen sie schließlich doch bei A.P. Taxis an. Sie mussten sparsam mit ihrem Geld umgehen, denn sie waren sich noch immer einig, dass sie als allererstes eine neue Wohnung finden mussten. Gleich morgen früh. Walker stellte fest, dass Kristas Lebensgeister wiedererwacht waren. Zumindest hatte sie jetzt eine Beschäftigung.
Doch davor musste sie nach Hause, so tun, als hätte sie ein paar tolle Tage verbracht, und sich ausschlafen. Dann musste sie mit ihrer Mutter über ihren Umzug sprechen, was kein Problem werden würde. Und dann musste sie mit ihrem Vater sprechen, was ihr den letzten Nerv rauben würde. Und dann würde sie sich die Morgenzeitungen besorgen und nach einer Wohnung für sich und

Walker suchen. Für Walker und mich. Sie sagte sich das mehrmals in Gedanken vor. Klang gar nicht schlecht.
Sie sah ihn an, wie er an der Gehsteigkante stand, umgeben von Gepäck, und auf Nick wartete, der sie kostenlos fahren würde. Er wirkte so verletzlich, wie er da stand und die Straße hinuntersah. Das war ein Schock.
Sie nahm ihm das Versprechen ab, am Abend die Wohnung nicht mehr zu verlassen und die Tür unbedingt zweimal abzusperren. Am nächsten Morgen sollte er in die Taxizentrale kommen. Sie würde mit einer Liste von Wohnungen auf ihn warten, die sofort beziehbar waren, und sie würden sich sofort auf die Suche machen. Bis sie entschieden hatten, was sie wegen Jake Nuremborski unternehmen wollten, sollten sie wenigstens alles für ihre Sicherheit tun.
Als sie vor Walkers Haus ankamen, bat Krista Nick zu warten, bis Walker hinaufgegangen war und sich in der Wohnung umgesehen hatte. Er kam wieder herunter und berichtete ihr, dass alles so aussah, wie er es verlassen hatte. Dann küsste er sie, verabschiedete sich von Nick und ging zurück durch die alte Holztür neben dem Pfandleiher.
Krista sah ihm nach, wie er ins Haus ging, und versuchte, sich keine Sorgen zu machen. Sie hatte soviel zu tun. Und es gab jemanden in ihrem Leben, der sie wirklich brauchte, jemanden, um den sie sich kümmern konnte. Und jemanden, der ihr etwas bedeutete. Alles würde gut werden. Sie zwang sich, das zu glauben. Bestimmt würde alles gut werden.

Detective Sergeant Kiss war gut drauf. Ja, er war aufgekratzt, euphorisch, man könnte sogar sagen: high. Aber nach außen war ihm nichts anzumerken. Nach außen hin sah er aus wie immer.

Er saß im Dunklen an seinem Schreibtisch – denn so hatte er es gern, die Jalousie heruntergelassen, nur die Schreibtischlampe an – und betrachtete ein großformatiges, glänzendes Schwarzweißfoto. Er legte es weg und nahm ein anderes zur Hand. Es gab einen ganzen Stapel davon, einige in Schwarzweiß, andere in grellen Farben, alle von der Polizei der Provinz Ontario vor einundzwanzig Jahren aufgenommen: am 12. August 1974.

Ein zehnjähriger Junge namens Alex Johnson hing an einem Baum. Seine Gedärme hingen aus einem Schlitz im Bauch bis fast auf den Boden. Sogar in Schwarzweiß hatten sie einen Blaustich. Kiss konnte sie beinahe riechen, diesen unverkennbaren, übelkeiterregenden süßlichen Geruch von Eingeweiden.

Es gab Fotos von dem kleinen Jungen, wie er auf einer Gummimatte auf dem Boden lag. Es gab Bilder von ihm, wie er auf einem Tisch aus rostfreiem Stahl in der Gerichtspathologie lag. Und überall hatte die Kamera sich an ein und demselben Punkt festgesaugt: der klaffenden Wunde und den traurigen kleinen Darmschlingen.

Das war der ungelöste Fall, der Kiss am meisten am Herzen lag. Diesen Fall wollte er mehr als jeden anderen aufklären.

Dabei war es ursprünglich nicht einmal sein Fall gewesen. Doch als er auch nach Jahren noch nicht gelöst war, hatte Kiss die Polizei in Ontario um eine Kopie der Akte gebeten. Man hatte ihm alles geschickt, als sei man froh

gewesen, es loszuwerden, als habe man diese Bilder lang genug vor Augen gehabt.
Johnny Johnson, der Vater des Jungen, war auch Polizist in Toronto gewesen. Er und Kiss waren eng befreundet gewesen. Der Mord hatte Johnnys Leben zerstört. Der Sohn abgeschlachtet. Die Frau hatte vier Jahre später Hand an sich gelegt – eine Handvoll Schlaftabletten, um genau zu sein. Johnny hatte versucht, stark zu sein, weiterzuarbeiten, bis er eines Nachmittags, allein in seinem Büro, zu zittern begonnen hatte. Er hatte zu zittern begonnen und konnte nicht mehr aufhören.
Kiss war es gewesen, der ihn zu seinem Arzt gefahren hatte.
Und Kiss war es auch gewesen, der ihn, noch am selben Tag, ins Krankenhaus gebracht hatte.
Johnny Johnson kam erst sechs Monate später wieder aus dem Krankenhaus. Doch zur Arbeit kam er nie wieder.
Das war jetzt fünfzehn Jahre her, und Kiss besuchte ihn nach wie vor. Sommers wie winters saß er bei ein paar Bieren mit ihm auf der hinteren Veranda, weil die nicht so leer schien wie das Haus. Und dann, der Allmächtige sei gepriesen, kommt dieser junge Mann, dieser Walker Devereaux hereingeschneit und bringt frohe Botschaft. Kiss konnte es kaum glauben.
Jake Nuremborski. Nach Angaben des jungen Mannes war der jetzt um die siebzig. Wegen des Selbstmörders unter der Brücke hatte der Name bei Kiss eine Saite zum Schwingen gebracht.
Alles stand in der Akte, die der Kriminalbeamte ihm gerade auf den Tisch gelegt hatte. Kiss wandte sich von den Fotos ab und dieser Akte zu.

Eine Frau hatte die Leiche als die ihres Mannes identifiziert. Er war bereits drei Tage abgängig, als sie einen Brief von ihm erhielt:

Liebe Ellen,

dreißig Jahre lang habe ich getan, was Nuremborski von mir verlangt hat. Heute habe ich keine Selbstachtung mehr und auch keinen Job. Müdigkeit und Scham sind alles, was ich noch in mir fühle. Vor allem Scham. Verzeih mir. Ich liebe dich.

Chester

Aus der Akte ging hervor, dass Lee und Amos Alberni den Arbeitgeber des Mannes aufgesucht hatten, einen gewissen Jacob Nuremborski.
Sie hatten einen schwerkranken Mann mit einem Emphysem im Endstadium angetroffen. Viel konnte er nicht sagen, aber er bestätigte, dass er seinen Sekretär ein paar Tage vor seinem Tod zuletzt gesehen hatte. Er bestritt, dass er ihn entlassen habe.
Alberni, dieser Korinthenkacker, hatte angemerkt, dass der Alte von einem Pfleger betreut werde und dass auch ein invalider Sohn zum Haushalt gehöre.
Die Kriminalbeamten waren zu dem Schluss gekommen, bis zum endgültigen Bericht des Pathologen sei davon auszugehen, dass Chester Simmons, zweiundfünfzig, Privatsekretär, Selbstmord durch Erhängen begangen habe und dass er, zu einem späteren Zeitpunkt, von einer oder mehreren unbekannten Personen seiner Kleider beraubt

worden sei. Kein Verdacht auf Fremdeinwirkung. Fall abgeschlossen.
Einen Scheißdreck abgeschlossen, sagte Kiss zu sich selbst. Selten war er so glücklich gewesen.
Vor einundzwanzig Jahren hatte Jake Nuremborski gerade mal ein paar hundert Meter von der Stelle entfernt gewohnt, an der Alex Johnson ermordet worden war. Zwei Jahre später hatte er knapp oberhalb der Stelle gewohnt, an der ein jamaikanischer Junge etwa im selben Alter wie Alex auf dieselbe Weise überfallen worden war. Drei Jahre später waren sein Schwiegersohn, den er hasste, und seine Tochter, die ihn verraten hatte, verschwunden. Und zu guter Letzt hatte er diesem Walker Devereaux einen Arsch voll Geld angeboten, damit er vergaß, was immer er wusste, und sich vom Acker machte.
Kiss lehnte sich in seinen Stuhl zurück. Seine Gedanken kehrten zu Devereaux und seiner verkrüppelten Kleinen zurück. Waren sie wirklich in Gefahr?
Während Walkers Schilderungen hatte Kiss überlegt. Der Privatsekretär – der, verdammt noch mal, sogar die Katze des Jungen umgebracht hatte – war tot.
Walker wusste das nicht, Kiss schon. Von dort drohte keine Gefahr mehr.
Mehr Kopfzerbrechen bereitete der Mann im Sommerhaus, der Walker nach dessen Angaben bis nach Jamaika verfolgt hatte. Es war durchaus möglich, dass Jake Nuremborski jemand anderes angeheuert hatte. Doch so wie Walker die Geschichte erzählt hatte, war er selbst es gewesen, der das Gerangel im Wald angefangen hatte. Er hatte sich auf den Typen gestürzt und war dann mit ihm den Hang hinuntergekugelt, nicht umgekehrt.

Und außerdem schnüffelten Walker und seine Freundin schon monatelang in Nuremborskis Angelegenheiten herum. Wenn jemand sie hätte erledigen sollen, dann wären sie bereits erledigt.
Offenbar wusste der Alte nicht, was er mit den beiden anfangen sollte. Er hatte versucht, sie einzuschüchtern, er hatte versucht, sie zu bestechen. Was würde er als nächstes tun?
Nachdem Walker und Krista gegangen waren, hatte Thomas Lee gemeint, dass es vielleicht nicht schlecht wäre, den beiden jemanden hinterherzuschicken. Zumindest solange, bis die Überwachung des Hauses in Forest Hill in die Wege geleitet war.
Ja, dachte Kiss, man sollte die beiden beschatten. Die sollen mir bloß nicht in die Quere kommen. Er hatte keine Ahnung, wo sie wohnten, und auch nicht, ob in getrennten Wohnungen oder zusammen. Er hoffte, dass Lee das alles wusste.
Kiss griff zum Telefon und fragte Lee nach der Überwachung.
»Steht um Mitternacht bereit.«
»Wann ist Alberni wieder da?«
»Ist schon auf dem Weg.«
»Er soll sich um den Jungen und seine Freundin kümmern. Haben Sie die Adresse?«
»Ja, Sergeant. Zwei Adressen.«
»Okay. Dann lassen Sie Doppelschicht machen. Teilen Sie Tony Capri ein. Er soll heute abend mit Alberni gehen. Die sollen selber ausmachen, wer sich um wen kümmert. Um zehn geht's los. Bis morgen vormittag um zehn. Dann erwarte ich Ihren Bericht.«

»Wo finde ich Sie, Sergeant?«
»Wo Sie mich immer finden. Hier.«
Kiss legte auf. Bewegung kam in die Sache. Die Jagd war eröffnet. Ein gutes Gefühl.
Wie zur Antwort, so als dürfe er sich nicht zu gut fühlen, begann sich etwas in seinem Inneren zu regen. Er stand auf, ging vorsichtig im Dunkeln hinüber zu seinem Sofa und setzte sich. Er starrte auf seinen Schreibtisch, auf das Licht, das über den Fotos von Alex leuchtete.
Er spürte es wieder – zwischen den Hüftknochen, zusammengekauert in seinem Becken, drückte es gegen die Nervenenden. Das war neu. Üblicherweise kam es nachts, wenn er schlief.
Er versuchte, sich auf Johnny Johnson zu konzentrieren. Er hatte seinen Sohn verloren und seine Frau. Auf die allerschlimmste Weise hatte er alles verloren. An irgendein Monster.
An etwas Unaussprechliches, Unfassbares.
Wieder fühlte er den Schmerz. »Hau ab«, sagte er zu dem Gewächs in seinem Inneren. »Hau ab.«

32

1995

Vor fünfzehn Jahren, kurz nachdem Bobby im Verlauf jener ungewöhnlichen Reinigungszeremonie aufgewacht war, hatten er und sein Pfleger ein Abkommen getroffen. Irgendwann einmal würde Jake Nuremborski sterben. Das wäre zwar traurig, aber nicht allzu traurig, dachte Bobby. Jetzt nicht mehr. Die Umstände waren nicht mehr die gleichen. Er war vom Tode auferstanden, und jetzt war sein Vater an der Reihe hinabzusteigen, und zwar für immer. Außerdem hatte ihn sein Vater verraten, oder etwa nicht?

Darüber hatte Bobby lange nachgedacht.

In jeder Geschichte kam Verrat vor. Immer gab es jemanden, der dem Helden nahestand und das Licht nicht ertrug, ihn verriet.

Bobby hatte Zorn verspürt, aber er hatte auch geweint, so ganz ohne Halt in der Welt.

Doch dafür hatte er jetzt den Pfleger. Der war drogensüchtig, hatte seinen Schutzbefohlenen missbraucht und war mit gezücktem Schwanz erwischt worden. Er wäre am Ende, ruiniert, falls es Bobby eines Tages gefallen sollte, ihn zu ruinieren. Nichts als eine angstschlotternde Personifizierung der Sodomie.

Wie Bobby diese Kreatur verabscheute. Wie er es liebte, sie mit Drohungen und Versprechungen zu peinigen, mit Schweigen und Komplimenten, mit gemeinsamen Zu-

kunftsplänen, mit der Androhung bevorstehender Verhaftung.
Manchmal, beim Waschen, winselte der Pfleger um Erlaubnis, ihn auf den Mund küssen zu dürfen. Dann forderte ihn Bobby, den Kopf auf seinen Arm gestützt, mit starrem Blick dazu heraus. Doch er wagte es nie. Er hatte zuviel Angst. Manchmal jedoch, in zugedröhnter Euphorie, gestand er Bobby seine Liebe. Er nahm Bobbys Hände in seine und küsste sie. Er küsste ihm auch die Füße, aber zu mehr fehlte ihm der Mut. Und sie trafen ein Abkommen.
Jake Nuremborski, mit seinen Sauerstoffbehältern und seiner atrophierten Lunge, würde bestimmt bald sterben. Und wenn es soweit war, würde der Pfleger Dr. Stanton rufen und vielleicht noch ein paar andere, die bezeugen sollten, was nur als gottgewolltes Wunder bezeichnet werden konnte: Bobbys Heilung.
Jake würde sterben, und Bobby würde gesunden. So einfach war das.
Bobby würde einen Antrag bei Gericht stellen und den Nachweis erbringen, dass er wieder bei klarem Verstand sei, fähig, sein Erbe anzutreten. Den Nuremborski-Nachlass, der, das hatte er dem Pfleger einmal anvertraut, mindestens zehn Millionen Dollar umfasste.
Bei dieser Zahl leuchteten die Äuglein des Pflegers unter ihrem Drogenschleier auf. Er und Bobby würden zusammen reisen. Er würde Bobby weiterhin baden und ihm Hände und Füße küssen, wann immer Bobby es zuließ. Sie würden genügend Geld haben, um alle Drogen zu kaufen, die es nur gab. Er wäre sicher bei Bobby, und Bobby wäre sicher bei ihm.

Und so half der Pfleger Bobby bei seinem heimlichen Training und hatte, wie zuvor, freien Zugang zu Bobbys Medikamenten. Er beobachtete, was der Alte tat, und erstattete getreulich Bericht. Und der Alte hatte nicht den leisesten Schimmer, dass Bobby erwacht war. Fünfzehn Jahre gingen dahin. Jahre in einer Welt von Träumen, völliger Isolation und Drogen.
Und dann stand auf einmal Walker Devereaux vor der Tür.
Bobby hatte Walker zweimal gesehen. Einmal in der Dunkelheit neben dem Gartenpavillon und ein anderes Mal im Licht der untergehenden Sonne. Bobby hatte ihn beobachtet. Ihn abgeschätzt. Seinen süßen, rauchigen Duft eingeatmet.
Sein Vater war außer sich, schalt seinen Sekretär, schickte ihn zum Angriff, zu einem fehlgeschlagenen Bestechungsversuch aus. Durch seinen Spion wusste Bobby alles. Der Pfleger beschattete den Sekretär, und der Sekretär beschattete Walker, und die ganze Zeit über schimpfte Jake, dass man etwas wegen diesem Walker Devereaux, diesem verlorenen und wiedergefundenen Enkel, unternehmen müsse. Irgend etwas musste geschehen!
Auch Bobby war der Meinung, dass etwas geschehen müsse.
Wie lange war sein Körper tot gewesen? Sehr lange. Sogar auf den Fahrten vorbei an den käuflichen Männern und Frauen, und wenn er die jungen Leute beim Training in ihrer Stadt der Mäuse beobachtete, war sein Körper tot geblieben.
Bis zu dem wunderbaren Tag, an dem Walker Devereaux, sein einziger Neffe, erschienen war.

Walkers Duft, wie der sein Gesicht ganz nahe an Bobbys hielt, sich im roten Licht jenes sterbenden Tages neben ihn hockte, hatte ihn erschauern lassen. Funken sprühten ihm von allen Fingern und Zehen. Wenn Walker sie doch gesehen hätte! Alex hatte in der Luft getanzt. Jamies Blut hatte er auf seinen Lippen geschmeckt. Walkers Duft war voll des Wunders und der Wonne gewesen.

Der Sekretär hatte sich an einer Brücke erhängt. Wie schade! In Jamaika hatte Walker den Pfleger attackiert. Das war beinahe komisch. Alles war anders, und alles war wie immer und würde immer so bleiben.

Bobby sah sich um in seinem Zimmer, seiner wasserblauen Höhle. Nur die Fische des Pflegers leisteten ihm Gesellschaft.

Irgendwo über ihm rang sein Vater nach Atem. Die Fische blubberten vor sich hin. Bobby war ganz tief unten, wo niemand ihn finden konnte.

Außer Jake und Bobby und den Fischen war niemand im Haus.

33

Walker sperrte erneut seine Wohnungstür auf. Er war noch einmal hinuntergerannt, um Krista zu versichern, dass alles in Ordnung sei. Er schloss zweimal hinter sich ab und sah sich um. Jetzt nahm er sich mehr Zeit, sah sich das Sofa an, die Kommode, die Lampe.

Krista wollte mit ihm zusammenziehen. Krista würde Möbel aussuchen, Vorhänge an die Fenster, Bilder an die Wand hängen, bunte Teppiche auf den Boden legen. Sie würde die Schränke mit ihren Kleidern füllen, das Bad mit ihren Toilettenartikeln, die Küche mit glänzenden Töpfen und Pfannen. Und es würde nach frischgebrühtem Kaffee und selbstgemachtem Abendessen duften.
Und Krista würde im Dunkeln über ihn herfallen, und danach würden sie zusammen einschlafen, ihr Körper warm an seinen geschmiegt.
Langsam ging er im Zimmer umher.
Irgendwo am Rande seines Bewusstseins braute sich ein Sturm zusammen.
Er verordnete sich selbst, sich hinzusetzen und an etwas Schönes zu denken.
Zusammenleben. Was bedeutete das eigentlich genau? Es klang gut, wie der Gedanke an frischgebackenes, warmes Brot. Es klang aber auch kompliziert.
Es bedeutete Verpflichtung. Das war das Wort, das seine Mutter benutzen würde. Aber wozu? Zum Glück? Wer würde sich dazu nicht verpflichten?
Der Sturm schwoll an.
Vielleicht, wenn er hinging, mit einem versteckten Aufnahmegerät, und Jake Nuremborski dazu brachte, etwas zu sagen. Aber er hatte kein Aufnahmegerät, und er hatte auch kein Geld, sich eines zu kaufen. Außerdem war das Blödsinn, denn Jake würde nichts sagen.
Er stand wieder auf und ging in der ganzen Wohnung auf und ab, in die Küche, ins Bad, ins Wohnzimmer. Sein Herz fing an zu rasen, und das Atmen fiel ihm schwer. Kyle und Lennie, Lennie und Kyle. Er hatte sie im Stich

gelassen. Jetzt war der Sturm so nahe wie der nächste Atemzug.
Er stand im Bad. Er sah in den Spiegel.
Was war aus dem beglaubigten Scheck geworden?
Die Frage lag vor ihm wie ein Geschenk. Sie verblüffte ihn.
Was war aus dem Scheck über vierhunderttausend Dollar mit seinem Namen und Jake Nuremborskis Unterschrift darauf geworden? Dem Stück Papier, das sie miteinander in Verbindung brachte und bewies, dass zumindest ein Teil seiner Geschichte der Wahrheit entsprach?
Was macht man mit einem beglaubigten Scheck, wenn der Begünstigte ihn nicht will?, fragte er sein Spiegelbild.
Den Vertrag, den er hätte unterschreiben sollen, hatten sie bestimmt schon vernichtet, das war kein Problem. Aber den beglaubigten Scheck? Sie mussten sich das Geld doch von der Bank zurückholen, oder nicht? Wie würden sie das machen? Er wusste es nicht, mit Bankgeschäften kannte er sich nicht aus. Aber einen kleinen Hoffnungsschimmer bedeutete diese Frage.
Walker riskierte ein Lächeln, zumindest im Geiste. Der Scheck war Jake Nuremborskis großer Fehler gewesen. Er hatte keinen Augenblick damit gerechnet, dass Walker das viele Geld zurückweisen könnte. Er hatte keine Vereinbarung mit Walker. Walker konnte alles mögliche tun, auch zur Polizei gehen.
Falls Jake den Scheck vernichtet hatte, nachdem Walker sich geweigert hatte, ihn anzunehmen, wäre das Geld weg. Falls er ihn wieder auf sein eigenes Konto eingezahlt hatte, wäre diese Kontobewegung bankintern nachvollziehbar.

Dazu ist Jake zu gerissen, dachte Walker. Das Risiko wäre zu hoch. Er würde es nicht wagen, diesen Scheck einzuzahlen.

Nummer Neunzehn stand ganz allein neben der Garage in der Dunkelheit. Kein anderer hatte dieses Taxi genommen, weil keiner Lust hatte, damit zu fahren.
Walker ging durch das offene Garagentor und nahm den Schlüssel vom Brett.
Ohne mit jemandem ein Wort zu wechseln, stieg er ins Taxi und fuhr nach Forest Hill.
Er parkte eine Straße von Jake Nuremborskis Haus entfernt und sah auf die Uhr. Erst halb acht. Es war zwar schon dunkel genug – so dunkel es in einer reinen Wohngegend eben wurde –, doch für einen Einbruch war es noch viel zu früh. Er musste bis nach Mitternacht warten. Bis alle schliefen.
Aber es ist genau die richtige Zeit, sich umzusehen, dachte er.
Er hoffte, dass zumindest ein paar Fenster beleuchtet sein würden, durch die er ins Haus sehen konnte. Er musste herausfinden, wo Jake Nuremborskis Zimmer lag. Der Alte war krank, wahrscheinlich verbrachte er die meiste Zeit in seinem Zimmer. Es lag also nahe, den Scheck da zu verstecken.
Der Sekretär wohnte bestimmt woanders, aber der Mondgesichtige lebte vielleicht im Haus. Der Sekretär hatte Walker erzählt, Robert habe einen Pfleger, also waren insgesamt möglicherweise vier Leute im Haus. Er musste jeden einzelnen ausfindig machen, warten, bis nacheinander die Lichter in den Schlafzimmern ausgingen. Und er

musste eine Tür oder ein Fenster finden, wo er später am ehesten einbrechen konnte.
Ich könnte zu einem Laden fahren und eine Taschenlampe kaufen, dachte Walker. Vielleicht gäbe es da auch ein Schraubenzieherset. Und da war noch der Radmutternschlüssel aus dem Kofferraum.
Er holte tief Luft. Alles würde klappen.
Er stieg aus, ging die Straße hinauf und bog um die Ecke. Als er sich dem Haus näherte, stellte er fest, dass alle Fenster auf der Vorderseite dunkel waren.
Walker stand vor dem schiefen Bretterzaun an der einen Seite des Gartens. Er konnte niemanden sehen und hoffte, niemand könne ihn sehen.
Er duckte sich und lief den Zaun entlang, bis ihm eine überbordende Zedernhecke den Weg versperrte. Sie wuchs hinüber bis an die Stelle des Hauses, wo die alten Ziegel aufhörten und die gelben Ziegel des Anbaus anfingen.
Er duckte sich zwischen die Äste, kniete sich hin und rastete einen Moment.
Der Boden unter seinen Knien fühlte sich kalt an, und er konnte seinen Atem sehen. Die Zedern hatten ihren durchdringend scharfen Geruch noch nicht verloren. Er hielt das Gesicht ganz nahe an die flachen Blätter und atmete tief ein. Der Duft von Zedern war gleichbedeutend mit Forellenfischen im Frühling und der Hasenjagd im Winter gewesen. Mit einem kühlen, schattigen Ort zum Bauen eines Unterstands im Sommer.
Und mit einem Ort zum Lesen und zum Träumen, als er älter war.
Plötzlich wurde Walker von Heimweh ergriffen nach Big

River und den ausgedehnten Wäldern rundherum. Nach seiner Mutter und seinem Vater, die so gut zu ihm gewesen waren. Nach seinen sechs Schwestern, mit denen er aufgewachsen, die er geneckt und die ihn geneckt hatten.

Die Äste der Zedern streifend, schlich er sich zum Haus. Soweit er es erkennen konnte, waren die Originalfenster noch nicht durch eine Doppelverglasung ersetzt worden, und es gab auch keine Sturmfenster. So schnell es ging, überprüfte er das nächstgelegene Fenster.

Wahrscheinlich sind sie von innen verriegelt, dachte er.

Er musste zwar noch etwas finden, auf das er sich stellen konnte, doch dann galt es nur mehr, die Scheibe einzuschlagen, die Hand durchzustecken und den Riegel zu öffnen. Das einzige Problem wäre der Lärm.

Walker hatte einmal gelesen, dass man Glas am besten geräuschlos brechen konnte, wenn man es vorher vollständig mit Klebeband abklebte. Er beschloss, auch Klebeband zu kaufen, wenn er die Taschenlampe kaufen ging.

In diesem Moment wusste er, dass er bereit war, sich durch ein Fenster zu zwängen, die Treppe hochzuschleichen und das ganze Zimmer nach diesem Scheck zu durchsuchen, während der Mörder, Jake Nuremborski, in seinem Bett schnaufte. Überall würde er suchen, selbst unter der Matratze. Er hatte eine lange Reise hinter sich, und jetzt war die Zeit zum Handeln gekommen. Er war zu beinahe allem bereit.

Ein Auto fuhr vorbei. Walker stand still und beobachtete, wie die Lichter am Ende des Zauns verschwanden. Dann kroch er unter der Zedernhecke durch in den hinteren Garten.

Das erste, was er sah, als er aufstand, waren die kuppelartigen Umrisse des Pavillons, in dem Robert Nuremborski damals gesessen hatte. Walker ging darauf zu, um sich zu vergewissern, dass der Pavillon diesmal leer war. Er setzte sich auf die Rollstuhlrampe und blickte auf die Rückseite des Hauses.

Durch das kleine Fenster in der Hintertür fiel schwaches Licht aus einem Flur.

Dieselben Fenster wie beim letzten Mal waren erleuchtet: das kleine Fenster unter dem Dachvorsprung im zweiten Stock und das sanfte blaue Licht hinter den beiden größeren Fenstern im Erdgeschoß des Anbaus.

Er stand auf und ging durch das lange Gras auf diese Fenster zu.

Sie lagen über seinem Kopf. Er stellte sich auf die Zehenspitzen, hielt sich an einem der metallenen Fensterbretter fest und zog sich hoch.

Er sah Aquarien und Reihen blauen fluoreszierenden Lichts vor sich. Der ganze Raum wirkte, als wäre er unter Wasser, überflutet von zitterndem Licht.

Robert Nuremborski saß in seinem Rollstuhl und starrte vor sich hin, für immer gefangen in seiner eigenen Wasserwelt. Ein dünner Arm hing kraftlos herunter, der Kopf war ein wenig zur Seite geneigt, die Augen waren offen, aber blind.

Walker fragte sich, wie es wohl wäre, wie Robert zu sein. Nur dahinzutreiben. Sich an nichts zu erinnern, nichts zu bedauern, keine Schmerzen und keine Schuldgefühle zu haben.

Man müsste nichts sagen, nichts tun, nichts fühlen.

Roberts Telefon läutete.

Walker konnte es deutlich durchs Fenster hören. Es läutete noch einmal.
Walker erwartete, dass irgendwoher ein Pfleger auftauchen und abheben würde. Aber kein Pfleger kam.
Wieder läutete das Telefon. Langsam richtete Robert sich auf. Seine Hand stützte sich auf die Armlehne des Rollstuhls. Mit einiger Anstrengung stand er auf und ging auf unsicheren Beinen durchs Zimmer, mühsam das Gleichgewicht haltend wie eine Aufziehpuppe. Er hob den Hörer ab. Einen Augenblick lauschte er, dann wandte er sich langsam um und sah Walker direkt ins Gesicht.
Robert lächelte.
Walker zog den Kopf ein und ließ sich zu Boden fallen. Er wusste nicht, ob er davonrennen oder bleiben sollte, wo er war.
Und dann war es auch schon egal.
Etwas blitzte vor seinen Augen auf, so schnell, dass er nicht erkennen konnte, was es war, legte sich um seinen Hals und zog sich zusammen. Er fiel zu Boden. Direkt über ihm hing ein Gesicht in der Dunkelheit, ausdruckslos und weiß wie der kalte Novembermond. Und alles wurde schwarz.
Unmittelbar darauf, so kam es Walker zumindest vor, erschien ein schwaches Licht aus unendlicher Dunkelheit. Aber kein richtiges Licht, nur eine Reflexion, dachte er. Auf Chrom. Auf Milchglas.
Er bemühte sich, die Augen zu öffnen. Es war eine Deckenlampe. Sie war nicht eingeschaltet, sondern spiegelte nur Lichter wider, die von irgendwoher kamen. Bewegte Lichter.
Lange starrte er auf das Licht und versuchte, etwas zu

verstehen. Doch er konnte sich nicht erinnern, was er verstehen wollte. Er hörte das leise Brummen eines Automotors, atmete den schweren Duft von weichem Leder.
Langsam erkannte er, dass seine Beine sich unter seinem Körper befanden, die Arme hinter dem Rücken. Seine Hände konnte er nicht fühlen. Alles fing an, ihm weh zu tun. Er versuchte zu schlucken, doch der Schmerz war schier unerträglich, brannte hinunter bis zur Brust.
Er drehte ein wenig den Kopf.
Er befand sich in einem Auto, auf dem Boden. Soviel stand fest. Ein großes Auto. Viel Platz. Das Licht von Straßenlampen und Scheinwerfern flackerte vorüber, und da sah er die Kante einer gelbkarierten Decke, und eine Gestalt, die tiefer im Dunkeln saß.
Eine Stimme ertönte aus der Dunkelheit, wie ein Flüstern oder ein langer Seufzer. »Willkommen daheim«, sagte sie. Die Gestalt bewegte sich, und Robert Nuremborskis bleiches Gesicht erschien im flackernden Licht. Er sah Walker mit glänzenden Augen an.
»Willkommen daheim«, flüsterte er noch einmal.
Walker antwortete nicht. Er lag auf dem Rücken, sein Kopf stieß gegen die Tür, Arme und Beine waren unter den Rumpf gebogen. Seine Muskeln brannten.
Er schloss die Augen. Was sollte er sagen? Was willst du? Was hast du vor? Eine interessante Frage, leider konnte er sich die Antwort schon denken.
»Du hast mich überrascht«, sagte Robert, »mit deiner Hartnäckigkeit.«
Walker öffnete wieder die Augen.
Robert beugte sich zu ihm. Er streckte einen dünnen, zitternden Arm aus und berührte Walkers Gesicht. Die

Hand war wie Eis. Sie bebte über Walkers Nase, seine Wangen, seine Lippen.
Walker rührte sich nicht.
»Wolltest du eigentlich jemals ein Mädchen sein?«, fragte Robert.

34

1985

Bobby saß neben Walker, blickte auf die vorbeiziehenden Lichter und erinnerte sich.
Diesen Schrei würde er nie vergessen. Er kam nicht aus dem Mund des Mannes seiner Schwester, denn der konnte nicht schreien, sein Mund war zugestopft. Seine Arme waren über seinem Kopf zusammengebunden. Er starb langsam.
Nein. Der Schrei kam von seiner Schwester.
Sie hatte auf dem Waldweg hinter dem Schuppen gestanden. Da hätte sie aber gar nicht stehen sollen. Sie hätte im Sommerhaus sein sollen und auf den Vater warten.
Bobby hatte gelogen, was den Vater anging.
Er hatte gelogen, als er sie am Flughafen abgeholt und ihnen erzählt hatte, der Vater habe das Telegramm mit dem Datum ihres Rückflugs aus Jamaika erhalten. Der Vater hatte dieses Telegramm nie zu Gesicht bekommen, denn Bobby hatte es abgepasst und an sich genommen. Und er

hatte gelogen, als er ihnen erzählte, der Vater warte im Sommerhaus auf sie und habe Bobby geschickt, damit er sie direkt dorthin bringe. Und Bobby hatte auch nicht den Führerschein, doch sein Vater hatte es aufgegeben, ihn den ganzen Tag im Auge zu behalten. Vielleicht hatte er sich ja sogar eingeredet, dass er sich vor fünf Jahren in der Sache mit Alex Johnson geirrt hatte.

Und als sie im Haus ankamen und der Vater nirgends zu sehen war, da hatte Bobby auch gelogen und gesagt, der Vater sei wahrscheinlich in Weirtown, um fürs Abendessen einzukaufen.

Bobby hatte seine Schwester angesehen, mit einem, wie er hoffte, unschuldigen Blick. Und dann hatte er Kyle angesehen.

Kyle trug sein Haar auf indianische Art offen über die Schulter fallend. Er war schlank, sprach leise und in singendem Tonfall. Sein Gesicht war dunkel und empfindsam.

Bobby hatte ihn über drei Jahre nicht gesehen, er hatte sie alle über drei Jahre nicht gesehen. Aber damals, als Bobby in Jamaika gewesen war, hatte ihm der junge Ehemann, wie er von seiner Arbeit auf den Ausflugsbooten zurückkehrte, keine Ruhe gelassen.

Und alles war nach Plan gelaufen.

Er hatte Kyle gefragt, ob er mit ihm spazierengehen wollte, während seine Schwester versuchte, den Jungen zu einem Schläfchen zu bewegen.

Sie waren zusammen unter den hohen, weit ausladenden Bäumen hinter dem Haus spazierengegangen. Bobby war kurz zurückgeblieben und hatte den Hammer geholt, den er da versteckt hatte. Das Blut hatte ihm freudig in den

Adern gepocht, als er Kyle den Hammer auf den Hinterkopf schlug.
Und er und Kyle waren zusammen die Leiter hochgeflogen, hoch über den French River, hoch über die Wälder, verheddert in Seile, hatten einen zuckenden Tanz hoch über der Welt vollführt.
Und dann hatte Bobby sich von Kyle gelöst.
Und dann hatte seine Schwester geschrien.
Sie stand gerade mal fünf Meter von ihm entfernt, den Jungen an der Hand, und schrie.
In diesem Augenblick war aus Vollkommenheit Chaos geworden. Bobby war sofort klar gewesen, dass er zwar alles wunderbar bis zu diesem Moment geplant, aber eigentlich gar nicht überlegt hatte, wie es danach weitergehen sollte. Er hatte nur an Kyle gedacht. Kyle, den Schönen.
Er war einfach davon ausgegangen, dass seine Schwester den Mund halten musste, weil sein Vater es nicht zulassen würde, dass ihm etwas Schlimmes widerfuhr, weil er ihn wieder beschützen würde. Aber sie hielt nicht den Mund, und der Junge sah zu ihr hoch, klammerte sich an sie, in Angst und Schrecken, weil seine Mutter in Angst und Schrecken war, auch wenn er nicht wusste, warum. Und auch der Junge fing an zu schreien. Alles ging schief.
Bobby lief zu ihr, hielt ihr das Messer an den Hals und befahl ihr, still zu sein. Sei still. Sei still.
Er stieß sie den Weg entlang zurück und schleppte den Jungen mit. Er zwang sie, sich vorne in den Wagen zu setzen und setzte den Jungen auf den Rücksitz. Der war jetzt vollkommen still, die Augen starr, der Körper steif.

Von dem Kind ging keine Störung mehr aus, aber Lennie schluchzte noch immer, bekam kaum Luft. Sie schlug mit dem Kopf gegen das Armaturenbrett, als wolle sie sich bewusstlos schlagen. Wieder und immer wieder.
Bobby schaffte es, den Wagen auf die Straße nach Toronto, heim zu seinem Vater, zu manövrieren. Er fuhr so schnell er konnte und versuchte, das Geräusch zu ignorieren, mit dem der Kopf seiner Schwester immer wieder gegen das Armaturenbrett schlug.
Vater konnte sich bestimmt denken, was passiert war. Wie immer.
Bobby sah sich nach dem Jungen um. Der hatte sich nicht gerührt. Er fixierte seine glänzenden neuen Schuhe.
Schließlich hörte Lennie auf zu weinen. Sie saß da und sah aus dem Fenster, das Blut lief ihr in kleinen Bächen übers Gesicht. Aber Bobby traute dieser Stille nicht. Er wusste jetzt, dass sie zur Polizei gehen würde, egal was der Vater sagen oder von ihr verlangen würde. Bobby wusste einfach, dass sie es tun würde.
Als er in Richtung Süden auf den Highway 69 auffuhr, entspannte er sich langsam. Er sah zu seiner Schwester hinüber. Ihr Kopf lag auf den Knien, das lange schwarze Haar fiel auf allen Seiten herunter. Ihr Gesicht konnte er nicht sehen.
»Du hast Alex Johnson umgebracht«, sagte sie irgendwo zwischen ihren Knien hervor.
Bobby antwortete nicht, aber es hatte ohnehin nicht wie eine Frage geklungen.
Sie richtete sich auf und sah ihn an. »Was wirst du jetzt tun?«
Er antwortete nicht. Das war auch nicht nötig. Er fuhr

weiter und sah sie nur noch einmal an. Er nahm an, dass sie die Antwort von seinem Gesicht ablesen konnte. Er würde ihr die Kehle durchschneiden müssen. Das wäre das einfachste. Sie ausbluten lassen. So schlachtete man Tiere. Bobby hatte gesehen, wie die Alte in Jamaika Hühner auf diese Art getötet hatte. Nur hatte sie den Kopf ganz abgeschnitten.

Das Gesicht seiner Schwester sah jetzt schon tot aus. Ihr Mann war tot, deshalb machte es ihr vielleicht nichts mehr aus, ja vielleicht wollte sie, dass er es tat.

»Lass ihn gehen«, sagte Lennie.

Zuerst wusste Bobby nicht, wen sie meinte.

»Er ist erst drei. Er weiß nicht, was passiert ist. Niemand weiß, wer er ist, sie werden seine Spur nicht zurückverfolgen können. Bitte, bitte, lass ihn am Leben.«

Wieder weinte sie, aber diesmal fast lautlos. Bobby war dankbar dafür. Noch einmal sah er sich um nach Walker, ihrem Indianerbaby. Er saß noch immer nur da, die Augen starr auf seine Schuhe gerichtet.

Bobby bog auf eine Nebenstraße ab und fuhr noch ein Stück. Schließlich blieb er stehen.

Lennie stieg aus, nahm Walker auf den Arm und trug ihn einen langen, grasbewachsenen Abhang hinauf. Bobby blieb ihr auf den Fersen, das Messer in der Hand. Sie ging weiter, bis sie an einen Zaun kamen, dann setzte sie ihren Jungen ab.

Er sah zu, wie sie sich hinkniete, das Gesicht ganz nahe an das Ohr ihres Sohnes hielt und ihm etwas zuflüsterte. Dann stand sie auf und ging weg.

Walker weinte nicht. Er drehte sich auch nicht um. Er blieb einfach stehen und hielt sich am Zaun fest.

Sie fuhren zum Highway zurück.
Lennie saß jetzt schweigend und vollkommen reglos da. Anfangs waren ihr Schweigen und ihre Reglosigkeit beruhigend, dann machten sie Bobby nervös. Nach einer Weile bog er wieder vom Highway ab.
Diesmal fuhr er eine schmale Kiesstraße entlang, bis sie zu einer Gruppe von Bäumen kamen. Wortlos stieg Bobby aus. Auch Lennie stieg aus.
Gemeinsam gingen sie auf die Bäume zu. Lennie ging schneller als Bobby, er musste sich anstrengen, um mit ihr Schritt zu halten.
Sobald sie das Wäldchen betreten hatten, kniete sie sich hin. Bobby musste ihr nichts sagen. Sie faltete die Hände. Sie betete. Gelbe Birkenblätter schwatzten im Wind.
Er wusste, dass es ihm diesmal kein Vergnügen bereiten würde. Es war einfach etwas, das er tun musste.
Und dann würde es nur noch ihn geben. Und Vater. Keinen Schwager, für den sich sein Vater langsam zu erwärmen schien. Keine Schwester, die ihn verpetzen konnte. Keinen Enkel, der seinen Platz einnehmen würde.
Bobby hielt ihren Kopf an den Haaren hoch und schnitt ihr die Kehle durch. Lange strömte das Blut heraus. Sie gab nicht einen Laut von sich.
Und die Blätter über seinem Kopf verstummten.
Und die Wolken hoch über den Bäumen erstarrten am Himmel.
Er hockte sich neben sie und durchsuchte ihre Taschen. Er nahm alles an sich, woran man sie identifizieren konnte. Dann begrub er sie unter Blättern. Dabei fiel ihm ein, dass er zum Sommerhaus zurückfahren und ihren Mann abschneiden musste, bevor ihn jemand entdeckte. Er musste

ihn verstecken. Und den Hammer und den Strick musste er auch verstecken.
Bobby seufzte. Es würde ein langer Tag werden.

Regen klopfte an die Fensterscheiben, als Bobby an diesem Tag in das Haus in Forest Hill zurückkehrte. Er ging den langen Flur entlang in das Arbeitszimmer seines Vaters und erzählte ihm alles, was er getan hatte.
Bobby fing an zu schluchzen, er zitterte am ganzen Körper. Er bat seinen Vater um Vergebung.
Und die ganze Zeit, während Jake zuhörte, sagte er *nein*, wie ein Gebet, als ob Bobby, wenn sein Vater nur oft genug *nein* sagte, aufhören würde, solche Sachen zu erzählen, und zugeben, dass er sich alles nur ausgedacht hatte.
Aber Bobby hörte nicht auf. Er erklärte alles – dass er seinem Vater doch nur einen Gefallen getan habe, weil sie Schande über ihn gebracht hätten, wenn sie nach Toronto zurückgekehrt wären, und dass alles im Chaos geendet habe, und dass er Lennie und ihrem Jungen nie habe weh tun wollen.
Sein Vater rief im Haus in Jamaika an. Niemand ging ans Telefon. Er packte Bobby am Hemd, schleppte ihn den Flur entlang, raus aus dem Haus und warf ihn in einen seiner Wagen.
Jake fuhr Richtung Norden, raste durch Regen und Finsternis, aber sie fuhren schließlich nur im Kreis, weil Bobby nicht die richtige Kiesstraße fand. Er konnte sich nicht erinnern, wo die Bäume waren, unter denen er seine Schwester versteckt hatte, wo sie vielleicht noch lebte, vielleicht noch atmete.

Sein Vater fuhr weiter und weiter, schrie Bobby an, stieß seinen Kopf weg, hämmerte auf ihn ein. Dann klammerte er sich nur mehr ans Lenkrad, fuhr blind durch den Regen und schluchzte verzweifelt. Weinkrämpfe schüttelten seinen Körper.

»Du hast das alles erfunden«, sagte Jake schließlich. »Das Ganze hat sich nur in deinem Kopf abgespielt. Es ist nie passiert. Du bist wahnsinnig geworden.« Er klang beinahe glücklich.

»Ich weiß, wo der Indianer ist«, sagte Bobby.

»Weißt du nicht«, antwortete sein Vater. Und dann, mit einem leichten Beben in der Stimme: »Zeig's mir.«

Sie fuhren zum Sommerhaus, und Jake holte die Taschenlampe heraus, die er mitgenommen hatte. Er ging mit Bobby nach hinten. Der Regen hatte zwar fast aufgehört, lief aber noch immer in dünnen, geräuschvollen Strömen vom Dach. Der sandige Boden unter ihren Füßen fühlte sich weich an.

Bobby hob eine Falltür im Holzrost hoch, der eine alte Zisterne bedeckte. Er schob den schweren Holzdeckel weg und stellte ihn auf die Kante.

Sein Vater trat an den Rand des Lochs und leuchtete mit der Taschenlampe in die Dunkelheit.

Kyle starrte zu ihm hinauf, seine Gedärme hervorquellend und verschlungen wie ein Haufen Schlangen.

Jake stand eine Weile da, dann reichte er Bobby die Taschenlampe. Bobby spähte ebenfalls ins Loch hinunter und richtete die Lampe auf die Leiche. Es war nicht dasselbe wie vorhin, aber das hatte er auch nicht erwartet. Nur ein Hauch von Lust, wie eine verblasste Erinnerung, regte sich in ihm.

Und an diesen Augenblick erinnerte Bobby sich am lebhaftesten, sah ihn so deutlich vor sich, als durchlebe er ihn gerade jetzt.
Er blickt sich um und sieht seinen Vater durch Nebel und Regen auf sich zukommen. Die Augen rot, den Tod in seinem Gesicht. Eine Schaufel in seinen Händen, er reißt sie hoch, und sie fliegt durch die Finsternis wie ein Urteil...
Bobby wandte sich vom Wagenfenster ab, Walker wieder zu. Da lag er noch immer, zusammengekauert auf dem Boden, dann und wann irrten Lichter über seinen Körper hinweg.
Bobby war den Tränen nahe. Warum hatte sein Vater ihm das angetan? Er konnte die Stahlkante der Schaufel beinahe wieder in seinen Schädel krachen fühlen. Konnte fühlen, wie die Erde dröhnte und wegbrach.

35

Mittlerweile fiel kein Licht von Straßenlampen oder vorüberfahrenden Autos mehr durch die getönten Scheiben, aber Walker merkte, dass der Wagen noch immer fuhr, wenn auch langsamer. Er machte enge Kurven und fuhr bergab, immer weiter bergab.
Er fühlte keinen Schmerz mehr in seinen Armen und Beinen. Sie waren taub, schon fast nicht mehr da.
Walker war nur Kopf und Rumpf und Atem.

Und Robert war irgendwo nah in der Dunkelheit.
Walker war klar, dass es nur zwei Dinge gab, die er tun konnte: schreien oder reden. Schreien würde nicht viel nützen. Damit würde er nur eine schnelle Reaktion provozieren, wenn nicht von Robert, dann von der Person am Steuer, wer immer das auch sein mochte.
Es war von Anfang an Robert gewesen. Robert im Sommerhaus, an dem Tag, als Alex Johnson ermordet wurde. Robert in dem Haus in Jamaika, in der Nacht, als Jamie überfallen wurde. Robert in Toronto, als Walker und seine Eltern nach Kanada zurückkehrten. Robert, nicht Jake. Der Alte hatte überhaupt nichts damit zu tun gehabt.
Walker schloss die Augen. Es war zu spät, sich wie ein Idiot vorzukommen. Außerdem war das einzige, was er im Moment spürte, zunehmende Panik.
»Telepathie?«, fragte Robert.
Walker öffnete wieder die Augen. Er konnte noch immer nichts sehen.
»Oder Handy? Woher, glaubst du, wusste ich, dass du an meinem Fenster warst? Ja natürlich, du hast mich telefonieren sehen. Schummler.«
»Ich weiß es nicht«, sagte Walker. Sein Hals verkrampfte sich vor Schmerz, dort, wo der Strick ihn beinahe erdrosselt hätte.
»Mole war dir den ganzen Tag auf den Fersen. Mole hat dich an meinem Fenster gesehen, wie einen schlimmen kleinen Jungen. Er rief an«, fuhr Robert fort und klang, als wäre er sehr zufrieden mit sich, »und fragte, was er tun solle. Armer Mole. Nicht besonders helle. Und weißt du, was ich gesagt habe?«
Walker rang sich ein »Nein« ab.

»Ich habe gesagt: Fang ihn. Mole tut alles, was ich ihm sage. Weißt du, warum?«
»Nein«.
»Weil er keine andere Wahl hat«, kam fauchend die Antwort.
O.K., dachte Walker, jetzt oder nie, das ist vielleicht meine einzige Chance. »Ist er mir auch zur Polizei gefolgt?«, fragte er. Sein Hals fühlte sich an, als ob etwas daran nagte.
Es kam keine Antwort, aber Walker merkte, dass er Roberts Aufmerksamkeit erregt hatte. Die Luft vibrierte von erhöhter Wachsamkeit, geschärften Sinnen, wie bei einem Tier, das auf der Hut war.
»Als wir in Toronto ankamen«, fuhr Walker trotz der Schmerzen fort, »habe ich ihnen als allererstes von dem toten Jungen am French River, dem Jungen auf Jamaika, meinen Eltern erzählt. Alles. Wenn die mich jetzt tot finden, seid ihr, du und dein Freund, die ersten, die sie sich vorknöpfen werden.«
Walker erkannte zwei unruhige Lichtflecke, die ihn aus der Dunkelheit anstarrten. Der Wagen hielt an und der Motor ging aus. Die Fahrertür wurde geöffnet, und das Licht über dem Fahrersitz ging an.
Plötzlich war Robert da, saß ein wenig abseits in seine gelbkarierte Decke gehüllt und blickte Walker mit einem Ausdruck der Verblüffung an, als gelte es, ein relativ harmloses und trotzdem ärgerliches Problem zu lösen. Die Fahrertür schlug zu, und das Licht ging wieder aus.
»Du hast Mole aufgeregt«, sagte Robert.
Die hintere Tür ging auf, und diesmal leuchtete das Deckenlicht über Walkers Gesicht richtig auf. Alles auf dem

Rücksitz wurde von erschreckender Helligkeit erfaßt. Der Mondgesichtige tauchte auf, mit einer lächerlichen, kleinen blauen Chauffeurmütze auf seinem runden Kopf, und eine Flut von Tränen ergoß sich über sein Gesicht.
»Siehst du?«, sagte Robert.
»Sie sind direkt vom Flughafen gekommen«, stieß der völlig verängstigt aussehende Mann hervor. »Sie hatten das Gepäck dabei, ich habe gesehen, wie er vor seinem Haus aus dem Taxi gestiegen ist.«
»Und du hast unseren kleinen Freund seither nicht mehr aus den Augen gelassen. Ja, ja«, antwortete Robert und sah dem Mann in sein bebendes Gesicht. »Aber woher sollen wir wissen, dass sie nicht vorher zur Polizei gegangen sind?«
Robert bedeutete Mole, näher zu kommen. Er tat es, und Robert streckte sich und küsste ihn auf den Mund. »Tu genau, was ich dir gesagt habe«, raunte er.
Mole errötete ein wenig und sah überrascht aus. Robert hatte ihn noch nie auf den Mund geküsst.
»Ich verschwinde«, versprach Walker. »Du wirst mich nie wieder sehen.«
»Kleb ihm zuerst den Mund zu«, sagte Robert.
Der weinende Mann schlug die Tür zu, und das Licht ging aus.
Jetzt war es noch schwärzer als vorhin, schwärzer als jeder Ort, an dem Walker bisher gewesen war.
»Bitte«, krächzte er. »Bitte!« Er hörte das Knarren des Kofferraumdeckels. Der Wagen schaukelte ganz leicht.
»Mole holt das Handwerkszeug«, sagte Robert.
Die Tür, an der Walkers Kopf lehnte, wurde geöffnet. Sein Kopf fiel herunter und hing aus dem Wagen. Schrei, dach-

te er, aber es war schon zu spät. Ein breites Stück Klebeband wurde ihm auf den Mund geklatscht. Er spürte, wie es um den ganzen Kopf gewickelt wurde. Einmal. Und noch einmal.
Der Mann tastete unter Walker nach dem Strick, mit dem er dessen Hände und Füße auf dem Rücken zusammengebunden hatte. Er erwischte ihn und zog Walker langsam rückwärts, bis der aus dem Wagen fiel.
Er packte fest zu und schleppte Walker vor Anstrengung keuchend hinter dem Wagen über eine schmale Straße zwischen Bäumen hindurch einen Weg hinunter.
Walker rumpelte auf dem Rücken dahin, bis Mole stehen blieb und ihn losließ. Dann rollte Walker sich zur Seite. Er roch Blätter und scharfen Modergeruch und den wunderbaren Duft von Erde.
Mole fing wieder an zu weinen.
Walker blickte auf und sah, wie er sich die platte Nase und die winzigen Äuglein mit dem Jackenärmel abwischte. Er verschwand in Richtung Auto, sein Wimmern verstummte.
Walker sah in den Himmel. Wo waren die Sterne? Wo war die Milchstraße? Wo war Gott?
Mole war wieder da, und er weinte nicht mehr. Seine Bewegungen zeugten von schneller, verzweifelter Entschlossenheit, als habe er sich entschieden, das hinter sich zu bringen. Was *das* auch immer war. Er würde es hinter sich bringen und nie wieder an diese Nacht denken.
Er stellte etwas auf den Boden. Es sah aus wie eine batteriebetriebene Campinglampe. Er schaltete sie ein.
Er warf ein Seil über einen Ast.
Im Lichtkegel der Lampe sah Walker ihn arbeiten. Er

wusste, wofür das Seil da war. Hatte es die ganze Zeit schon gewusst.
Mole stieß ihn um, dass er mit dem Gesicht auf dem Boden landete, und zerschnitt den Strick um seine Handgelenke. Jetzt konnte Walker die Schultern bewegen. Er zog die Arme vor den Körper. Das Blut begann zu zirkulieren, und ein rasender Schmerz breitete sich bis in seine Fingerspitzen aus.
Mole schleppte ihn zum Baum. Das Seil, das er über den Ast geworfen hatte, baumelte vor Walkers Gesicht. Walker versuchte, die Arme zu beugen, aber sie bewegten sich nicht, als gehörten sie gar nicht zu seinem Körper.
Mole hockte vor ihm. Walker roch seinen Schweiß.
Mit einem Ende des herunterbaumelnden Seils fesselte er Walkers Hände wieder. Er begann zu summen, Bläschen bildeten sich auf seinen Lippen. Er summte und summte. Walker erkannte, dass der Mann vor Angst fast den Verstand verloren hatte.
Mole stand auf, brachte auch Walker mühsam auf die Beine und begann, an dem Seil zu ziehen. Er schaffte es gerade eben, Walker so weit in die Höhe zu hieven, dass er nur mehr mit den Stiefelspitzen den Boden berührte und sich ein wenig drehte. Noch mehr Hieven und Ächzen, und endlich schwang Walker frei in der Luft.
Die Arme über dem Kopf ausgestreckt und den Mund verklebt, konnte Walker nur mühsam durch die Nase atmen. Ein tonnenschweres Gewicht drückte ihm den Brustkorb zusammen. Sein Kopf war zwangsläufig in die Höhe gerichtet. Er wusste, dass er das Kinn nach unten halten musste, um atmen zu können.
Er versuchte, an die Küche in Big River zu denken. Er sah

Gerard Devereaux am Tisch sitzen. Mary Louise war auch da. Und seine drei kleinen Schwestern.
Und er spürte, wie der Mann das Seil durchschnitt, mit dem seine Füße gefesselt waren, spürte wie andere Stricke um seine Knöchel geschlungen und seine Beine auseinander gezogen wurden.
Verzweiflung überwältigte ihn.
Er hatte alle enttäuscht. Besonders Lennie. Er hatte seine eigene Mutter enttäuscht, seine junge Mutter, die es irgendwie geschafft hatte, ihn zu retten. Wofür? Dafür?
Walker sah Mole davoneilen. Er rang nach Atem, kämpfte an gegen die Dunkelheit, die sich seiner bemächtigen wollte. Seine Verzweiflung verwandelte sich in Raserei. So würde er nicht sterben. Er würde überhaupt nicht sterben.
Seine Hände zogen mit aller Macht an dem Seil. Sein Körper bewegte sich nach oben. Einen Augenblick sah er seine am Gelenk zusammengebundenen Hände, aber er war zu schwer. Seine Arme streckten sich, und er sackte wieder hinunter.
Er sah sich um, so gut es ging. Noch immer war er allein im Schein der Lampe. Er versuchte, mit dem Bein auszuschlagen, das an den Baumstamm gebunden war, doch das Seil gab nicht nach. Er strampelte mit dem anderen Bein so wild er nur konnte. Dieses Bein war an etwas weniger Starrem festgebunden, vielleicht einem jungen Baum. Der gab ein bisschen nach, knickte ab, und der Knoten rutschte hoch, bis er sich irgendwo verfing. Walker hatte jetzt ein bisschen mehr Bewegungsfreiheit, sein rechtes Bein baumelte etwas lockerer herab.
Er schaute hinunter, um zu sehen, woran das Seil fest-

gebunden war, doch statt dessen sah er jemanden am Rande des Lichtkegels stehen.
Robert stand da, vollkommen reglos, und blickte Walker in aufmerksamer Verzückung an, als sei er selbst nur Teil eines Publikums und Walker stünde auf der Bühne. Im Rampenlicht. Und wie gut er seine Rolle spielte!
Robert kam schwankend näher. Einen kurzen, zögerlichen Schritt nach dem anderen kam er über die kleine Lichtung auf ihn zu.
Allmählich konnte Walker den Ausdruck in seinem Gesicht erkennen: Erwartung und Ekstase. Und er konnte erkennen, dass das Ende der Welt gekommen war. Das Messer, das eben noch Mole in der Hand gehalten hatte, lag nun in Roberts Hand.
Robert kam ganz nah heran.
Walker spürte, wie er ihm die Lederjacke öffnete, mit kraftlosen Fingern das Hemd aufriss.
Er fühlte, wie sich Roberts kalte Lippen auf seine Haut pressten.
Die Muskeln in Walkers Bauch verhärteten sich zu einem Schild. Er hörte Robert an seinem Bauch wimmern, fühlte das Messer eindringen – nicht tiefer als die Spritze beim Zahnarzt, nur ein jäher, scharfer Schmerz, glatt wie ein Skalpell. Er fühlte, wie seine Haut sich öffnete.
»O Gott«, schrie er tief in seinem Inneren.
Robert wich zurück und sah zu ihm hoch, seine Augen verdrehten sich, bis nur mehr das Weiße zu sehen war. Seine Lippen leuchteten von Walkers Blut.
Walker spannte seinen Körper an, holte mit dem rechten Bein aus und merkte, wie das Seil noch ein wenig nachgab. Er zog das Knie hoch und rammte Robert den Absatz

seines Stiefels direkt in den lüsternen, blutverschmierten Mund.
Roberts Kopf schnellte zurück. Er fiel zu Boden. Er regte sich nicht. Er lag da wie von einer Kugel getroffen.
Walker zog noch einmal an dem Seil um seine Hände. Langsam kam er nach oben. Als sein Mund auf gleicher Höhe mit seinen Händen war, kratzte er sich das Klebeband mit den Fingern ab. Er biß in den Knoten, konnte ihn aber nicht lösen.
Walker spürte, wie ihm das Blut über den Bauch und unter den Gürtel lief, wie warmes Wasser, das seine Lenden umspülte. Er sackte wieder ab. Das rechte Bein war jetzt fast ganz frei, das Seil baumelte ein wenig. Er schwang sich in die andere Richtung, auf den Baumstamm zu. Das Seil, das um den jungen Baum geschlungen war, löste sich.
Wieder schwang er sich zum Baumstamm, und jetzt schaffte er es, sich mit dem rechten Bein an einem niedrigen Ast festzuklammern. Er klemmte den Ast zwischen die Beine und zog sich hinauf. Auf den Ast gestützt, arbeitete er sich nun Zentimeter um Zentimeter mit dem Gesicht nach oben zu seinen gefesselten Händen zurück. Der Strick erschlaffte.
Walker hatte eine einzige, winzige Chance. Er begann den Knoten mit den Zähnen zu bearbeiten. Er wusste, dass er sich nicht von Panik überwältigen lassen durfte, er brauchte einen klaren Kopf. Alles, was er tat, musste ihn der Freiheit einen Schritt näher bringen. Jede Sekunde musste ihn voranbringen. Die Zeit lief ihm davon. Das Mondgesicht, Mole, wo immer er auch gerade war, würde sich bald Sorgen machen und zurückkommen. Oder Robert würde aufwachen und nach ihm rufen.

Der Knoten verrutschte und löste sich. Walker schüttelte das Seil ab, löste den Knoten um seinen linken Knöchel und fiel zu Boden.

Jetzt wagte er es, sich seine aufgeschlitzte Haut anzusehen. Die Wunde sah aus wie ein roter Schmollmund, wie ein zusätzlicher, senkrechter Mund. Seine Jeans waren blutgetränkt.

Sein Kopf begann sich zu drehen. Er blickte auf. Mole stand direkt vor ihm. Er drosch Walker die Faust ins Gesicht.

Walker taumelte nach hinten, strauchelte. Mit überraschender Geschwindigkeit und Verzweiflung stürzte sich der Mann auf ihn, legte ihm die Hände um den Hals und drückte mit aller Kraft zu. Sie schwankten, verloren den Halt, fielen hin.

In diesem Moment lockerte sich Moles Griff, und Walkers im Straßenkampf erprobten Reflexe gewannen die Oberhand. Er rammte dem Mann den Daumen tief ins Auge.

Mole rollte schreiend zur Seite. Walker traktierte ihn mit Schlägen, bis der Mann keinen Widerstand mehr leistete und Walker keine Kraft zum Weitermachen hatte.

Er stand auf, löste den Strick, der ihm immer noch vom rechten Fuß hing, und fesselte Mole damit.

Robert lag nach wie vor auf dem Rücken. Als Walker näherkam, öffnete er die Augen.

Walker kniete sich neben ihn und packte das Messer. Die andere Hand presste er ihm aufs Gesicht und hielt ihm die wachsamen Augen zu. Er drückte Robert den Kopf so tief in die Erde, wie er nur konnte.

Robert gab keinen Laut von sich.

Walker nahm das Messer und schlitzte ihm die Kehle auf,

ganz sanft, mehr ein Ritzen als ein Schlitzen. Gerade genug, dass ein dünner Blutfaden heraussickerte.
Dann stand er auf und ging davon.
Seine Beine konnten jeden Moment nachgeben, das Blut dröhnte in seinem Kopf. Er stolperte den Weg zurück, fand den Wagen und stieg ein.
In der Dunkelheit tastete er nach dem Schlüssel im Zündschloss, und er war da – es gibt noch Wunder, dachte er, man darf nur nicht sterben, dann geschehen Wunder.
Er startete und fuhr los, die Serpentinen der engen, kurvigen Straße durch den Park hinauf, bis er schließlich die tiefe, bewaldete Schlucht hinter sich ließ.
Nun trieb Walker dahin. Das Dröhnen des Blutes in seinem Kopf hatte nachgelassen. Er schlief schon halb. Alles war warm und angenehm. Lennies Gesicht löste sich aus den Schatten, und er konnte sie vor sich sehen. Sie hatte ein wunderschönes Gesicht. So weich. Und ihre Augen waren so dunkel und hielten sein Gesicht in ihrem Spiegel fest. Und ihre Stimme war wie Musik, und ihre Worte wie ein Kuss. »Halt dich fest«, flüsterte sie, »halt dich ganz fest.«
Die Reifen des Wagens rumpelten über etwas, der Wagen kam mit einem dumpfen Aufprall zum Stehen, und Walker wurde gegen das Lenkrad geschleudert. Irgendwo in der Ferne kreischte eine Autohupe los. Sie störte seine Ruhe. Das war lästig. Walker war der Meinung, jemand müsse etwas unternehmen. Wegen des Lärms konnte er beinahe nicht schlafen.

36

Das erste, was er sah, war Kristas Gesicht. Sie starrte ihn an, ihre Nase berührte fast die seine, ihre blauen Augen waren voller Besorgnis und voller Erwartung. Als warte sie darauf, dass er etwas Außerordentliches tue, als sei sie sich aber nicht hundertprozentig sicher, dass er dazu wirklich in der Lage war. Als sitze sie vor und er hinter dem Fernsehbildschirm. Er wusste nicht, was sie sich erhoffte. Ein Lied? Eine Ansprache? Er streckte die Hand aus und klopfte an die Scheibe. Sie ging weg.

Einen Augenblick später (Krista behauptete steif und fest, es sei drei Tage später gewesen) sah er sie wieder. Doch jetzt sah sie gelangweilt aus, das Kinn hatte sie auf die Hand gestützt, ihre Ellenbogen ruhten auf der Bettkante. Walker wusste, wo er war. Er war in einem hellgrün gestrichenen Raum. Direkt hinter Krista gab es ein Fenster, mit langen Plastikstreifen davor, um das Licht abzuschirmen.

»Aufwachen«, sagte er.

Sie zuckte zusammen.

»Mensch, tut mir der Hals weh«, sagte er.

Walker hörte Gerard Devereaux' Whiskystimme sagen: »Er ist wach«, und seine Mutter tauchte hinter Krista auf, die Hand vor dem Mund, Tränen in den Augen. Und seine Schwestern, die großen und die kleinen, fielen plötzlich über das Bett her, und Stewey stand drüben an der Tür und grinste wie ein Idiot. Sogar seine Schwager waren da.

Zuerst war alles Chaos und Aufruhr, tränenreich und wunderbar. Allmählich kehrte Ordnung ein.
Krista hatte alles dirigiert. Sie hatte den Deveraux' erzählt, was ihm zugestoßen war und warum. Sie war mit Detective Sergeant Kiss und seinem Team jedes einzelne Detail durchgegangen, immer wieder, beginnend mit dem verschwundenen Brief und dem Foto von den zwei kleinen Mädchen.
Und sie hatte zwei Wochen lang an seinem Bett gesessen, während sein Körper mit einer fürchterlichen Infektion gerungen hatte. Diese war jedoch keineswegs die Folge der fünfzehn Zentimeter langen Schnittwunde gewesen, sondern die eines kleinen Lochs in seinen Gedärmen. Glücklicherweise hatte Robert noch nicht richtig losgelegt.
Nachdem die Devereaux' und Stewey sich an diesem Abend endlich auf den Weg ins Hotel gemacht hatten, dämpfte Krista das Licht in seinem Zimmer. Sie setzte sich neben ihn und erzählte ihm alles, was sie über Robert und den Mondgesichtigen und Jake Nuremborski wusste.

Als Walker an dem Abend, an dem Nick ihn nach Hause gebracht hatte, nicht ans Telefon gegangen war, hatte sie die Polizei gerufen. Sergeant Kiss war wütend gewesen. Er organisierte die Überwachung des Nuremborski-Hauses und mochte es ganz und gar nicht, dass Walker da hinging und alles ruinierte. Doch es war zu spät.
»Du hattest es schon geschafft«, sagte sie düster. Noch ein Versprechen, das er nicht gehalten hatte.
Kiss war so in Sorge, dass er persönlich zu den Nuremborskis fuhr. Als ihn einer seiner Beamten zur Nummer

Neunzehn führte, die eine Straße weiter parkte, und Kiss Walkers Foto auf dem Ausweis auf dem Armaturenbrett sah, war er keineswegs erfreut.
Das Überwachungsteam suchte rund ums Haus alles ab. Kein Walker. Kiss hatte eine schwere Entscheidung zu treffen. Entweder ging er davon aus, dass Walker sich im Haus und in unmittelbarere Gefahr befand. Das gäbe ihm die rechtliche Handhabe, ins Haus einzudringen, auch ohne Durchsuchungsbefehl. Oder er nahm an, dass Walker seine Leute herumschnüffeln sehen und beschlossen hatte, sich zu verdrücken. Aber wenn er an die Tür hämmerte, hatte die Überwachung keinen Sinn mehr.
Was sollte er tun? Jake Nuremborski schlitzte womöglich genau in diesem Moment fröhlich lächelnd dem Jungen den Bauch auf. Vielleicht dekorierte er gerade das ganze Haus mit seinen Darmgirlanden. Woher sollte Kiss wissen, was da gerade los war? Er musste mit äußerster Vorsicht zu Werke gehen, alles bis auf das letzte i-Tüpfelchen richtig machen, sonst würde er den Fall nie weiter als bis zu einem Staatsanwalt bringen, geschweige denn in einen Gerichtssaal, geschweige denn ihn gewinnen. Dieser Walker war drauf und dran, ihm alles zu versauen.
Etwa zwanzig Sekunden lang kochte Kiss in der Dunkelheit vor dem Nuremborski-Haus. »Wir gehen rein«, sagte er dann.
Sie klingelten an der Eingangstür. Niemand kam. Sie hämmerten gegen alle Türen. Niemand kam. Sie drangen durch die Hintertür ein. Ein völlig verschreckter Jake Nuremborski versteckte sich in einem der Schlafzimmer im zweiten Stock. Robert, sein invalider Sohn, war nirgends zu finden. Ebensowenig wie sein Pfleger.

Kiss gab für die ganze Stadt eine Suchmeldung nach Robert Nuremborski und Walker Devereaux heraus. Vor Ablauf einer Stunde wusste er über Walkers genauen Aufenthaltsort Bescheid. Er war in der Notaufnahme eines Krankenhauses.

Walker war mit dem Rettungswagen eingeliefert worden, nachdem ein Hausbesitzer die Notrufnummer gewählt und berichtet hatte, dass ihm jemand über den Rasen gefahren sei und das Haus gerammt habe. Nicht lange danach sahen zwei Streifenpolizisten auf ihrem Kontrollgang in dem Park an der Schlucht ein Licht durch die Bäume schimmern.

Sie gingen auf das Licht zu und fanden einen Mann, der mit einem Strick gefesselt auf dem Boden lag. Er war schwer misshandelt worden, und ein Auge sah wirklich schlimm aus. Doch er war noch am Leben und bei Bewusstsein. Er weinte.

Ein weiterer Mann saß unter einem Baum. Aus der Ferne sah er aus, als hätte er Lippenstift um Mund und Hals geschmiert. Es sah aus, als lächle er sie an.

Beim Näherkommen erkannten sie, dass sein Mund voll Blut war, und auch sein Hals einen blutigen Ring hatte. Sie knieten sich neben ihn und fragten, was er hier tue.

Die Augen des Mannes waren wach und glänzten. Er schien bester Laune zu sein. »Auf meinen Vater warten«, antwortete er.

Kristas Gesicht näherte sich Walkers. »Robert Nuremborski wurde wegen versuchten Mordes festgenommen«, sagte sie. »Der Mann, der bei ihm war, auch. Dein Großvater hat einen Zusammenbruch erlitten und liegt unter polizeilicher Bewachung im Krankenhaus.«

»Hier?«, fragte Walker.
»Nein«, sagte sie und berührte seine Stirn mit ihrer.
Er war müde. Sein Hals tat noch immer höllisch weh, und ein unbestimmbarer Schmerz wühlte in seinem Unterleib.
»Du hast mich angelogen. Du hast gesagt, du gehst nicht mehr aus dem Haus. Du lügst die ganze Zeit«, sagte Krista.
»Es tut mir leid«, antwortete er.
Aber es tat ihm nicht leid. Er war zutiefst befriedigt. Er hatte einen Sturm überstanden, und die Welt sah jetzt ganz anders aus. Alles war anders. Walker Abel Tennu war mehr als zufrieden, er fühlte sich wie neugeboren.
Er fragte, wie sie mit seiner Mutter zurechtkam. Ein langes Schweigen folgte, und dann die Versicherung, dass sie gut miteinander auskämen.
»Aha«, sagte Walker. »Und mit Stewey?«
»Ich liebe Stewey.« Krista lächelte.
»Sag ihm das ja nicht«, meinte Walker.
Krista drückte ihr Gesicht wieder an seines.
»Und was ist mit deinem Vater? Weil du ausziehen willst und so? Wie kommst du mit ihm aus?«
Krista ließ ihr Gesicht, wo es war, nämlich an seiner Wange, aber sie zögerte einen Herzschlag lang.
»Ich habe eigentlich noch nicht mit ihm darüber geredet«, sagte sie. »Alles andere habe ich ihm erzählt. Er hat gesagt, ich muss ins Krankenhaus fahren und darf nicht mehr weggehen. Er gibt auf der ganzen Danforth Avenue mit dir an. Er hält dich für Herkules oder so was. Für ihn bist du ein Held.«
Sie küsste ihn. Er küsste sie. Ihre Gesichter waren nur einen Atemzug voneinander entfernt.

»Ich habe nachgedacht, Walker«, flüsterte sie. »Ich meine, wegen der Wohnung. Vielleicht besorge ich mir eine eigene. Du kannst zu mir kommen, wann du willst. Aber die Gefahr ist vorbei, und vielleicht willst du in deiner Wohnung bleiben. Und wir schauen einfach, wie's läuft.«
»Wie was läuft?«
»Ich weiß nicht. Vielleicht möchtest du ja verreisen. Was ganz anderes machen.«
Walker versuchte, sie anzusehen, aber sie verbarg ihr Gesicht. Was dachte sie wirklich?
»Meine Wohnung ist Scheiße«, sagte Walker.
»Nein, ist sie nicht«, sagte Krista.

Eines Tages kam Heather Duncan zu Besuch. Es war ein Nachmittag Ende November. Die Sonne schien in sein Krankenzimmer, und er war eingedöst.
Als er die Augen aufschlug, saß sie auf einem Stuhl an der Wand und sah ihn an. Sie trug einen Wintermantel und große, flauschige Ohrenschützer und betrachtete ihn aufmerksam durch ihre Brille.
Er starrte zurück. Eine Weile verharrten sie so.
»Du weißt es, stimmt's?«
Walker hatte sie nicht begrüßt, und jetzt gab er keine Antwort. Mehr brauchte sie nicht. Sie gab sich selbst die Antwort: »Natürlich weißt du's.«
»Ich dachte, du wärst meine Freundin«, sagte er.
»Ich befand mich in dem Glauben«, hier zögerte sie, aber nur einen Moment, »dass alles, was ich an Informationen weitergab, zu deinem Besten war. Du hattest einen heimlichen Beschützer, und wenn du jemals Hilfe oder Geld brauchen solltest, musste ich nur darum bitten. Das hatte

man mir gesagt. Ich kannte weder deinen Beschützer noch die näheren Umstände, nur den Mittelsmann.«
»Wieviel hast du dabei verdient?« Walker konnte sehen, wie ihre Lippen bebten, weigerte sich jedoch, Mitleid mit ihr zu haben. Aber er wusste, er würde das nicht lange durchhalten. Sie hatte ihn in den Arm genommen, ihm Schokolade geschenkt.
»Hast du's jemandem erzählt?«, fragte sie.
Also daher wehte der Wind. Nicht seinetwegen war sie gekommen, sondern zu ihrem eigenen Schutz. »Meiner Freundin«, sagte Walker. »Und der Polizei«, fügte er hinzu. »Bereite dich auf einen Besuch vor.«
Sie nickte, als habe sie längst gewusst, was ihr bevorstand. Als sei sie nur gekommen, um aus seinem Munde die Bestätigung zu hören.
Sie hob ihren schweren Körper umständlich aus dem Sessel. Trotz ihres Umfangs war sie immer elastisch und beweglich gewesen, leichtfüßig und voller Schwung. Jetzt wirkte sie steif und alt. Völlig verlassen stand sie mitten im Zimmer. Dann wandte sie sich um und ging.
Walker empfand keinen Triumph.

Detective Sergeant Kiss besuchte Walker nicht im Krankenhaus. Die ganzen drei Wochen nicht, die er da lag. Doch sobald er entlassen war, ließ Kiss ihm ausrichten, dass er ihn sprechen wolle.
Walker ging allein hin. Krista war viel zu beschäftigt damit, nachts Taxis durch die Gegend zu schicken und tagsüber ihre neue Wohnung herzurichten. Es war eine große Einzimmerwohnung mit einem übergroßen Bad und einem breiten Flur im Erdgeschoss eines älteren Hauses

ganz in der Nähe der Danforth Avenue. Sie konnte problemlos rein und raus. Sie war sehr froh, und Walker freute sich mit ihr. Mehr oder weniger.

»Wir haben Ihren Vater gefunden«, sagte Kiss, sobald Walker, der sich noch immer mit großer Vorsicht bewegte, sein Büro betreten und Platz genommen hatte.

»Wo?«, fragte Walker.

»Dort, wo Jake Nuremborski gesagt hat, dass wir ihn finden würden. In einer alten Zisterne hinter dem Haus.«

Walker nickte. Er würde nicht weinen.

»Merkmale eines Angehörigen der Urbevölkerung«, hier sah Kiss von einem Blatt Papier auf, das vor ihm lag. »Oder First Nation, wenn Ihnen das lieber ist. Ungefähr zwanzig Jahre alt. Etwa einsachtzig groß.«

»Sein Name war Kyle Walker Tennu. Sie wissen doch, wer er war«, sagte Walker.

»Ja«, sagte Kiss, »aber wir versuchen, seine Identität mit zahnärztlichen Befunden und solchen Sachen hieb- und stichfest zu machen.«

Kiss' wettergegerbtes Gesicht schlug um die Augen herum ein paar Fältchen, vielleicht der Versuch eines aufmunternden Lächelns. »Was ihre Mutter betrifft, hatte ich sie die ganze Zeit in einer Schublade«, sagte er.

»Wie bitte?«

»Unbekannte weibliche Überreste, im Frühjahr 1983 von Jägern gefunden. In der Nähe der Stelle, an der laut Jake Nuremborski sein Sohn ihre Leiche versteckt hatte. Wir hatten sie also die ganze Zeit in einem Lagerhaus.«

Walker hatte nicht wirklich daran geglaubt, dass man Lennie noch irgendwo, irgendwie lebendig finden würde. War er es nicht gewesen, der immer gesagt hatte, dass sie

bestimmt tot war, dass beide tot waren. Er würde nicht weinen.
»Ihre Freundin sagte, dass meine Mutter sich als Kind einmal das Bein gebrochen hat.« Walker klammerte sich an einen Strohhalm.
Kiss blickte ihn bei dieser Information ein wenig überrascht an. Er prüfte ein anderes Blatt Papier, dann nickte er. »Stimmt«, sagte er.
»Kann ich sie haben?«, fragte Walker. »Kann ich meine Mutter und meinen Vater haben?« Sein Gesicht zerbarst. Kiss musste wegsehen.

An dem Tag, an dem Walker seine Eltern zu Grabe trug, fing es an zu schneien. Es war Januar, aber in der Zwischenzeit hatte es getaut. Frank Ellen, der auf dem Friedhof in Big River arbeitete, holte den Schaufellader und riss den Boden auf.
Walker wollte seine Eltern nicht nur in Big River begraben, er wollte ihre Gebeine auch in demselben Sarg beerdigen. Er sagte, sie seien lange genug getrennt gewesen. Die Familie Devereaux – Töchter, Schwiegersöhne, Onkel und Tanten – erbleichten kurz bei diesem Gedanken, doch dann standen alle, wie fast immer, zusammen. Mit Pater Perrots Zustimmung wurde alles in die Wege geleitet. Walker würde seinen Willen bekommen.
Am Abend vor der Beerdigung, nachdem die übrigen Mitglieder der Familie nach Hause und seine drei kleinen Schwestern zu Bett gegangen waren und Krista sich im Gästezimmer für die Nacht vorbereitete, setzte sich Walkers Mutter zu ihm und Gerard an den Tisch. Sie sah aus, als hätte sie etwas auf dem Herzen. Eine Weile sprachen

sie über dies und das, dann sagte sie: »Ich nehme an, du hast jetzt einen neuen Namen.«
Walker trank soeben sein letztes Bier aus. Er leistete seinem Vater, der Nachteule in der Familie, Gesellschaft. Um zwei ins Bett, um sechs heraus, so sah Gerards Lebenswandel aus. Seine Frau sagte ihm seit dem Tag ihrer Hochzeit beinahe täglich, dass er sich umbringen werde, wenn er nicht mehr schliefe, aber er machte stur weiter wie bisher.
Die Frage seiner Mutter kam überraschend für Walker. »Wieso, was meinst du?«
Sie strich sich das dichte braune Haar zurück und schaute ihn mit ihren grauen Augen prüfend an. »Du bist jetzt Walker Tennu«, sagte sie.
Er nickte. Er blickte auf seine Hände. Sie waren dunkel, dunkler als die seiner Mutter und seines Vaters, obwohl Gerard jahrein, jahraus, sommers wie winters im Wald arbeitete.
»An Kyle Tennu kann ich mich nicht erinnern« sagte er. »An Lennie jetzt zwar schon, aber auch nur flüchtig.« Er sah seine Mutter an. Sie hatte ihn nicht aus den Augen gelassen. »Ich bin stolz, ihr Kind zu sein. Aber ich weiß, wer meine Familie ist. Wer meine Mom ist. Und mein Dad. Und deshalb möchte ich Walker Devereaux bleiben.«

Etwas später besuchte Walker Krista in ihrem Gästezimmer. Seine Mutter hatte Kristas Tasche gleich bei ihrer Ankunft in das kleine Zimmer im Erdgeschoß getragen. Krista hatte ihr rosa Flanellnachthemd und dicke Wollsocken an.
»Die Fußböden deiner Mutter … eiskalt«, sagte sie, als sie

die Bettdecke zurückschlug und sich unter die Wolldecke und das Federbett kuschelte.

Walker schmiegte sich an sie.

»Du sollst doch nach oben gehen.«

»Tu ich ja auch«, sagte er.

Eine Weile lagen sie so da, dann machte Krista die Nachttischlampe aus.

Er fühlte ihre Hand unter der Decke, wie sie sein Hemd unter dem Gürtel hervorzog. Er roch ihr Parfüm und was immer sie sich ins Haar sprühte.

Mit dem Handrücken streichelte sie seinen Bauch, die Erhebung, dort wo die Narbe war. Die Fäden waren zwar schon gezogen, trotzdem juckte die Narbe noch. Ihre Hand tat gut.

»Eines Tages müssen wir nach Jamaika zurück«, sagte er.

»Dann aber, um Urlaub zu machen.«

»Wir könnten Jamie besuchen und gegenseitig unsere Narben bewundern.«

»Toll.«

»Ich wüßte gerne, ob Miss Emile noch lebt.«

»Warum sollte sie nicht?«

»Weil sie im Sterben lag.« Walker versuchte, sich die winzige Hütte im Wald in Erinnerung zu rufen und die alte Frau, die schwarze Haut über die Knochen ihres Gesichts gespannt, unter ihrer lila Decke mit den Sonnen, Monden und Sternen.

Ein gebrochenes Kind, hatte Miss Emile gesagt.

Walker sah auf Kristas Gesicht, auf das von draußen schwaches Licht fiel.

Ihre Hand strich noch immer sanft über seinen Bauch. Er küsste sie.

»Wofür ist das jetzt?«
»Weiß nicht.«
»Wir werden jetzt nicht miteinander schlafen, Walker. Das können wir bei mir tun, wenn wir wieder zu Hause sind.«
»Ich weiß«, sagte er.

Am nächsten Nachmittag war die Kirche voll von Mitfühlenden und Neugierigen. Die verschiedensten Versionen von Walkers Geschichte hatten in den vergangenen Wochen in Big River die Runde gemacht. Er war so etwas wie der Stadtheld geworden, wie man eben in einer kleinen Stadt zum Helden wird. Aller Augen ruhten auf ihm und seiner verkrüppelten, aber ach so niedlichen Freundin. Der Adoptivsohn von Mary Louise und Gerard Devereaux. Hat Indianerblut in sich.
Pater Perrot hatte verbissen darum gekämpft, auf Grund außergewöhnlicher Umstände einen Dispens für die Beerdigung von Walkers Eltern und deren Beisetzung auf geweihtem Boden zu erhalten – ein Skandal, wie manche seiner Schäfchen meinten. Er zelebrierte eine schlichte Feier, aber Walker war der Meinung, dass er mit großer Wärme gesprochen und alles mit großer Würde geleitet hatte.
Nach der Beerdigung zerstreuten sich die Leute rasch und gingen zu ihren Autos zurück. Auch Pater Perrot und Walkers Familie entfernten sich von der Grabstätte und dem Mahagonisarg, in dem seine Eltern zusammen ruhten. Nur Walker, Stewey und Krista blieben.
»Walker?«, fragte Krista. »Möchtest du noch ein bisschen dableiben?«

Walker nickte.
Krista wandte sich um und machte sich, auf ihre Krücken gestützt, vorsichtig durch den Matsch auf den Weg zum Friedhofstor. Stewey verstand und ging mit ihr.
Walker stand lange ganz nahe am Sarg.
Da fing es an zu schneien. Große, weiche, nasse Flocken. Sie blieben überall hängen.

Dank

Die Idee zu *Ausgesetzt* entstand nach einer Hörspielreihe, die im kanadischen Rundfunk ausgestrahlt wurde. Erst in der Zusammenarbeit vieler fähiger Künstler sowohl vor als auch hinter dem Mikrophon erhielt das Hörspiel seine endgültige Form. Besonders danken möchte ich meinem langjährigen Produzenten und Freund Bill Howell.
Als ich darüber nachzudenken begann, einen Roman zu schreiben, der auf der gleichen Geschichte basierte, bot sich mir die glückliche Gelegenheit, der Literaturagentin Beverley Slopen einen ersten Entwurf zu zeigen. Ihr Enthusiasmus beflügelte meinen eigenen, und ihre Unterstützung und ihr Rat waren unentbehrlich. Auch meiner Lektorin Diane Martin bin ich sehr dankbar, dass sie mir dabei geholfen hat, der Geschichte ihre natürliche Form und Stimme zu geben. Vor allem aber möchte ich meiner Familie für alles danken.

Giles Blunt
Gefrorene Seelen

In der klirrenden Kälte des kanadischen Winters wird in einem Minenschacht, festgefroren in einem Eisblock, die grausig zugerichtete Leiche eines Mädchens gefunden. Und in der Provinzstadt Algonquin Bay sind noch drei weitere Teenager spurlos verschwunden. Detective John Cardinal glaubt, dass ein perverser Serienkiller sein Unwesen treibt. Doch die Wahrheit ist noch viel erschreckender …

»Hart, aber gut …«
Brigitte

»Da läuft es einem eiskalt den Rücken runter.«
Für Sie

»Brillant, manchmal sogar poetisch,
immer aber mitreißend. Giles Blunt ist ein
geradezu teuflisch guter Erzähler.«
Publishers Weekly

Knaur Taschenbuch Verlag